HARD BYTE – DER ANZUG

MISHA BELL

Übersetzt von
GRIT SCHELLENBERG

♠ Mozaika Publications ♠

Das ist ein fiktives Werk. Namen, Charaktere, Orte und Vorfälle sind entweder das Ergebnis der Fantasie des Autors oder werden fiktiv verwendet, und jede Ähnlichkeit mit tatsächlichen Personen, lebenden oder toten, Geschäftseinrichtungen, Veranstaltungen oder Orten ist rein zufällig.

Copyright © 2021 Misha Bell
www.mishabell.com

Alle Rechte vorbehalten.

Mit Ausnahme der Verwendung in einer Rezension darf kein Teil dieses Buches ohne Genehmigung in gedruckter oder elektronischer Form reproduziert, gescannt oder verteilt werden.

Veröffentlicht von Mozaika Publications, einem Impressum von Mozaika LLC.
www.mozaikallc.com

Aus dem Amerikanischen von Grit Schellenberg
Lektorat: Fehler-Haft.de

Umschlag von Najla Qamber Designs
www.najlaqamberdesigns.com

Fotografie von Wander Aguiar
www.wanderbookclub.com

e-ISBN: 978-1-63142-716-9
ISBN drucken: 978-1-63142-717-6

Kapitel Eins

»Der Teufel ist dabei, mein Lebenswerk in Pornokram zu verwandeln.« Ich werfe meinem Zwilling einen flehenden Blick zu. »Du musst mir beibringen, wie man Schlösser knackt.«

Gia blinzelt mich an. »Wovon zum Teufel redest du?«

»Schlösser knacken. Bring es mir bei.«

Sie schüttelt den Kopf, als wolle sie ihn frei bekommen, dann öffnet sie die Tür weiter. »Komm rein und erklär es mir.«

»Gut.« Da ich die Bazillenphobie meiner Schwester respektiere, umgehe ich Umarmungen und Küsse, während ich behutsam das Brownstone-Haus betrete, das sie mit ihren Millionen Mitbewohnern teilt. Sie führt mich in ihr Zimmer, und während wir gehen, kämpfe ich gegen die Versuchung an, die Unordnung rundherum zu beseitigen.

»Setz dich.« Sie zeigt auf einen Stuhl in der Ecke, neben einer Schaufensterpuppe.

Ist sie verrückt? Der Stuhl hat vier Beine und ist damit einer von der schlimmsten Sorte. Ich bevorzuge Bürostühle, da sie meist fünf Beine haben, oder Barhocker, da sie eher eines oder drei haben. Wie würde es ihr gefallen, wenn ich sie bitten würde, eine Haltestange in der U-Bahn abzulecken?

Ein verschmitztes Grinsen umspielt ihren dunkel geschminkten Mund. »Mein Fehler. Keine Primzahl von Beinen. Was habe ich mir nur dabei gedacht? Dein Gehirn hätte explodieren können.«

Ich verberge mein Augenrollen, gehe an einem Kartenspiel und anderem Zauberzubehör vorbei, das überall auf den Flächen rundherum verstreut ist, und bleibe erst stehen, als ich neben einem beinlosen Sitzsack stehe. »Darf ich ...?«

Achselzuckend holt Gia ein Kartenspiel aus ihrer Tasche und reicht es mir mit den Fingerspitzen. »Würdest du dich wohler fühlen, wenn ich dir dieses Kartenspiel zum Sortieren geben würde?«

Ich lasse mich in den Stuhl fallen und blicke auf die Karten. »Zweiundfünfzig?«

Mit einem Seufzer wirft sie eine der Karten auf einen Schreibtisch in der Nähe – als ob er nicht schon vollkommen unordentlich wäre. »Jetzt einundfünfzig.«

»Einundfünfzig ist keine Primzahl.«

Sie blickt auf das Deck. »Ist sie nicht?«

»Dreimal siebzehn ist einundfünfzig. Wie bist du durch die vierte Klasse gekommen?«

»Wahrscheinlich hast du dich als mich ausgegeben, um die Mathearbeit zu bestehen.« Sie lässt vier weitere Karten auf den Tisch fallen. »Ist siebenundvierzig besser?«

»Danke.« Ich nehme die Karten vorsichtig – Gott bewahre, dass ich ihre hygienische Majestät mit meinen Krankheitserregern berühre. »Was sollte ich denn erklären, bevor du mich unterrichtest?«

»Fang mit dem Teil des Lebenswerkes an.« Sie setzt sich auf die Abscheulichkeit mit der unpassenden Anzahl an Beinen. »Ich wusste nicht, dass du eines hast. Ist es das virtuelle Haustierzeug, das du mir immer zeigst?«

»So in der Art.« Ich beginne, die Karten auf die offensichtlich logische Weise zu sortieren: Zahlenkarten, die Primzahlen sind, zuerst, gefolgt von den restlichen. »Ich hatte keine Gelegenheit, es dir vorher zu sagen, aber ich arbeite seit einiger Zeit mit der Kinderstation des NYU-Langone-Krankenhauses zusammen. Wenn sie hören, dass ich in Pornokram verwickelt bin …«

»Halt. Wie genau arbeitest du mit ihnen?«

»Ich habe mein VR-Haustierprojekt als eine Art Therapie für Kinder in Langzeitpflege getestet.« Ich schaue von meinen Karten auf, in ein Gesicht, das identisch ist mit dem, das ich jeden Tag im Spiegel sehe: oval geformt mit scharfen Wangenknochen, einer kräftigen Nase und großen blauen Augen. Natürlich sind meine Haare, im Gegensatz zu meiner Entertainer-Schwester, von Natur aus rotblond, während sie ihre dunkler als ein schwarzes Loch gefärbt hat. Ich trage auch nicht so viel Make-up. Ihre rauchigen Augen würden einen Waschbären scharf werden lassen, und ihre Foundation ist blass genug für eine Vampir-Geisha. »Die Idee ist, den Schmerz und die Angst der Kinder zu reduzieren«, fahre ich fort, während sie zustimmend nickt.

»Das ist nicht schlecht als Lebenswerk. Und wie passt der Teufelsporno dazu?«

Ich werfe einen Blick auf das Chaos um mich herum. »Darf ich …?«

Gia seufzt. »Wenn es dich schneller zum Reden bringt, nur zu.«

Als ich aufstehe und mit dem Aufräumen beginne, bin ich ruhig genug, um meine Gedanken zu artikulieren. »Ich habe dir das auch noch nicht erzählt, aber meine Firma ist vor einiger Zeit in finanzielle Schwierigkeiten geraten, und die Morpheus Group hat uns gekauft.«

Sie rümpft die Nase. »Noch nie von denen gehört.«

Ich hebe einen Zylinder auf, aus dem das Kaninchen eines Zauberers herausspringen könnte – nicht, dass Gia es jemals riskieren würde, etwas zu berühren, was gerne seine eigenen Fäkalien frisst. »Das hatte ich auch nicht, bis sie uns akquiriert haben. Ich glaube, sie wurde kurz vor der Übernahme gegründet.« Ich lege den Hut neben Gias Stirnband und kennzeichne die Stelle gedanklich als den Platz für *Kopfbedeckungen*. »Zuerst fragten sie nach den Spezifikationen von unserem VR-Headset und den Handschuhen, und dann verschwanden sie und ließen uns weitermachen, als ob sich nichts geändert hätte. Aber wir haben gerade erfahren, dass sie planen, das Headset und die Handschuhe in einen speziellen Anzug zu integrieren, den sie entwickelt haben, der dafür gedacht ist, deinen ganzen Körper in VR fühlen zu lassen.«

Sie sieht fasziniert aus. »Sowas wie Sex fühlen zu lassen?«

»Das sind die Gerüchte, die im Büro herumgehen.« Ich hebe etwas auf, was wie ein falscher Daumen aussieht, lege es auf ein Regal neben ihre Handschuhe und ordne der Stelle alle Dinge zu, die mit *Körperteilen zu tun haben*.

»Hmm.« Sie kratzt sich am Kinn. »Sex in VR. Keine Keime. Keine Berührungen. Keine Komplikationen. Kann ich einen dieser Anzüge bekommen?«

»Du solltest dir einen richtigen Mann suchen«, sage ich und bereue es sofort – das Letzte, was ich will, ist, wie Mom zu klingen.

Gia wölbt ihre dunklen Augenbrauen und ahmt den britischen Akzent nach, den ich mir nach meinem Auslandsstudium abgewöhnen musste. »Wie man in deinem geliebten England sagen würde, da redet der Topf über den Tiegel.«

Sie hat recht. Ich bin keine Expertin, wenn es um Männer oder Sex geht – meine einzige richtige

Beziehung war mit einem Mann, der sich später als schwul geoutet hat.

Mein Gesichtsausdruck muss meine Gedanken widerspiegeln, denn sie sagt: »Sorry, Holly. Ich wollte gar nicht in diese Richtung gehen. Als Nächstes werde ich voll zur Octomom und sage dir, wie sehr du dich nach einer *sexuellen Vereinigung* sehnen solltest.«

Ich zucke zusammen. Ich hasse den Spitznamen, den sie für unsere Mutter benutzt. Den Respekt vor den Älteren zu verlieren, ist einfach nicht richtig. Mom brachte uns beide zur Welt, gefolgt von unseren Sechslingsschwestern. Ein passender Name wäre entweder Bimom – oder ist es Zwimom? – oder Sexamom ... obwohl, zugegeben, auch das klingt nicht gut. Natürlich, wenn ich ehrlich bin, ist der Hauptgrund, warum ich das *Octo*-Präfix nicht mag, dass es eine Erinnerung daran ist, dass wir acht Schwestern sind, im Gegensatz zu einer normalen Anzahl, wie sieben, fünf oder elf.

»Du brauchst etwas gute, altmodische Liebe«, sagt Gia in ihrer besten Imitation von Moms Stimme, als ich mich wieder auf sie konzentriere.

Grinsend versuche ich mich an meiner eigenen Imitation unserer peinlichen Elterneinheit. »Orgasmen mindern Stress, helfen bei Schlaflosigkeit, lindern Schmerzen, lassen dich länger leben, stimulieren dein Gehirn, lassen dich jünger aussehen ... Oh, und können den Weltfrieden bringen.«

Hat sie bemerkt, dass ich sieben Punkte auf die Liste gesetzt habe?

Gia erschaudert. »Vergiss nicht, wie hilfreich Orgasmen sind, wenn man versucht, ein Schwein zu schwängern.«

Igitt, ja. Auch wenn ich nicht so zimperlich bin wie Gia, haben mich Mamas prahlerische Geschichten über ihre Fähigkeiten als Ehefrau traumatisiert. Einmal sagte Mama, dass sie Petunia – ein Schwein, das wie ein Haustier für uns war, als wir aufwuchsen – während einer künstlichen Befruchtung zum Orgasmus gebracht hatte. Ja. Nicht das Bild, das man im Kopf haben will, wenn man Speck sieht.

Als ich merke, dass wir vom Thema abgekommen sind, blicke ich meine Schwester eindringlich an. »Kannst du mir also beibringen, was ich brauche, oder nicht?«

Sie trommelt mit ihren schwarz lackierten Nägeln auf ihren Oberschenkel. »Du hast immer noch nicht die ganze Teufelssache erklärt.«

Ah. Das. Ich hebe ein Buch über Kartentricks auf und stecke es in einen zufälligen leeren Platz in ihrem Bücherregal – wenn ich versuche, ihre Bibliothek nach Erscheinungsjahr zu sortieren, wird sie wieder wütend und weigert sich, mir zu helfen. »Laut weiteren Gerüchten im Büro«, sage ich, »sind die neuen Besitzer Bruder und Schwester. Anscheinend ist ihr Nachname Chortsky.«

»Anscheinend? Haben sie sich nicht vorgestellt?«

Ich hebe eine glänzende Magiertasse auf und stelle

sie neben einen leeren Kaffeebecher auf den Schreibtisch. »Nein. Ich habe per E-Mail mit einem Typen namens Robert Jellyheim zusammengearbeitet. Wie auch immer, als ich online nach Leuten namens Chortsky suchte, fand ich einen Vlad Chortsky, der eine Softwarefirma besitzt, und einen Alex Chortsky, der eine Videospielfirma besitzt. Es wurde keine Schwester erwähnt, es gab keine Bilder von beiden Männern und keine Präsenz in den Sozialen Medien. Das einzig Nützliche, was ich gelernt habe, ist, dass die Bezeichnung *chort* – der Wortstamm ihres Familiennamens – auf Russisch *der Teufel* oder *Dämon* bedeutet.«

»Ah«, sagt Gia. »Also ist ›der Teufel‹ nur dein Spitzname für denjenigen, der zufällig der schwer fassbare Besitzer der Morpheus Group ist. Was hat das Knacken von Schlössern damit zu tun? Willst du deinen Keuschheitsgürtel aufbekommen?«

Mein Herzschlag beschleunigt sich bei dem Gedanken an das Knacken eines Schlosses, und ich räume schneller auf, um mich zu beruhigen. »Es gibt ein Büro auf meiner Etage, wohin die integrierten VR-Anzüge gestern geliefert wurden.« Ich hebe drei metallene Verbindungsringe auf und lege sie auf den Couchtisch neben ihren Schlüsselbund. »Es ist verschlossen, aber ich möchte hineingehen und nachsehen, ob die Gerüchte stimmen.«

Sie runzelt die Stirn. »Warum?«

»Damit ich etwas dagegen tun kann … wenn ich muss.«

Ihr Stirnrunzeln vertieft sich. »Was tun?«

Ich nehme einen USB-Stick aus meiner Tasche. »Die Gerüchteküche behauptet, dass sich die Besitzer in ein paar Tagen mit einer großen Risikokapitalfirma treffen werden, um die Arbeit zu demonstrieren, die sie geleistet haben. Sie brauchen wohl eine neue Finanzierung. Meine Hoffnung ist, dass, wenn ein Computervirus diese Demo ruiniert, es das Pornoprojekt zum Stillstand bringt und ich in der Lage bin, meine Vereinbarung mit dem Krankenhaus zu beenden, bevor der Teufel eine andere Geldquelle findet.«

»Du willst also einbrechen, um Firmensabotage zu begehen?«

Ich drücke den USB-Stick in meiner Handfläche zusammen. »Kaum. Ich arbeite dort.«

»Aber du hast vor, einen Virus freizusetzen. Ist das nicht ein Verbrechen?«

Ich stecke den USB-Stick ein. »Ich habe mir ein paar Werkzeuge von Papa geliehen. Wenn ich erwischt werde, kann ich behaupten, ich hätte unsere Sicherheit getestet.«

Unser Vater ist ein Penetrationstester – was nicht das ist, wonach es klingt. Er simuliert Cyberangriffe auf Unternehmen, die das möchten, um die Schwächen und Stärken ihrer Systeme zu identifizieren.

Gia betrachtet mich mit einem besorgten Blick. »Du bist eine miese Lügnerin.«

»Ich plane, die Kameras im Büro zu deaktivieren. Niemand wird jemals erfahren, was passiert ist.«

Sie springt auf. »Ich weiß nicht. Vielleicht sollte ich diesen Wahnsinn nicht noch unterstützen.«

»Wenn du nicht hilfst, gehe ich mit einer Brechstange rein.«

Ihre Augen wandern über mich. »Das ist ein Bluff. Du hasst Gewalt.«

Ich setze eine entschlossene Miene auf. »Ich kann eine verfluchte Tür verletzen, wenn ich muss.«

Sie kaut auf ihrer Lippe, dann seufzt sie. »Das wird dich was kosten.«

Ja! Wenn sie feilscht, dann wird das passieren.

»Was willst du?«, frage ich und zügele meinen ach so einfach auszunutzenden Enthusiasmus zu spät.

Sie setzt sich wieder hin. »Du wirst aufhören, Marie Kondō mit meinen Sachen zu spielen.«

»Erledigt.« Widerwillig lasse ich ihren phallusförmigen Zauberstab zurück auf das Durcheinander von Gegenständen auf dem Schreibtisch fallen. Ich weiß sowieso nicht, wie ich ihn katalogisieren soll – abgesehen davon, ihn neben einen Dildo zu stellen.

»Und du wirst mir in Zukunft zwei Gefallen schulden, ohne Fragen zu stellen.«

Fast greife ich wieder nach dem Zauberstab, halte mich aber rechtzeitig zurück. »Willst du auch die Schlüssel zu meiner Wohnung? Oder vielleicht einen Blankoscheck?«

Sie zuckt mit den Schultern. »Wenn unsere Rollen vertauscht wären, würdest du noch mehr verlangen.«

Das ist so was von unzutreffend, aber zu widersprechen wäre zwecklos. »Wie wäre es, wenn du mir sagst, was die Gefallen sind, damit ich sehen kann, ob es mir das wert ist?«

»Abgelehnt. Wie wäre es, wenn wir sie aufteilen? Einen Gefallen für jetzt, einen zu einem späteren Zeitpunkt.«

Verdammt, sie hat ein gutes Pokerface. »Was ist der Gefallen für ›jetzt‹?«

»Hattest du schon dein Mittagessen mit unseren Eltern?«

Ich beiße die Zähne zusammen. »Ja.« Es ist offensichtlich, was sie will. Unsere Eltern sind in der Stadt und wollen natürlich nicht abreisen, bevor sie ihren beiden ältesten Töchtern einen schmerzvollen Vortrag über die Gefahren des Jungferndaseins gehalten haben.

»Du wirst dich als ich verkleiden und meinen Platz beim Mittagessen einnehmen«, sagt Gia und bestätigt meinen Verdacht. »Und du wirst *nicht* alle Sex-Tipps, die du bekommst, weitergeben.«

Das geht mir auf die Eier, ähm, so ein Mist, meinte ich natürlich. Ich hatte gehofft, dass sie mich in einem Zaubertrick benutzen würde – einen Zwilling zu haben ist ziemlich hilfreich, wenn man Teleportationskräfte und Ähnliches vorführen will.

»Wann ist das Mittagessen?«, frage ich.

Sie sieht für meinen Geschmack zu vergnügt aus, als sie mir die Details verrät.

Die Uhrzeit des Essens liegt genau in meiner mittäglichen Zahnpflege, aber so sehr ich Unterbrechungen in meinem Zeitplan hasse, erhebe ich keine Einwände. Gia hätte kein Verständnis dafür.

»Was ist der andere Gefallen?«, frage ich und fürchte mich schon davor.

Sie schmunzelt. »Netter Versuch. Das werde ich dir sagen, wenn ich es selbst weiß.«

»Gut. Wir haben eine Abmachung – vorausgesetzt, du kannst mir *tatsächlich* beibringen, wie man ein Schloss knackt.«

Sie steht auf. »Können die Sechslinge sogar Gandhi zur Gewalt treiben?«

Oh ja, das können sie. Die Abscheu vor Gewalt ist der Grund, warum ich meinen Kontakt mit dem Wurf des Bösen in Grenzen halte. Ich liebe meine Schwestern natürlich innig, aber zusammen sind sie zu viel für meine Psyche. Ich beneide und bemitleide Gia dafür, dass sie sich außerhalb der Familienferien mit ihnen trifft. Ich bin bei weitem nicht so mutig.

Sie steht auf, kramt in einer Schublade und holt ein Paar Handschuhe, ein Lederetui und eine Sammlung von Schlössern heraus.

»Zieh die an.« Sie reicht mir die Handschuhe.

Ich ziehe sie mit einem Augenrollen an. »So. Jetzt werde ich keine Keime auf deiner wertvollen Ausrüstung hinterlassen.«

Sie drückt mir den Lederkoffer in die Hand. »Ich

gebe dir Handschuhe, damit du lernst, wie man ein Schloss knackt, während du sie trägst. Oder willst du deine Abdrücke überall am Tatort hinterlassen?«

Ich öffne den Reißverschluss des Koffers und starre auf die Werkzeuge darin.

Wenn ich den gefürchteten Advanced-Artificial-Intelligence-Kurs in Cambridge bestehen konnte, kann ich das hier auch.

Hoffentlich.

»Zuerst erkläre ich dir, wie ein Stiftzuhaltungsschloss funktioniert«, sagt Gia und deutet auf ein Schloss aus Glas, bei dem die Stifte und andere Teile freigelegt sind.

Sie öffnet das Schloss sowohl mit dem Schlüssel als auch mit ihrem Werkzeug und lässt es leicht aussehen.

»Das hier ist ein Spannschlüssel.« Sie reicht mir ein Metallding und erklärt mir, was ich damit machen soll. Dann gibt sie mir einen Pickel und erklärt, wie man ihn benutzt.

»Klingt logisch«, sage ich, als der Vortrag endlich zu Ende ist. »Lass es mich versuchen.«

Sie grinst teuflisch. »Okay.«

Ich bin berühmt für meine Akribie, wenn es darum geht, Anweisungen jeglicher Art zu befolgen, also führe ich Gias Anweisungen wie ein Roboter buchstabengetreu aus. Doch mein Versuch scheitert, sehr zur Freude meines Zwillings.

Grr. Ein Schloss zu knacken scheint eher eine Kunst als eine Wissenschaft zu sein.

Zwei Stunden und dutzende abfällige Kommentare von Gia später, werde ich besser, obwohl ich noch nicht zuversichtlich genug für den Einbruch bin.

Schließlich sagt Gia: »Ich glaube, du hast es verstanden. Zumindest gibt es nicht mehr viel, was ich dir beibringen kann. Geh nach Hause und spiel alleine mit den Schlössern.«

»Okay.« Ich packe die Werkzeuge meines neu erworbenen Handwerks ein. »Ich rufe an, wenn ich noch Fragen habe.«

Zu meiner Überraschung räumt sie tatsächlich die Schlösser weg, die wir benutzt haben, anstatt sie auf den bereits überfüllten Schreibtisch zu werfen. »Überleg dir, ob du das Ganze nicht abblasen willst, ja? Lass dich nicht vom Minimalismus des Gefängnislebens verführen.«

»Das werde ich«, lüge ich, als wir aus ihrem Zimmer treten.

»Und schreib mir Updates.« Sie führt mich an dem unordentlichen Wohnzimmer vorbei zur Eingangstür. »Ruf mich auch an, wenn ich eine Kaution hinterlegen soll.«

»Cheers«, sage ich – nur um meinen Fehler zu erkennen, als Gias Grinsen sich auf das des Jokers ausdehnt.

»Tis my pleasure, guv'nor«, sagt sie mit einem dicken Cockney-Akzent. »Vergiss nicht den Lunch mit Mama und Papa.«

»Das werde ich nicht«, grummele ich.

»Jolly good.« Sie winkt auf königliche Weise mit ihrer Hand. »Tada!«

»Thank you and goodbye«, erwidere ich mit einem perfekten amerikanischen Akzent.

Sie schließt die Tür ab, und ich höre sie dahinter glucksen.

Ich kann nicht glauben, dass von all meinen Geschwistern *sie* das kleinere Übel ist.

Zu Hause angekommen, übe ich bis tief in die Nacht das Knacken von Schlössern, und als ich einschlafe, träume ich davon.

Am Montagmorgen fühle ich mich so bereit, wie nur möglich.

Es ist so weit.

Ich werde zur Arbeit gehen, warten, bis alle weg sind, und mit der Operation Einbruch fortfahren.

Kapitel Zwei

Natürlich weigern sich meine Mitarbeiter genau heute, Feierabend zu machen. Wie sagt der Engländer so schön: a bloody watched pot never boils.

Ich wette, sie arbeiten nicht einmal.

Im Nachhinein betrachtet war dies ein Fehler in meinem Plan. Da ich hier der Chief Technology Officer bin, wollen viele Leute zeigen, wie hart sie arbeiten, indem sie lange bleiben – vor allem im Hinblick auf die Übernahme.

Wie gerufen, bekomme ich eine E-Mail von Robert Jellyheim, meinem Pendant von der Morpheus Group.

Mist. Sind sie mir auf der Spur?

Aber nein. Er lässt mich wissen, dass sie planen, die Integration voranzutreiben, und dass ich ihn und das obere Management bald persönlich kennenlernen werde.

Das muss der Grund sein, warum die Anzüge geliefert wurden. Ich muss sagen, der Teufel ist ziemlich zuversichtlich, diese Finanzierungsrunde zu bekommen.

Nun, das werden wir sehen – vorausgesetzt, meine dummen Teamkollegen gehen jemals.

Mein Magen knurrt und bringt mich auf eine Idee. Vielleicht gehen sie endlich, wenn sie denken, dass ich Feierabend gemacht habe? Und wenn später jemand die Kameraaufzeichnungen anschaut, wird er sehen, wie ich mit Essen zurückkomme – ganz normal.

Ich schnappe mir meine Sachen und gehe in Richtung Lift – ich meine Aufzug.

Moment einmal. Was ist, wenn meine Kollegen es nicht bemerken?

Oh, ich weiß. Ich schaue bei ein paar Schreibtischen vorbei und räume sie auf, um so gleich zwei Fliegen mit einer Klappe zu schlagen. Wenn ich einen zusätzlichen Stift in eine Tasse lege, die nur vier enthielt, bin ich mir sicher, dass ich bemerkt werde.

Ausgezeichnet. Ich steuere auf den Aufzug zu und drücke darin alle Knöpfe für die Stockwerke mit Primzahlen, einen Luxus, den ich mir erlaube, wenn ich allein fahre.

Mein tägliches Mittagessen sind die neunzehn Stück Ravioli, die ich von zu Hause mitbringe, aber wann immer ich auf der Arbeit zu Abend essen muss, gehe ich in dasselbe japanische Lokal – Miso Hungry. Meine Bestellung bei ihnen ist auch immer dieselbe:

Miso-Suppe mit siebenundvierzig Tofuwürfeln und siebzehn Stück Frühlingszwiebeln und drei Avocadorollen. Ich lasse extra eine der eigentlichen Viererportion in der Küche zurückbehalten, damit die Summe eine ordentliche Primzahl von dreiundzwanzig ergibt.

Schließlich ist eines der Dinge, die den Menschen vom Tier unterscheidet, unser Wunsch nach Ordnung und Vorhersehbarkeit, oder zumindest sage ich das zu Gia, wenn sie mich mit meinem idyllischen, uhrwerkartigen Leben neckt.

»Zum Mitnehmen?«, fragt die Empfangsdame, sobald sie mich sieht.

Ich nicke. »Ja, zum Mitnehmen.«

Während sie zur Sushi-Bar eilt, um dem Koch meine Bestellung zu überbringen, betrachte ich das fast leere Restaurant – und bin fassungslos, als ich einen Mann sehe, der *mich* mit seinen stechenden, himmelblauen Augen betrachtet.

Und was für einen Mann.

Perfekt symmetrisches Gesicht.

Seidiges, tiefschwarzes Haar.

Breite, athletische Schultern.

Die Wangenknochen eines Engels und die küssbarsten Lippen, die ich je gesehen habe.

Das Einzige, was ihn von der Perfektion abhält, sind die ungepflegten Stoppeln in seinem Gesicht und das Durcheinander der schwarzen Locken auf seinem Kopf.

Ich kämpfe gegen den Drang an, zu ihm zu laufen, das widerspenstige Haar zu glätten und dem Koch ein Sushi-Messer zu stehlen, um dieses umwerfende Gesicht zu rasieren.

Ja, okay. Ich muss zugeben, dass ich so etwas wie einen Fetisch für glatt rasierte Männer habe. Als ich das erste Mal Bilder von Henry Cavill als Superman sah, ganz ordentlich, wollte ich mich anfassen. Aber ich war nicht im mindesten beindruckt, als er seine Rolle als der schmuddelige, schnauzbärtige Bösewicht in *Mission: Impossible – Fallout* übernahm. Die fünfundzwanzig Millionen Dollar, die DC Films für die CGI-Entfernung seines Schnurrbarts während der Dreharbeiten zu *Justice League* ausgegeben hat, waren gut angelegtes Geld, wenn man mich fragt. Ich kann den Tag kaum erwarten, an dem die Technologie es mir erlaubt, Schnurrbärte aus allen Gesichtern auf meinen Bildschirmen zu löschen.

Verflixt. Ich starre ihn immer noch an – ein Fauxpas, der durch die Tatsache verschlimmert wird, dass er nicht allein an seinem Tisch sitzt. Bei ihm ist eine Frau, die genauso umwerfend ist wie er selbst. Im Gegensatz zu ihrem schmuddeligen, aber sexy Verehrer ist sie extrem gepflegt, mit tadellosem Make-up und perfekt gestylten schwarzen Haaren.

Als ich meinen Blick von ihm losreiße, sehe ich, dass der Scheißkerl grinst.

Ich Trottel – ich meine Mistkerl.

Die Empfangsdame kommt mit meinem Essen

zurück, und ich sehe, wie der Fremde seinem hübschen Date etwas zuflüstert.

Die Frau wirft mir einen Blick zu und beginnt, aufzustehen.

Mist. Wird sie mich damit konfrontieren, dass ich ihren Mann angegafft habe?

Ich verabscheue jede Art von Gewalt, aber besonders die, die mich betreffen könnte. Hektisch schnappe ich meine Bestellung von der Kellnerin, drücke ihr das Geld in die Hand und verlasse das Miso Hungry.

Mein Herzschlag geht immer noch durch die Decke, als ich ins Büro zurückkehre. Ich schätze, von schönen Fremden heiß gemacht zu werden ist kein guter Auftakt für einen Einbruch.

Wenigstens gibt es hier gute Nachrichten. Wie ich gehofft habe, ist die Etage endlich leer. Ich wette, dass sich die Betrüger wie Wachteln zerstreut haben, sobald sich die Fahrstuhltüren hinter mir geschlossen haben.

Ich lege das Essen beiseite – mir ist der Appetit bei dem Gedanken an das, was ich gleich tun werde, vergangen – und tue so, als würde ich programmieren, bevor ich das vorbereitete Skript zum Ausschalten der Kamera starte.

Passiert das wirklich?

Habe ich die Eierstöcke, um das zu tun?

Ich straffe meine Schultern.

Es *passiert*. Ich weigere mich, zu kneifen.

Ich ignoriere die Enge in meinem Magen, stehe auf und eile zu meinem Ziel.

Als ich an der Tür ankomme, werfe ich einen Blick auf die hoffentlich deaktivierte Kamera.

Jetzt oder nie.

Kapitel Drei

Ich rüttele an der Türklinke, falls sie jemand aufgeschlossen hat.

Nein.

Ich hole mein Werkzeug und fange an, das Schloss zu knacken.

Meine Güte. Es gibt nicht nach.

Unterscheidet sich dieses Schloss von denen, an denen ich geübt habe? Oder sind es meine zitternden Hände?

Ich atme tief ein und zähle bis sieben.

Mit ruhigeren Händen knacke ich das Schloss erneut, bis etwas darin klickt.

Endlich.

Beim Eintreten betrachte ich eingehend das große Büro. Auf dem Schreibtisch stehen ein High-End-Monitor und eine ergonomische Tastatur, neben dem Schreibtisch ein erstklassiger Chefsessel – fünfbeinig, wie es sich gehört – und in der Ecke eine kleine

Ledercouch.

Ist dies die zukünftige Höhle des Teufels? Oder der Teufelin?

Ich ignoriere dieses Thema für den Moment und untersuche die Anzüge.

Sie sind aufgeteilt in rosafarbene *weibliche* und größere blaue *männliche* Modelle und eindeutig Prototypen. Einige haben sogar Teile mit Klebeband befestigt. An ihnen hängen auch Zettel mit Anleitungen und ein Etikett mit der Aufschrift *Steril*.

Ich bin nicht wie Gia, was solche Dinge angeht, aber sogar ich bin dankbar für den sterilen Teil – schließlich wird der Anzug meinen Körper berühren. Ich fühle auch einen Hauch von Schuldgefühlen. Sobald ich einen anziehe, ist er nicht mehr steril, was für die nächste Frau, die ihn anprobiert, scheiße ist.

Vielleicht kann ich eine Nachricht hinterlassen, wenn ich fertig bin?

Eins nach dem anderen. Ich schnappe mir die Anleitung von dem rosa Anzug, der meiner Größe am nächsten kommt.

»Stelle die Klettbänder für deinen Körper ein« ist der erste Schritt.

Ich bin mit Primzahlen gesegnet, wenn es um meinen Umfang und meine Größe geht, also ist dieser Schritt dank der beschrifteten Gurte ein Kinderspiel.

»Zieh dich aus« ist die zweite Anweisung.

Hmm. Vielleicht sollte mich dieser Anzug erst einmal zum Essen einladen?

Ich gehe hinüber, um die Tür abzuschließen.

Haben die Reinigungskräfte einen Schlüssel zu diesem Büro? Hoffentlich nicht. So oder so, sie kommen erst in ein paar Stunden – ich habe es überprüft, als ich diesen Einbruch geplant habe.

Sich am Arbeitsplatz auszuziehen, fühlt sich extrem unangenehm an, aber da die Anweisungen es befehlen, tue ich es und lege meine Kleidung ordentlich gefaltet auf die Rückenlehne des Bürostuhls.

»Lege oder setze dich hin, während du den Anzug anziehst«, rät die nächste Anweisung. »Beginne mit den Beinen, dann den Körper, dann die Handschuhe. Das Headset kommt als Letztes.«

Ich setze mich auf die Couch, spüre das eisige Leder auf meinem nackten Hintern und schlängele mich gemäß der Anleitung in den Anzug. Dann passe ich alles an, um sicherzugehen, dass es gut sitzt.

Das Headset schaltet sich ein, und ein Virtual-Reality-Dashboard erscheint in der Luft vor mir. Die Benutzeroberfläche ähnelt der, die mein Team für genau dieses Headset entworfen hatte, allerdings mit offensichtlichen Optimierungen – das muss die Arbeit von Robert Jellyheim und seinem Team sein.

Momentan gibt es nur ein einziges App-Icon – *Demo* – im Dashboard.

Ich hebe meine behandschuhte Hand und drücke mit einem Finger darauf.

Der Anzug erwacht zum Leben und drückt meinen Körper fest zusammen, wodurch das Gefühl einer Umarmung entsteht. Gleichzeitig finde ich mich in einem weißen Raum wieder, in dem zwei Kugeln in der Luft hängen, über denen zwei Textzeilen schweben: »Designpartner« und »Standardeinstellungen verwenden.«

»Designpartner« klingt wie etwas, was eine Porno-App sagen würde, also klicke ich das an.

Zwei weitere Kugeln erscheinen mit der nächsten Auswahl: »Männlich« oder »Weiblich.«

Die Chancen, dass dies Pornokram ist, steigen.

Ich entscheide mich für *männlich*, denn das ist es, worauf ich stehe, und der weiße Raum füllt sich mit körperlosen Männerköpfen.

Oh. Okay. Bücher über das Design von Benutzeroberflächen behandeln offensichtlich nicht, wie man es vermeidet, seine Software gruselig zu gestalten – ganz klar ein Versäumnis. Wenn man nicht gerade ein Spiel über Geister macht, sind körperlose Köpfe eine schlechte Idee.

Mit einer Handbewegung rufe ich jeden Kopf zu mir, damit ich mir die Gesichter genauer ansehen kann.

Sehr hübsch. Obwohl sie nicht so realistisch sind wie im echten Leben, sind sie das Beste, was die aktuelle Technologie erlaubt – die Morpheus Group muss mit einigen talentierten Künstlern zusammenarbeiten.

Nach einiger Überlegung entscheide ich mich für einen Kopf mit einem symmetrischen Gesicht mit verträumten blauen Augen und gemeißelten Zügen.

»Kinn wechseln?«, fragt mich das Interface als Nächstes.

Das will ich – und mache es kräftiger.

»Gesichtsbehaarung hinzufügen?«

Zum Teufel, nein.

»Wangenknochen verändern?« ist die nächste Auswahl.

Ich mache sie markanter, definierter.

»Augenfarbe ändern?«

Ich entscheide mich für einen dunkleren Blauton – Himmelblau, um genau zu sein.

Als Nächstes tausche ich die kurzen blonden Haare gegen schwarze und seidig-schön zurückgestylte, wie ich es mag.

Jetzt schwebt ein körperloser, aber sehr attraktiver Kopf in der Luft.

Ist es falsch, dass ich jetzt eher angeturnt bin, als dass es mich gruselt?

Augenblick mal.

Der Kopf, den ich entworfen habe, sieht verdächtig nach dem aus, der an dem glühend heißen Fremden bei Miso Hungry angebracht ist. Diese Version ist nur glatt rasiert und hat keinen Körper.

Danke, Unterbewusstsein. Jetzt fühle ich mich wie eine totale Perverse.

»Oberkörpertyp« ist die nächste Auswahl.

Das gruselige Gefühl kommt zurück, als der Kopf des Hotties zur Seite fliegt und ein Haufen kopfloser und beinloser Torsi erscheint.

Da ich mir nicht sicher bin, ob ich den Kerl aus

dem Restaurant weiter nachbilden soll – und weil ich ihn noch nicht nackt gesehen habe –, entscheide ich mich für einen muskulösen, breitschultrigen Torso mit Waschbrettbauch. Weil ... warum nicht?

Einmal ausgewählt, wird der Torso am Kopf befestigt.

Ich betrachte die beinlose Erscheinung. Ist es komisch, dass ich jetzt schon meinen Willen bei ihm durchsetzen will? Ist es überhaupt ein *Er* ohne den Unterkörper?

Ich schlucke hörbar und berühre die virtuellen Brustmuskeln.

Verdammt. Der Handschuh sorgt dafür, dass sich die Berührung real anfühlt – was keine Überraschung sein sollte, da ich Teil des Teams war, das diese Technologie ermöglicht hat. Und doch bin ich überrascht. Bei der Arbeit an den Handschuhen war meine Priorität, dass sich das Streicheln einer flauschigen, kuscheligen Kreatur so realistisch wie möglich anfühlt, also waren Sex und die damit verbundenen menschlichen Hautempfindungen das Letzte, woran ich dachte.

Weitere Torsi folgen. Ich lasse seinen Bizeps und andere Muskeln so, wie sie sind, und entscheide mich gegen Brustwarzenpiercings und Tattoos.

Als die nächste Auswahl auftaucht, schaue ich sie blinzelnd ein paar Sekunden lang an.

Wenn ich noch irgendwelche Zweifel hatte, sind sie jetzt weg.

Das *wird* zu Pornokram führen.

Der Raum um mich herum ist mit Schwänzen bedeckt.

Großen. Kleinen. Harten. Schlaffen. Dicken. Dünnen. Von Adern durchzogenen. Glatten. Geraden. Krummen. Tiefes Lila. Blassrosa. Grün und blau? Irgendein Mensch hatte offensichtlich ein perverses Vergnügen daran, so viel Abwechslung wie nur möglich zu schaffen. Apropos Mensch, einige der Auswahlen scheinen nicht zu unserer Spezies zu gehören – es sei denn, es gibt Typen da draußen, die wie Einhörner ausgestattet sind.

Das erinnert mich an die berühmte Szene aus *Matrix*, in der Neo nach *Waffen* fragt. Jeder Menge Waffen. Nur sind das hier Penisse. Moment, ist das der Plural oder ist es nur Penis? Nein. Das klingt falsch. Vielleicht ist es Peni? Nein, das gilt nur für lateinische Wörter, die auf -us enden, was der Penis nicht tut – er klingt nur so. Es könnte Penes heißen – aber das klingt zu sehr nach dem Plural für Penne-Nudeln. Ich werde das alles recherchieren müssen, wenn ich wieder Zugang zum Internet habe.

Ohne Rücksicht auf die korrekte Benennung tanzen männliche Geschlechtsteile um mich herum, einige fröhlich, andere geradezu bedrohlich – alle eindeutig begierig darauf, ausgewählt zu werden.

Ich schließe die Augen. Es ist schwer, sich so zu konzentrieren … sehr schwer.

Ich sollte jetzt aufhören. Diese körperlosen Schwänze sind schließlich mein Beweis.

Ein stichfester Beweis.

Doch aus irgendeinem Grund kann ich mich nicht dazu durchringen, diese VR-Session zu beenden. Ich bin mir sicher, dass es nichts mit der epischen Trockenperiode zu tun hat, die ich gerade erlebe. Oder dass ich eine Nachbildung des heißen Fremden aus Miso Horny ... ich meine Miso Hungry entworfen habe.

Nein. Nichts so Unpassendes.

Ich arbeite mit virtueller Realität, daher ist dies rein berufliche Neugier.

Ja, genau das ist es. Hier geht es um meinen Job.

Ich öffne die Augen und deute auf die Schwänze. Es ist ein harter Wettbewerb – es gibt so viele, dass ich zehn Minuten brauche, um mich endlich für einen zu entscheiden: einen – hoffentlich – menschlichen, extragroßen mit nicht zu vielen Adern.

Hat die Inspiration für dieses Design einen Schwanz wie diesen? Keine Ahnung, und es ist unwahrscheinlich, dass ich es jemals herausfinde ... oder ihn in mich reinstecke ... oder lecke ... oder lutsche.

Der Schwanz sitzt jetzt an seinem rechtmäßigen Platz unter dem Torso, und der Raum füllt sich mit genug Eiern, um den Wert einer kleinen Nation an Testosteron zu erzeugen.

Interessiert sich wirklich jemand so sehr für Hoden, dass er so viel Abwechslung braucht?

Gespannt auf die nächste Phase dieser Demo, schnappe ich mir ein Paar Eier nach dem

Zufallsprinzip und wähle dann ebenso schnell die Beine aus.

Das ist der Moment, in dem die nächste Wahl den Raum füllt: Hintern.

Jede Menge Hintern.

Rund. Herzförmig. Quadratisch. V-förmig. Muskulös und nicht. Mit Polöchern und, aus irgendeinem Grund, ohne. Mit Grübchen und ohne. Die Auswahl ist nicht so umfangreich wie bei den Penissen, aber nah dran.

Ich entscheide mich für den ersten strammen Hintern, den ich sehe, und frage mich, ob es noch mehr zur Auswahl gibt – wie Lebern oder Mandeln.

Aber nein. Endlich passt alles, und mein frisch designter virtueller Freund fängt an zu tanzen – wie *Magic Mike*.

Verdammt. Meine Eierstöcke geben sich gegenseitig High-Fives, während ich schamlos die digitale Perfektion begutachte. Es könnte sogar sein, dass sich Sabber in meinen Mundwinkeln sammelt – und andere Arten von Nässe an meinen intimsten Stellen.

Wer auch immer das entworfen hat, ist ein böses Genie, besonders, wenn man bedenkt, wie wenig Zeit seit der Übernahme vergangen ist. Wenn sie ihre Seele an den Teufel verkaufen mussten, würde ich sagen, dass es das vielleicht wert war. Oder hat der Böse dies persönlich getan? Es würde zum Charakter des Verführers passen, die ultimative Waffe der sexuellen Sünde zu erschaffen.

Ich werde von meinen pseudo-theologischen Überlegungen durch eine Sprechblase abgelenkt, die über dem Kopf des nicht mehr tanzenden, aber nicht weniger leckeren digitalen Exemplars auftaucht.

»Willst du, dass ich dir eine Kostprobe davon gebe, was der Anzug kann?«, fragt er. »Ja oder nein?«

Ich wähle *Ja*, und der Typ teleportiert sich zu mir herüber und kommt so nah an mich heran, dass seine herausragende Erektion gegen meinen Bauch drückt.

Wow. Der Anzug erzeugt ein Gefühl von Druck, das unheimlich echt ist.

»Weiter?«, fragt eine andere Gedankenblase.

Mein Finger ist unsicher, als ich *Ja* wähle.

Mein digitaler Partner umfasst meine Brust mit seiner Hand.

Ich schnappe nach Luft. Die Berührung fühlt sich unglaublich echt an – trotz der Hormone, die die Fähigkeit meines Gehirns, rationale Beobachtungen zu machen, mindern.

Ein *Weiter?* später drückt er sanft meine Brustwarze.

Doppeltes Wow. Der Druck ist realistisch genug, um eine neue Welle des Verlangens nach Down Under zu schicken.

Unglaublich.

»Weiter?«, fragt die böse Gedankenblase.

Mein *Ja* ist zögerlich, und als ich sehe, wie er nach meinem Intimbereich greift, fange ich instinktiv sein Handgelenk ab – was beweist, wie realistisch das alles erscheint.

Hmm. Sein Handgelenk fühlt sich in meiner Hand echt an, aber die Aktion selbst war wackelig. Es scheint etwas Arbeit zu erfordern, um die Handschuhe in den Anzug zu integrieren.

Eine weitere Luftblase erscheint über seinem Kopf. »Willst du die Cunnilingus-Phase ausprobieren? Ja oder nein?«

»Willst du mich verarschen?«, frage ich laut.

Die Blase geht nicht weg – es gibt offensichtlich keine Spracherkennung im Anzug – anders als bei meinem VR-Haustier-Projekt.

Wie weit darf mich meine Neugier treiben? Ich bin kurz davor, *Nein* zu wählen, aber dann frage ich mich, wie sie *dieses* Gefühl vortäuschen.

Ja. Weitere professionelle Neugierde. Offensichtlich. Das hat nichts damit zu tun, wie sehr ich diese Lippen da unten haben möchte. Oder mit der Tatsache, dass mich noch nie ein Mann geleckt hat. Nein, überhaupt nicht.

Nach Luft schnappend, wähle ich wieder *Ja.*

Der Kerl verschwindet für einen Moment aus seiner Existenz, dann taucht er in der Cunnilingus-Position wieder auf. Sein Gesicht liegt vor meinem Schritt, und seine himmelblauen Augen blicken zu mir auf.

Ich lehne mich auf der Couch zurück.

Seine Zunge leckt zum ersten Mal über mich.

Oh. Mein. Gott.

Genau so habe ich mir das immer vorgestellt. Seine Zunge ist warm und geschmeidig und mehr als unglaublich. Wenn es einen Nobelpreis für die perverseste Erfindung gäbe, würde ihn zweifellos der Teufel bekommen.

Noch ein Zungenschlag.

Und noch einer.

Dann krallt er sich an meinem Kitzler fest und beginnt zu saugen.

Meine Zehen biegen sich nach hinten.

Heilige Personalpolitik. Ich bin kurz davor, an meinem Arbeitsplatz zu kommen.

Ich greife nach seinem Kopf, kann mich aber nicht überwinden, ihn wegzuziehen. Wenn überhaupt, muss ich den Drang bekämpfen, ihn fester gegen meinen Schritt zu drücken.

Plötzlich hört alles auf, und ich werde fast wahnsinnig.

Neeeeein! Ich stand so kurz vor dem Orgasmus.

Eine neue verflixte Wahl erscheint in der Luft.

»Willst du die Penetrationsphase ausprobieren? Ja oder nein?«

Ja.

Nein.

Ich bin bereit dafür, aber hier und jetzt penetriert zu werden, ist nicht …

Es ertönt das Geräusch von einem sich öffnenden Schloss.

Scheiße.

Mein Herz springt in die Stratosphäre, und mein Inneres verwandelt sich in Sorbet.

Jemand ist kurz davor, mich zu erwischen.

Kapitel Vier

Ich springe auf und umfasse das Headset.

Verdammte Scheiße – ähm, verflixt. Die Handschuhe machen es schwer, gut zuzugreifen, also versuche ich, es gewaltsam von mir abzuschütteln, aber stolpere dabei über etwas.

Ich schwinge mit den Armen, als würde ich versuchen, fliegen zu lernen, und greife nach dem Ersten, das sich mir in den Weg stellt – und das scheint der Bürostuhl zu sein.

Verdammt. Das Ding hat Räder, die, was vorhersehbar war, anfangen zu rollen, und mein Sturz geht weiter – mit mehr Armschwingen und Geräuschen von sich lösenden Anzugklettverschlüssen.

Bumm!

Mein Handgelenk prallt gegen etwas Hartes. Dem Aufprall auf dem Boden und dem Geräusch von splitterndem Plastik nach zu urteilen, muss ich gerade diesen schönen Monitor zerstört haben.

Starke Hände ergreifen mich, bevor ich noch weiter stürzen kann.

Da ich nicht damit gerechnet habe, flippe ich aus, greife nach etwas, was sich wie eine Tastatur anfühlt und bereite mich darauf vor, mit ihr zuzuschlagen.

Die Hände lassen mich sofort los.

»Ich wollte nur helfen«, sagt eine tiefe, samtene Stimme mit einem russischen Akzent.

Das stimmt, weshalb ich die Tastatur nicht in das Gesicht ramme, das zur Stimme gehört. Stattdessen lasse ich meine Waffe los – und erschaudere, als ich höre, wie sie auf dem Boden zerbricht.

»Warum erlaubst du mir nicht, dir das Headset abzunehmen?«, fragt die Stimme.

»Cheers«, platze ich damit heraus, und bevor ich es zu *Danke* korrigieren kann, wird das Headset vorsichtig von meinem Kopf entfernt.

Jetzt, wo ich wieder sehen kann, starre ich meinen Retter an.

Mit offenem Mund.

Ich kann gar nicht mehr damit aufhören.

Bin ich während der Demo eingeschlafen – oder ist das immer noch die virtuelle Realität?

Vor mir steht genau der Typ, der mich gerade in der VR vernascht hat – der heiße Typ aus dem Miso Hungry.

Kapitel Fünf

»Geht es dir gut?«, fragt der heiße Fremde, dessen himmelblaue Augen mir in die Seele blicken.

»Ja.« Mit brennendem Gesicht ziehe ich den ersten Handschuh mit meinen Zähnen aus, dann benutze ich die freie Hand, um den anderen Handschuh auszuziehen. Wie ferngesteuert beginne ich, den Rest des Anzugs zu öffnen – bis ich mich daran erinnere, dass ich darunter komplett nackt bin.

»Willst du eine Minute?«, fragt er und hält seinen Blick demonstrativ auf mein Gesicht gerichtet und nicht nach unten – als ob er etwas ignorieren würde.

Ich schaue nach unten.

Oh *bloody hell*!

Meine rechte Brustwarze ist zu sehen.

Ich habe das reißende Geräusch eines sich öffnenden Klettverschlusses von vorhin komplett vergessen.

»Dreh dich bitte um!«, rufe ich und mache so schnell auf dem Absatz kehrt, so dass es ein Wunder ist, dass ich nicht das Wenige zerstöre, was in diesem Büro noch intakt ist.

»Erledigt«, sagt er.

Ich schaue über meine Schulter. Er steht mit dem Rücken zu mir. Der Hintern in seiner Jeans erinnert an den, den ich für ihn in der VR ausgesucht habe.

Moment einmal. Was tue ich da?

Ich ziehe den Anzug aus und steige auf Zehenspitzen über den zerbrochenen Monitor und die Tastaturteile, während ich meine verstreuten Klamotten vom Boden aufhebe.

Meine Hände zittern, als ich die Sachen anziehe, und meine Haut ist abwechselnd zu heiß und zu kalt.

Bloody hell, bloody hell, bloody hell.

Das ist schlimm. So, so schlimm.

Erst als ich vollständig angezogen bin, kann ich das Geschehene komplett verarbeiten – und während ich das tue, möchte ich im Boden versinken. Vielleicht den ganzen Weg bis zur Lobby.

Meine Wangen fühlen sich an wie die Oberfläche der Sonne, als ich murmele: »Du kannst dich jetzt wieder umdrehen.«

»In Ordnung.« Er dreht sich zurück und mustert mich von oben bis unten. »Also, wer bist du?«

Die Worte kommen zu schnell aus meinem Mund. »Holly Hyman, zu Ihren Diensten.«

Verflixt. Warum habe ich das gerade gesagt?

Er runzelt die Stirn, was sein Gesicht

bizarrerweise noch sexyer aussehen lässt. »Der CTO?«

»Schuldig im Sinne der Anklage.« Oh Mann. Warum habe ich *das* gerade gesagt? Ich versuche verzweifelt, meinen Fehler auszubügeln. »Und du bist …?«

»Alex.« Er streckt seine große, maskuline Hand aus. »Alex Chortsky.«

Mein Kiefer schlägt auf den Boden.

Chortsky.

Der Besitzer der Morpheus Group.

Der Teufel persönlich.

Kapitel Sechs

Kein Wunder, dass er die Wangenknochen eines Engels hat. Er ist der ursprüngliche gefallene Engel.

Ich will weglaufen, aber er versperrt mir den Weg.

Moment einmal. Es ist nicht alles verloren. Er weiß nicht, warum ich hier bin. Vielleicht gibt es einen Ausweg aus dieser Situation?

Der Teufel sieht verwirrt aus und lässt seine Hand sinken.

Verdammt. Wie konnte ich ihn nur so dastehen lassen? Das ist mega unhöflich.

Bevor ich mich entschuldigen kann, blickt er auf den Boden und verzieht beim Anblick der zerbrochenen Tastatur das Gesicht. »Ich hatte gerade Gummiringe unter allen Tasten installiert«, sagt er bedauernd. »Hat mich eine Stunde Arbeit gekostet.«

Eine neue Welle von Schuldgefühlen überschwemmt mich. Ich benutze diese Dinger selbst ... sie machen mechanische Tastaturen – die allerbesten – weniger laut. Ich will ihm gerade anbieten, eine neue Tastatur zu kaufen und die Ringe selbst zu installieren, als er etwas auf dem Boden entdeckt und sich seine Augen verengen.

Oh nein.

Er bückt sich und hebt einen USB-Stick auf.

Den USB-Stick mit dem Virus darauf. Er muss mir aus der Tasche gerutscht sein, als meine Kleidung vom Stuhl gefallen ist.

»Ist das deiner?« Seine zusammengekniffenen Augen richten sich auf mein Gesicht – doch selbst die Bedrohung in diesen himmelblauen Augen mindert nicht seine verheerende Wirkung auf meine Hormone.

»Nein. Ich meine ja.« Ich strecke meine sichtlich zittrige Hand aus. »Kann ich ihn wiederhaben?«

Die sinnlichen Lippen verflachen sich, und der Teufel zieht den Stick abrupt aus meiner Reichweite. »Was genau machst du in meinem Büro?«

Ich kämpfe gegen zwei widersprüchliche Triebe an: Schreiend weglaufen zu wollen oder mit ihm um den Stick zu kämpfen. Ich entscheide mich für etwas dazwischen. »Ich, ähm ... um genau zu sein, Robert hat mir gesagt, dass wir die Integration vorantreiben werden.« So weit, so wahr. »Ich wollte mir den Anzug als Teil davon anschauen.« Das *könnte* wahr sein.

Sein grimmiger Gesichtsausdruck ist unverändert. »Wie hast du die Tür geöffnet? Ich habe sie gestern Abend selbst abgeschlossen.«

Ist er nachts hierhergekommen? Warum hat mich die Gerüchteküche nicht davor gewarnt? Oh, klar. Weil sie an Tagen, an denen ich nicht lange arbeite, es ebenfalls nicht tun.

»Die Tür war offen.« Scheiße. Ich klinge nicht einmal für mich überzeugend. Dumm, dumm, dumm. Warum habe ich Gia nicht gebeten, mir beizubringen, wie man besser lügt?

Er steckt den Stick mit der Endgültigkeit einer Gefängnisstrafe in seine Tasche. »Warum bist du so spät noch hier?«

»Ich – ich hatte eine Menge zu tun. Ich bin gerade erst fertig geworden.«

Seine Augen sind jetzt wie Schlitze. »Du hast dein Essen nicht einmal angerührt.«

Mist. Er hat gesehen, dass ich es gekauft habe. »Ich bin neugierig geworden und habe darüber meinen Appetit verloren.« Gott. Ein Fünfjähriger hätte sich eine bessere Lüge einfallen lassen können.

Er nimmt sein Handy heraus und klickt einiges an. Was auch immer er sieht, es muss ihm nicht gefallen, denn sein Kiefer spannt sich an, während er mich mit seinem himmelblauen Laserblick fixiert. »Du weißt nicht zufällig, warum die Überwachungskameras nicht funktionieren, oder?«

Ich stehe nur da und schnappe nach Luft. Es ist amtlich – ich habe meine Fähigkeit, zu sprechen, verloren.

»Betreibst du Wirtschaftsspionage?« Seine Worte sind abgehackt.

Immer noch stumm, schüttele ich den Kopf.

Er blickt auf mich herab. »Was dann?«

Ich antworte nicht. Das kann ich nicht. Mein Herz klopft so stark, dass mir schlecht wird.

Seine prächtigen Lippen werden wieder flach. »Wenn du reinen Tisch machst, werden die Konsequenzen weniger schwerwiegend sein.«

»Ich ... ich habe nur ...« Meine Kehle ist zu trocken, um die Worte herauszubekommen.

»Du hast nur was? Denk dran, dass ich es selbst herausfinden kann.« Er tätschelt die Tasche mit dem Stick.

Ich habe das Gefühl, dass ich mich gleich vor Panik übergeben werde. »Ich ... ich wollte ... ich wollte den Pornokram stoppen.« Oh, verdammt. Warum habe ich das gerade gesagt? Das klingt übel. Ich hätte ...

Er verschränkt seine Arme vor der Brust. »Was meinst du mit ›Pornokram stoppen‹?«

Ich versuche zu verhindern, dass mir mein Herz aus der Brust springt. Wer A sagt, muss auch B sagen. »Mein Lebenswerk ist in Gefahr. Kinder und Porno vertragen sich nicht.«

»Kinder?« Er schaut mich an, als ob mir ein Einhornpenis auf dem Kopf gewachsen wäre. »Du denkst, wir machen Kinderpornos?«

»Was? Nein!« Moment, vielleicht hätte ich Ja sagen sollen. Jetzt ist es zu spät. Ich suche nach einer vernünftigen Erklärung, kann aber nur mit der

Wahrheit aufwarten. »Ich habe an einer VR-Haustiertherapie gearbeitet.«

Von da an beginne ich mit der ganzen Geschichte und stottere meinen Weg durch meine guten Absichten – dass ich den Kindern die Zeit im Krankenhaus angenehmer gestalten möchte.

Während ich weitermache, sind die Gesichtszüge des Teufels unleserlich – er könnte Gias Pokerface Konkurrenz machen. Ich habe keine Ahnung, ob er mir glaubt oder nicht. Ich hoffe, dass er das tut. Als Vater der Lügen sollte er ein Wahrheitsserum und ein Lügendetektor in einem sein.

»Also«, frage ich zaghaft, als ich fertig bin, »bin ich gefeuert?«

Er fährt sich mit der Hand durch seine widerspenstigen Locken, und ich bekämpfe den Drang, ihn zu fesseln und das Haar zu bändigen. Diese Aktion würde meinem Fall nicht im Geringsten helfen.

»Wir werden deinen Beschäftigungsstatus nach dem Investorentreffen morgen besprechen«, sagt er schließlich.

Hoffnung erblüht in meiner Brust. Ich bin nicht sofort gefeuert. Das ist toll. Ich würde mich feuern, wenn unsere Rollen vertauscht wären. Andererseits zögert er wahrscheinlich nur das Unvermeidliche hinaus. In Anbetracht des Zustands seines Büros, möchte er vielleicht Zeugen haben, wenn er mich entlässt – zusammen mit funktionierenden Kameras und Sicherheitsleuten.

»Ich möchte, dass du etwas im Hinterkopf behältst«, sagt er, und seine Miene ist immer noch unleserlich. »Die Morpheus-Gruppe ist für meine Schwester so wichtig wie die VR-Haustiertherapie für dich, und ihre Arbeit ist kein *Pornokram*. Sie will Menschen sexuelle Erfahrungen ermöglichen, die aus verschiedenen Gründen nicht in der Lage sind, sie zu bekommen, darunter Patienten in Krankenhäusern, Ehemänner und Ehefrauen, die durch die Entfernung auseinandergerissen sind, Soldaten, Hochseefischer, Arbeiter auf Ölplattformen … ihre Ideale sind genauso hoch wie deine.« Ein angsteinflößender Blick ersetzt die ausdruckslose Maske. »Ich werde nicht zulassen, dass du oder jemand anderes den Traum meiner Schwester zerstört.«

Mein Kopf dreht sich. Die Gerüchte erwähnten eine Schwester, aber ich wusste nicht, dass sie die treibende Kraft hinter der Morpheus Group ist. Ich sitze noch mehr in der Patsche, als ich dachte. Selbst wenn er mich nicht feuert, wird *sie* es sicherlich tun.

»Ich muss wissen, dass unsere Fronten klar sind«, fordert er in einem harten Tonfall.

Ich nicke automatisch.

Da ich sieben Schwestern habe, habe ich mich immer gefragt, wie es wohl wäre, einen Bruder zu haben. Anstatt einen gnadenlos zu ärgern, scheinen sie einen tatsächlich vor Bedrohungen zu schützen. Das muss schön sein für die Teufelin.

Der furchteinflößende Ausdruck verschwindet aus dem Gesicht des Fürsten der Finsternis, und das viel bessere Pokerface ist wieder da. »Ich möchte, dass du sagst, dass du das verstehst.«

Ich schlucke. »Positiv. Ich liebe ... ich meine, ich brauche diesen Job wirklich.«

»Das tust du. Es ist nicht nur dein Projekt, das auf dem Spiel steht. Du würdest auch ein Vermögen an Aktienoptionen verlieren.«

Vertraut da jemand in die Zukunft dieses Unternehmens oder vertraut er seiner Schwester? Auf jeden Fall hat er höchstwahrscheinlich recht. Um mich davon abzuhalten, zu Google zu wechseln, gab mir unser alter Besitzer einen Haufen Aktienoptionen. Wenn die Firma gut läuft, werde ich in Geld schwimmen – vorausgesetzt, ich arbeite weiter hier, was nicht sehr wahrscheinlich ist.

»Ich verspreche, dass das nie wieder passieren wird«, sage ich und zucke zusammen. Offensichtlich wird *das* nicht mehr passieren. Selbst wenn ich wahnsinnig genug wäre, einen weiteren Sabotageversuch zu unternehmen, würde ich nicht sein Büro zerstören oder fast einen Orgasmus auf seiner Couch haben oder ...

Plötzlich öffnet sich die Tür zum Büro, und eine umwerfend schöne Frau tritt ein, die sich mit einem überraschten Blick umschaut.

Ich blinzele sie an.

Das ist seine Begleitung aus dem Miso Hungry.

Hat er sein Date mit zur Arbeit gebracht?

»Was ist hier passiert?«, fragt sie.

Meint sie *Was machst du mit meinem*

Freund/Ehemann/Meister?

Ihre Augen landen auf dem benutzten Anzug und hellen sich auf. »Hast du den gerade getestet?«

Einen Augenblick einmal. Ist sie …

»Hat sie«, sagt der Teufel, bevor ich überhaupt daran denken kann, zu antworten. »Der Rest des Schlamassels war nur ein Unfall.«

Nun, der zweite Teil ist wahr.

Die Frau wirkt wie verwandelt. Wenn sie in ihrer Perfektion bis eben ein wenig kalt wirkte, erinnert sie mich jetzt an ein kleines Mädchen, das zum ersten Mal auf sein neues Pony trifft. »Sag mir, wie es gelaufen ist.«

Die Züge des Teufels werden weicher. »Ich denke, wir sollten uns vorstellen. Bella, das ist Holly, der CTO, von dessen Profil du so beeindruckt warst.« Ihre Augen wenden sich mir zu, und eine stille Bedrohung lauert in den himmelblauen Tiefen. »Holly, das ist meine Schwester Bella, die Leiterin der Morpheus Group.«

Wie ich schon vermutet habe, ist sie die Schwester des Teufels.

Und sie *trägt wirklich Prada*.

Es überrascht mich, dass sie keinen russischen Akzent hat, aber ich denke, wenn sie jünger als ihr Bruder ist, könnte sie noch ein Kind gewesen sein, als sie eingewandert sind.

Eine riesige Welle der Erleichterung überkommt mich, während ich all das verarbeite.

Sie ist seine *Schwester*.

Sie waren nicht auf einem Date.

Sie haben wohl nur etwas zu Abend gegessen, bevor sie hierherkamen.

Moment einmal. Bin ich komplett verrückt geworden? Warum sollte es mich interessieren, dass der Fürst der Finsternis nicht mit ihr zusammen ist?

»Holly!« Grinsend kommt Bella näher, und die Überreste des Monitors und der Tastatur knirschen unter ihren Absatzschuhen, als sie ihre Hand ausstreckt. »Es ist so schön, dich endlich kennenzulernen.«

Ich schüttele die mir angebotene Hand, anstatt sie auszuschlagen, wie ich es bei ihrem Bruder getan habe. Mein Händedruck ist allerdings schlaff, und meine Handfläche verschwitzt.

Sie war beeindruckt von meinem Profil. Warum? Ist es möglich, dass Teufelinnen, wie der Weihnachtsmann, eine Liste von *Unartigen* haben?

Der Teufel räuspert sich. »Holly ist so begierig auf das bevorstehende Integrationsprojekt, dass sie die Initiative ergriffen hat, den Anzug zu testen.«

Bellas Händedruck wird noch enthusiastischer.

»Vielen Dank«, sagt sie und lässt mich endlich los. »Was denkst du?«

Ich bin immer noch fassungslos. Warum nimmt mich der Fürst der Finsternis in Schutz? Warum sagt er ihr nicht, dass ich Sabotage betrieben habe, statt zu testen.

Vielleicht will er sie nicht beunruhigen? Das ist möglich, so beschützend, wie er wirkt. Oder, da dies ihr Lebenswerk ist, könnte er sich Sorgen machen, dass die Wahrheit sie dazu bringt, mich anzugreifen und zu töten, was zu lästigen rechtlichen Problemen oder Anrufen bei russischen Mafiaverbindungen führen könnte. Denn natürlich haben alle Russen Verbindungen zur Mafia.

»Oh nein«, sagt Bella und mustert mein zweifellos säuerliches Gesicht. »Hat es dir nicht gefallen?«

Mist. Ich muss aufhören, zu grübeln, und endlich reagieren. Bella sieht aus, als hätte ich ihr krankes Hündchen getreten, und als ich einen Blick auf den Teufel werfe, sagt mir sein finsterer Gesichtsausdruck: *Bring das in Ordnung, sonst ...*

»Doch«, platzt es aus mir heraus. »Es war sogar genial.«

Wenn sie das glaubt, werde ich eine Schauspielkarriere starten.

Nein. Sie sieht nicht überzeugt aus, also suche ich nach etwas Wahrem. »Ich war sehr beeindruckt, wie realistisch die Dinge aussahen. Und all die Auswahlmöglichkeiten.« Na bitte. Unzählige Schwänze *sind* eine Auswahl. Und ich war beeindruckt von dem Realismus der Gesichter.

Sie neigt den Kopf. »Du verheimlichst mir etwas.«

Verflixt. »Die Integration«, sage ich aus einem Geistesblitz heraus. »Als ich während der Demo versucht habe, etwas zu berühren, schienen die Handschuhe und der Anzug nicht so aufeinander abgestimmt zu sein, wie sie es sein sollten.«

Sie nickt ernst und wirft ihrem Bruder einen spitzen Blick zu. »Hab ich dir doch gesagt.«

Ein Hauch von Lächeln berührt seine Augen. »Das habe ich nie abgestritten. Die Integration *wird* in Zukunft eine große Priorität haben.«

»Also.« Bellas Aufmerksamkeit kehrt zu mir zurück. »Wie weit bist du gekommen?«

Ich blinzele. Das ist wirklich ihr Lebenswerk – das merkt man an ihrer ungebrochenen Begeisterung. Sie kann wahrscheinlich stundenlang mit jedem, der ihr zuhört, darüber reden, ein bisschen wie frischgebackene Eltern, die mit ihrer Brut prahlen oder ich mit meinem VR-Haustierprojekt. Ich denke, es ergibt teuflischen Sinn. Diese Erfindung wird eine ganze Menge Lust in die Welt bringen – und das ist eine der sieben Todsünden.

Bella muss es leid sein, auf eine Antwort von mir zu warten, denn sie schnappt sich einen Handschuh, zieht ihn an und setzt sich das Headset auf.

»Ah«, sagt sie nach ein paar Gesten. »Du hattest gerade die Cunnilingus-Phase beendet.«

Ich werde röter als die Uniform der Queen's Guard.

Hat der Teufel gerade gegrinst?

Ohne das Headset von ihrem Gesicht zu nehmen, fragt Bella: »Wie fandest du es? War das nicht realistisch?«

»Ich ... ähm ... denke schon?«

Grr. Jetzt grinst er definitiv. Wichser. Ich meine Mistkerl.

»Du denkst schon?« Bella klingt besorgt.

Ich werde noch röter. »Ich ... habe keine Vergleichsbasis.« Oh Gott, warum habe ich das gerade zugegeben?

Sie nimmt das Headset von ihrem Gesicht und schaut mich so besorgt an, als hätte ich ihr gerade gesagt, dass ich noch nie in der Sonne war oder Tee getrunken habe. Sie wendet sich an ihren Bruder und fragt: »Wusstest du davon?«

Er schüttelt den Kopf, und sein Grinsen wird noch breiter.

Sie schaut zurück zu mir. »Aber es hat dir doch gefallen, oder nicht? Ich habe sehr hart an den Texturen gearbeitet und die ...«

»Es war unglaublich!« Der Satz entkommt mir mit einem Quietschen.

»Uff.« Sie streicht sich mit der Hand theatralisch über das Gesicht. »Ich habe mir schon einen Moment lang Sorgen gemacht. Du bist aber nicht bis zur Penetration gekommen, oder?«

Warum kann mich der Boden nicht verschlucken und mich von meinem Elend befreien?

Mir gelingt ein Kopfschütteln.

»Aber *das* hast du doch schon einmal erlebt?« Sie sieht entsetzt aus bei der Vorstellung, dass ich noch Jungfrau bin, und ich möchte sterben. Vielleicht durch spontane Selbstentzündung. Oder die Personalabteilung, die uns alle erschießt.

Zu sagen, dass dies ein sensibles Thema für mich ist, wäre eine massive Untertreibung. Ich hatte natürlich Sex, aber mein Entjungferer stellte sich als schwul heraus – und obendrein wurde ich als Kind immer mit dem nicht gerade kreativen Spitznamen Holy Hymen gehänselt, und wer ist schon gerne ein heiliges Jungfernhäutchen?

»Entschuldigung. Ich wollte nicht zu indiskret sein«, sagt Bella, als sie sieht, wie peinlich mir das Ganze ist.

Ich will meine brennenden Wangen kühlen. »Ist schon in Ordnung. Ich hatte schon mal Geschlechtsverkehr, keine Sorge.«

So. Ich sollte eine Medaille bekommen.

»Gott sei Dank.« Sie drückt das Headset wieder an ihr Gesicht. »Trotzdem, ohne Erfahrung mit Oralsex bist du nicht die ideale Testperson. Schade.«

Muss ich darauf antworten?

»Schwesterchen, Holly wollte eigentlich gerade gehen«, sagt der Teufel. »Sie hat einen langen Arbeitstag hinter sich und …«

»Igitt!« Bella reißt sich das Headset vom Gesicht. »Der Typ, den du zusammengestellt hast, sieht genauso aus wie Alex. *Nackt.*«

Ernsthaft, wo ist die spontane Verbrennung?

Der himmelblaue Blick des Teufels richtet sich auf mich, und ich könnte schwören, dass ein Schimmer von Feuer darin zu sehen ist. Dann wendet er sich seiner Schwester zu. »Igitt? Meinst du das ernst?«

Sie rollt mit den Augen. »Erwartest du, dass ich sabbere? Wie du schon gesagt hast, wir sind nicht die Lannisters oder die Borgias.«

Fehlen dem Bösen jetzt die Worte?

Bella grinst mich verlegen an. »Du hättest mich vorwarnen können.«

»Tut mir leid«, murmele ich. »Ich habe nicht mitgedacht.«

»Kein Problem.« Sie ergreift den sperrigen Teil des Anzugs, wo meine Vagina wäre, wenn ich ihn noch tragen würde. »Ich wette, du fragst dich, wie das mit der Penetration funktionieren soll.«

Ich schüttele den Kopf, aber sie bemerkt es entweder nicht oder es ist ihr egal. »Offensichtlich ist es nicht praktisch, eine Vielzahl von Dildos in den Anzug zu stecken, also war ich gezwungen, Hydraulik zu benutzen und …«

»Schwesterchen.« Der Ton des Teufels wird eindringlicher. »Holly hat noch nicht einmal Zeit gehabt, ihr Abendessen zu sich zu nehmen.«

»Oh.« Sie sieht mich schuldbewusst an. »Armes Ding. Entschuldigung. Wir werden später mehr darüber reden. Iss deine Mahlzeit und geh nach Hause.«

»Danke! Ich esse es unterwegs.« Ich sause aus dem Büro, als ob der Teufel hinter mir her wäre – und vielleicht ist er das ja auch.

Alles, was ich will, ist, hier herauszukommen und noch einmal von vorne anzufangen – vorausgesetzt, das ist überhaupt möglich.

Da ich gerade laufe, fische ich meine Ohrstöpsel aus der Tasche, stecke sie mir in die Ohren und mache meine bewährte Laufmusik an: den *Downton-*

Abbey-Soundtrack. Als ich meinen Schreibtisch erreiche, schnappe ich mir mein Essen, nicht, weil ich noch Lust darauf habe, sondern weil ich gesagt habe, ich würde unterwegs essen.

So weit, so gut. Ich bin schon draußen. Nur noch eine Minute bis zur Freiheit.

Ich rase zum Aufzug und leite all meinen aufgestauten Frust und mein unverbranntes Adrenalin in meine Beinmuskeln.

Fast da.

Fast.

Ja.

Ich bin beim Aufzug. Ich drücke mit dem Finger auf den Knopf und kaue vor Vorfreude fast meine Nägel.

Nach einer gefühlt jahrhundertelangen Wartezeit kriechen die Aufzugstüren auf.

Endlich.

Ich will gerade eintreten, als sich eine Hand auf meine Schulter legt.

Scheiße.

Ich habe es nicht geschafft.

Ich drehe mich um und stelle mich dem Teufel.

Kapitel Sieben

*A*ber es ist die Teufelin, und sie lächelt – nicht das, was man erwartet, bevor man in die brennenden Höllenfeuer stürzt.

Ich ziehe einen Ohrstöpsel aus dem Ohr und sehe wahrscheinlich so entsetzt aus, wie ich mich fühle.

»Ich wollte, dass du das hier bekommst.« Bella reicht mir einen Rucksack mit handgezeichneten Genitalien darauf.

Oookay.

Ich schnappe mir den Rucksack, drücke ihn an meine Brust und blinzele sie an. Etwas Schweres befindet sich im Inneren. Könnte es das Herz oder Leber der letzten Person sein, die versucht hat, ihre Arbeit zu sabotieren?

Sie sieht mich erwartungsvoll an.

»Danke?«, murmele ich.

»Es ist der Anzug.« Sie wackelt lasziv mit den

Augenbrauen. »Der, den du ausprobiert hast. Ich dachte, du würdest die Demo beenden wollen.«

Ich werde wieder rot – meine Wangen sind jetzt routiniert darin.

Dann bemerke ich, dass der Teufel persönlich in Hörweite ist und grinst. Wenn ich stark wie Hulk wäre, würde ich diesem Scheißkerl den Rucksack mit Penisbemalung an den Kopf werfen. Leider bin ich das nicht – und für so etwas werde ich mit Sicherheit gefeuert.

»Dann wünsche ich dir eine gute Heimfahrt«, sagt Bella.

»Danke. Bye.« Ich gehe zurück in den Aufzug und drücke den Knopf für die Lobby.

Als sich die Türen schließen, sehe ich, wie das böse Grinsen des Teufels zu einem Grinsen wird, das mich einfach nur wütend macht.

Mein Essen schmeckt wie Sandpapier, als ich es ohne nachzudenken im Taxi esse, und selbst als ich nach Hause komme und mein siebenstufiges Abendritual beginne, weigert sich mein Kopf, damit aufzuhören, sich zu drehen.

Werde ich meinen Job verlieren?

Was auch immer die Antwort ist, mein Lebenswerk ist immer noch in großer Gefahr.

Während ich meine einunddreißig Zähne akribisch mit Zahnseide reinige – durch Zufall musste ich vor ein paar Jahren einen meiner Weisheitszähne entfernen lassen –, überlege ich, ob es einen Weg gibt, mein Projekt zu retten.

Vielleicht kann ich morgen ein Notfalltreffen mit der Verwaltung der NYU Langone einberufen und versuchen, sie davon zu überzeugen, vom Beta-Test zur offiziellen Einführung der VR-Haustiertherapie überzugehen. Wenn es erst einmal einen Vertrag und Daten darüber gibt, wie nützlich die Therapie ist, wird es weniger wahrscheinlich sein, dass sie sich zurückziehen, wenn sie erfahren, dass das Unternehmen, mit dem sie einen Deal gemacht haben, für seine Erwachsenenprodukte bekannt ist. Der Teufel mag es nicht als Pornokram ansehen, aber sie werden das sicher.

Einen Versuch ist es wert. Ich öffne meinen Laptop und bitte um ein Meeting.

Jetzt brauche ich zwei Wunder. Oder nennt man es anderes, wenn der Teufel selbst im Spiel ist?

Mein Telefon klingelt. Es ist eine SMS von Gia:
Soll ich dich auf Kaution aus dem Gefängnis holen?
Sehr lustig.
Nicht nötig, simse ich zurück. *Ich habe meine Meinung über den Einbruch geändert.*

Ich lüge meinen Zwilling selten an, aber ich bringe es nicht über mich, über das zu sprechen, was passiert ist.

Ich wusste, du würdest kneifen, antwortet sie. *Du schuldest mir trotzdem etwas.*

Ich seufze. *Na schön. Apropos, sag den Eltern, dass sie dich im Miso Hungry treffen sollen – einem Lokal in der Nähe meines Büros.*

Nachdem sie versprochen hat, dass sie es tun wird, schalte ich mein Telefon aus.

Nach meinem Zeitplan ist es Zeit, schlafen zu gehen. Das Problem ist, dass ich in diesem Zustand auf keinen Fall schlafen kann – ich fühle mich, als hätte ich gerade ein Fass Espresso mit Kokain getrunken.

Zeit für die großen Geschütze.

Ich schalte meinen Fernseher ein und mache die Serienpremiere von *Downton Abbey* an.

Nein. Kann immer noch nicht schlafen. Es scheint, als ob noch größere Geschütze benötigt werden.

Ich hänge die Episode von Roses Hochzeit an, hauptsächlich weil sie eines meiner liebsten Violet-Zitate aller Zeiten enthält: *Liebe mag nicht alles erobern, aber sie kann eine Menge erobern.*

Als sie vorbei ist, versuche ich, wieder zu schlafen.

Nichts.

Ich gehe zu meinem ultimativen Schlafmittel: Jane Austens *Stolz und Vorurteil*.

Immer noch kein Glück.

Okay, wie wäre es mit *Emma*?

Nein. Wenn überhaupt, dann machen all diese romantischen Geschichten es nur noch schlimmer, denn ein Paar himmelblauer Augen taucht immer wieder in meinem Kopf auf.

Ich wechsele die Taktik und greife zu einer Tasse Kamillentee. Sie erinnert mich zum Glück nicht an den Teufel, aber sie hilft auch nicht – und ich traue mich nicht, etwas Koffeinhaltiges zu trinken.

Eine verrückte Idee kommt mir in den Sinn. Ein Orgasmus könnte mir helfen, schläfrig zu werden. Was wäre also, wenn ich den Anzug anziehe, den Bella mir gegeben hat?

Nein. Das darf ich nicht.

Aber ich will es.

Verflucht seid ihr, Teufel und Schwester. So muss sich Jesus gefühlt haben, als er in der Wüste in Versuchung kam.

Aber Moment einmal. Es gibt eine VR-Aktivität, die mich beruhigen könnte – zugegeben, nicht so sehr wie ein virtueller Fick.

Meine eigene VR-Haustiertherapie.

Ja, genau das ist es.

Ich mache mich bereit, starte die notwendige App und stehe Euklid gegenüber – dem VR-Haustier, das für mich maßgeschneidert wurde.

»Holly«, sagt Euklid mit seiner Singsangstimme, »ich habe dich vermisst.«

Brillant. Meine Nerven haben sich bereits beruhigt. Ich kann nicht anders, als ihn anzugrinsen.

Euklid kann so gestaltet werden, dass er wie eine Reihe von Tieren aussieht, die Kinder niedlich finden würden: ein Ferkel, ein Koala-Bärenjunges, ein Baby-Otter, ein Baby-Panda, ein Baby-Igel, ein Kätzchen oder ein Lemur. Natürlich sieht er niemandem davon exakt ähnlich, weil das keinen Spaß machen würde. Er ist eine vermenschlichte Version eines Tieres, und zwar mit so viel Einfluss von den Teletubbies, wie ich nur einbringen konnte, ohne verklagt zu werden.

In meinem Fall ähnelt Euklid einer Mischung aus einem Otter und dem Laa-Laa-Teletubby. Oh, und er ist momentan lila, wie Tinky-Winky, aber das zeigt nur, dass er glücklich ist. Die Farbe seines Fells zeigt, wie er sich fühlt – oder so tut, als ob. Er ist ja schließlich eine künstliche Intelligenz.

»Hallo, Süßer«, sage ich, »hast du Hunger?«

»Auf jeden Fall.« Er tanzt einen Tanz, der teils nach Teletubby und teils nach Ellen DeGeneres aussieht, mit einer Prise Barney der Dinosaurier.

Ich strecke meine behandschuhte Hand aus, und ein paar digitale Snacks erscheinen auf meiner Handfläche. Auch hier habe ich sie so gestaltet, dass sie wie der Tubby Custard und der Tubby Toast aussehen, die die Teletubbies gerne essen, aber hoffentlich anders genug, um keine Abmahnung zu bekommen.

Euklid entscheidet sich für den Toast, einen sternförmigen Schokoladenkeks mit einem zwinkernden Gesicht darauf. Natürlich ist die Form des Toasts, wie alles andere auch, anpassbar. Ich mag den Stern – eigentlich ein Pentagramm –, weil er eine Primzahl von Punkten hat, nicht weil ich eine Hexe oder Satansanbeterin bin … Verflixt, schon wieder erinnere ich mich an die Person, die mich überhaupt erst in diesen Zustand gebracht hat.

»Erzähl mir etwas Interessantes«, singt Euklid, nachdem er den Snack verschlungen hat.

»Nun, wusstest du, dass dein Namensvetter bewiesen hat, dass die Liste der Primzahlen unendlich ist?«, frage ich. »Er hat es vor über zweitausend Jahren getan, und das ohne Internet.«

Euklids Fell wird gelb, und er kichert. »Du kannst so komisch sein.«

Ich nicke und streichele sein Fell. So muss sich der Himmel anfühlen. Für diesen Teil der Erfahrung wurden die Handschuhe entwickelt, nicht um die Härte der Schwänze zu spüren.

Euklid wird rosa. »Lass uns Stöckchenfangen spielen.«

Mit einer klassischen Wurfgeste lasse ich einen tiefvioletten Stock in meiner Hand erscheinen. Während ich ihn werfe, kann ich nicht anders, als mich an den kürzlichen Penisauswahlprozess zu erinnern – mein Design dieses Objekts sieht einem der exotischeren Auswahlen unheimlich ähnlich.

Notiz an mich selbst: Bella von dieser App fernhalten. Ich glaube nicht, dass Euklids Programmierung mit dem umgehen kann, was sie mit dem Stock machen würde.

Nachdem er den Stock zurückgebracht hat, spielen wir noch eine Weile andere Spiele, bis ich mir sicher bin, dass ich mich viel besser fühle und bereit bin, zu schlafen.

»Ich werde jetzt ein Nickerchen machen«, sage ich zu Euklid.

Sein Fell färbt sich in verschiedenen Farben, bevor

es ein helles Blaugrün annimmt. »Wir sehen uns später. Ich liebe dich.«

»Ich liebe dich auch.« Ich umarme ihn fest, dann ziehe ich das Headset und die Handschuhe aus.

Jetzt bin ich bereit.

Ich schnappe mir meinen Schlafkumpel, einen Plüsch-Transformer, den ich nicht liebe, weil ich ein Fan dieses super-gewalttätigen Franchise bin, sondern wegen seines Namens: Optimus *Prime*.

Optimus umarmend, sinke ich in den Schlaf ... nur, um von himmelblauen Augen und bösem Grinsen zu träumen.

Kapitel Acht

Nach einer halben Stunde im gefürchteten Investment-Meeting merke ich, dass ich ein akribisches Meeting-Protokoll in meinem Notizblock führe.

Das ist verrückt. Wer dokumentiert etwas, von dem er will, dass es scheitert? Meine einzige Ausrede ist, dass ich versucht habe, den Teufel nicht anzusehen, und mich auf meinen Notizblock zu konzentrieren ist eine gute Ablenkung.

Neben mir und meinem Team befinden sich im Raum ein Mann namens Dragomir Lamian, Dragomirs Leute und die Chortsky-Geschwister – und es dauert nicht lange, bis alle meine Hoffnungen zunichtegemacht werden.

Den Blicken nach zu urteilen, die zwischen Dragomir und Bella ausgetauscht werden, hat sie ihn bereits in der Tasche. Das heißt, wenn ich es vorsichtig ausdrücke. Und hey, gut für sie. Der Typ hat einen Namen wie ein Model und ist glatt rasiert ... im Gegensatz zu einem gewissen Jemand, der sich nicht einmal die Mühe gemacht hat, sich für ein wichtiges Meeting präsentabel zu machen.

Das Verrückte ist jedoch, dass ich den Teufel attraktiver finde als diesen glatt rasierten Fremden. Grr. Was stimmt nicht mit mir?

Als ob er meinen Blick spürt, dreht sich der Böse in meine Richtung, und ich fühle mich von seinem Blick überrumpelt. Ich kann mir fast vorstellen, wie die Stimme von David Attenborough vom Himmel herabspricht: »Und so beginnt das menschliche Paarungsritual. Das Weibchen der Spezies beginnt mit dem Eisprung, während das Männchen ...«

Nein. Ich muss dagegen ankämpfen.

Ich fange an, zu zählen, wie oft ich mit den Augen blinzeln muss, so wie ich es als Kind getan habe.

Nein, das lenkt mich nicht genug ab. Ich zähle dann auch Bellas – ihr in die Augen zu schauen scheint unverfänglich zu sein.

Nach zehn Minuten sind die Zählerstände 223 – Primzahl – für mich und 227 – ebenfalls Primzahl – für sie, also höre ich auf, solange ich niedriger liege, und checke heimlich mein Handy unter dem Tisch.

Endlich eine gute Nachricht. Die Leute an der NYU Langone sind bereit, mich um fünfzehn Uhr zu empfangen. Ich trage eine Erinnerung in meinen Kalender ein – obwohl ich mir kaum vorstellen kann, dass ich sie brauchen werde, wenn man bedenkt, wie wichtig das ist.

Es ist also noch nicht alles verloren. Falls ich meinen Job noch habe, wenn ich nach diesem Treffen mit dem Teufel spreche, könnte es mir durchaus gelingen, sie davon zu überzeugen, den Zeitplan zu beschleunigen.

»Vielen Dank«, sagt Dragomir, und ich konzentriere mich wieder auf die Geschehnisse im Raum, um zu sehen, ob er ihnen das Geld verweigert, obwohl er so elegant um Bellas Finger gewickelt wurde. »Und herzlichen Glückwunsch«, fährt er fort. »Die nächste Förderrunde ist offiziell genehmigt.«

So viel zu dieser Hoffnung.

Alle stehen auf, aber ich bleibe sitzen, und der Teufel auch – es scheint, als hätte er unser bevorstehendes Gespräch nicht vergessen.

Aber Bella geht ebenfalls nicht. Grinsend kommt sie auf mich zu. »Hey, Holly. Wir gehen mit unseren Hunden im Park spazieren. Hättest du Lust, mitzukommen?«

Sie lädt mich ein, mit den Hunden spazieren zu gehen?

Habe ich das richtig gehört?

»Ich muss mit deinem Bruder reden«, sage ich vorsichtig und werfe ihm einen Blick zu.

Er sieht aus, als würde er ein weiteres böses Grinsen verbergen, aber ich kann es nicht mit Sicherheit sagen.

»Alex kommt auch mit.« Sie sieht ihn an. »Könnt ihr euer Gespräch während unserem Spaziergang führen?«

»Es ist irgendwie privat«, sagt er. »Ich hatte vor, mich erst darum zu kümmern und dann zu dir zu stoßen.«

Sie zieht einen Schmollmund. »Kannst du es danach machen?«

Er stößt einen Seufzer aus. »Gut.«

»Toll.« Sie strahlt mich an. »Wie wäre es, wenn du mit mir und Dragomir fährst und wir uns dort mit Alex und Beelzebub treffen?«

Hat sie gerade *Beelzebub* gesagt? Ist sie in meinen privaten Scherz eingeweiht?

Ich habe keine Chance, darüber nachzudenken, denn Bella zerrt mich an meinem Ellenbogen aus dem Zimmer.

»Also«, sagt sie, als wir im Aufzug sind. »Hast du den Anzug benutzt, nachdem du nach Hause gekommen bist?«

Errötend blicke ich zum Teufel, dann zu Dragomir. »Ich hatte keine Gelegenheit dazu.«

Sie sieht einen Moment lang extrem enttäuscht aus, aber dann hellen sich ihre Augen auf. »Okay, dann erzähl mir von deiner ersten Demo.«

Ich werde noch röter.

Der Teufel räuspert sich. »Keine Gespräche über das Geschäft beim Hundespaziergang, schon vergessen?«

Hat mich der Herrscher der Dunkelheit gerade wieder gerettet? Oder will er mich für etwas noch Schlimmeres aufbewahren – wie in Teer getunkt und mit Federn eingerieben zu werden?

Bellas enttäuschter Gesichtsausdruck ist wieder da, fünfmal so stark. »Die Hunde sind noch nicht einmal hier. Können wir wenigstens über die Stimulation der Brustwarzen sprechen? Ich habe sehr hart gearbeitet, um ...«

Dragomir legt eine Hand auf Bellas Schulter. »*Squirrelchik*, hattest du nicht einen Haufen Fragen zu Hollys Erfahrungen in Cambridge?«

Sie sind auf Tuchfühlung? Und er hat einen Kosenamen für sie? Die Chancen, dass die Finanzierung scheiterte, waren geringer als null.

»Du hast recht.« Bella lächelt mich an. »Du hast wie Alex Informatik studiert, richtig?«

Ich nicke – obwohl ich nicht sicher bin, ob ich es mag, mit ihm in eine Schublade gesteckt zu werden, egal in welche.

Sie bedeckt die Hand, die immer noch auf ihrer Schulter liegt, mit ihrer und drückt sie ein wenig. »Wie war das Verhältnis von Frauen zu Männern in deinen Kursen?«

Ich beantworte ihre Frage gerne, da ich mich endlich auf sicherem Terrain befinde, und sie hat ähnliche Erfahrungen vom MIT, wo sie studiert hat.

Sie wendet sich an ihren Bruder. »Was ist mit dir? Weißt du noch, wie viele Frauen Informatikkurse an der Polytechnischen Universität belegt haben?«

Er fährt sich mit der Hand durch sein widerspenstiges Haar, was mich dazu bringt, es zurückkämmen zu wollen, vielleicht mit Gewalt. »Ich kenne die offizielle Statistik nicht, aber es waren definitiv zu wenige Frauen.«

Ich fühle mich zwiespältig bei diesem Thema. Einerseits wünsche ich mir mehr Frauen in meinem Bereich, aber andererseits gefällt mir die Vorstellung, dass es keine Frauen um ihn herum gibt, egal in welchem Umfeld.

Er gehört mit mir auf eine einsame Insel. In Handschellen. Es gäbe auch Barbier-Utensilien dort. Und nicht viel Kleidung.

Meine Güte. Habe ich das alles wirklich gerade gedacht? Ich bin eindeutig von Sinnen.

Die Fahrstuhltüren öffnen sich und Bella löchert mich mit weiteren Fragen über Cambridge, während wir uns einen Weg durch die Lobby bahnen. Ich antworte ihr automatisch, während ich mir wünsche, ich könnte zurückfallen und den Teufel direkt fragen: »Behalte ich den Job? Ja oder nein?«

Leider springt er, sobald wir draußen sind, in das nächste Taxi, und ich sehe sehnsüchtig zu, wie es im Verkehr verschwindet.

Erleichtert, meine ich.

Ja.

Definitiv erleichtert.

»Das sind wir.« Bella zeigt auf ein riesiges Auto, das aussieht wie ein Wohnmobil, das dreizehn Limousinen gefressen hat.

Die Tür des seltsamen Fahrzeugs öffnet sich, und eine Leiter fährt herab. Ein Mann im Smoking mit

Frack erscheint in der Tür und begrüßt uns mit britisch akzentuierter Stimme: »Please, come inside.«

Ach du meine Güte.

Ich sterbe gleich vor Neid.

Dies ist eindeutig ein Butler, à la Carson von *Downton Abbey*. Ich würde meinen rechten Eierstock geben, um so einen zu haben.

»Danke, Fjodor«, sagt Dragomir und deutet mit einer Geste an, dass wir zuerst gehen sollen.

Ein echter Gentleman. Gut für Bella.

Wir klettern hinein, und ich schaue mich verblüfft um.

»Sieht es innen nicht größer aus als von außen?«, flüstert Bella verschwörerisch. »Wie die TARDIS von *Doctor Who*.«

Es ist groß – riesig sogar – und unordentlich, obwohl es einen Butler im Haus gibt.

Okay, ich muss meinen früheren Vergleich zurückziehen. Der echte Carson würde das nicht dulden. Ich muss mich sehr anstrengen, damit ich mich nicht in einen Aufräum-Wirbelwind verwandele.

»Bist du bereit, die Hunde zu begrüßen?«, fragt Bella, als Dragomir und Fjodor zu uns stoßen, und bevor ich eine Antwort formulieren kann, stürzen sich die Höllenhunde auf uns.

Kapitel Neun

Das zottelige Tier, das angreift, ist groß. Wir reden hier von einer proportionalen Größe zu diesem Wohnmobil.

Im Grunde ist es ein Pony – ein gut genährtes Pony.

Es stellt sich auf die Hinterbeine, legt seine Vorderpfoten auf Dragomirs Schultern und zielt direkt auf sein Gesicht. Ich erwarte fast, dass Dragomir zumindest seine Nase verliert, aber die monströse Kreatur schlabbert den armen Mann einfach nur ab.

Wenn das meiner Zwillingsschwester passieren würde, wäre sie auf der Stelle tot.

Während das Untier das Gleiche mit Bella macht, betrachte ich den zweiten Hund – einen winzigen Chihuahua, der mir sofort Lust auf einen Burrito macht.

»Winnie, nein«, sagt Bella streng, als der bigfootartige Hund versucht, *mein* Gesicht abzulecken.

Winnie? Wie bei Winnie Pooh?

Moment einmal. Ich hatte angenommen, dass dies ein Hund ist, aber vielleicht ist es eine Art Bär? Welcher Art sie auch angehört, Winnie sieht nicht glücklich über diese Leckbeschränkung aus, aber begnügt sich damit, an meinem Schritt zu schnüffeln. Und zu schnüffeln. Und sie schnüffelt für die längsten sieben Sekunden in der Geschichte des Schnüffelns an meinem Schritt, bis Dragomir den Hund schließlich wegzieht und murmelt: »Böses Mädchen.«

Ich oder Winnie? Wenn Letzteres, dann ist Winnie weiblich. Das hätte ich bei dem ganzen Schrittschnüffeln anders vermutet. Wenn diese Rasse sexuell dimorph ist, wie groß werden dann die Männchen? Elefantengröße?

»Holly, das ist Napoleon Bonaparte«, sagt Bella und nimmt den Chihuahua hoch. »Oder kurz: Boner.«

Boner, wie das englische Wort für *Ständer*. Warum muss ich dabei plötzlich an ihren Bruder denken? Schlimmer noch, das erinnert mich an meine prekäre Jobsituation, und mein Magen zieht sich vor Angst zusammen.

Da ich hier die Chance auf eine authentische Tiertherapie habe, streiche ich mit meiner Hand über Boners kurzes Fell.

Der niedliche kleine Kerl schließt die Augen vor Glückseligkeit.

»Er mag dich«, sagt Bella. »Und er ist ein guter Menschenkenner.«

Ich grinse, absurd erfreut.

Meine Beziehung zu Tieren ist komplex. Als ich auf einem Bauernhof aufwuchs, war ich von ihnen – und ich meine damit nicht nur meine Schwestern – umgeben. Jetzt, wo ich erwachsen bin, liebe ich immer noch alles, was pelzig ist, aber nur in der Theorie. Anders ausgedrückt, ich liebe Haustiere, wenn sie mit jemandem zusammenleben, aber für mich selbst kann ich mir nicht vorstellen, eines zu besitzen, da es zu viel Chaos und Unordnung verursachen würde. Ich vermute, den meisten Menschen geht es mit Baby-Affen genauso.

Der Wunsch, ohne die Unordnung mit Tieren zu spielen, war einer der Gründe, warum ich mein VR-Haustierprojekt entwickelt habe. Es bietet alle guten Seiten der Haustierhaltung und keine der schlechten.

»Darf ich Ihnen einen Tee kredenzen?«, fragt Fjodor vornehm.

Dragomir und Bella bejahen die Frage und drehen sich in meine Richtung.

»Mit Vergnügen«, sage ich und strahle den Noch-nicht-Carson an. Er hat mit dem *Kredenzen* gleich wieder Punkte gesammelt.

Wir setzen uns auf eine in der Nähe stehende Couch, während der Tee und die Plätzchen serviert werden.

Scheiße – ähm, verflixt. Notiz an mich selbst: Niemals *Plätzchen* anstelle von *Keksen* sagen, wenn Gia anwesend ist. Im Übrigen sollte ich auch niemals *Scheiße* sagen.

Während wir unseren Tee trinken, legt sich Winnie auf den Boden, und Boner schnüffelt an ihrem Hintern, was mich zum Lachen bringt.

Als Bella dies bemerkt, demonstriert sie ein verstecktes Talent: Bauchreden. Mit der Besonderheit, dass sie den Hunden ihre Stimme leiht, anstatt einer traditionellen alptraumhaften Holzpuppe.

»Winnie, *ma petite*.« Sie moduliert ihre Stimme so, dass sie klingt, als käme sie aus dem Maul des Chihuahuas, und spricht mit einem starken französischen Akzent statt dem hispanischen, den ich erwartet hätte. »Wie ich dein *postérieure* bewundere. Es hat ein gewisses *je ne sais quoi*, das mir das Gefühl gibt, dass ich Tollwut habe.«

Als sie das Schnüffeln bemerkt, springt Winnie auf und läuft zu einem Laufband.

Ja. Ein Laufband. In einem Fahrzeug.

Bella leiht der riesigen Kreatur ihre Stimme mit einem starken russischen Akzent. »Napoleon Carlovich, ich bin schockiert. Kannst du deine Nase – und andere Anhängsel – nicht wenigstens eine Stunde lang von meinen Köperöffnungen fernhalten? Wir haben neue Gäste. Kennst du kein Schamgefühl?«

Ich puste auf meinen Tee. »War das dein Talent bei einem Schönheitswettbewerb?«

Bella grinst. »Ich habe so etwas noch nie gemacht, aber es ist süß von dir, dass du andeutest, dass ich es hätte tun können.«

So, so. Okay. Ist Eitelkeit nicht angeblich die Lieblingssünde des Teufels?

»Wie hast du es denn gelernt?«, frage ich. »Du machst das hervorragend.«

»Meine Eltern besitzen ein Restaurant«, sagt sie und rümpft die Nase. »Ich bin dort aufgetreten … eine Zeit lang.«

Bevor ich sie weiter ausfragen kann, hält das Wohnmobil an.

»Du zuerst«, sagt Bella zu mir, als Fjodor uns die Türen öffnet.

Sobald wir aussteigen, begegne ich dem Teufel von Angesicht zu Angesicht. Der Blick aus seinen himmelblauen Augen trifft auf meinen und saugt mir die Luft aus den Lungen. Es kostet mich all meine Willenskraft, meinen Blick von diesen hypnotischen Augen loszureißen und meine Aufmerksamkeit auf den Hund an seiner Seite zu richten.

Ein Hund, der genauso gut ein Koalabär in der Größe eines Deutschen Schäferhundes sein könnte.

Ich blinzele ihn an, völlig abgelenkt von seiner enormen Niedlichkeit. Die Art und Weise, wie er dasteht, hat etwas Unbeholfenes, das mich an einen Welpen erinnert.

Das muss der bereits erwähnte Beelzebub sein.

Als Beelzebub mich sieht, beginnt er, mit dem Schwanz zu wedeln, und stellt sich auf die Hinterbeine.

Oh nein. Er hält auf mein Gesicht zu.

Da ich nicht bereit bin, mich besabbern zu lassen, wende ich mich ab.

Eine Pfote krallt sich trotzdem in mein Oberteil.

Lachend schiebe ich den Welpen von mir weg. Dabei spüre ich, wie sich der Stoff verschiebt, gefolgt von einem kühlen Gefühl an meiner linken Brustwarze.

Ein kühles Gefühl, das unverkennbar Luft ist.

Kapitel Zehn

Oh verdammt.

Mein Herzschlag schießt in die Höhe, und mein Gesicht errötet heftig, während ich verzweifelt mein Shirt wieder an seinen Platz ziehe.

Ich habe gerade einen weiteren Nippel-Ausrutscher vor dem Teufel geschafft – und da es beim letzten Mal der rechte war, hat er nun beide gesehen.

Zu seiner Ehre blickt der Teufel nicht dorthin, als er Beelzebub wegzieht, obwohl ein Grinsen auf seinem Gesicht zu erkennen ist.

Aber warum eigentlich nicht? Ist meine Brustwarze unattraktiv? Ich habe eine Elektrolyse an dem einen verirrten Haar durchgeführt, das dort immer gewachsen ist, also sollte es weg sein. Es sei denn, es ist zurück?

Unter dem Vorwand, meine Kleidung erneut zu

richten, werfe ich einen hektischen Blick auf mein Shirt und meinen BH.

Nein. Alles gut dort. Puh.

Der Teufel sagt etwas auf Russisch zu dem reuelosen, schwanzwedelnden Dämon.

Was auch immer er gesagt hat, ist nicht angekommen.

Sobald Beelzebub Bella, Dragomir und ihre pelzigen Schützlinge sieht, dreht er durch und leckt die Gesichter der Menschen, bevor er zu den Schnauzen der Hunde wechselt, um dann zum Nachtisch an deren Hintern zu schnüffeln.

Hey, wenigstens hat er nicht an den Hintern der Menschen geschnüffelt – oder an deren Schritt.

»Möchtest du Boners Leine nehmen?«, fragt mich Bella großzügig.

»Nein, danke«, sage ich schnell. Wie es sich für den Verführer gehört, hat Bella eine unheimliche Fähigkeit, unpassende Bilder in meinem Gehirn zu platzieren. Ein Beispiel: Ich stelle mir den Teufel mit einer riesigen Erektion vor, mit einem Cockring und einer Leine daran, und ich halte …

»Wie wäre es mit Beelzebub?«, fragt der Teufel und reißt mich aus meinen unanständigen Gedanken. »Willst du mit *ihm* spazieren gehen?«

Beelzebub wedelt krampfhaft mit dem Schwanz, und ich wette, wenn Bella seine Gedanken äußern würde, würde er schreien: »Bitte, bitte, bitte. Nimm mich. Nimm mich. Nimm mich.«

»Lieber nicht«, sage ich und ignoriere den

übereifrigen Welpen. »Ich werde einfach alleine gehen, wenn es dir nichts ausmacht.«

Beelzebubs Schwanz sackt ab, und seine Ohren hängen herunter. Ich verspüre leichte Schuldgefühle. Vielleicht hätte ich Ja sagen sollen.

Aber nein. Dann will ich nur einen eigenen Welpen, und dann folgt mit Sicherheit das häusliche Armageddon.

Wir beginnen den Spaziergang, und ich erinnere mich daran, wie sehr ich den Central Park liebe – wenn auch anscheinend nicht so sehr wie die Hunde. Sie sehen aus, als hätten sie die beste Zeit ihres Lebens, während sie jeden Winkel und jede Ritze beschnüffeln, auf die jemals zuvor uriniert wurde.

»Hat dir meine Schwester erzählt, warum sie deine Firma kaufen wollte?«, fragt der Teufel.

Ich schüttele den Kopf.

Bella zieht Boner weg, als er gerade versucht, eine unschuldige Schnecke zu fressen. »Frauen sind wegen der Größe der Headsets typischerweise anfälliger für VR-Übelkeit«, sagt sie. »Aber Hollys Headset bedeutet eine Ausnahme von dieser unglücklichen Regel.«

Auch wenn es nicht fair ist, es *mein* Headset zu nennen, stehe ich gerader. »Es war uns wichtig, dass Frauen und Kinder die Ausrüstung nutzen können. Deshalb ist das Headset einstellbar, vor allem der Augenabstand und ...«

»Leute, ihr kennt die Regeln: keine Gespräche

übers Geschäft beim Hundespaziergang«, sagt Dragomir.

Bella schaut ihn verlegen an. »Ups.«

Ich bekämpfe den Drang, zu sagen, dass es nicht ihre oder meine Schuld ist. Ihr Bruder hat damit angefangen.

Ein Eichhörnchen überquert die Straße, und Beelzebub sieht aus, als würde er seine Großmutter verkaufen, um es fangen zu dürfen. Im Gegensatz dazu schenkt Winnie dem pelzigen Wesen keine Aufmerksamkeit, während Boner es eindeutig gesehen hat, aber so tut, als würde der Nager nicht existieren.

Ich bemerke, dass Bella und Dragomir ein Stück vor dem Teufel und mir gehen, so als ob sie uns absichtlich Privatsphäre lassen.

Oh. Seltsam. Ist das, weil Alex gesagt hat, dass er und ich reden müssen?

Als würde Bella meine Gedanken lesen, schaut sie mit einem verschmitzten Lächeln über die Schulter zu uns.

Moment einmal.

Will sie uns verkuppeln? Ist das der Grund, warum sie mich hierher eingeladen hat – um ihre eigene persönliche *Emma*-Fantasie auszuleben?

Wenn ja, dann ist sie unzurechnungsfähig. Ihr Bruder und ich sind wie Öl und Wasser. Andererseits ... habe ich nicht etwas darüber gelesen, dass Forscher des MIT einen Prozess zur Herstellung von Emulsionen entwickelt haben, der es ermöglicht, dass sich Öl und Wasser vermischen – und das auch so bleibt? Und Bella ging auf das MIT, also …

Nein. Auf keinen Fall. Außerdem, selbst wenn sie mich gerade mag … sobald sie erfährt, dass ich versucht habe, ihren Traum zu sabotieren, wird sie mich hassen – eine Vorstellung, die mir ziemlich unangenehm ist.

Nun, was auch immer ihre Motive sind, ich sollte die Situation ausnutzen und nach meinem Job fragen.

Ja, das ist genau das, was ich tun sollte – nur fällt es mir schwer, damit anzufangen. Vielleicht mache ich zuerst etwas Smalltalk, um darauf aufzubauen.

»Hast du außer Bella noch andere Geschwister?« So. Besser, als das Wetter anzusprechen – das übrigens schön und sonnig ist.

Da Beelzebub gerade pinkelt, bleibt der Teufel stehen, und ich tue dasselbe. »Wir haben auch einen Bruder«, antwortet er. »Sein Name ist Vlad.«

Aha. Also gehört jeder Chortsky, auf den ich bei meiner Recherche gestoßen bin, zur Verwandtschaft. Ergibt Sinn.

»Was ist mit dir?«, fragt der gefallene Engel, als wir den Spaziergang fortsetzen. »Bist du ein Einzelkind?«

Ich wünschte es … es sei denn, diese Frage ist eine Beleidigung.

»Ich habe sieben Schwestern.« Habe ich gerade angeberisch geklungen?

Seine Augenbraue schießt nach oben – ein

weiterer bizarrer, attraktiver Ausdruck an ihm. »Sieben?«

»Ja. Ich und mein Zwilling, plus die Sechslinge – alle eineiig.«

Eine zweite Augenbraue schließt sich der ersten an. »Eineiig? Also alle identisch?«

Warum sind diese Augenbrauen so verdammt attraktiv?

»In der Tat. Mein Zwilling und ich sehen gleich aus, genauso wie der Wurf des Bösen.«

Sein satyrartiges Grinsen ist so verführerisch wie die Augenbrauen. »›Der Wurf des Bösen‹ klingt so, wie wir Beelzebub und seine Geschwister nennen: das Chort Pack. Mein Nachname bedeutet …«

»Des Teufels«, platzt es aus mir heraus.

Er bleibt erneut stehen, obwohl ich mir nicht sicher bin, ob er sich auf mich konzentriert oder dem Beelzebub erlaubt, an einen verlockend aussehenden Eichenstamm zu pinkeln. »Du sprichst Russisch?«

»Leider nicht. Es gab nur Gerüchte über euch im Büro, also habe ich euren Namen nachgeschlagen.«

»Ich verstehe.« Beelzebub zieht an der Leine, so dass der Teufel wieder weitergeht. »Sechslinge sind außergewöhnlich selten, richtig?«

»Das sind sie. Die Chancen sind astronomisch klein für eine normale Schwangerschaft, aber wahrscheinlicher, wenn man bei der Reproduktion mit etwas Technologie nachhilft, was meine Eltern getan haben.«

»Ah. Und steht ihr euch alle nahe?«

»Nur ich und mein Zwilling. Ich treffe die anderen hauptsächlich bei Familienveranstaltungen. Sie sind ein wenig zu viel für mich. Zu chaotisch und unordentlich – vor allem, wenn sie zusammen im selben Raum sind.«

Der Böse lacht auf. »Das glaube ich. Wir waren nur zu dritt, als wir aufwuchsen, und an manchen Tagen war es ziemlich verrückt. Schwer vorstellbar, wie es bei acht sein muss.«

Grr. Ich hasse die Erinnerung daran, dass wir zu acht sind. Warum konnten die Hymans nicht wie die Chortskys sein und eine schöne Primzahl an Kindern haben? Vor allem drei.

Drei wären so viel besser als acht.

Das kann ich aber nicht zu ihm sagen, also entscheide ich mich für etwas Sichereres. »Du und Bella versteht euch so gut. Hast du auch so ein enges Verhältnis zu Vlad?«

Er zieht an Beelzebubs Leine, um ihn daran zu hindern, einen Yorkie zu belästigen. »Vlad ist mein bester Freund.«

»Sauber. Ähm, ich meine toll.« Ich lächele. »Das gilt auch für meinen Zwilling und mich.«

Er neigt seinen Kopf. »Ich weiß, dass du in Cambridge zur Schule gegangen bist, aber hast du davor oder danach auch in England gelebt?«

»Warum?«, frage ich und klinge defensiv.

»Bestimmte Worte, die du benutzt«, sagt er. »Wie *sauber*.«

Das schon wieder. »Nur vier Jahre. Es hat sich

herausgestellt, dass ich Sprachen und Dialekte wie ein Schwamm aufnehme. Ich hatte sogar einen britischen Akzent, als ich zurückkam, aber nach gnadenlosen Neckereien habe ich es geschafft, ihn abzulegen.«

Er grinst. »Wenn du lange genug Zeit mit mir verbringst, lernst du vielleicht Russisch. Und bekommst einen russischen Akzent.«

Frecher Mistkerl. Will er, dass ich von der Idee, Zeit mit ihm zu verbringen, in Versuchung geführt werde? Natürlich will er das. Sonst wäre er nicht der Verführer.

Genug um den heißen Brei geredet.

Ich atme ein und stoße die Worte hastig aus. »Können wir über meinen Beschäftigungsstatus sprechen? Wenn ich meinen Lebenslauf aktualisieren muss, sollte ich ...«

Er schaut mir in die Augen. »Keine Gespräche über Geschäfte beim Hundespaziergang.«

»Aber ...«

»Regeln sind Regeln«, sagt er streng. »Wenn wir hier fertig sind, können wir ...«

Der Alarm auf meinem Handy geht los.

Was zur Hölle ...?

Als ich nachsehe, möchte ich mich selbst ohrfeigen.

Das NYU-Langone-Meeting ist in einer halben Stunde, was kaum genug Zeit für mich ist, um pünktlich dorthin zu gelangen.

Ich schaue vom Telefon auf und sehe, dass der Teufel die Stirn runzelt.

»Ist alles in Ordnung?«, fragt er.

»Ja. Aber ich muss mich absetzen.«

Das Stirnrunzeln verwandelt sich in einen verwirrten Ausdruck. »Musst du das?«

»Es tut mir leid.« Lauter rufe ich: »Tschüss, Bella. Tschüss, Dragomir!«

Bella dreht sich um und eilt auf mich zu.

Mist. Ich hätte mich nicht verabschieden sollen. Jetzt werde ich aufgehalten.

»Habe ich dich sagen hören, dass du gehst?«, fragt sie, als sie bei mir ankommt.

»Ja. Ich muss los.«

Bella starrt ihren Bruder mit zusammengekniffenen Augen an. »Was hast du getan?«

»Niemand hat etwas getan.« Meine Stimme springt eine Oktave höher. »Ich habe einen Termin, das ist alles. Als ich zugestimmt habe, mich euch anzuschließen, habe ich nicht daran gedacht.«

»Oh.« Bella holt ihr Telefon heraus. »Bevor du gehst, gib mir bitte deine Telefonnummer.«

Ich werde so was von zu spät kommen. Andererseits finde ich die Vorstellung, dass Bella meine Nummer haben will, auch ein wenig berauschend. Es erinnert mich an meine Zeit in der Mittelschule, als ich mich mit dem hübschesten Mädchen der Klasse anfreunden wollte.

Könnte Bella meine erste Freundin werden, mit der ich nicht hundert Prozent meiner DNA teile?

Moment, was sage ich da? Sobald sie erfährt, was

ich versucht habe, wird sie nicht mehr mit mir befreundet sein wollen. Ganz im Gegenteil: Sie wird mich feuern – wenn ihr Bruder ihr nicht zuvorkommt.

Ohne mir etwas davon anmerken zu lassen, tippe ich meine Nummer in ihr Telefon und gebe es ihr zurück.

Gerade als ich loslaufen will, reicht mir der Teufel *sein* Telefon. »Für den Fall, dass ich dich für die Arbeit erreichen muss.«

Hmm. Will ich, dass er mich anruft? Ich bin mir nicht sicher, aber ihm meine Nummer zu verweigern wäre sinnlos. Er ist jetzt mein Chef, also kann er sich Zugang zu den Personalakten verschaffen, wenn er möchte.

»Nun, eigentlich wollte ich Hollys Nummer aus persönlichen Gründen«, sagt Bella zu ihm und streckt ihm die Zunge heraus, was Dragomir dazu veranlasst, ihr einen erhitzten Blick von der Seite zuzuwerfen. Mit einem freundlichen Lächeln sagt sie zu mir: »Ich schreibe dir eine SMS, damit du auch meine Nummer hast.«

Ich verspüre Wehmut, weil ich weiß, dass eine enge Freundschaft mit Bella niemals stattfinden kann. Randnotiz: Was ist das weibliche Äquivalent zur Bromance? Ist es *Sismance*? Nein, das klingt komisch. Eine schnelle Internetsuche offenbart den Begriff: Womance.

Als ich merke, dass ich mich selbst aufhalte, gebe ich schnell meine Nummer ein und drücke dem Teufel das Telefon wieder in die Hand.

Die Finger des Bösen berühren die meinen, und eine Welle verführerischer Energie schießt meinen Arm hinunter, umspielt mein Herz und setzt ein paar Schmetterlinge in meinem Bauch unter Strom, bevor sie sich in meinem Inneren niederlässt.

Meine Güte. Haben sich seine himmelblauen Augen geweitet?

Nein. Alles, was ich in seinem Gesicht sehe, ist ein Grinsen. »Danke«, sagt er, und sein Akzent klingt besonders köstlich. »Ich werde dir auch eine SMS schicken.«

Dann bekomme ich zwei Nachrichten, eine meiner Lieblings-Primzahlen. »Cheerio«, platzt es aus mir heraus. Verflixt. Der britische Akzent, von dem ich dachte, dass ich ihn losgeworden bin, ist wieder da. »Ich muss wirklich los.«

»Tschüss«, sagt Bella.

»Do svidaniya«, sagt der Herrscher der Dunkelheit und hat dabei immer noch das Grinsen auf seinem umwerfenden Gesicht.

»Es war schön, dich kennenzulernen«, fügt Dragomir hinzu.

»Au revoir, *chérie*«, sagt Boner. »Ich freue mich darauf, dich in Zukunft wieder zu beschnuppern.«

Mit einem königlichen Winken rase ich zum Parkausgang, wo ich in das erste verfügbare Taxi springe und den Fahrer besteche, das Tempolimit zu überschreiten.

Einmal auf dem Weg, schlage ich *do svidaniya* nach.

Svidaniye bedeutet *Treffen* oder *Verabredung*, und beides zusammen wird als optimistischer Abschied mit der Bedeutung *bis zum nächsten Treffen* verwendet.

»Do svidaniya«, sage ich laut.

Der Fahrer lebt sichtlich auf, schaut mich über den Spiegel an und rasselt einen Schwall russischer Wörter herunter.

»Sorry, ich spreche kein Russisch«, sage ich.

»Oh, das tut mir leid. Sie haben *do svidaniya* wie ein echter Russe gesagt. Verzeihen Sie meine Verwirrung«, sagt der Fahrer, dessen Akzent viel stärker ist als der des Teufels.

Es hat also begonnen. Bevor ich mich versehe, werde ich einen genauso ausgeprägten russischen Akzent haben wie dieser Typ und werde *do svidaniya* statt *bye* sagen.

Hey, das funktioniert vielleicht besser mit Gia als *cheerio*.

Ich schlage andere russische Grüße nach, falls sie nützlich sein sollten. Es gibt viele, aber das Einfachste ist wahrscheinlich *privet*, was ein informelles Hallo ist.

Mein Handy klingelt mit einer Textnachricht.

Es ist der Teufel.

Ich speichere seine Nummer mit dem Vornamen Luzifer und dem Nachnamen Satan.

Bellas Nachricht kommt kurz darauf.

Es mag Doppelmoral sein, aber ich trage sie mit ihrem richtigen Namen in meine Kontakte ein.

Für den Rest der Fahrt zähle ich die Sekunden, die ich damit verbringe, mir ein bestimmtes Paar himmelblauer Augen vorzustellen. Bei einhundertsiebenunddreißig stoppe ich die Zählung, denn ich will nicht noch mehr Beweise dafür, wie verrückt ich bin.

Als wir neben der NYU Langone halten, bin ich bereits sieben Minuten zu spät – und die Tatsache, dass es eine Primzahl ist, ist nur ein schwacher Trost.

Ich schnappe mir einen Hundertdollarschein, werfe ihn dem Fahrer zu und springe mit einem »Stimmt so!« aus dem Auto.

Zeit, ein Wunder zu vollbringen.

Kapitel Elf

Auf dem Weg zu meinem Ziel vollbringe ich in der Tat ein kleines Wunder: Ich renne bei meinem verrückten Lauf niemanden um.

Als ich den Besprechungsraum erreiche, finde ich ihn jedoch leer vor.

Bloody hell. Sind sie schon weg?

Ich setze mich, um Luft zu holen.

Die Tür öffnet sich, und Dr. Piper kommt herein.

»Tut mir leid, dass Sie warten mussten«, sagt er. »Die anderen werden in Kürze eintreffen.«

Hurra!

Anstatt zu spät zu kommen, hat mich das Schicksal pünktlich wirken lassen. Ich drücke die Daumen, dass es so weitergeht.

Wir machen Smalltalk, während wir darauf warten, dass der Rest des Verwaltungspersonals eintrifft. Sobald sie alle da sind, schenkt Dr. Piper mir ein väterliches Lächeln und sagt: »Es ist gut, dass Sie sich gemeldet haben. Wir haben beim morgendlichen Rundgang über Ihr Projekt gesprochen.«

Ich lächele nervös. »Nur Gutes, hoffe ich.«

»Auf jeden Fall«, sagt er. »Wir haben mit den Kindern gesprochen, die Teil des Beta-Tests sind, sowie mit ihren Eltern. Das Feedback war durchweg positiv. Wir sollten die nächsten Schritte besprechen.«

Wow. Vielleicht muss ich sie gar nicht überzeugen?

»Das klingt toll«, sage ich und fühle es auch so. »Ich würde gerne über die nächsten Schritte sprechen.«

»Freut mich zu hören«, sagt Dr. Piper. »Wir haben mit unserer Due Diligence begonnen und einen externen Berater hinzugezogen, der uns bei den Aspekten dieser Technologie unterstützt, mit denen wir nicht vertraut sind.« Er lacht auf. »Was das meiste davon ist.«

Vernünftig. Sie können sich nicht die ganze Zeit ausschließlich auf meine Meinung verlassen.

»Im Gespräch mit diesem Berater bekamen wir eine Idee für den nächsten Schritt, der auch den Eltern und den Kindern gefiel«, erzählt er weiter.

Warum habe ich das Gefühl, dass mir nicht gefallen wird, was er sagen wird?

»Welche Idee?«, frage ich.

»Zuerst möchte ich sagen, dass ein VR-Haustier eine sehr effektive Anwendung für diese Technologie ist, die beste sogar.«

Mein Herzschlag wird schneller. »Warum hört sich das so an, als ob da ein Aber kommt?«

»Kein Aber. Nur die Wahrheit. Sie haben nur die eine App, das Haustier. Das ist sehr eingeschränkt. Kinder mögen Videospiele. Der Berater schlug vor, dass wir die Liste der Apps erweitern.«

Ich starre ihn mit offenem Mund an. Wovon er spricht, ist ein Klassiker des Projektmanagements. Das nennt man Scope Creep, also eine schleichende Erweiterung des Projektumfangs – obwohl das hier das Gegenteil von schleichend ist.

Ich räuspere mich. »Die Tiertherapie ist eine echte Therapie. Es ist kein Spiel.«

»Der Berater hat uns einen Artikel über genau dieses Thema geschickt. VR-Spiele können nachweislich Schmerzen reduzieren.«

Wer ist dieser unsägliche Berater? Ich kämpfe mit dem Drang, zu fluchen und darauf hinzuweisen, dass ich diese Studien bereits kenne – sie waren der Ausgangspunkt für meine Arbeit. Tatsächlich waren es diese Studien, mit denen ich genau diese Leute davon überzeugt habe, meinem Projekt eine Chance zu geben.

Ich atme tief ein und spreche ruhig, während ich die Wahrheit der Sache darlege. »Ich arbeite mit begrenzten Ressourcen. Die Haustier-App ist das Ergebnis von vielen Monaten Arbeit. Das Hinzufügen weiterer Apps ist …«

»Es tut mir leid, dass ich Sie unterbrechen muss,

aber wir haben bereits eine Lösung für dieses Problem«, sagt er.

»Wirklich?« Ich fächere mir mit meinem Hemd Luft zu, aber vorsichtig, um nicht noch ungewollt einen Nippel freizulegen.

»Es gibt eine Firma, die Spiele für die Tablets herstellt, mit denen die Kinder derzeit spielen. Dieses Unternehmen hat sich vor kurzem auch auf VR verlegt. Wir können Sie ihnen vorstellen, und sie können einen Weg finden, ihre Spiele auf Ihre Plattform zu bringen. Viel weniger Arbeit, oder?«

Außer, dass wir *heute* alles ins Trockene bringen müssen, und sein Vorschlag das Gegenteil davon ist.

»Das kommt ganz darauf an«, sage ich vorsichtig. »Wie ist der Name der Firma?«

»1000 Devils«, sagt er. »Schon mal von denen gehört?«

Ich verliere meine Fähigkeit, zu sprechen, und sitze einfach nur da und unterdrücke einen Schrei.

Als ich den Namen Chortsky recherchierte, war das Wenige, was ich über die beiden Brüder erfuhr, die Namen der Webseiten der Firmen, die sie besitzen.

Eine davon war ein Spieleentwicklungsunternehmen namens 1000 Devils.

Ein Spieleentwicklungsunternehmen, das keinem geringeren als Alexander – Alex – Chortsky gehört, dem Teufel persönlich.

Kapitel Zwölf

Wie bin ich nur so schnell in die Scheiße geraten? Wie groß waren die Chancen, dass ich bei den vielen Firmen, die es gibt, ausgerechnet mit dieser arbeiten würde?

Nun, 1000 Devils *ist* berühmt für seine kindgerechten Inhalte, und sie sind hier in New York ansässig, also ist es nicht völlig abwegig.

Es sei denn ...

Nein. Das kann nicht sein.

Aber was wäre, wenn? Könnte der Teufel der böse Berater sein? Ich meine, er ist das Böse, also ist das ...

»Geht es Ihnen gut, Liebes?« Dr. Piper sieht mich mit einem besorgten Blick an.

Wie lange sitze ich schon hier mir explodierendem Verstand?

»Mir geht es gut«, lüge ich. »Das ist nur etwas, was ich erst einmal verarbeiten muss.« Ein Jahr lang.

»Na gut«, sagt Dr. Piper. »Wie wäre es, wenn wir

das Treffen für den Moment vertagen? Später werde ich Ihnen Robert Jellyheim vorstellen – meinen Kontakt bei 1000 Devils.«

Robert Jellyheim. Wenn ich noch Hoffnung hatte, dass es einen anderen Spieleentwickler namens 1000 Devils gibt, ist diese endgültig zerstört worden. Robert ist mein Kontakt bei der Morpheus Group – einer Firma, die ich hier wegen ihrer Pornoprodukte gar nicht erwähnen kann.

Der Teufel muss die Mitarbeiter seiner Spielfirma benutzen, um seiner Schwester zu helfen.

Ich habe ein ernstes Problem.

Alle außer Dr. Piper verlassen den Versammlungsraum.

»Sind Sie *sicher*, dass es Ihnen gut geht?«, fragt er.

»Ja.« Ich springe auf.

»Weil«, er rückt seine Fliege zurecht, »wenn Sie krank *sind*, sollten Sie Jacob und die anderen nicht besuchen.«

»Ich bin nicht krank, ich verspreche es«, sage ich.

Außerdem ist er ein Genie. Ein Besuch bei Jacob könnte helfen, diesen ansonsten trüben Tag aufzuhellen.

Wir verabschieden uns, und ich steuere die Kinderstation an.

Verflixt. Bobze der Clown ist hier und unterhält Jacob und die anderen. Auch wenn ich keine richtige Coulrophobie habe und auch wenn Bobze nicht aussieht, als wäre er aus Stephen Kings Keller geflüchtet, bleibe ich lieber weg. Bobze ist der

Inbegriff des Durcheinanders: jede Farbe des Regenbogens findet sich in seiner wilden Perücke wieder, er trägt unproportionierte Schuhe und, was die Sache noch schlimmer macht, er hat immer nicht einen oder zwei oder drei oder fünf, sondern genau *vier* Luftballons bei sich.

Da ich merke, dass ich hungrig bin, gehe ich in die Cafeteria und hole mir mein übliches Krankenhausessen: sieben Äpfel und eine Packung mit dreiundzwanzig Mandeln.

Ich verschlinge das Obst und die Nüsse, dann schaue ich nach Jacob.

Puh.

Kein Clown mehr da.

Ich bereite mich darauf vor, meine innere Mary Poppins zu beschwören und gehe auf Jacob zu. Er blickt auf ein Tablet, also huste ich, um seine Aufmerksamkeit zu erregen.

Er schaut auf und belohnt mich mit einem herzerwärmenden, jungenhaften Grinsen. »Hi, Tante Holly.«

Jacob und ich sind nicht wirklich blutsverwandt – er ist das Enkelkind eines Freundes meiner Eltern. Er landete nach einem Unfall in diesem Krankenhaus, bei dem er sich mehrere Knochen brach. Mit seinen Gipsbeinen sind Langeweile und Schmerzen – in dieser Reihenfolge – große Probleme für ihn, was ihn zu einem perfekten Kandidaten für meine VR-Haustiertherapie macht.

»Hi, Kleiner.« Ich verwuschele sein Haar. »Wie geht es Master Chief?«

Master Chief ist seine Version von Euklid. Zufällig hat sie den Namen eines Charakters aus *Halo*, einem Videospiel, zu dem mich Jacob einmal gezwungen hat. Leider konnte ich die extreme Gewalt nur siebzehn Sekunden lang ertragen, bevor ich abbrechen musste – und er nannte mich Weichei, vielleicht zu Recht.

Jacobs Grinsen wird breiter. »Er ist ein paar Zentimeter gewachsen und hat ein paar neue Wörter gelernt.«

Zweifellos Schimpfwörter, aber das überlasse ich Jacobs Eltern.

Er erzählt mir von den Spielen, die er und sein VR-Freund gespielt haben, und ich frage ihn vorsichtig, was er von VR-Spielen außerhalb der Tiertherapie halten würde. Es überrascht nicht, dass er von einem solchen Szenario begeistert ist, vor allem, wenn es sich um Spiele mit Schießen handeln sollte.

Verfickt – ähm, Mist. Ich gebe es nur ungern zu, aber mehr Spiele hinzuzufügen könnte eine hervorragende Idee sein. Schade, dass es alles ruinieren wird, indem es Dr. Pipers Team Zeit gibt, etwas über die Porno-Verbindung zu erfahren.

Andererseits, wie viel Zeit würde es kosten, bestehende Spiele auf eine neue Plattform zu portieren?

»Tante Holly, geht es dir gut?«, fragt Jacob.

»Sorry.« Ich lächele ihn an und verbanne alle störenden Gedanken aus meinem Kopf – das Kind verdient meine volle Aufmerksamkeit.

Als Jacob und mir der Gesprächsstoff ausgeht, ordne ich seine sauberen Socken in drei Paare, falte die Decke neben seinem Bett zu einem ordentlichen Dreieck und plaudere mit ein paar der anderen Kinder in der Nähe, während ich auch ihre Ecken aufräume.

Als ich das Krankenhaus verlasse, habe ich ein Grinsen im Gesicht. Ich denke, ich hätte in einem anderen Leben Lehrerin sein können. Jedes Mal, wenn ich mit meinem kleinen Beta-Team spreche, fühle ich mich supercalifragilisticexpialigetisch.

Im Taxi auf dem Weg nach Hause kontrolliere ich mein Handy. Keine Nachrichten oder Anrufe vom Teufel. Seufz. Irgendwie habe ich mich gefragt, ob er ein Treffen arrangieren würde, um mich zu entlassen ... oder mir ein Penisbildchen zu schicken.

Ich schätze, ich bin jetzt am Zug – mit dem Treffen, meine ich, nicht dem Foto.

Zu Hause angekommen, gehe ich meinen Gewohnheiten nach, aber im Hintergrund versucht mein Verstand, einen Weg zu finden, mich aus dem aktuellen Durcheinander zu retten.

Gerade als ich ins Bett gehen will, kommt mir eine verrückte Idee aus einer Horde von ebenso schlechten Ideen.

Sie ist wirklich ein Klassiker. Faust hat das durchgezogen. Brendan Fraser hat es in *Teuflisch* getan. Keanu Reeves auch, in *Constantine*, und etwas Ähnliches in *Im Auftrag des Teufels*. Cher, Michelle Pfeiffer und Susan Sarandon haben es in *Die Hexen von Eastwick* getan. *Ghost Rider* und *Spawn* haben es im Film und in den Comics getan. Katy Perry und Oprah könnten es im echten Leben getan haben.

Was ist, wenn ich einen Pakt mit dem Teufel schließe?

Kapitel Dreizehn

Unnötig, zu erwähnen, dass es ein Ding der Unmöglichkeit ist, nach diesem Gedanken zu schlafen. Am nächsten Morgen bin ich völlig kaputt und brauche drei Tassen stark gebrühten Tee, um halbwegs bei Verstand zu bleiben.

Auf dem Weg zur Arbeit schreibe ich dem Teufel eine SMS mit den vielleicht berühmten letzten Worten: *Hast du Zeit für ein Gespräch?*

Die Antwort kommt sofort: *19.30 Uhr?*

Toll, antworte ich. *Wo?*

Diesmal nimmt er sich ein paar Sekunden Zeit, um sich bei mir zu melden: *Wie wäre es mit meinem Büro? Du erinnerst dich – es ist der Ort, den du dezimiert hast.*

Wir sehen uns dort, antworte ich, obwohl es mir in den Fingern juckt, etwas viel Unhöflicheres zu schreiben.

Plan für das Treffen: Überlege dir einen Weg, um nicht gefeuert zu werden. Außerdem steht auf der To-do-Liste: keine schmachtenden Blicke auf den Teufel werfen, kein Sabbern und keine Fantasien, seine Haare zu richten. Ich muss seinen männlichen Reizen um jeden Preis widerstehen.

Ich bin die Erste im Büro, aber ich strotze vor zu viel nervöser Energie, um wirklich etwas Sinnvolles zu tun. Eines führt zum anderen, und ich ertappe mich dabei, wie ich ein paar Schreibtische verschiebe, die nicht in einer Reihe stehen, sowie Stifte und andere Kleinigkeiten auf den Arbeitsflächen der Leute hinzufüge oder entferne, damit sie schöne Primzahlen als Summen ergeben.

Die Fahrstuhltür öffnet sich und unterbricht meine Bemühungen.

Es ist Alison, die Leiterin des Qualitätssicherungsteams.

»Hiya.« Ich lächele die ältere Frau an. »Wie geht es dir?«

»Hi, Holly«, sagt sie. »Hast du meine E-Mail über einen Fehler erhalten, den mein Team bei Euklid gefunden hat?«

Die Höflichkeiten zu überspringen – das mag ich an Alison. »Sorry, nein. Hatte noch keine Gelegenheit, meine E-Mails zu checken.«

»Alles stürzt ab, wenn du ihn mit vier Toasts fütterst und danach sechsmal den Apportierstab wirfst. Ich hatte ein paar Leute, die dieses Problem auf mehreren Geräten reproduzieren konnten.«

Vier und sechs. Fiese Nicht-Primzahlen. Natürlich

bringen sie die verdammte App zum Absturz. »Ich werde es mir ansehen, danke.«

Sie huscht zu ihrem Schreibtisch, während ich meinen Rechner entsperre und mich auf Euklids Code stürze.

Bis zum Nachmittag habe ich Alisons Entdeckung behoben und ihr Bescheid gegeben.

»Ich lasse es jemanden erneut testen«, sagt sie. Sie senkt ihre Stimme und fügt hinzu: »Ich habe übrigens ein neues Gerücht gehört.«

Ich lehne mich vor. Sie ist genauso gut im Aufdecken von saftigem Klatsch und Tratsch wie im Aufspüren von Software-Bugs.

»Die Chortskys ziehen ein«, sagt sie. »Vielleicht sogar morgen.«

Ja. Das klingt ungefähr richtig – aber das sage ich ihr nicht. Auch erwähne ich nicht die sehr reale Möglichkeit, dass ich morgen nicht hier sein werde, um die Invasion des Teufels zu erleben. Es hängt alles von unserem bevorstehenden Gespräch ab.

»Lass mich wissen, wenn du noch etwas über die Chortskys hörst«, flüstere ich. »Und wenn du noch andere Möglichkeiten findest, den armen Euklid zu crashen.«

Sie verspricht, dass sie das tun wird, und ich gehe zurück zu meinem Schreibtisch, wo leider Buckley darauf wartet, mit mir zu sprechen.

Ich bin nicht Buckleys größter Fan. Er räuspert sich gerne und oft – normalerweise sogar mehrmals.

»Hi, Boss«, sagt er und räuspert sich zweimal. »Hast du einen Moment Zeit?«

Dieser Mann ist mir ein Rätsel. Ich wurde an seiner Stelle zum CTO befördert, also dachte ich, er würde mich danach hassen. Man stelle sich meine Überraschung vor, als er mich stattdessen um ein Date bat. Natürlich musste ich ablehnen, hauptsächlich, weil ich Büro-Techtelmechtel für unangemessen halte, aber es gab auch einen oberflächlichen Grund: Ich finde seinen asymmetrischen Körper und sein Gesicht ästhetisch unangenehm.

»Schieß los«, sage ich. »Was gibt's?«

Er räuspert sich noch zweimal. »Ich habe mich nur gefragt, ob du schon etwas von der neuen Geschäftsführung gehört hast.«

Ich zucke unverbindlich mit den Schultern. »Warum?«

Er kratzt sich an seinen ewigen Stoppeln – ein Merkmal, das ihm nicht gerade geholfen hat, als er mich um ein Date bat. »Ich habe mich gefragt, ob die Fusion bedeutet, dass es für uns Möglichkeiten gibt, uns innerhalb der größeren Organisation zu bewegen. Nicht, dass ich nicht gerne für dich arbeite, aber …«

»Du musst nicht weiterreden.« Ich lächele ihn an. »Ich werde meinem Pendant auf der anderen Seite schreiben und fragen, ob er etwas für dich hat.«

»Danke, Holly«, sagt er und räuspert sich nur einmal – ein Wunder. »Ich weiß das wirklich zu schätzen.«

Sobald er geht, schreibe ich an Robert Jellyheim eine E-Mail, in der ich von Buckley schwärme. Wenn er bekommt, was er will, werde ich sein Räuspern vielleicht nie wieder hören.

Da ich schon einmal bei den E-Mails bin, nehme ich die Millionen Nachrichten in Angriff, die auf mich warten. Als mein Posteingang leer ist, ist es schon nach der normalen Arbeitszeit.

Genau wie gestern gehen die Leute nicht weg, zweifellos warten sie wieder auf mich.

Na schön. Ich kann den gleichen Trick anwenden und weggehen. Ich sollte vor dem großen Treffen sowieso etwas essen. Und fürs Protokoll: Mein Gang zum Miso Hungry hat nichts mit der Hoffnung zu tun, dort den Teufel zu treffen, wie beim letzten Mal.

Überhaupt nichts.

Nein.

Auf dem Weg nach draußen richte ich noch ein paar Tische und verschiebe ein paar Stifte, um Primzahlen zu erhalten, weil ich das will – und um Aufmerksamkeit zu bekommen. Dann eile ich zum Restaurant.

»Zum Mitnehmen?«, fragt die Empfangsdame, als sie mich sieht.

»Ja«, antworte ich und schaue mich um.

Kein Teufel, keine Bella.

Mist. Was hat es mit der Welle der Enttäuschung auf sich, die mich überrollt? Sie müssen nicht so sehr Geschöpfe starrer Abläufe sein, wie ich es bin.

Oh, na gut. Nicht jeder ist perfekt.

Mit dem Essen in der Hand kehre ich in das leere Büro zurück und löffele meine Miso-Suppe mit siebenundvierzig Tofuwürfeln und siebzehn Stück Schalotten. Dann verzehre ich die drei Avocadorollen. Leider könnte ich in meinem jetzigen Zustand genauso gut auf der Papiertüte kauen, in der das Sushi geliefert wurde, als dass ich etwas davon schmecken könnte.

Um viertel nach sieben öffnen sich die Aufzugstüren, und die Geschwister Chortsky treten heraus.

Bella sieht noch mehr so aus, als käme sie gerade von einem Laufsteg, und der Teufel ist irgendwie noch ungepflegter als sonst – so viel zu den Fantasien, seine Haare zu richten, die ich eigentlich vermeiden wollte. *Oder meine Herzfrequenz gleichmäßig und meine Libido in Schach zu halten.*

»Hi.« Bella winkt mir mit ihrer zierlichen Hand auf eine Art zu, die verdächtig nach Schönheitswettbewerben aussieht, besonders für jemanden, der angeblich noch nie an einem teilgenommen hat.

Ich winke zurück. »Schön, dich wiederzusehen.«

»*Privet*«, sagt der Teufel.

»Das heißt Hallo«, übersetzt Bella.

»Ahoi«, antworte ich dem Teufel.

Moment, Ahoi? Soweit ich weiß, ist heute nicht der internationale Sprich-wie-ein-Pirat-Tag. Das verdammte Adrenalin bringt meinen Kopf ganz schön durcheinander.

Als ob Ahoi eine normale Antwort auf ein russisches Hallo wäre, gehen die Geschwister in ihre Büros.

Die nächsten elf Minuten ziehen sich ein gefühltes Jahr lang hin.

Endlich ist es so weit.

Ich stehe auf und gehe zum Büro des Bösen.

Die Piraten sind immer noch in meinem Kopf, denn ich habe das Gefühl, dass ich gleich über die Planke gehen werde. Seine Tür knarrt – wie die Dielen – und als ich sie öffne, erwarte ich beinahe, das Chaos vorzufinden, das ich gestern verursacht habe.

Negativ. Jemand hat es aufgeräumt.

Gut. Ich lasse mir meine Sünden nicht unter die Nase reiben wie ein Welpe. Andererseits hat er die kaputte Tastatur und den Monitor noch nicht ersetzt – und arbeitet stattdessen an einem Laptop, was sicher viel weniger komfortabel ist.

Wird schon schiefgehen.

Ich betrete die Höhle des Teufels.

Kapitel Vierzehn

Der Fürst der Finsternis klappt seinen Laptop zu. »Bitte, setz dich.«

Da die Couch der einzige verfügbare Platz ist, lasse ich mich darauffallen – und tue mein Bestes, nicht an die Dinge zu denken, die eine virtuelle Version von ihm letzte Nacht mit mir an genau diesem Ort gemacht hat.

Die himmelblauen Augen des Verführers betrachten mich eindringlich, so als wolle er ein 3D-Modell von mir für die VR erstellen.

Habe ich gerade mit meinen Wimpern geklimpert?

Ich fürchte ja.

Zählt das als anhimmeln?

Nah genug dran.

Scheiße. Nichts läuft wie geplant.

Wenigstens sabbere ich nicht. Tue ich das? Würde

es komisch aussehen, wenn ich das überprüfen würde?

»Da du jeden Moment eine Erinnerung an ein wichtigeres Meeting bekommen könntest, komme ich gleich zur Sache«, sagt er. »Du bist nicht gefeuert.«

»Wie bitte?«

Moment einmal. Was tue ich da?

Er sagte, dass ich nicht gefeuert bin.

Ich habe ihn sehr gut gehört – ich habe es nur nicht erwartet.

Und außerdem ... ist es heiß hier drin?

Ich fühle mich zu gleichen Teilen schwindlig und euphorisch.

»Ich sagte, du darfst deinen Job behalten«, wiederholt er langsam und überdeutlich. »Unter bestimmten Bedingungen, natürlich.«

Ah. Jetzt geht's los. Ich fühle mich besser damit, dass es einen Haken an der Sache gibt. Sonst wären die Dinge zu schön, um wahr zu sein.

»Was sind die Bedingungen?«, frage ich.

Will er mir ein unanständiges Angebot machen?

Noch wichtiger: Ist das etwas, was ich mir erhoffe?

»Es gibt zwei.« Er trommelt mit seinen langen, maskulinen Fingern auf den Schreibtisch. Ist es falsch, dass ich mir vorstellen kann, wie sie mich streicheln? »Du wirst bei dem Integrationsprojekt helfen«, sagt er und lenkt meine Gedanken von den köstlichen Massagen ab. »Die von dir erwähnten Probleme, bei denen das Headset und die Handschuhe nicht so funktionieren, wie sie es mit dem Anzug sollten, werden zu deiner obersten Priorität.«

»In Ordnung«, sage ich und meine es auch so. »Was ist die zweite Sache?«

»Richtig.« Er runzelt die Stirn. »Das sollte selbstverständlich sein, aber ich werde es für dich noch einmal explizit erwähnen. Es wird keine weiteren Sabotageversuche an der Arbeit meiner Schwester geben. Wenn du auch nur einen Fehler in den Integrationscode einschleust, bist du erledigt. Wenn die Kameras in einem unserer Büros ausfallen, dann war's das. Wenn ein Virus einen unserer Computer oder den eines unserer kritischen Mitarbeiter infiziert, bist du aufgeschmissen. Wenn es ...«

»Ich habe es verstanden«, sage ich. »Dann haben wir eine Vereinbarung.«

»Es sieht ganz so aus.« Er öffnet seinen Laptop. »*Do svidaniya.*«

Ich werde zu Buckley und räuspere mich. Nicht gefeuert zu werden ist nur der erste Punkt auf meiner Agenda, aber ich bin mir nicht sicher, wie ich vorgehen soll.

»Wir können die Details des Integrationsprojekts morgen besprechen, nachdem meine Schwester und ich offiziell in diese Büros eingezogen sind«, sagt er und missversteht offensichtlich mein Zögern, zu gehen.

Wird schon schiefgehen. »Es gibt noch etwas, was ich mit dir besprechen wollte.«

»Ach?« Er blickt mich mit seinen intensiven, himmelblauen Augen an. »Beruflich oder privat?«

Meine Haut fühlt sich übermäßig warm und prickelnd an. »Arbeit. Rein geschäftlich. Nicht im Geringsten persönlich.«

Ich zwinge mich, den Mund zu halten, denn ich denke, ich klinge wie die Dame, die zu viel protestiert.

Er runzelt die Stirn. »Also, an die Arbeit.«

Habe ich Enttäuschung über seine Züge huschen sehen? Nein. Das müssen meine überaktiven Eierstöcke sein, die Gedankenspiele spielen.

»1000 Devils hat einen Vertrag mit dem NYU-Langone-Krankenhaus«, sage ich.

Seine Augen weiten sich. »Ich dachte, du betreibst keine Wirtschaftsspionage. Woher weißt du das?«

Ich erinnere ihn daran, dass seine Firmenwebseite ihn öffentlich als Eigentümer aufführt, und erzähle ihm von meinem Treffen im Krankenhaus und warum Dr. Piper mich über den Vertrag informiert hat.

»Du willst also, dass ich dir helfe, ein paar Spiele auf das Headset zu bekommen?«, fragt er, als ich mit meinen Erklärungen fertig bin.

»Ja. Ich denke, du würdest auf diese Weise noch mehr Geld von der NYU Langone bekommen. Also win-win.«

Er kratzt sich die verfluchten Bartstoppeln am Kinn – und aktiviert damit wieder einmal meine Haarpflegefantasien. »Ich bin mir nicht sicher, ob sie mehr bezahlen würden. Ich wette, sie würden VR einfach als Plattform in den bestehenden Vertrag aufnehmen – sie machen im Moment keinen Unterschied zwischen Tablets, Konsolen oder Telefonen, also ist das so.«

Mein Herz fühlt sich an, als ob ein Hexendoktor es gerade geschrumpft hätte. »Du wirst mir also nicht helfen?«

Ein satyrhaftes Grinsen erhellt seine umwerfenden Züge. »Das habe ich nicht gesagt. Ich denke, ich könnte dir helfen … gegen einen Preis.«

Jetzt geht's los.

Ich kann mir praktisch vorstellen, wie ich mir in den Finger steche und einen Vertrag unterschreibe, der mein Erstgeborenes zum Gegenstand hat.

Mein Inneres fängt an zu beben, und nicht mehr nur meine Eierstöcke. »Was willst du?«

»Noch zwei Dinge«, sagt er, und seine Stimme ist leise und tief. »Diesmal nichts Berufsbedingtes.«

Ich wusste es. Der Teufel verlangt einen Pakt – man kann seine Natur nicht verstecken.

»Was ist es?« Ich bin von mir selbst beeindruckt. Meine Stimme ist fest, und der britische Akzent ist nicht wiederaufgetaucht.

»Bella wird verrückt, weil sie wissen will, was du von dem Anzug hältst«, sagt er. »Ich möchte, dass du ihr einen vollständigen Bericht gibst. Das wird sie glücklich machen.«

Ich starre ihn mit offenem Mund an. Auf der einen Seite ist das nicht völlig unabhängig von der Arbeit, aber auf der anderen Seite ist es verrückt.

»Dafür bin ich nicht qualifiziert«, sage ich und merke, dass ich nach einem Strohhalm greife. »Ich bin nicht die Qualitätssicherung.«

»Oh, mach dir keine Sorgen«, sagt er. »Bella hat einen Fragebogen und das alles. Außerdem kann sie dich Fanny vorstellen – sie hat Erfahrung in diesen Dingen.«

Ist da jemand namens Fanny involviert? Die arme Frau. In England bedeutet das Vagina – hier in den USA bedeutet es Hintern, also auch keine tolle Assoziation.

Verflixt. Jetzt bringt mich der Teufel dazu, über Vaginas und Hintern nachzudenken.

»Was noch?«, frage ich unverbindlich.

Seine Augen glänzen. »Morgen ist der Geburtstag meines Vaters. Ich möchte, dass du mit mir zu der Feier kommst.«

Meine Atmung beschleunigt sich. »Wie ... ein Date?«

Das Grinsen kehrt zurück. »Kein richtiges Date. Ein Fake-Date. Meine Mutter versucht immer, mich mit irgendwelchen Frauen zu verkuppeln, und ich will, dass das aufhört.«

Dieses Miststück. Wie kann sie es wagen, ihn mit einer Hure zu verkuppeln? Warum ...

Wow. Das ist schnell eskaliert. Nach allem, was ich weiß, könnte seine Mutter eine reizende Dame sein.

»Kein Date.« Für meinen Geschmack sind die Worte fade.

Sollte ich nicht erleichtert sein, dass er nicht um

das Erstgeborene gebeten hat – oder darum, dieses Erstgeborene zu zeugen? Außerdem, warum ist es so einfach, sich diese hypothetische Teufelsbrut vorzustellen? Sie hätte zweifellos seine himmelblauen Augen, mein ovales Gesicht, seine …

»Also«, sagt der Teufel und reißt mich aus meinem hormonbedingten Delirium. »Warst du schon mal auf einer russischen Feier?«

Ich schüttele den Kopf.

»In einem russischen Restaurant?«

Noch ein Kopfschütteln.

»Dann kannst du dich auf was gefasst machen. Es wird tolles Essen und eine Show geben.« Er schaut mich von oben bis unten an. »Die Kleiderordnung ist allerdings ziemlich formell, also solltest du vielleicht etwas Hübsches tragen.«

Will er damit sagen, dass ich *jetzt* nichts Hübsches anhabe? Wichser. Außerdem trägt er einen Hoodie. Ein Esel schimpft den anderen Langohr?

»Gut«, knirsche ich durch die Zähne. »Ich akzeptiere deine Bedingungen.«

»Großartig. Ich schicke dir die Details per SMS.«

Wütend drehe ich mich auf dem Absatz um und gehe zur Tür.

Mit einer Geschwindigkeit, die seiner übernatürlichen Natur würdig ist, springt der Teufel auf und öffnet mir die Tür.

Die Welt davon zu überzeugen, dass er nicht existiert, scheint nicht der einzige Trick zu sein, den der Teufel auf Lager hat. Er will auch, dass ich denke, dass er ein Gentleman ist.

Verflixt. Wenn ich diesen Raum jetzt verlassen will, muss ich entweder dicht an ihm vorbeigehen oder ihn unhöflich bitten, sich zu bewegen, was ich nicht tun will.

Ich mache einen Schritt vorwärts.

Ein schwaches Aroma eines leckeren Tees dringt in meine Nasenlöcher und lässt mir das Wasser im Mund zusammenlaufen. Oolong, Keemun, vielleicht Lapsang Souchong, zusammen mit etwas unaussprechlich Männlichem.

Ein weiterer Schritt.

Unsere Blicke verschmelzen.

In meinem Bauch herrscht ein Tumult – meine verräterischen Eierstöcke versuchen zweifellos, sich gegenseitig zu erdrosseln.

Je näher ich komme, desto mehr werde ich von seinem Blick hypnotisiert.

Vielleicht sollte ich mich zurückziehen – oder doch unhöflich sein?

Das wäre klug, aber ich tue beides nicht. Wie ein zum Untergang verurteilter Stern, der von der Schwerkraft eines schwarzen Lochs gefangen ist, fühle ich mich zu ihm hingezogen – das muss der Grund sein, warum ich den Abstand verringere.

Geh, Holly.

Meine Füße fühlen sich wie mit dem Boden verschweißt an.

Tu es nicht, Holly.

Ich stelle mich auf die Zehenspitzen.

Sein Kopf neigt sich zu mir.

Nein. Nein, nein, nein. Ich kann das nicht tun. Sollte dies nicht tun. Wenn wir uns tatsächlich küssen, werden meine Eierstöcke explodieren und ...

»Oh, entschuldigt«, sagt Bellas Stimme aus wenigen Metern Entfernung. »Ich komme gleich wieder ...«

Ich höre nicht, was sie als Nächstes sagt. Schließlich reiße ich meinen Blick von dem des Teufels los und renne zum Aufzug.

Gott sei Dank öffnen sich die Türen sofort, sonst hätte ich vielleicht die Treppe zum Notausgang genommen.

Als ich hinunterfahre und zum Taxi laufe, ist mein Verstand leer, und mein Herz rast wie verrückt. Erst als ich nach Hause komme und meine durchnässten Schlüpfer wechsele, schüttele ich den Schock ab, den diese Begegnung mit dem Teufel ausgelöst hat.

Ich folge meinen üblichen Abendritualen wie ein Roboter, aber das lässt Raum in meinem Gehirn für abschweifende Gedanken. Gedanken wie: wollte er mich küssen oder habe ich es mir nur eingebildet? Und wenn er mich wirklich küssen wollte, heißt das, dass unser Fake-Date nicht so fake ist?

Nein. Das kann nicht sein. Ich bin mir sicher, dass er nicht auf diese Weise an mir interessiert ist.

Noch wichtiger ist, dass, selbst wenn er es wäre, es nicht passieren darf.

Nach dem Desaster mit meinem Ex bin ich nicht

bereit für ein Date. Ich werde es vielleicht nie wieder sein – und wenn ich es wäre, dann nicht für den verdammten Teufel.

Es gibt nichts Schlimmeres, als Arbeit und Liebesleben zu vermischen, selbst wenn die Personalabteilung eine Beziehung für angemessen hält – zum Beispiel, wenn die beiden Personen in verschiedenen Abteilungen arbeiten. In diesem Fall ist er allerdings so ziemlich mein Chef, also ist es definitiv gegen die Firmenpolitik. Und vergessen wir nicht, dass er böse ist – er könnte sogar der böse Berater selbst sein. Schlimmer noch ... er ist unordentlich.

Wo wir gerade dabei sind – warum fühle ich mich überhaupt zu ihm hingezogen?

Es ist ein Mysterium von Bermuda-Dreieck-Ausmaßen.

Als ich mein übliches Programm absolviert habe, gehe ich ins Bett, aber selbst mit dem Gewicht all der Schlaflosigkeit, der letzten Zeit, die meine Augenlider schwer werden lässt, liege ich noch eine Stunde da, bevor ich mir eingestehe, dass ich wieder einmal nicht schlafen kann.

Na schön. Ich könnte genauso gut etwas Sinnvolles tun, anstatt mich stundenlang hin und her zu wälzen.

Ich stehe auf und öffne meinen Kleiderschrank, um ein Outfit für den bevorstehenden Geburtstag auszusuchen.

Das Problem ist, dass sich meine übliche Philosophie über Kleidung gerade rächt. Um die Zeit, die mit Entscheidungen verschwendet wird, zu begrenzen, trage ich jeden Tag das Gleiche: eine von sieben identischen weißen Button-up-Blusen – jede mit fünf Knöpfen vorne – und eine von sieben identischen schwarzen Hosen. Da ich genau diese Kombination trug, als der Teufel sagte, ich solle *etwas Hübsches anziehen*, bedeutet das, dass mein übliches Arbeitsoutfit nicht ausreichen wird. Auch meine Kleidung für zu Hause wird das nicht. Diese Kleidungsstücke sind auch identisch, wobei die T-Shirts und Yogahosen auf Komfort getrimmt sind, nicht darauf, dass sie *hübsch* sind.

Seufz.

Ich schaue in den *Ausreißer*-Bereich des Kleiderschranks.

Es sind drei identische Kleider übriggeblieben, in denen ich auf Dates mit meinem Ex gegangen bin.

Ich hoffe, sie entsprechen den Hübschheitskriterien des Teufels.

Ich quetsche mich in eines.

Grr. Ich kann nicht atmen, und meine Brüste sehen aus, als würden sie gleich platzen. Scheint, als hätte ich etwas zugenommen.

Bloody hell. Ich kann keinen Ausrutscher Nummer drei haben – vor allem nicht, weil ich vor der ganzen Familie des Teufels stehen werde.

Mist. Das bedeutet Shoppen.

Ich hasse Shoppen, vor allem weil mein IQ in Mode-Intelligenz, wenn es so etwas gäbe, etwas Abgrundtiefes wie einunddreißig wäre.

Oh, na gut. Wenigstens bin ich intelligent genug, um zu wissen, dass ich um Hilfe bitten kann.

Ich hole mein Handy heraus und schreibe meinem Zwilling eine SMS: *Hi*. Trotz ihres von Criss Angel inspirierten Rockstar-trifft-Vampir-Aussehens ist ihre modische Intelligenz mindestens drei Standardabweichungen höher als meine eigene.

Sie antwortet sofort: *Du schläfst nicht? Ist es dir nicht heilig, um elf ins Bett zu gehen?*

Natürlich. Sie weiß nichts von meiner Schlaflosigkeit, da ich sie wegen des Einbruchs angelogen habe.

Ich kann genauso gut reinen Tisch mit ihr machen. *Ist ein Videoanruf okay?*, frage ich.

Ist es, also rufe ich sie an und erzähle ihr alles, auch, dass ich kein passendes Outfit habe.

Als ich geendet habe, hat sie diesen schelmischen Gesichtsausdruck, den ich und die Sechslinge in unserer Kindheit zu fürchten gelernt haben – den, den man sieht, bevor man erfährt, dass ein Dutzend Wecker im eigenen Zimmer versteckt sind – oder eine Drucklufthupe unter den Stuhl geklebt oder die Sahne im Lieblingsdonut durch Mayo ersetzt wurde.

»Bevor wir über das Einkaufen reden«, sagt sie, »muss ich dir sagen, dass ich völlig anderer Meinung bin.«

Ich seufze hörbar. »Worin?«

»Dieser Restaurantausflug klingt total nach einem Date.«

Ich halte das Telefon näher an mein Gesicht, damit sie mein missbilligendes Stirnrunzeln deutlich sehen kann. »Nein. Das ist es nicht.«

Auch sie hält das Handy an ihr Gesicht, so dass ich nur ein riesiges blaues Auge sehe. »Ist es.«

»Ist es nicht.«

Von hier aus sinkt die Raffinesse unserer argumentativen Techniken bis zu:

»Do-hoch.«

»Nei-hein.«

Das riesige Auge rollt, dann zieht sie das Telefon von ihrem Gesicht weg. »Sind wir uns einig, dass wir uns nicht einig sind?«

Ich ziehe ebenfalls das Telefon weg. »Wenn das nötig ist, damit du mir hilfst.«

»Oh, ich würde trotzdem mit dir einkaufen gehen«, sagt sie. »Ich habe deinen Kleiderschrank gesehen. Das ist längst überfällig.«

Ich verenge meine Augen. »Wir kaufen nur das Nötigste.«

Ihr Grinsen ist jetzt geradezu verschlagen. »Genau. Wie wäre es, wenn wir uns um neun Uhr bei dir treffen? Wir gehen zur Madison Avenue. Du kannst es dir leisten.«

»Sauber«, sage ich, ohne nachzudenken.

»Tschüsschen«, antwortet sie augenzwinkernd und legt auf.

Verflixt. Ich habe vergessen, sie zu warnen, dass ich auf keinen Fall etwas Nuttiges für die Party anziehen werde – was zweifellos ihr erster Instinkt sein wird.

Als ich mein Telefon auf das Ladegerät lege, bemerke ich ein kleines Problem an unserem Plan.

Als CTO musste ich noch nie jemandem im Büro mein Kommen und Gehen erklären, aber das ist jetzt anders. Morgen ist der Tag, an dem der Teufel und Bella in unsere Büros einziehen, und sie werden sich sicher fragen, wo ich bin.

Die Lösung ist einfach. Ich schreibe eine Nachricht an den Teufel:

Werde morgen nicht im Büro sein. Muss mich auf den Geburtstag vorbereiten. Wenn du damit ein Problem hast, würde ich das Ganze gerne abblasen.

So. Vielleicht kann das Einkaufen jetzt vermieden werden?

Seine Antwort kommt sofort:

Wir sehen uns auf der Party.

Oh, na gut. Es war zu viel zu hoffen, dass er es einfach abblasen würde. Nicht, dass ich wirklich will, dass er das tut. Nicht, wenn meine Schwester recht hat und es auch nur den Hauch einer Chance gibt, dass dieses Ding ein Date *ist*.

Was es nicht ist.

Auf keinen Fall.

Und das soll es auch nicht sein.

Ich gehe ins Bett, aber der Schlaf ist wieder so schwer zu fassen wie ein geölter Aal.

Es dauert nicht lange, bis ich den Hauptschuldigen ausgemacht habe. Das ist die zweite

Forderung des Teufels: Meine Anzugerfahrung mit Bella zu teilen. Es gibt so viele Probleme damit, dass ich nicht weiß, welches das schlimmste ist. Wenn ich etwas mache, dann mache ich es gerne richtig – und in diesem Fall fehlt mir die Erfahrung aus der Qualitätssicherung, um der Aufgabe gerecht zu werden.

Ich setze mich hin. Das Problem ist recht gut zu lösen. Alison hat ein Trainingshandbuch für neue Abteilungsmitarbeiter.

Ich klappe meinen Laptop auf, suche nach dem Handbuch und werde schnell fündig.

Ich fange an, zu lesen.

Faszinierend. Das ist genau das, was ich gebraucht habe.

Als ich fertig bin, habe ich neuen Respekt vor Alison und ihrem Team, aber leider bin ich dem Schlaf nicht nähergekommen – auch wenn einige Leute den Lesestoff, den ich gerade bewältigt habe, als schlafinduzierend empfinden würden.

Ein Teil von mir wird wieder einmal von dem Anzug in Versuchung geführt. Ein Orgasmus könnte mir beim Einschlafen helfen, und ohne Schlaf könnte die Feier-Tortur umso härter sein.

Nein. Ich werde meinen niederen Begierden nicht nachgeben oder den Anzug als Schlafmittel benutzen.

Aber Moment. Warum tragen mich meine Beine zu dem mit Genitalien verzierten Rucksack?

Und warum nehme ich den verdammten Anzug heraus?

Als ich den Anzug auf meinem Bett auslege, fällt mir sofort der Grund ein: Ich werde ihn für Bellas Bericht verwenden. Ja, genau das ist es. Ich habe die Demo beim letzten Mal nicht zu Ende gespielt und kann Bella daher kein vollständiges Bild geben. Apropos Vollständigkeit: Im Gegensatz zum Cunnilingus *ist* der Koitus etwas, was ich im wirklichen Leben getan habe, so dass ich jede lästige »Hat es sich echt angefühlt?«-Frage beantworten kann.

Ja, genau das ist es. Ich mache das nicht, weil ich geil bin, sondern weil der Vollendungswille in mir es verlangt.

Hervorragend. Das ist meine Geschichte, und ich bleibe dabei. Wenn ich den Anzug mit dem Qualitätssicherungshandbuch im Hinterkopf benutze, kann ich auf all die kleinen Dinge achten, die ich vorher vielleicht übersehen habe – wie Umfang, Länge und Härte bestimmter Dinge.

Wenn es um das beste Stück des Teufels in der VR geht, kommt es auf die Details an.

Sobald ich in den Anzug hineingeschlüpft bin, gehe ich die gleichen Auswahlkriterien durch wie zuvor – mit einem kleinen Unterschied.

Ich verpasse dem Teufel in der VR einen viel, viel größeren Schwanz.

Kapitel Fünfzehn

*D*as nackte Teufelsimulakra beginnt wie beim letzten Mal zu tanzen.

Während ich den Sabber hinunterschlucke, versuche ich verzweifelt, das Ganze so zu betrachten, wie es jemand von der Qualitätssicherung tun würde.

Nein. Ich stelle mir gerade vor, wie die arme Alison einen Herzinfarkt bekommt, und während ich ihn so genau ansehe, wird meine irritierende Erregung noch schlimmer.

Vielleicht war das keine so gute Idee.

»Willst du, dass ich dir eine Kostprobe davon gebe, was der Anzug kann?«, fragt mich die Demo noch einmal. »Ja oder nein?«

Ein »Ja« teleportiert den VR-Teufel neben mich, und sein größerer Schwanz macht es hart, neben ihm zu stehen.

Apropos hart.

Wie konnte Bella dem Anzug eine solche Vielfalt

an Phalli geben, ohne einen Haufen versteckter Dildos?

Das sollte ich sie besser nicht fragen. Sie wird nie wieder aufhören zu reden, wenn ich das tue. Außerdem ... wie bei Gias Magie machen manche Dinge mehr Spaß, wenn sie ihr Geheimnis bewahren.

Und heißt es eigentlich Phallus oder wirklich Phalli, da Phallus aus dem Lateinischen kommt und auf -us endet? Das muss ich nachschauen – neben dem Plural für Penis ein weiterer wichtiger Punkt auf meiner To-do-Liste.

»Weiter?«, fragt die Demo.

Als ich zustimme, bedeckt er wieder meine Brust mit seiner Hand.

Qualitätssicherungs-Handbuch? Bericht für Bella? Was ist das alles? Ich kann mich jedenfalls nicht mehr daran erinnern.

Nach einer Nachfrage drückt er wieder meine Brustwarze zusammen.

Ich würde mein Leben darauf verwetten, dass es sich so anfühlen würde, wenn der echte Teufel das täte – was niemals der Fall sein wird.

Eine weitere Nachfrage.

Er berührt meinen Kitzler – und ich komme fast auf der Stelle.

»Willst du die Cunnilingus-Phase ausprobieren? Ja oder nein?«

Hm, ich weiß nicht. Ja, auf jeden Fall.

Das Gefühl einer feuchten Zunge unten drunter

ist so real, dass ich mich wieder schwach frage, wie Bella das geschafft hat.

Er leckt mich einmal, zweimal, dreimal.

Ich komme näher.

Er saugt an meiner Klitoris.

Meine Zehen biegen sich nach oben.

Fast da.

Bitte beende es. Ich war brav, ich verspreche es.

Nein.

Verflixt. Es hört alles auf, genau wie beim letzten verdammten Mal.

Außerdem habe ich die Qualitätssicherung total vergessen.

»Willst du die Penetrationsphase ausprobieren? Ja oder nein?«

Ich denke nur eine Sekunde lang darüber nach. Ich habe mich noch nie so leer gefühlt. Ich war noch nie so bereit, zu empfangen.

Plötzlich wird die ganze VR-Welt rot, und ein großer Kasten erscheint in der Luft: »Bitte Batterien aufladen.«

Neeein.

So muss die Hölle sein – Zugang zu einem großen Schwanz, der seine Ladung zum ungünstigsten Zeitpunkt verliert.

Ich ziehe den Anzug aus und suche den Ladeanschluss.

Puh. Ein regulärer USB-Anschluss.

Ein wenig neidisch auf das USB-Loch, das anstelle von mir gestopft wird, lasse ich den Anzug zum Aufladen an meinem Laptop angeschlossen. Dann strecke ich mich auf meinem Bett aus und überlege, ob ich warten und den Test heute fortsetzen oder meine Hände benutzen und mich ein anderes Mal damit beschäftigen soll.

Meine Lider werden schwer, also schließe ich die Augen – ich muss sie zur Entscheidungsfindung nicht geöffnet lassen.

Als ob er die ganze Zeit auf diese Gelegenheit gewartet hätte, stürzt sich der Schlaf auf mich und haut mich um.

Kapitel Sechzehn

*I*ch wache durch das Klingeln des verdammten Weckers auf.

In meinem Traum war der Teufel – der echte, nicht die VR-Imitation – gerade dabei, mich endlich kommen zu lassen.

Wehe mir. Wenn ich es nicht besser wüsste, würde ich vermuten, dass dies das Werk des Bösen ist – er steigert meine Geilheit über die eines Teenagers hinaus auf ein Niveau, auf dem ich meine Seele für einen Orgasmus verkaufen würde.

Moment einmal.

Mein Pakt mit dem Teufel. Die Party.

Gia wird um neun Uhr unten sein, also muss ich meinen Hintern aus dem Bett bewegen und mein siebenstufiges Morgenritual beginnen.

———

»Also, ich habe einen Zaubertrick, den ich bei dir ausprobieren wollte«, sagt Gia, während wir ein schickes Kaufhaus betreten.

Großes Universum. Als ob Einkaufen nicht schon schlimm genug wäre, muss ich mich jetzt auch noch damit herumschlagen? Als Kinder haben meine Geschwister und ich unseren Teil zur Anfängerzauberei von Gia beigetragen, ich den größten. Wenn ich einen Dollar für jede Karte bekommen hätte, die ich in meinem Leben ausgewählt habe, würde mir der ganze Laden gehören.

»Der ist gut«, sagt Gia, die mein Zögern offensichtlich bemerkt hat. »Und kurz.«

Kurz? Dann ist vielleicht noch nicht alles verloren. »Okay.«

»Kann ich Ihnen helfen?«, fragt eine hochnäsig dreinblickende Verkäuferin, bevor Gia fortfahren kann.

»Sie braucht ein neues Outfit«, sagt Gia und nickt in meine Richtung.

Die Dame schaut mich mit einem Blick von oben bis unten an, der zu sagen scheint: »Junge, wir haben eine Menge Arbeit vor uns.«

»Bevor wir einkaufen, können Sie vielleicht an einem kleinen Experiment teilnehmen, das meine Schwester und ich gerade machen wollten?«, fragt Gia, mit ihrer Bühnenpersönlichkeit auf Hochtouren.

Die Dame schaut sie misstrauisch an, aber das schreckt meinen Zwilling nicht im Geringsten ab.

»Wenn ich es sage«, sagt Gia, »werden Sie an eine zweistellige ungerade Zahl denken. Eine Zahl, die sogar so ungerade ist, dass beide Ziffern ungerade sind. Okay?«

Das Nicken der Dame ist etwas zögerlicher als mein eigenes, aber nicht sehr. Ich frage mich auch, ob Gia blind für die Ironie ist, uns zu bitten, an eine sehr spezielle Zahl zu denken, während sie sich so speziell verhält?

Es sei denn, das ist Teil des Tricks?

»Ich habe eine«, sage ich, denn ich weiß besser mit meinem Zwilling umzugehen als die Verkäuferin.

»Ich auch«, sagt die Dame mit der Begeisterung von jemandem, der in die *Twilight Zone* eingedrungen ist.

Mit einem Blitz aus Feuer und Rauch erscheinen ein Notizblock und ein Stift in der Hand meiner Schwester.

Wow. Gia ist seit dem letzten Mal, als sie mir Sachen gezeigt hat, viel besser geworden. Ich habe keine Ahnung, wie sie das gerade gemacht hat.

Die Verkäuferin fasst sich an die Brust, zweifellos besorgt, dass der Feueralarm losgehen könnte.

Gia schreibt etwas auf den Block. »Ich habe mich gerade festgelegt.«

Ich bin froh, das zu hören. Sie verhält sich definitiv wie jemand, der sich in anderen Bereichen seines Lebens endlich festlegen sollte.

Sie drückt den Block in die Hände der verblüfften Verkäuferin. »Bei drei sagen Sie Ihre Zahlen laut.«

Sie zählt bis drei.

»37«, sage ich im selben Moment, in dem die Helferin genau das Gleiche sagt.

Doppeltes Wow.

»Kontrollieren Sie den Block«, sagt Gia.

Ja. Auf dem Block steht 37.

Nicht nur, dass ich und eine völlig fremde Person an dieselbe Zahl dachten, Gia wusste auch schon im Voraus, wie sie lauten würde.

Wie? Sie hätte erraten können, dass ich 37 sagen würde – es ist eine permutable Primzahl, weil man daraus 73 machen kann, was auch eine Primzahl ist, und ich mag solche Sachen. Andererseits hat mich nichts davon abgehalten, die 13 zu wählen. Es ist eine Zwillingsprimzahl zu 11, weil sie zwei auseinanderliegen, und es passt zu ihrem *Beide-Zahlen-ungerade*-Kriterium.

Die eigentliche Frage ist: Warum hat diese Dame das Gleiche gesagt? Und woher wusste Gia, dass sie es tun würde?

»Ist das eine unterschwellige Botschaft?«, fragt die Dame.

Anfängerfehler. Gia wird niemals zugeben, wie sie getan hat, was sie getan hat – nicht einmal gegenüber jemandem mit identischer DNA.

Mein Zwilling lächelt mit einer geheimnisvollen Aura. »Können Sie ein Geheimnis bewahren?«

Die Dame nickt.

»Das kann ich auch«, sagt Gia triumphierend.

Wenn ich einen Dollar für jedes Mal bekommen

hätte, wenn ich diesen Witz gehört habe, würde mir dieser Laden gehören.

Die Dame reibt sich die Schläfen. »Ich habe Kopfschmerzen. Haben Sie das gemacht?«

»Nein, aber strecken Sie Ihre Hand aus.« Gia wedelt mit ihren behandschuhten Händen über der ausgestreckten Handfläche der Dame, auf der dann eine weiße Tablette erscheint.

Die Dame blickt die Pille an.

»Das ist Tylenol«, sagt meine Schwester.

»Danke«, sagt die Dame, nimmt es aber nicht in den Mund – und ich kann es ihr nicht im Geringsten verdenken. »Sind Sie jetzt bereit zum Einkaufen?«

Gia bejaht die Frage, und bevor ich das Gegenteil behaupten kann, finde ich mich mit einem schwarzen Cocktailkleid in einer Umkleidekabine wieder, das für eine Femme fatale in einem James-Bond-Film entworfen wurde.

Ich ziehe meine Kleidung und den BH aus, schlüpfe in das Kleid und schaue in den Spiegel. »Das gefällt mir nicht.«

»Wen interessiert das?«, fragt Gia. »Komm raus, damit ich es sehen kann.«

Ich trete aus der Umkleidekabine.

Die Helferin nickt zustimmend, und Gia mustert mich wie ein Metzger, der einen erstklassigen Schnitt machen will.

»Zu konservativ«, schlussfolgert sie, als wäre das etwas Verwerfliches und lässt es wie eine schlechte Sache klingen.

»Ich werde etwas anderes holen«, sagt die Dame und huscht davon.

Ich schaue zurück in den Spiegel, dann zu meinem Zwilling. »Mein Problem war das Gegenteil. Das sieht nicht angemessen aus.«

Sie rollt mit den Augen, geht in die Umkleidekabine und hebt behutsam meinen perfekt funktionierenden beigen BH mit ihren behandschuhten Händen hoch. »Ist das deine Vorstellung von *angemessen*?«

Ich zucke mit den Schultern.

»Ich nehme an, du hast ein Oma-Höschen, das zu dieser Scheußlichkeit passt?«, fragt sie.

Ich lege meine Hände auf meine Hüften. »Unsinn. Wen interessiert schon meine Unterwäsche? Keiner wird sie sehen.«

Sie schnaubt. »Mit dieser Einstellung wird er das nicht.«

Ich erröte, denn der Gedanke, dass der Teufel mich in *irgendeiner* Unterwäsche sieht, lässt mich unangenehm warm werden.

»Wie wäre es, wenn du dir ein Kleid aussuchst, das dir gefällt?«, sagt meine Schwester und klingt plötzlich versöhnlich. »Ich gehe dir inzwischen normale Unterwäsche suchen.«

Ich lasse sie ziehen und suche mir etwas Passendes aus.

Als ich zurückkomme, wartet sie schon auf mich und versteckt etwas hinter ihrem Rücken. »Das ist etwas, was eine Sadistin ihren Brautjungfern aufs

Auge drücken würde«, sagt sie und rümpft die Nase über meine Wahl.

Ich ignoriere sie, gehe in die Umkleidekabine und probiere das Kleid an.

Draußen höre ich, wie sie etwas zur Verkäuferin sagt, aber ich kann nicht verstehen, was.

Das Kleid sieht okay aus, finde ich. Erinnert mich daran, was ich zum Abschlussball tragen wollte, bevor meine Geschwister es mir ausredeten.

»Ich glaube, das ist es«, sage ich.

»Zeig es uns«, sagt meine Schwester gebieterisch.

Ich trete heraus.

Die Augen der Verkäuferin weiten sich, und sie kämpft darum, einen professionellen Gesichtsausdruck zu bewahren. Meine Schwester neben ihr lacht mir einfach wie eine Verrückte ins Gesicht. »Das könnte als Halloween-Outfit funktionieren«, sagt sie, als sie wieder zu Atem gekommen ist. »Du kannst Aschenputtel sein ... bevor sie das Ball-Makeover bekam.«

Ich schnaube entrüstet. »Das ist kein Dienstmädchen-Outfit.«

»Geh wieder rein und zieh es aus«, sagt Gia. »Wir geben dir Sachen zum Probieren.«

Ich gehe zurück in die Umkleidekabine und ziehe mich aus.

»Fang mit dem hier an.« Gia wirft zwei Spitzenmonster hinein. »Du gehst nicht in Oma-Höschen.«

Ich halte die Gegenstände zwischen Daumen und

Zeigefinger, weit weg von meinem Körper, falls sie beißen sollten. »Das ist dumm. Ich bin nicht wegen neuer Unterwäsche hier.«

»Probier sie einfach an«, sagt sie.

Um sie zum Schweigen zu bringen, ziehe ich ihre Auswahl an.

Die sogenannten Pantys lassen mich verstehen, warum sie *Ritzenputzer* genannt werden, und der BH schiebt meine Brüste bis wenige Zentimeter unter mein Kinn.

»Was meinst du?«, fragt Gia.

»Ich sehe wie eine französische Kurtisane aus dem Mittelalter aus.«

»Was gut ist, oder nicht?«, fragt sie.

Ich richte meine gequetschten Brüste neu aus. »Es ist nicht angemessen, aber das ist mir auch egal, weil es unsichtbar sein wird.«

»Toll.« Sie wirft ein Kleid hinein. »Auch wenn niemand die neuen Unterhosen sieht, wirst du dich sexy fühlen, wenn du sie trägst.«

Hat das Gefühl, sexy zu sein, viel mit dem Gefühl, kratzig zu sein, gemeinsam? Vielleicht. Wie ich die Männer kenne, könnten sie es heiß finden, wenn sie sehen, wie man sich seinen Schlüpfer zurechtrückt.

Mit einem Seufzen ziehe ich das von ihr gewählte Kleid an und starre mit offenem Mund auf die entblößte Haut. »Das wird es sicher nicht.«

»Zeig es mir«, sagt Gia.

Ich schüttele den Kopf. »Ein Straßenmädchen würde zögern, das zu tragen.«

Gia klopft an die Tür. »Komm raus.«

»Nein.«

»Das wirst du sowieso müssen, irgendwann.«

Nein, werde ich nicht. Ich werde mich einfach wieder umziehen …

Moment einmal.

Wo sind meine Klamotten?

»Ich habe sie versteckt«, sagt Gia, bevor ich fragen kann. »Wenn du da angezogen rauskommen willst, dann musst du es in diesem Kleid tun.«

Mit einem Knurren trete ich aus der Umkleidekabine.

Die Verkäuferin und Gia tauschen wissende Blicke aus.

»Du siehst heiß aus, Schwesterchen«, sagt Gia, und die Dame nickt enthusiastisch.

Ich schaue wieder in den Spiegel und runzele die Stirn. »Mein Gebärmutterhals ist zu sehen.«

Gia ignoriert mich und fragt die Verkäuferin nach einem Paar High Heels.

»Du verschwendest deine Zeit«, sage ich, als die Dame weg ist. »Ich werde das nicht tragen.«

»Das *wirst* du«, sagt Gia.

»Werde ich nicht.«

Wie immer geht es hin und her, bis zum:

»Do-hoch.«

»Nei-hein.«

»Du hast etwas Wichtiges vergessen«, sagt Gia. Mein Magen zieht sich bei dem verschlagenen

Ausdruck in ihrem Gesicht zusammen. Sicher wird sie nicht ...

»Ja, das stimmt, du schuldest mir noch etwas«, sagt sie und bestätigt meine Befürchtungen.

»Aber ...«

»Ich fordere meinen Gefallen ein«, sagt Gia feierlich. »Ich möchte, dass du für dein Date heiß aussiehst. Das bedeutet dieses Kleid, professionelles Make-up, diese Dessous, High Heels meiner Wahl und zu guter Letzt ein Brazilian Waxing.«

Kapitel Siebzehn

*W*enn ihre Magie-Karriere nie in Gang kommt, kann Gia es immer noch mit Jura versuchen. Egal, wie sehr ich versuche, zu argumentieren, dass Absätze plus Dessous plus Kleid plus Make-up plus Wachs fünf Gefallen sind, behauptet sie gekonnt, dass *heiß aussehen* nur einer ist.

Sie reicht mir einen Schuhkarton und fasst ihren Fall zusammen. »Dir das Schlösserknacken beizubringen, erforderte Reden, Gesten, Atmen und vieles mehr, aber ich betrachtete diese Teilbereiche nicht als separate Gefallen. Du solltest dankbar sein, dass ich meinen Gefallen für etwas so Selbstloses einfordere wie *dich* für *dein* Date gut aussehen zu lassen.«

»Ja, du bist eine Heilige«, sage ich und öffne den Karton. »Das sind Fick-mich-Pumps.«

»Zeig sie uns.«

Mit einem Seufzer verlasse ich mit einem Klick-Klack die Umkleidekabine und stelle mich meinen Peinigern.

»Perfekt«, sagt Gia. »Jetzt lass uns bezahlen und dann gehen wir dich schminken lassen.«

Die Maskenbildnerin ist so langsam, dass sie eine Schnecke im Vergleich dazu flott erscheinen lässt.

Als sie fertig ist, sehe ich wie eine richtige Dirne aus, mit einem Hauch von Flittchen – was natürlich bedeutet, dass Gia es liebt.

Nachdem diese metaphorische Folter vorbei ist, sprinten wir über die Straße zu einem Salon, wo uns eine viel wortwörtlichere Folter mit heißem Wachs erwartet.

»Die Kosmetikerin kommt gleich zu Ihnen«, sagt eine ältere Frau lächelnd.

Ich recherchiere ein wenig auf meinem Handy und schaue dann auf. »Hat sie eine Zulassung?«

»Natürlich«, sagt die Dame, und ihr Lächeln gerät ins Wanken.

»Wann wurde sie das letzte Mal kontrolliert?«, frage ich.

»Ah, da ist sie ja«, sagt die nun stirnrunzelnde Dame und deutet auf eine Frau, die wohl die Kosmetikerin ist.

Groß und breitschultrig, sieht die Frau eher wie eine Wrestlerin als eine Kosmetikerin aus, aber hey, zumindest sollte sie jede Untersuchung des Gesundheitsamtes mit Bravour bestehen.

»Viel Glück«, flüstert mir Gia zu. Lauter sagt sie: »Sie will ein Brazilian Waxing.«

»Kein Problem«, dröhnt die Kosmetikerin mit männlicher Stimme und starkem russischem Akzent.

Großartig. Das Letzte, was ich brauche, ist ein Akzent, der mich an den Teufel erinnert.

Während sie mich in den Folterraum führt, stelle ich ihr all die Standardfragen, die ich auch meinem Chirurgen stellen würde, zum Beispiel, ob sie in der Nacht zuvor getrunken hat (nein) und ob sie genug Schlaf bekommen hat (ja).

»Seien Sie nicht so ängstlich«, brummt sie nach meiner fünften Frage in diese Richtung. »Ich werde mich gut um Sie kümmern.«

Ich weiß, dass sie beruhigend wirken will, aber es kommt tatsächlich bedrohlich herüber.

»Hier rein«, sagt sie.

Ich trete in einen steril aussehenden Raum mit einem großen Tisch in der Mitte.

»Ausziehen«, befiehlt die Kosmetikerin.

Ich widerstehe dem Drang »Ja, Herrin« zu wimmern, ziehe mich aus und folge den Anweisungen, bis ich mit gespreizten Beinen auf dem Rücken liege, bereit für weitere Demütigungen.

»Schöner Busch«, sagt die Herrin und schaut anerkennend auf meine Schamhaare. »Erleichtert die Arbeit.«

»Danke?«, murmele ich. Wer hätte gedacht, dass

es mal nützlich sein würde, mich nie dort unten zu trimmen?

Die Muskeln spannen sich an, die Herrin behandelt den Bereich mit Reinigungsprodukten und wer weiß was noch alles, während ich daliege und mich daran erinnere, dass es sich um einen zugelassenen Profi handelt und dass ich eine Gynäkologiepraxis überlebt habe, ohne verrückt zu werden.

Als sie die erste Ladung heißes Wachs aufträgt, merke ich, dass meine Zähne so fest zusammengebissen sind, dass ich danach vielleicht einen Zahnarztbesuch brauche – und wäre das nicht das Sahnehäubchen auf dieser Scheißtorte?

»Entspannen Sie sich«, knurrt die Herrin, nachdem sie den ersten Streifen auf meiner Haut ein paar Zentimeter unterhalb meines Bauchnabels aufgelegt hat.

Entspannen? Das sagen Ärzte auch immer, bevor sie etwas tun.

Aargh! Das Geräusch, das aus meinem Mund kommt, ist so schrill und verzweifelt wie das des sprichwörtlichen abgestochenen Schweins in dieser Situation – wenn jemand Schweine wachst, bevor er sie absticht, sollte sich PETA schleunigst darum kümmern.

Die Tür öffnet sich, und die Empfangsdame stürmt herein, zusammen mit Gia und ein paar anderen Frauen, die ich vorher nicht gesehen hatte.

»Geht es dir gut?«, fragt mein Zwilling.

Ich erröte. Könnte es etwas noch Schlimmeres geben? Ich schätze, ja – wenn sie auch ein paar Männer mitgebracht hätten. Oder meinen Vater. Oder den Teufel selbst.

»Es geht ihr gut«, sagt meine Herrin zu ihnen. »Das erste Mal ist immer hart.«

»Nein, mir geht es nicht gut«, keuche ich. Mit zusammengekniffenen Augen starre ich meinen Zwilling wütend an und knirsche hervor: »Das wirst du mir büßen.«

»Oh, du wirst mir danken, wenn das alles vorbei ist und du dich wie eine Sexgöttin fühlst«, sagt Gia und treibt alle Zuschauer aus dem Raum.

»Das ist verdammt unwahrscheinlich«, rufe ich, aber da ist die Tür schon geschlossen.

»Keine Sorge. Ich mache es besser erträglich«, sagt die Herrin und legt einen weiteren Streifen auf.

Wie?

Sie reißt. Ich schreie vor Schmerz auf – aber nicht so laut.

Sie beugt ihren Kopf, bis er nur noch wenige Zentimeter von meinem Schritt entfernt ist und pustet sanft.

Oh, das hat sie also gemeint?

Hmm. Es fühlt sich besser an, aber gleichzeitig fühle ich mich nicht wohl dabei, wie nah ihre Lippen an meiner Klitoris sind, oder die Empfindungen, die meine Klitoris durch diesen Luftstrom erfährt.

»Bereit?«, fragt sie.

Ich nicke resigniert.

Sie reißt erneut, dann pustet sie auf das schmerzende Fleisch.

Um nicht verrückt zu werden, zähle ich die Anzahl der Risse und denke an England.

Nachdem ich ein paar weitere Runden überlebt habe, sagt meine Peinigerin: »Jetzt kommt ein empfindlicherer Bereich. Tief einatmen.«

Moment einmal …

Aargh! Der Schmerz ist so intensiv, dass ich versehentlich meine Beine zusammenpresse, was der Herrin zweifelsohne einen Flashback auf ihre Wrestling-Karriere beschert.

»Jetzt schauen Sie, was Sie gemacht haben«, sagt sie, als ich meine Beine wieder entspanne. »Sie haben Ihre Vagina zugeklebt.«

Sie hat recht, und der Prozess, den Schaden wieder rückgängig zu machen, ist wahrscheinlich das Demütigendste, was ich jemals erlebt habe – inklusive allem, was diesem Ereignis vorausging.

»Nochmal versuchen?«, fragt die Herrin, als mein Fehler endlich rückgängig gemacht ist.

Ich atme tief ein. »Ja.«

Sie tut es.

Ich schreie vor Schmerz auf und schwöre Gia Rache – aber dieses Mal bleiben meine Beine auseinander.

Mein Aufschrei ist in der nächsten Runde weniger laut, und in der übernächsten noch weniger. Ich frage mich, ob ich den Subspace erreichen werde – ein Geisteszustand, über den ich im Zusammenhang mit BDSM gelesen habe. Während die Prozedur weitergeht, materialisiert sich der Subspace nicht, also zähle ich verzweifelt die Risse, während ich im Geiste einen Brief an denjenigen verfasse, der die Konvention der Vereinten Nationen gegen Folter zusammenstellt – sie haben eindeutig etwas übersehen.

Nach einem gefühlten Jahrhundert voller Schmerzen hört die Frau auf.

Darf ich Hoffnung haben? Ist es endlich vorbei?

»Gehen Sie auf alle viere«, befiehlt sie.

Ich ziehe die Augenbrauen hoch. »Wie bitte?«

»Doggy-Style«, sagt sie mit einem emotionslosen Gesichtsausdruck. »Ich mache das Brazilian Waxing fertig.«

Oh, na gut. Wer A zur Demütigung sagt, muss auch B zur Erniedrigung sagen. Ich bewege mich in die geforderte Position und werde für meine Mühen damit belohnt, dass heißes Wachs um mein Poloch geschmiert wird.

Kann das noch schlimmer werden?

Ja klar, kann es.

Obwohl der Schmerz beim Abreißen weniger stark ist, ist ihr anschließendes Pusten, als würde sie mir Zucker in den Arsch blasen wollen – nur ohne den Zucker.

Nachdem sie den sechzehnten Streifen abgerissen hat, sagt sie, dass sie fertig sei.

Sechzehn? Keine Primzahl. Das wird mich in den Wahnsinn treiben.

Nein.

Ich muss loslassen.

Ich kann es nicht.

Verflixt. Werde ich das jetzt wirklich tun?

Sieht ganz so aus.

Ich schaue über meine Schulter, wie ich es bei einem Liebhaber tun würde, der mich besteigt und frage: »Können Sie noch einen Streifen machen?«

Sie starrt mich an, als ob die Haare, die sie gerade gewachst hat, aus meinen Augäpfeln gesprossen wären. »Warum?«

»Bitte?« Ich höre mich an, als würde ich betteln, was zweifellos ihren Eindruck von mir als *perverseste Kundin aller Zeiten* für immer festigt. »Ich gebe Ihnen ein Extra-Trinkgeld.«

Mit einem langsamen Kopfschütteln, das eindeutig *Der Scheiß, den ich mache, um Geld zu verdienen* bedeutet, trägt sie ein wenig mehr Wachs auf mein Poloch auf, dann reißt sie – aber diesmal, ohne zu pusten.

Das ist fair, da sie jetzt wahrscheinlich denkt, dass die Dinge seltsam geworden sind.

Wie auch immer. Ich habe meine Siebzehn, also kann ich gehen.

Im Nachhinein betrachtet war das Zählen nicht die beste Idee.

Ich ziehe mich schnell an, bezahle und verlasse

den Laden, während ich Gias Versuche, mit mir zu reden, ignoriere.

»Lass mich dich zum Mittagessen einladen«, sagt Gia, nachdem ich sie einige Minuten lang angeschwiegen habe. »Du hast bestimmt Hunger.«

Sie muss ein sehr schlechtes Gewissen haben, wenn sie bereit ist, sich von Bargeld zu trennen – als Magierin wird sie nicht besonders gut bezahlt.

Mal sehen, ob ich ihren Bluff aufdecken kann. »Wie wäre es mit Nemo and Chips?«, frage ich und suche ein Restaurant in der Nähe meiner Wohnung aus, bei dem ich an den Tagen, an denen ich mich besonders dünnhäutig bin oder auch Heimweh nach Großbritannien habe, bestelle. Ein Restaurant, von dem ich zufällig weiß, dass sie es hasst.

»Der Fish-and-Chips-Laden?«, fragt Gia mit einem Augenrollen.

»Wenigstens ist er sauber genug für dich«, sage ich. »A-Bewertung auf der ganzen Linie.«

Sie schnaubt. »Ja, als ob noch nie jemand eine Lebensmittelvergiftung von Fisch bekommen hätte. Aber sicher, warum nicht? Die Briten sind berühmt für ihre köstliche Küche.«

Trotz des Gezeters ruft sie ein Taxi und lässt uns dorthin fahren – ein Zeichen dafür, wie schuldbewusst sie sich nach meinen Schmerzensschreien fühlen muss.

Als wir einen Tisch bekommen haben, nippe ich an meinem Tee, und sie trinkt ihr Mineralwasser, während sie mir unaufgefordert Ratschläge für mein bevorstehendes *Date* gibt – Ratschläge, die ich fleißig ignoriere.

Das Essen kommt. Als ich in meinen gebratenen Nemo beiße, runzele ich die Stirn.

Es schmeckt anders als sonst.

Ich hasse es, wenn das passiert. Wenn ein Gericht einen Namen hat, muss es für immer gleich bleiben – deshalb gehe ich immer in dieselben Restaurants.

»Was ist denn jetzt los?«, fragt Gia.

Ich erkläre es ihr.

»Bitte mach keine große Sache draus«, sagt sie. »Bitte-bitte.«

Ich lege meine Gabel weg. »Würdest *du* keine große Sache daraus machen, wenn sie in dein Essen spucken?«

Sie seufzt. »Das ist genau das, was sie das nächste Mal tun werden, wenn du eine Szene machst.«

»Ich werde keine Szene machen.« Ich winke den Kellner herbei.

Gia zuckt zusammen.

»Der gebratene Nemo war anders als sonst«, verkünde ich. »Und ich meine nicht nur die normale Abweichung, die man bei Seelachs haben kann.«

»Anders?« Der Kellner scheint nicht so besorgt zu sein, wie es ein Profi sein sollte.

Ich erkläre, dass ich das Gericht schon unzählige Male gegessen habe, also würde ich es besser wissen als jeder andere.

Der Kellner holt den Geschäftsführer, der anbietet, mich nichts für das Essen bezahlen zu lassen.

»Nein«, sage ich. »Ich möchte das alte Rezept wiederhaben.«

Der Manager holt den Chefkoch, der behauptet, dass das Gericht dasselbe sei.

Ich fordere ihn auf, die Zutaten herauszubringen, was er widerwillig tut. Dann fahre ich fort, alles zu probieren, bis ich den Übeltäter finde: eine andere Biermarke im Teig.

»Das ist ein beeindruckender Gaumen«, sagt der Chefkoch. »Ich werde sicherstellen, dass ich in Zukunft wieder das alte Bier benutze.«

Puh. Die Ordnung im Universum ist wiederhergestellt.

Da Gia diese Tortur tapfer durchgestanden hat, bezahle ich das Essen schließlich und lüge ihr dann großmütig ins Gesicht, dass es heute ein toller Tag für mich war.

Sie grinst. »Sicher, lass uns so tun, als ob dem so war. Viel Glück bei deinem Nicht-Date.«

»Danke«, sage ich im gleichen schnippischen Tonfall.

»Keine Ursache.« Sie beugt sich vor und senkt ihre Stimme zu einem verschwörerischen Flüstern. »Was auch immer du tust, beschwere dich nicht über das Essen, wie du es gerade getan hast. Das ist ein sicherer Weg, um ein Date in ein Nicht-Date zu verwandeln.«

»Das werde ich nicht«, sage ich, und das ist die Wahrheit.

Wie könnte ich? Ich habe noch nie dort gegessen,

wo die Party stattfindet, also habe ich keinen Anhaltspunkt, wie das Essen schmecken sollte.

Als ich nach Hause komme, checke ich meine E-Mails. Es scheint, dass Buckley Robert beeindruckt hat, und das schnell – sie haben heute eine Unterredung. Großartig. Das Räuspern könnte noch früher aufhören, als ich gehofft hatte.

Es gibt auch eine E-Mail von Alison, die mich über den Einzug der Chortskys ins Büro informiert. Anscheinend haben beide sogar eine Rede gehalten. Sie sagt, sie haben versprochen, dass ich das wichtigste Projekt leiten werde – die Integration der Anzüge.

Apropos Letzteres, eine E-Mail von Robert gibt mir einen Link zur Quelltextkontrolle mit dem Code, den ich überprüfen muss. Ich schaue mir den besagten Code noch nicht an. Ich bin nicht in der Lage, mich nach dem, was gerade passiert ist, zu konzentrieren, ganz zu schweigen von meiner Angst vor dem, was in ein paar Stunden passieren wird.

Da der Teufel mit seinem Teil unserer Vereinbarung fortfährt, maile ich Dr. Piper und sage ihm, dass ich in der Lage sein werde, 1000 Devils an Bord zu holen. Um sicherzugehen, dass das tatsächlich die Wahrheit ist, schreibe ich dem Bösen eine E-Mail und frage es, wann es sich mit mir treffen will, um über die Spiele zu sprechen.

Sobald mein Posteingang aufgeräumt ist, kann ich nicht anders, als mir Sorgen zu machen.

Wie wird die Familie des Teufels sein? Wie sicher bin ich mir, dass das kein Date ist? Was, wenn seinem Vater das Geschenk nicht gefällt, das ich ausgesucht habe – eine winzige Dose Kaviar, die mich weit mehr als mein übliches Geburtstagsgeschenk-Budget gekostet hat?

Und was ist, wenn Bella heute Abend nach dem Anzug fragt – eine Frage, die ich jetzt beantworten *muss*?

Würde sie das beim Geburtstag ihres Vaters zur Sprache bringen?

Sie scheint die Art von Person zu sein, die das tun könnte.

Ich werfe einen spekulativen Blick auf den Anzug. Er ist jetzt aufgeladen, also könnte ich theoretisch jetzt den letzten Schritt der Demo durchlaufen. Es könnte sogar weise sein. Ich habe so viel aufgestaute sexuelle Energie in mir, dass ich heute Nacht mit dem Teufel flirten könnte ... oder Schlimmeres.

Wenn ich diesen Anzug jetzt benutzen würde, wäre das wie die Szene aus *Verrückt nach Mary*, in der Ben Stiller sich einen runterholt, um beim Date weniger nervös zu wirken.

Aber nein. Das hat bei Ben Stiller nicht so funktioniert – das Letzte, was ich will, ist, dass der Teufel meine Säfte als Haargel bekommt. Ich bin mir sicher, dass ich mich beherrschen kann. Außerdem ist meine Haut nach dem Wachsen dort unten sehr empfindlich, so dass ein Reiben durch das Anzugmaterial nicht das ist, was sie braucht.

Also, kein Sex mit dem virtuellen Teufel für mich ... vorerst. Wenn Bella es zur Sprache bringt, werde ich sie nach den Testunterlagen fragen, die der Teufel erwähnt hat. Das sollte die Dinge verzögern, bis ich sie das nächste Mal sehe.

Ja, genau das ist es. Jetzt ist die Frage: Wo sind die Details, die der Teufel mir versprochen hat? Wo und zu welcher Zeit findet die Feier statt?

Darf ich hoffen, dass er sie mir nicht zur Verfügung stellt? Ich kann offensichtlich nicht gehen, wenn ich nicht weiß, wohin ich gehen soll. Aber wenn das so ist, habe ich dann all die Torturen mit Gia umsonst durchgemacht? Außerdem, warum sieht es so aus, als würde ich mich aufregen, wenn ...

Mein Telefon klingelt.

Wow. Die Redewendung lautet *vom Teufel sprechen*, aber an ihn zu denken funktioniert genauso gut.

Wie lautet deine Adresse?

Da er sie sowieso in den Personalakten nachschlagen kann, schreibe ich sie ihm.

Ich hole dich um 19.00 Uhr ab.

Mir fehlen die Worte – sowohl per SMS als auch anderweitig. Tatsächlich bin ich so verwirrt, dass ich Euklid in der VR besuche, aber auch das senkt meinen Blutdruck nicht. Ich brauche zwei Folgen *Downton Abbey* und mehrere Kapitel von *Emma*, um mich genug zu beruhigen, um meine neuen

Klamotten anzuziehen und zu kontrollieren, ob das Make-up noch ordentlich aussieht.

Das tut es. Ich bin bereit, zu gehen.

Ich hoffe nur, dass ich nicht vor Unbeholfenheit sterbe, bevor die Nacht vorbei ist.

Kapitel Achtzehn

Als ich aus meinem Haus trete, steht meine gewachste Intimzone immer noch in Flammen, und ich fühle mich fast nackt in meinem neuen Kleid.

Wenn sich Sexgöttinnen so anfühlen, ist es ein Wunder, dass sie nicht in Scharen Selbstmord begehen.

Ich bin ein paar Minuten zu früh dran, also gehe ich auf dem Bürgersteig hin und her, und meine neuen Schuhe lassen es so klingen, als ob ich steppen würde. Mein Herzschlag geht wieder durch die Decke, und das nicht nur, weil ich gleich den Teufel sehen werde.

Okay, gut, hauptsächlich aus diesem Grund.

»Holly?«, fragt eine tiefe, sexy, russisch akzentuierte Stimme und ich springe fast aus meiner Haut – was dadurch erleichtert wird, dass viel von ihr durch das verdammte Kleid entblößt ist.

Ich drehe mich auf dem Absatz um und schnappe nach Luft.

Es ist der Teufel, aber er sieht anders aus.

Besser.

Ordentlich.

Elegant gekleidet.

Gepflegt.

Zu sagen, dass er sich hübsch gemacht hat, würde ihm nicht gerecht werden. Wir sprechen von Sabber, der sich in meinem Mund sammelt, von Hitze, die sich an frisch gewachsten Stellen sammelt, und von Standing Ovations meiner Eierstöcke.

Sein Hoodie und seine Jeans wurden durch einen perfekt geschnittenen Anzug ersetzt. Die Stoppeln sind weg. Sogar die widerspenstigen Haare sind gezähmt – wenn auch nicht so sehr, wie ich es mir gewünscht hätte. Er scheint Wachs oder Gel benutzt zu haben, aber er muss nur mit den Fingern durch die dunklen Locken gefahren sein, anstatt sie zurückzukämmen, wie es ideal gewesen wäre.

Dennoch raubt mir sein Anblick jeden zusammenhängenden Gedanken.

Seine himmelblauen Augen leuchten, während er mich ebenso gründlich mustert. »Du siehst umwerfend aus.«

»Nein, das tust du«, platzt es aus mir heraus, und ein englisches Sprichwort schießt mir in den Kopf: *When flatterers meet, the devil goes to dinner – Wenn sich Schmeichler treffen, geht der Teufel essen.*

Sein verruchtes Grinsen ist zurück. »Danke.« Er gestikuliert zum Bürgersteig. »Hier entlang.«

Eine Limousine wartet auf uns. Er öffnet mir die Tür, was ihn irgendwie noch umwerfender aussehen lässt.

Ich. Muss. Aufhören. Meinen. Neuen. Boss. Anzuhimmeln.

Ich gebe mein Bestes, ihm keine intimen Körperteile zu zeigen, als ich ins Auto steige und er mir folgt.

Wird er neben mir sitzen?

Bitte setz dich neben mich.

Ich meine, setz dich nicht neben mich.

Er setzt sich mir gegenüber.

Gut. Warum bin ich enttäuscht? Kann er von dort aus unter mein Kleid sehen?

Vorsichtshalber schlage ich meine Beine übereinander.

Sein Blick wird plötzlich begierig.

Verflixt. Habe ich aus Versehen Sharon Stone aus *Basic Instinct* abgezogen?

Nein. Unmöglich. Ich trage einen Schlüpfer.

»Willst du etwas trinken?«, fragt er mit tiefer, sanfter Stimme.

Ich fühle mich zwar ausgedörrt, aber ich bin mir nicht sicher, ob ich im Moment mit Alkohol umgehen kann. Oder überhaupt mit seiner Gegenwart. »Gibt es Tee?«

Was frage ich da? Natürlich nicht. Wir sind hier nicht in Großbritannien.

Aber er grinst und öffnet einen Schrank an der Seite.

Wow. Da drin ist Teeporno. Es gibt jede nur erdenkliche Sorte, von schwarz über weiß bis hin zu Matcha.

Ich blinzele. Nein. Der Tee ist keine Illusion. »Warum gib es in dieser Limousine so viel Tee?«

Er holt eine Box mit russischer Schrift heraus. »Weil es meine Limousine ist – und ich Tee liebe.«

»Du liebst Tee?« Vielleicht sollte die Tatsache, dass er seine eigene Limousine hat, eine größere Überraschung sein, aber das ist sie nicht.

Sein Grinsen wird breiter. »Warum sollte ich keinen Tee lieben?«

»Ich liebe Tee«, sage ich dümmlich.

Er zwinkert. Zwinkert! »Dann haben wir das wohl gemeinsam.«

Ein Achselzucken ist die einzige Antwort, die ich zustande bringe.

»Welche Sorte magst du am liebsten?«, fragt er.

»Ähm, Earl Grey.«

Er schüttelt die Box, die er vorhin herausgenommen hat. »Was ist mit russischem Karawanentee?«

»Ich hatte noch nie das Vergnügen.«

Er öffnet die Box und riecht daran. »Willst du ihn versuchen?«

Warum war das so verführerisch – die Frage *und* das Riechen?

»Was ist da drin?«, frage ich unsicher.

»Es ist eine Mischung aus Oolong, Keemun und Lapsang Souchong«, sagt er, und jetzt frage ich mich, ob er mich absichtlich in Versuchung führen will.

Ich meine, eine Primzahl von Zutaten, die er mit seiner sexy Stimme aufzählt?

»Er ist sehr aromatisch«, fährt er fort. »Süß. Malzig. Rauchig.«

Gibt es so etwas wie einen Nagasmus?

»Was sagst du?« Er schüttelt die Teedose erneut.

»Ich will.« Tolle Antwort. Andererseits ist sie besser als *Fick mich*.

Er lacht und greift in die Bar, um einen kunstvoll verzierten Metallgegenstand herauszuziehen, der mich an eine Urne erinnert.

Seltsam. Möchte er eine Tasse Tee für seine verstorbene Großmutter trinken, deren Überreste in diesem Ding aufbewahrt werden?

»Das ist ein Samowar«, sagt er, während er daran herumspielt. »Die Russen verwenden diese traditionell, um ihren Tee aufzugießen.«

Ah. Ich glaube, ich habe bereits von einem Samowar gehört, aber hätte nie gedacht, dass ich einmal einen in echt sehen würde ... besonders nicht in einer Limousine.

Eine Minute später reicht er mir eine Teetasse mit einer richtigen Untertasse.

Während der Übergabe streichen seine Finger wieder über meine und schicken angenehme Energie durch meine Nervenenden, und ich kann nichts weiter machen, als auf den verflixten Tee zu pusten.

Dann fängt er an, dasselbe bei seinem zu machen, und ich beobachte fasziniert seine gespitzten Lippen. Warum sehen sie auf diese Weise so schön aus? So zum Küssen? So … zum Lecken?

Schließlich komme ich wieder zu Verstand und werde es müde, auf den Tee zu pusten.

Ich nehme einen kleinen Schluck und habe einen regelrechten Teegasmus.

Es könnte sogar ein Stöhnen zu hören sein.

Diese küssbaren Lippen wölben sich. »Besser als Earl Grey?«

Ich nicke heftig. »Ich hätte nicht gedacht, dass das möglich ist. Wo kann ich den bekommen?«

»Online oder in Brighton Beach. Das ist übrigens unser Ziel.«

Ah. Brighton Beach wird auch Little Odessa genannt – ein Teil von Brooklyn, der für seine hohe Anzahl an russischsprachigen Einwanderern bekannt ist. Kein Wunder, dass sein Vater dort seinen Geburtstag feiern will.

»Ich denke, ich werde ihn mir besorgen und zu einem Teil meines täglichen Rituals machen«, sage ich.

»Hier.« Er reicht mir die Box. »Nimm das für erst einmal.«

»Danke.« Ich nehme das Geschenk ehrfürchtig an und verstaue es in meiner Handtasche.

»Keine Ursache. Es ist nur Tee.«

»Erstaunlicher Tee«, sage ich.

Er lächelt breit. »Wie war dein Tag?«

»Sehr gut«, lüge ich. »Wie war der Umzug in die neuen Büros?«

Er fährt sich mit der Hand durch sein Haar und ruiniert das bisschen Ordnung, das es hatte. Ernsthaft, würde ich verhaftet werden, wenn ich mit einem Kamm auf ihn losgehen würde? »Alles gut«, sagt er. »Ich habe endlich eine neue Tastatur und einen neuen Monitor bekommen.«

Verflixt. Ich hatte fast vergessen, welchen Schaden ich angerichtet habe.

»Hast du Plätzchen – ich meine Kekse?«, frage ich verzweifelt, um das Thema zu wechseln.

»Ja, aber ich glaube nicht, dass du dir den Appetit verderben willst«, sagt er. »Meine Eltern haben bei dem Menü heute Abend alle Register gezogen.«

»Haben sie ein Restaurant gefunden, in dem sie die Speisekarte ändern können?«

Denn das klingt für mich großartig. Das Problem mit Restaurants ist, dass man nicht in allen das Gleiche bekommen kann.

»Noch besser«, sagt er. »Ihnen gehört das Restaurant.«

Oh. Darauf bin ich nicht gestoßen, als ich den Namen Chortsky recherchiert habe.

»Gibt es dort russische Küche?«, frage ich.

»Natürlich.«

»Wie heißt es?«

»Die Hütte. Schon mal davon gehört?«

Ich schüttele den Kopf.

»Es ist eine Abkürzung für ›Die Hütte auf

Hühnerbeinen‹ – eine Anspielung auf ein russisches Märchen, in dem eine kinderfressende Hexe namens Baba Yaga in einer solchen Behausung lebt.«

Eine kinderfressende Hexe? Ich bin nicht Gia, aber das klingt nicht sehr hygienisch ... oder ethisch vertretbar.

»Da.« Er zeigt aus dem Fenster. »Das ist es.«

Wie zur Bestätigung hält die Limousine an.

Fasziniert betrachte ich das Restaurant. Es gibt eine Holztreppe, die zum Eingang führt, und um sie herum stehen zwei dekorative Hühnerbeine zur Bestätigung des Namens.

»Ich hoffe, sie servieren auch Hühnchen«, sage ich. »Sonst könnten die Amerikaner verwirrt sein.«

Er steigt aus und hält die Tür für mich auf. »Hühnchen, neben vielen, vielen anderen leckeren Dingen.«

Die Treppe ist wackelig, aber die Tür, die er für mich aufhält, ist solide.

Das Innere des Lokals ist geradezu nobel, mit viel Marmor, schicken Tischdecken und Stühlen mit Hussen – ein netter Touch, der es schwer macht, die Anzahl der Beine zu zählen. Musik mit einem starken Beat dröhnt laut genug, um meine inneren Organe in Schwingung zu versetzen, und ein pummeliger Mann mit Schnurrbart rappt auf einer Bühne in der Mitte auf Russisch.

Richtig. Der Teufel erwähnte Essen und eine Show, also macht eine Bühne wohl Sinn.

Den Leuten im Restaurant scheint das Lied zu

gefallen, also starte ich die Übersetzungs-App auf meinem Handy, um eine Ahnung zu bekommen, worum es geht.

Jungs sind die Drogenkacke.
In der Schule gab in Box.
Betäubungsmittel saugen Kwas.

Hmm. Da muss eine Menge bei der Übersetzung auf der Strecke geblieben sein. Was ist *Kwas*? Nicht, dass es mir helfen würde, den Text zu verstehen.

Es stellt sich heraus, dass Kwas ein fermentiertes Getränk ist. Wenn überhaupt, dann macht das den Text weniger verständlich. Alles, was ich sagen kann, ist, dass der Song vage gegen Drogen ist, also ist das gut, nehme ich an.

Ich schaue von meinem Handy auf und sehe, wie der Teufel grinst, als er bemerkt, was ich tue.

»Das ist eine ziemlich schlechte Übersetzung«, sagt er, während er auf mein Handy blickt. »Was es hätte sagen sollen, ist: ›Drogen sind der Scheiß, den ich in der Schule in eine Streichholzschachtel gepackt habe. Kwas ist besser als Drogen.‹«

»Das macht auch keinen Sinn. Warum sollte man Fäkalien in eine Streichholzschachtel tun?«

»Das ist etwas, was wir in Russland gemacht haben. Stuhlproben.«

Gia würde sterben, wenn sie das wüsste. »Warum?«

Er zuckt mit den Schultern. »Vielleicht, um sich auf Parasiten zu testen?«

Ernsthaft? Dabei vergeht mir der Appetit.

Er führt mich zu einem Tisch im hinteren Bereich, gerade als die Musik leiser wird.

Ich erkenne einige Leute am Tisch sofort: Bella und Dragomir, die nebeneinandersitzen, eindeutig als Paar. Die restlichen Personen kenne ich nicht, obwohl ich mir denken kann, wer sie sind. Der Mann mit der Brille, der wie der grüblerische Zwilling des Teufels aussieht, muss sein Bruder sein, Vlad. Das ältere Paar müssen die Eltern sein. Ebenfalls zu erraten ist der Mann, der wie Dragomirs fröhlichere Kopie aussieht – er muss *sein* Bruder sein.

Die Haupträtsel sind die beiden Frauen: eine blasse mit einem herzförmigen Gesicht, die Vlad anbetend anschaut, und eine umwerfende Blondine, die mich aus irgendeinem Grund stinkig ansieht.

»Hoffentlich kommen wir nicht zu spät«, sagt der Teufel.

Die Vielleicht-Eltern stehen auf, und alle anderen folgen ihrem Beispiel.

»Du kommst nicht zu spät, Sashen'ka«, sagt Codename-Mutter mit einem sehr starken russischen Akzent. »Und du hast wirklich ein Date mitgebracht.«

Der stinkige Blick der blonden Frau wird noch stinkiger.

Moment einmal. Der Teufel erwähnte, dass seine Mutter ihn verkuppeln will. Ist diese Blondine ein Ersatzdate, für den Fall, dass ich nicht auftauche?

Ich widerstehe dem Drang, sie anzufauchen – schließlich muss ich einen guten ersten Eindruck hinterlassen.

»Leute, das ist Holly«, sagt mein Fake-Date. »Holly, das ist mein Bruder Vlad, und das ist Fanny.« Er deutet auf seinen Doppelgänger mit dem Pokerface und sein hübsches, rundwangiges Date.

Der Bruder nickt kühl, aber Fanny lächelt strahlend, während sie winkt.

Moment. Sie ist also die Expertin, die der Teufel vorhin erwähnt hat? Sie sieht viel zu süß und unschuldig aus, um Erfahrung mit Pornokram-Tests zu haben.

»Du kennst Bella und Dragomir bereits«, fährt der Fürst der Finsternis fort. »Und das ist Dragomirs Bruder, Anatolio.«

Lächelnd kommt Anatolio auf mich zu, verbeugt sich, ergreift dann meine Hand und küsst sie schneller, als ich blinzeln kann.

Ein seltsames Geräusch ertönt neben mir.

Ich blinzele.

Hat der Teufel gerade *geknurrt*?

»Nenn mich Tigger«, sagt Anatolio. »So nennen mich meine Freunde.«

Tigger? Hüpft er gerne und hat einen Plüschbären als Freund?

Der Teufel tritt zielstrebig zwischen mich und Tigger, bevor er die Vorstellung fortsetzt. »Das ist Snezhana.« Er zeigt auf die Blondine. »Sie arbeitet in einem Laden nebenan, obwohl ich mir nicht sicher bin, was sie hier macht.« Er wirft einen missbilligenden Blick auf Codename-Mutter.

Die Blondine schaut auch Codename-Mutter an, allerdings verwirrt.

»Ich kann es erklären«, sagt Codename-Mutter und erwidert keinen der beiden Blicke. »Ich habe gehört, dass Anatolio – ich meine Tigger – Single ist, also habe ich Snezhana eingeladen, für den Fall, dass sie sich vielleicht … verstehen.«

»Das ist seltsam«, sagt Bella. »Wir haben dir erst heute gesagt, dass Tigger kommt.«

Der Blick, den die ältere Frau ihrer Vielleicht-Tochter zuwirft, könnte Blei schmelzen.

Tigger schaut Snezhana stirnrunzelnd an, deren Gesichtsausdruck deutlich macht, dass sie zum ersten Mal davon gehört hat, mit ihm verkuppelt zu werden.

Meine frühere Vermutung muss richtig gewesen sein. Sie wurde ursprünglich wegen des Teufels hierher eingeladen.

Flittchen.

Mit einem kaum wahrnehmbaren Kopfschütteln sagt der Herrscher der Finsternis: »Zu guter Letzt, das ist meine Mutter, Natasha, und das Geburtstagskind, Boris.«

Boris und Natasha? Oh. Sie sehen sogar aus wie die gleichnamigen Zeichentrickfiguren.

Ich erwische Fanny beim Grinsen – ich wette, sie denkt genau das Gleiche.

Bevor ich weiß, wie mir geschieht, umarmt mich die Mutter und küsst mich auf jede Wange.

Nun, das ist ein wenig zu freundlich.

Sobald Natasha mit dem Knutschen fertig ist,

erhalte ich die gleiche Behandlung vom Patriarchen – das heißt, bis der Teufel sich räuspert. Aggressiv, möchte ich hinzufügen.

Ich kann Boris und Natashas Speichel auf meinen Wangen spüren und mache mir im Geiste Notiz, Gia zu sagen, dass sie niemals mit einem Russen ausgehen darf. Sie würde eine solche Begrüßung nicht überleben.

Als Boris sich endlich von mir trennt, krame ich in meiner Handtasche, hole das Glas mit dem Kaviar heraus und drücke es ihm in die Hand. »Herzlichen Glückwunsch zum Geburtstag.«

Er schaut auf das Glas, dann auf mich. Er tauscht einen beeindruckten Blick mit Natasha aus und dröhnt: »Danke, Holly. Vielen Dank.«

Er spricht meinen Namen fast wie *heilig* aus, und wie seine Frau klingt er genau wie die Zeichentrickfigur mit demselben Namen.

»Setzt euch alle«, sagt er. »Das Trinken muss beginnen.«

Der Teufel schaut mich an und zieht sich einen Stuhl heran. »Setz dich hierhin.«

Wer hätte gedacht, dass der Böse die Ritterlichkeit von den Toten zurückholen würde?

Ich setze mich.

Er nimmt den Stuhl neben mir.

Ich rieche seinen leckeren Duft – und erkenne, dass es zum Teil an dem himmlischen Tee liegt, den er mir gegeben hat.

Ein Tee-Aftershave? Ich könnte auf der Stelle kommen.

Snezhana nimmt gegenüber von uns am Tisch Platz, neben Tigger, aber keiner der beiden scheint sich für den anderen zu interessieren. Tigger checkt die anderen Frauen im Raum wie ein Schürzenjäger, während sie mein Fake-Date angafft.

Ein sehr beliebtes Wort, das mit einem *Sch* beginnt, liegt mir auf der Zunge.

Natasha sieht Vlad an. »Ich will den ersten Toast. Einschenken, bitte.«

Vlad schnappt sich eine riesige Flasche Wodka und beginnt, die Schnapsgläser vor den Tellern aller zu füllen.

»Pass auf, wie viel du den Nicht-Russen einschenkst«, sagt Snezhana. Ihre Stimme entpuppt sich als rauchig und melodiös, und ihr Akzent nervtötend sexy. »Wir können nicht erwarten, dass sie mithalten können.«

Tiggers Lippen zucken. »Dieser Nicht-Russe kann jeden unter den Tisch trinken.«

»Ich meinte Amerikaner«, sagt Snezhana und schaut mich direkt an.

Boris grinst Tigger an. »Das klingt nach einer Herausforderung, die ich gerne annehme.«

»In Ordnung, Geburtstagskind«, sagt Tigger erfreut.

Boris winkt dem vorbeigehenden Kellner zu und sagt etwas auf Russisch.

»Nicht«, knurrt Natasha.

»Es ist mein Geburtstag«, fährt Boris sie an.

»Gut«, sagt sie schnippisch. »Aber beschwere dich morgen nicht bei mir.«

Der Kellner kommt mit zwei Gläsern in der Größe von Blumenvasen zurück.

»Schenk einen für mich und einen für meinen bald betrunkenen Freund ein«, sagt Boris.

Mit einem missbilligenden Blick gießt Vlad die beiden Vasen bis zum Rand voll.

»Bist du dir da sicher?«, fragt Dragomir seinen Bruder.

Mit einem übermütigen Lächeln nimmt Tigger eine Gurke aus einer Auswahl in Reichweite und legt sie auf seinen Teller.

Während Vlad mit dem Einschenken des Wodkas fortfährt, lehnt sich der Teufel zu mir und flüstert: »Wenn er zu dir kommt, sag ihm, er soll aufhören, bevor dein Glas voll ist.«

»Warum?«, flüstere ich zurück.

»Es ist Brauch, so lange zu trinken, bis man den Boden des Schnapsglases sehen kann, und da mein Vater Geburtstag hat, wird er wollen, dass das alle tun. Aber kein Brauch sagt, dass dein Glas voll sein muss.«

Interessant. Jetzt, wo er es gesagt hat, bemerke ich, dass Fanny sich dieser Eigenheiten bereits bewusst ist – ihr Schnapsglas ist nur zu einem Viertel gefüllt.

Als Vlad zu mir kommt, gießt er langsam ein, während er mich ansieht, eindeutig in der Erwartung, dass ich ihn frühzeitig stoppe. Leider schaut auch

Snezhana zu, und ihr überlegener Gesichtsausdruck bringt den widerspenstigen Teil in mir dazu, Vlad zu erlauben, mein Glas bis zum Rand zu füllen.

Laut einem DNA-Abstammungstest bin ich eine Mischung aus Englisch, Schottisch, Kornisch und Irisch. Einige dieser ethnischen Gruppen sind für ihre Trinkkünste ebenso berühmt wie die Russen – also.

Missbilligend schaut der Teufel auf mein Schnapsglas und legt mir eine Gurke auf den Teller.

Ist das symbolisch für die missliche Lage, in der ich mich befinde? Nein, es muss ein anderer Brauch sein – Snezhana und alle anderen bekommen auch eine Gurke.

»Ich werde jetzt einen Toast sprechen«, sagt Natasha, sobald Vlad mit seinen Wodka-Pflichten fertig ist. »Ich widme dieses Gedicht meinem geliebten Mann und baldigem stolzem Großvater.« Sie schaut mich sehr scharf an.

Meine Güte. Weiß sie etwas, was ich nicht weiß? Soll der Antichrist durch unbefleckte Empfängnis entstehen?

Nachdem Natasha es geschafft hat, dass ich mich unbehaglich fühle, schaut sie Fanny an – wohl als weitere Quelle für ein baldiges Enkelkind.

Fannys Wangen nehmen einen dunklen Rotton an.

Sie überspringt Snezhana und starrt Bella mit einem noch spitzeren Blick an. Dann wendet sie sich wieder ihrem Mann zu – weshalb sie Bellas Augenrollen verpasst.

»Mein Gedicht ist in meiner Muttersprache«, fahrt Natasha fort. »Also, ich hoffe, dass diejenigen von euch, die sie nicht sprechen, Nachsicht mit mir haben.«

Snezhana sieht triumphierend aus.

Ernsthaft?

Ich starte die Übersetzungs-App auf meinem Telefon – ich kann die moderne Technologie nutzen, um mitzukommen.

Hoffentlich.

Natasha beginnt ihr Gedicht, und die App versucht, mitzuhalten.

Meine Unterstützung.

Okay, guter Anfang.

Mein Meister.

Hmm. Hoffentlich eine Fehlübersetzung.

Mein Seelenverwandter.

Niedlich.

Mein Beschützer.

Wie viele von diesen *Mein*-Stellen wird dieses Gedicht haben?

Mein Verteidiger.

Okay, wir haben es verstanden, Lady. Er ist eine Menge Dinge.

Immer treu.

Hey, zumindest die *Mein*-Liste ist vorbei.

Immer scharf.

Too much information?

Immer bereit, mir zu gefallen.

Noch mehr TMI?

Keine Frau war so dankbar wie ich, gehorsam an der Seite eines Mannes zu dienen.

Ist das wieder ein Übersetzungsfehler – oder ist der Feminismus noch nicht in Russland angekommen?

Das Gedicht geht in der gleichen Weise weiter, also höre ich auf, der Übersetzung zu folgen, und warte einfach darauf, dass es vorbei ist – was gefühlt eine weitere Stunde dauert.

»Jetzt zu unseren amerikanischen Freunden«, sagt Natasha, als sie endlich fertig ist. »Ein kürzerer Toast.«

Noch einer? Ich werde die Kürze erst glauben, wenn ich sie höre.

»Was ist der Unterschied zwischen einem treuen und einem untreuen Ehemann?«, fragt Natasha.

Alle bleiben höflich still.

»Riesig«, sagt Natasha. »Die Treuen empfinden manchmal Gewissensbisse.«

Wir lachen alle höflich.

»Also«, sagt Natasha. »Lasst uns trinken, damit die Reue diesen treuen Ehemann nicht quält.«

Ich bin verwirrt. Will sie, dass er ein Soziopath ist?

Jeder schnappt sich seine Schnapsglas-Vase, und ich tue es ihnen gleich.

Bis jetzt habe ich nur Wein, Bier und Cocktails getrunken, und das auch nur selten. Ich mag den Kontrollverlust nicht, den Alkohol und Drogen mit sich bringen, also habe ich beides nie wirklich konsumiert.

Nun, zumindest wird dies eine neue Erfahrung sein.

Natasha riecht an ihrer Gurke, kippt ihren Kurzen hinunter und isst dann das Gemüse mit großer Begeisterung.

Snezhana schaut mich herausfordernd an und schluckt ihren Wodka, ohne an der Gurke zu schnuppern oder sie zu essen, hinunter – was wohl die härtere Art und Weise ist.

Tigger und Boris leeren ihre Wodkakrüge, als wäre es Wasser.

Okay. Wie schlimm kann es sein?

Ich schnüffele an der salzigen Gurke und kippe meinen Wodka hinunter.

Heilige Scheiße!

Das Magma wandert meine Speiseröhre hinab, explodiert in einer Pilzwolke in meinem Magen und füllt ihn mit unwillkommener Wärme.

Ist das das erwartete Ergebnis?

Wenn ja, warum sollte sich jemand so etwas antun?

Da ich verzweifelt den Schmerz lindern will, verschlinge ich die Gurke.

Nein.

Obwohl die Gurke salzig ist, ist sie nicht eisig, was an dieser Stelle erwünscht wäre.

Ist das Schadenfreude auf Snezhanas Gesicht?

Ich straffe meine Gesichtszüge und sage so ruhig wie möglich: »Das war gut.«

Boris klopft dem Teufel anerkennend auf den Rücken. »Die solltest du dir warmhalten.«

Snezhana verengt die Augen und steht auf. »Die Zeit zwischen dem ersten und dem zweiten Drink sollte kurz sein.«

Natasha runzelt die Stirn, aber Boris grinst erfreut. »In der Tat«, sagt er. »Kindermund tut Wahrheit kund.«

»Wie wäre es, wenn wir zuerst etwas Nahrhafteres als eine Gurke essen?«, sagt Natasha.

»Nach dem zweiten«, sagt Boris. »Traditionen müssen befolgt werden.«

Natasha wirft Snezhana einen Blick zu, der zu sagen scheint: »Das ist das letzte Mal, dass ich *dich* einlade«, und ich fühle ein wenig Schadenfreude.

Diesmal schenkt Tigger den Wodka ein, und weil Snezhana mich wieder herausfordernd anstarrt, lasse ich ihn mein Schnapsglas bis zum Rand füllen.

Bella steht auf. »Mein Toast. Für Papa: Viel Gesundheit und Glück.«

Dürfen Russen einen so kurzen Toast aussprechen?

Scheint so. Alle fangen an, ihre Gläser auf ex zu trinken.

Okay. Ich schätze, ich muss das noch einmal machen.

Ich schnuppere an der Gurke und kippe den Wodka hinunter.

Kapitel Neunzehn

Überraschenderweise brennt dieser Shot nur einen Bruchteil so stark wie der vorherige.

Ist das der Grund, warum die Pause zwischen dem ersten und zweiten kurz sein musste?

»Du solltest es langsam angehen lassen«, flüstert der Teufel in mein Ohr, und sein warmer Atem schickt eine Gänsehaut über meinen Arm. »Sag in der nächsten Runde eher ›Stopp‹.«

Wie bitte? Sagt er mir, was ich tun soll? Er ist nicht mein Boss. Zumindest nicht in diesem Restaurant.

»Hier.« Er schnappt sich eine Schüssel mit etwas, was wie Kartoffelsalat aussieht, und gibt einen Löffel voll auf meinen Teller. »Iss etwas.«

Da sich auch alle anderen etwas zu essen nehmen, probiere ich das, was er mir aufgetan hat.

Lecker. Im Gegensatz zu normalem Kartoffelsalat, den ich nicht mag, enthält dieser

Fleisch, grüne Erbsen und – natürlich – gehackte Gurken, was vielleicht der Grund ist, warum er so gut ist.

»Wie heißt er?«, frage ich.

»Oliviersalat«, sagt Natasha mit einem Lächeln. »Magst du ihn?«

»Er ist unglaublich gut«, sage ich, zum Teil, weil ich es so meine, und zum Teil, weil sie dieses Restaurant besitzen und »alle Register mit dem Menü gezogen haben.«

Während wir essen, setzt die Musik wieder ein. Der neue Song erinnert mich an die Oper, die die blaue Außerirdische in *Das fünfte Element* sang, kurz bevor die Dinge zu gewalttätig wurden, als dass ich sie mir hätte ansehen können, außer dass die Hoden des pummeligen Sängers im Weg zu sein scheinen, was die hohen Töne betrifft.

Dragomir schenkt die nächste Runde Wodka ein, und ich starre den Teufel trotzig an, als mein Glas wieder bis zum Rand gefüllt wird.

Das dritte Glas geht noch glatter runter.

Sie könnten noch einen Alkoholiker aus mir machen.

Die Kellner bringen eine heiße Schüssel mit kleinen Klößen heraus.

»Das sind *pelmeni*«, erklärt Natasha. »Es ist ein einfaches Essen, aber mein Pookie liebt es.«

Der Teufel legt mir ein paar Pelmeni auf den Teller und fügt einen Spritzer von dem hinzu, was er *smetana* nennt, was sich als saure Sahne herausstellt.

Die Kombination ist so gut, dass ich vor Vergnügen stöhne, was den Teufel veranlasst, mich mit einem seltsam intensiven Blick zu mustern.

Ich schlucke die Köstlichkeit hinunter und spreche dem Koch ein Kompliment aus.

»Da muss ich meinem Mann recht geben«, sagt Natasha mit einem Grinsen zum Teufel. »Sie *ist* jemand zum Warmhalten.«

»Du musst mir beibringen, wie man die macht«, sage ich ernst. »Ich werde sie anstelle von Ravioli essen.«

Natasha strahlt vor Begeisterung, während sie mir erklärt, wie man das Gericht zubereitet. Dann wendet sie sich an den Rest des Tisches. »Da wir gerade über Restaurantangelegenheiten reden«, sagt sie, »euer Vater und ich haben eine Ankündigung zu machen.«

Sie wartet, bis jeder der Chortsky-Sprösslinge ihr seine volle Aufmerksamkeit widmet.

»Wir haben beschlossen, die Hütte dem ersten von euch zu überlassen, der uns ein Enkelkind schenkt.«

Damit erhalten Fanny, Bella und ich eine neue Runde von spitzen Blicken, die zu sagen scheinen: »Hattest du schon deinen Eisprung?«

Snezhana sieht aus, als würde sie vor Eifersucht ausrasten. Jetzt frage ich mich, ob es nicht mein Fake-Date ist, das sie will, sondern dieses Restaurant. Immerhin arbeitet sie nebenan, und zumindest laut Hannibal Lecter begehren wir das, was wir täglich sehen.

Bella stöhnt. »Mama, bitte. Du weißt, dass wir alle selbst erfolgreiche Unternehmen haben, oder?«

Der Teufel und sein Bruder nicken, und Vlad sagt: »Wenn es so weit ist, wollen wir, dass ihr das Restaurant verkauft und das Geld genießt. Das habt ihr euch verdient.«

»Auf jeden Fall werden wir uns deinetwegen nicht auf einen Fickwettbewerb einlassen«, sagt Bella, ohne sich die Mühe zu machen, ihre Stimme zu senken.

Fannys Wangen färben sich purpurrot.

»Tut mir leid, dass du das miterleben musst«, flüstert mir der Teufel ins Ohr.

Er denkt, dass *das* schlimm ist? Er sollte etwas Zeit mit *meiner* Familie verbringen.

»Wie sprichst du überhaupt mit mir?« Natasha scheint kurz davor zu sein, ihre Tochter zu erdrosseln. »Du wirst deinen Vater verärgern. An seinem Geburtstag.«

Eigentlich scheint Boris an nichts anderem interessiert zu sein als an der Wodkaflasche – er beobachtet sie immer wieder, als ob sie eine nackte Frau beim Tanzen wäre.

Der Teufel scheint dies auch zu sehen. Er schnappt sich die Flasche, sagt, dass er die nächste Runde einschenken wird, und füllt die Vasen von Tigger und Boris wieder auf.

Verdammt. Habe ich nicht irgendwo gelesen, dass ein Liter Schnaps jemanden umbringen kann?

»Bis zum Rand für mich«, sagt Snezhana heiser,

als er zu ihrem Schnapsglas kommt. »Ich komme damit klar … mit allem.«

Ist es der Wodka, der mich dazu bringt, die Blondine skalpieren zu wollen?

Kein Wunder, dass es so viele Schlägereien in Bars gibt.

Als der Böse zu mir kommt, schenkt er mir nur einen Tropfen ein – als ob ich ihm gesagt hätte, dass er aufhören soll.

Snezhana schaut triumphierend auf meinen mickrigen Wodka-Pegel.

Ach, ja?

»Danke, Schatz«, sage ich zu meinem Fake-Date und streichele seinen Oberarm – nur um zu spüren, wie mein Atem bei dem harten, sehnigen Muskel unter den Stoffschichten stockt.

Verdammt. Der Teufel ist gut gebaut.

Er erschrickt leicht über meine Vertrautheit, erholt sich aber schnell und spielt mit. »Kein Problem, *kroshka*.«

Was auch immer dieses Wort bedeutet, das Ergebnis ist ein zweifacher Treffer. Natasha sieht überglücklich aus, während Snezhana ihren Wodka hinunterkippt, ohne auf den Toast zu warten.

Ich schaue ihr in die Augen, nehme das randvolle Schnapsglas des Teufels und kippe es hinunter.

»Holly!«, ruft er aus.

Alle drehen sich in seine Richtung.

»Es ist nicht der Brauch, vor dem Trinkspruch zu trinken«, sagt er lahm.

Ha. Jemandem den Wodka zu stehlen ist also okay?

»Ich mach das schon.« Boris schnappt sich die Wodkaflasche und füllt die beiden Schnapsgläser vor mir auf, dann reicht er eines seinem Sohn.

Mir fällt auf, dass er Snezhana nichts gegeben hat, aber ich will keine Verräterin sein.

Boris stellt den Wodka ab und erklärt: »Ich werde den nächsten Toast aussprechen. Sorry, er wird auf Russisch sein.«

Ich öffne die App, und wo ich schon dabei bin, schaue ich nach der Bedeutung von *kroshka*.

Brotkrümel?

Okay, gut. Dann nenne ich ihn *Brotkruste* – oder kurz Crusty.

Boris beginnt zu sprechen.

Eine Ehefrau ist die wunderbarste Erfindung seit der Entdeckung des Rades.

Großartig. Ist dies ein weiteres Gedicht?

Eine Frau ist der beste Freund eines Mannes.

Ist das nicht ein Hund?

Eine Frau ist ...

Der nächste Teil hört sich ein wenig lallend an, was vielleicht der Grund ist, warum die App übersetzt:

Wie viel ist ein Kilo Krakauer, wenn man einen Schraubenzieher von einer Lokomotive abbeißt?

Den Rest kann ich nicht nachvollziehen. Ich fühle mich plötzlich hervorragend, ganz warm, entspannt und begierig darauf, weiterzufeiern.

»Auf meine Frau«, schließt Boris und kippt seine Vase Wodka hinunter.

Tigger sieht etwas ängstlicher aus, während er sein Gefäß leert.

Ich trinke mein Glas auf ex – und dieses Mal gibt es kein Brennen. Hat jemand den Wodka gegen Wasser ausgetauscht?

Die Musik setzt wieder ein. Dieses Mal verkrüppelt der Sänger den bekannten Song *Hips Don't Lie* von Shakira.

Ich tue mein Bestes, um nicht zu sehr an die Hüften des pummeligen Kerls zu denken, und verschlinge die restlichen Pelmeni, während sich alle auf die unzähligen anderen Köstlichkeiten konzentrieren, die immer wieder auf den Tisch kommen.

»Wird es noch mehr Pelmeni geben?«, frage ich den Teufel, als mein Teller leider leer ist.

Grinsend ruft er einen Kellner herbei und sagt ihm etwas auf Russisch.

»Warum versuchst du nicht etwas anderes, Liebes?«, fragt mich Natasha. »Es gibt so viel zu essen.«

Ich habe Schluckauf. »Wenn ich etwas gefunden habe, was ich mag, neige ich dazu, dabei zu bleiben.«

Natasha blickt ihren Sohn grinsend an. »Bewundernswerte Einstellung, wenn es um Männer geht, aber ich bin mir nicht sicher, ob sie auf das Essen übertragbar ist.«

»Das ist sie«, versichere ich ihr. »Wir treffen jeden

Tag unzählige Entscheidungen. Warum diesen Stress mit unnötigen Nahrungsmittelauswahlen verstärken?«

Bevor Natasha widersprechen kann, hebt Tigger die Wodkaflasche hoch. »Ich bin dran.«

Liegt es an mir – oder ist seine Hand etwas wackelig?

»Ich glaube, die Damen haben genug«, sagt der Teufel streng.

»Das ist sexistisch«, sage ich.

Seine himmelblauen Augen verengen sich. »Das ist Biologie.«

»Also, ich will noch einen«, sage ich stur, und es stimmt. Nach meiner gedanklichen Zählung habe ich vier gehabt.

Ich kann nicht bei vier aufhören. Fünf ist viel besser.

Verflixt. Wie viele Pelmeni habe ich gegessen? Und ist das der Plural von …

»Ich will auch einen.« Bella zwinkert mir zu. »Ich weiß, wir sehen zierlich und zerbrechlich aus und so, aber wir kommen auch ohne die Aufsicht eines Mannes zurecht.«

Das muss ich Dragomir lassen. Er nickt zustimmend bei ihren Worten.

»Ich war nicht sexistisch«, murmelt der Böse. »Jedenfalls nicht mit Absicht.«

»Ich nehme auch ein wenig mehr«, mischt sich Fanny ein. »Außerdem melde ich mich freiwillig für den Toast.«

Natasha nickt zustimmend, und Snezhana sagt etwas Unverständliches ... vielleicht auf Russisch.

»Dein Wunsch ist mir Kommando«, sagt Tigger. »Ich meine ... Kommandant. Ich meine ... Befehl.«

Dragomir schüttelt den Kopf über seinen offensichtlich angeheiterten Bruder, sagt aber nichts.

Sobald alle ihre Gläser frisch gefüllt haben, steht Fanny mit geröteten Wangen auf. »Ich möchte auf unsere Gastgeber Natasha und Boris trinken. Danke, dass ihr so wunderbare Kinder erschaffen habt.« Sie schaut Vlad anbetend an. »Und danke, dass ihr so gastfreundlich seid. Amen.«

Moment, das klang eher so wie ein Tischgebet.

»Darauf trinke ich«, lallt Boris und trinkt eine weitere Vase voll Wodka auf ex.

Ich ignoriere den missbilligenden Blick des Teufels und kippe meinen fünften Schnaps hinunter.

Ah, so weich. Prime Wodka ist der beste.

»Meine Damen und Herren«, sagt der pummelige Sänger von der Bühne, »es ist Showtime.«

Richtig. Da war von einer Show die Rede gewesen.

Das Licht wird gedimmt, und halbnackte Burlesque-Tänzerinnen betreten die Bühne.

Was als Nächstes passiert, erinnert mich an den Cirque du Soleil, mit dem Unterschied einer Altersfreigabe ab achtzehn. Die Tänzerinnen zeigen beeindruckende Akrobatik, aber das wirkliche Wunder ist, dass ihre winzigen Outfits an Ort und Stelle bleiben. Ohne Zweifel ist Klebstoff im Spiel.

Ich muss dem Teufel anrechnen, dass er völlig uninteressiert an all dem zur Schau gestellten Fleisch ist. Das Gleiche gilt für Dragomir und Vlad.

Boris hingegen sabbert, während sein Saufkumpan-Feind Tigger mit gleicher Begeisterung klatscht.

Als die Show vorbei ist, kehrt der Sänger auf die Bühne zurück.

»Wir beginnen unser Tanzprogramm mit einem weißen Tanz«, kündigt er an.

Bella zwinkert mir zu. »Das bedeutet Damenwahl.«

Eine vage vertraute Melodie dröhnt aus den Lautsprechern.

Bella verbeugt sich theatralisch vor Dragomir, und Fanny fragt Vlad schüchtern, ob sie diesen Tanz haben darf.

Die Männer akzeptieren, und die beiden Paare gehen auf die Tanzfläche.

Möchte *ich* tanzen? Ich bin bekannt dafür, zu sagen, dass Tanzen eine Ausrede für öffentliches Kuscheln und Trockenbumsen ist, aber es sieht im Moment wirklich verlockend aus.

Natasha fordert Boris auf, ein Mädchen von einem anderen Tisch Tigger. Snezhanas Augen sind wie das Laservisier der Terminator-Waffe, als sie mein Fake-Date anvisieren.

Ja, nein. Das wird nicht passieren.

Ich springe auf.

Wow. Ist der Raum ein wenig wackelig?

Ganz egal. Ich mache einen Knicks vor dem Teufel und frage: »Willst du mit mir tanzen?«

»Es wäre mir eine Ehre.« Der Herrscher der Dunkelheit erhebt sich anmutig.

Snezhana bleibt abrupt stehen.

Ja, das sollte sie auch besser.

Auf der Bühne schmettert der pummelige Sänger in gebrochenem Englisch *Holy water cannot help you now.*

Das kann es wahrscheinlich nicht. Ist das, was ich vorhabe, nicht ein umgangssprachlicher Ausdruck für unüberlegtes Verhalten?

Ich werde mit dem Teufel tanzen.

Kapitel Zwanzig

*D*as Böse nimmt meine Hand.
Donnerwetter.
Die Hitze von Wodka hat damit nichts zu tun. Meine Handfläche fühlt sich an, als wären sie gebrandmarkt worden.
Der Teufel führt mich auf die Tanzfläche und nimmt eine Ballsaalhaltung ein.
Ich tue dasselbe.
Er zieht mich an seinen kraftvollen Körper.
Bis jetzt hatte ich nicht bemerkt, wie groß und breitschultrig er ist.
Es ist berauschend.
Wir beginnen, uns zur Musik zu bewegen.
Von dem Duft von Tee, gemischt mit etwas köstlich Männlichem, dreht sich mein Kopf, während mich himmelblaue Augen festnageln wie eine Nadel einen präparierten Schmetterling. Und wo wir gerade von diesen kleinen fliegenden Bastarden sprechen, sie

feiern eine Orgie in meinem Magen und müssen damit aufhören.

Um die hypnotische Anziehungskraft seines Blickes zu brechen, schiebe ich mich näher an ihn heran und verstecke meinen Kopf in seiner Halsbeuge.

Oje.

Da ist etwas Hartes in seiner Hose, und es hat die Größe der sprichwörtlichen Taschenlampe.

Einer massiven Taschenlampe.

Der Teufel ist froh, mich zu sehen, das ist ziemlich sicher.

Habe ich seine Männlichkeit in der virtuellen Realität unterschätzt?

Vielleicht. Was noch schlimmer ist: Ich bin genauso bereit für ihn.

Bevor ich merke, was ich tue, lecke ich seinen Hals.

Ich. Lecke. Seinen. Hals.

Nicht gut.

Nicht richtig.

Ich hätte auf jeden Fall masturbieren sollen, bevor ich hierherkam. Der Drang, ihn erneut zu lecken – oder Schlimmeres zu tun –, ist stark.

Sein ganzer Körper versteift sich, und auf seinem Hals breitet sich eine Gänsehaut aus.

Ich ziehe mich zurück, nur um wieder in seinem Blick gefangen zu sein, dessen blaue Tiefe nun dunkel und heiß ist.

Ich habe keinen Zweifel mehr daran, was die Lieblingssünde des Teufels ist.

Ich schlucke hörbar.

Die Hitze, die zwischen uns lodert, ist so brennend heiß wie die Höllenfeuer.

Auf der Bühne schmettert der pummelige Sänger *Seven devils all around me ...*

Ernsthaft, Universum? Ich erkenne den Text wieder. Er stammt von meiner Playlist mit Songs, die Primzahlen im Titel haben – *Seven Devils* von Florence + the Machine. Wenn ich Bellas und Vlads Lebensgefährten zum Chortsky-Clan zähle, sind sie tatsächlich sieben. Überall um mich herum.

Ich schaue wieder in die Augen meines Teufels.

Wenn der Versucher mich verführen will, dann bin ich seinem Charme erlegen.

Ich befeuchte meine Lippen.

Mit erweiterten Pupillen senkt er seinen Kopf.

Ich stelle mich auf die Zehenspitzen.

Unsere Lippen sind nur einen Millimeter voneinander entfernt.

»Borichka!«, schreit Natasha in Panik.

Was zur Hölle ...?

Boris kracht zwischen uns.

Der Teufel und ich springen auseinander, und Boris hält sich an mir fest, während er auf die Knie fällt und sein Gesicht in meinen Schritt gräbt.

»Dad, was zum Teufel ...?«, ruft mein Vielleicht-nicht-ganz-so-Fake-Date und greift nach seinem Vater.

Boris antwortet nicht. Er wird zu Winnie, dem Bärenhund – der Geruch meines Schrittes muss ihn benommen gemacht haben.

»Heißt das, ich habe gewonnen?«, fragt Tigger leicht lallend.

Sein Bruder wirft ihm einen wütenden Blick zu, bevor er dem Teufel hilft, Boris von mir wegzuziehen.

»Warum gehen wir Mädchen uns nicht die Nase pudern?«, fragt Natasha mit übermäßig fröhlicher Stimme. »Lasst die Männer dem Geburtstagskind an den Tisch helfen.«

Ja. Tolle Idee. Ich habe das Gefühl, dass Boris jede Sekunde eine Show abziehen könnte – vielleicht sogar eine Nachstellung dieser Szene aus *Der Exorzist*. Und wenn das passiert, könnte es eine Kettenreaktion im ganzen Restaurant geben – ein schreckliches Bild.

Fanny und Bella müssen etwas Ähnliches denken, denn sie schließen sich dem Ansturm auf die Toilette an.

Diese entpuppt sich als schick, mit einer Klofrau und allem Drum und Dran. Die Klofrau ist breitschultrig und erinnert mich vage an die *Herrin* aus dem Salon, aber ich bekomme keine Angst, weil ich ja keine Schamhaare mehr habe.

Als ich für kleine Königstigerinnen in die Kabine gehe, bin ich schockiert, wie angenehm das Unterfangen ist.

Ich musste wohl dringend. Entweder das – oder es ist eine Wirkung von Wodka, über die niemand spricht.

Als ich fertig bin, verlasse ich die Kabine, wasche mir die Hände und nehme ein Handtuch vom Herrinnenklon entgegen.

Okay. Zeit, sich dem Teufel erneut zu stellen.

Ich drehe mich zur Tür und sehe, dass Snezhana mir den Weg versperrt.

Verdammt. Sie ist ein blonder Ninja.

»Du und Alex, das wird nie funktionieren.« Jedes Wort aus ihrem Mund ist undeutlich. »Er muss mit jemandem von seiner eigenen Art zusammen sein. Wie mir.«

Ich lache höhnisch auf. »Mir war nicht klar, dass Alex eine Schlampe ist.«

Wo kam das denn her? Ich würde es von Gia oder meinen anderen Schwestern erwarten, aber nicht von mir. Der Alkohol tut mir eindeutig gut.

Kleines Problem: Snezhana gefällt meine Erwiderung nicht.

Ihre Nasenlöcher sind so weit aufgebläht, dass ihre Nasenhaare zu sehen sind.

»Ich denke, es wäre das Beste, wenn du gehst«, sagt Bella eisig an meiner rechten Seite.

»Ja«, sagt Fanny sanfter von meiner linken Seite. »Und nur damit du es weißt, Holly und Alex sind ein sehr harmonisches Paar.«

Snezhana scheint sich nicht um ihre Worte zu kümmern, oder um die Tatsache, dass sie in der Unterzahl ist.

Sie macht einen weiteren bedrohlichen Schritt in meine Richtung.

Oh, na gut.

Ich war in meinem Leben noch nie in einen Kampf verwickelt, da ich Gewalt verabscheue, aber ich denke, heute ist der Tag für viele Premieren.

Ich balle meine Hände zu Fäusten und recke mein Kinn vor. »Zeig mir, was du draufhast.«

Kapitel Einundzwanzig

Die muskulöse Herrin des Badezimmers tritt in Snezhanas Weg. »Niemand zeigt in meinem Badezimmer, was er draufhat.«

»Halt dich da raus«, knurrt Snezhana.

»Bella hat dir schon gesagt, dass du gehen sollst«, dröhnt die Toilettenfrau. »Hau ab.«

Snezhana stürzt sich auf sie. Bevor ich blinzeln kann, hat die Herrin sie kopfüber in einem Wrestling-Griff.

Snezhana tritt buchstäblich um sich und schreit, während die größere Frau sie hinausträgt.

»Wow«, sagt Fanny, und ihre blauen Augen sind riesig. »Das war heftig.«

»Manche Menschen sind schlechte Betrunkene«, sagt Bella philosophisch. »Ich bin mir sicher, dass sie über ihr Verhalten entsetzt sein wird, sobald sie den Rausch ausgeschlafen hat.«

Ich grinse sie beide an. »Danke, dass ihr mir beigestanden habt.«

»Natürlich«, sagt Bella. »Wozu sind Freunde da?«

Sie hat mich gerade als Freundin bezeichnet. Verflixt. Ich bin nicht zu betrunken, um meine Verfehlungen gegen Bellas Traum zu vergessen. Sobald sie von ihnen erfährt, wird sie mich nicht mehr als Freundin betrachten. In der Tat wird sie die Toilettenfrau bitten, mich auch hinauszuwerfen.

Das Geräusch einer Spülung ist zu hören. Die entfernteste Toilettenkabine öffnet sich, und Natasha tritt stirnrunzelnd heraus. »Ich habe einen Tumult gehört.«

Bella spricht in rasantem Russisch mit ihr, und während sie fortfährt, vertieft sich Natashas Stirnrunzeln.

»Ich werde mit Snezhanas Mutter sprechen«, sagt Natasha entschlossen, als Bella fertig ist.

»Tu das«, sagt Bella. »Besser noch, du hättest sie gar nicht erst einladen sollen.«

Natasha beginnt sich die Hände zu waschen, und ihre Bewegungen sind ruckartig und deutlich unsicher. »Ich kann nicht glauben, dass das Mädchen eine Chance hatte, mit Tigger zusammenzukommen, und es so sehr vermasselt hat. Ich liebe meinen Sohn über alles, versteh mich nicht falsch, aber dieser Junge …«

»Mutter, ich glaube, du hast zu viel getrunken«, sagt Bella. »Du bist verheiratet, schon vergessen?«

Natasha schnaubt. »Verheiratet heißt nicht tot.«

»Da bin ich anderer Meinung«, höre ich mich sagen. »Nicht mit dem verheiratet heißt tot, aber mit der anderen Sache. Dein Sohn ist Tigger in jeder Hinsicht überlegen.«

Warum habe ich das gerade gesagt?

Bella grinst mich an. »Ich würde sagen, du hast vielleicht auch genug Wodka für heute getrunken.«

Ich nicke. »Wahrscheinlich. Ich glaube auch nicht, dass ich noch zwei Gläser mehr verkrafte, und sechs würden mich mit Sicherheit umbringen.«

»Sechs?«, fragt Fanny und sieht verwirrt aus.

»Wenn ich noch einen hätte, wären das sechs«, sage ich. »Es müssen sieben sein. Oder elf.«

»Richtig, der Seven-Eleven.« Fanny nickt feierlich, aber ein Hauch von Lächeln tanzt in ihren Augen. »Aus Solidarität werde ich auch aufhören zu trinken.«

»Ich auch«, sagt Bella.

»Für mich gibt es auch keinen Wodka mehr«, erklärt Natasha. »Ich werde zu sehr damit beschäftigt sein, mit Tigger zu tanzen, jetzt, wo sein Date weg ist.«

Mit diesem Pakt kehren wir zum Tisch zurück, wo wir Boris laut schnarchend mit dem Kopf neben seinem Teller vorfinden. Tigger, der eindeutig den Trinkwettbewerb gewonnen hat, ist von zwei Frauen von einem anderen Tisch umgeben. Der Teufel, Vlad und Dragomir unterhalten sich angeregt auf Russisch.

Meine Güte.

Wenn ein einfacher Kerl mit einer Wodka-Brille gut aussieht, ist der Teufel geradezu so wunderschön, wie es sich für den strahlendsten und mächtigsten aller Engel gehört.

Würde es ihm etwas ausmachen, wenn ich mich auf seinen Schoß setze, anstatt auf meinen Stuhl?

»Zurück zu euren Ehemännern«, bellt Natasha Tiggers Gefolge an, und die Frauen verschwinden. Dann klimpert Natasha mit ihren Wimpern und sagt heiser zu dem jüngeren Mann: »Wie wäre es mit einem Tanz?«

Tigger steht auf, wenn auch etwas unsicher, und führt sie auf die Tanzfläche.

»Wie wäre es, wenn wir sie im Auge behalten?«, fragt Bella Dragomir. »Ich will nicht, dass dein Bruder mein Stiefvater wird.«

Dragomir grinst, und sie gehen mit Fanny und Vlad im Schlepptau zur Tanzfläche.

Soll ich wieder mit dem Teufel tanzen?

»Hier«, sagt er und zieht wieder einen Stuhl für mich heraus.

Spielverderber. Kein Tanzen, und jetzt muss ich auf meinem eigenen verdammten Stuhl sitzen? Als Nächstes wird er mich bitten, in ein Nonnenkloster einzutreten.

Seufzend lasse ich mich ein wenig zu schnell in den Stuhl plumpsen, und das Restaurant dreht sich um mich herum.

»Ich habe noch mehr Pelmeni für dich«, sagt er. »Iss. Essen verlangsamt die Alkoholaufnahme.«

»Das ist die Krönung.« Ich schnappe mir eine Gabel – das Ding ist aus irgendeinem Grund schwer.

»Der Teufel ist besorgt, dass ich besoffen sein könnte.«

Warte, habe ich das laut gesagt?

Ja.

Er zieht eine Augenbraue hoch. »Der Teufel?«

Ich habe Schluckauf. »So nenne ich dich. Nun, auch Crusty – aber der ist so neu, dass ich ihn noch nicht benutzt habe.«

Er schüttelt den Kopf. »So sehr ich auch den Klang von ›Crusty‹ nicht mag, ich ziehe es vielleicht dem ›Teufel‹ vor.«

»Ernsthaft?« Ich versuche, einen Knödel aufzuspießen, aber das blöde Ding schlittert davon – das muss an der ganzen Butter und der sauren Sahne liegen.

Er schnappt sich meine Gabel, nagelt den Bissen gekonnt für mich fest und gibt mir das Utensil zurück, wobei sich unsere Finger orgastisch berühren. »Damals in Russland haben uns die Kinder mit Variationen dieses Themas wegen unseres Nachnamens gehänselt«, sagt er. »Es ist also ein wunder Punkt. Wenigstens ist ›Crusty‹ originell.«

Ich blinzele ihn mit schweren Augenlidern an. »Aber du hast deinen Hund Beelzebub genannt.«

Er zuckt mit den Schultern. »Dieser Name ist in Russland nicht bekannt, und es ist in Ordnung, seinen Hund so zu nennen, wie man selbst nicht genannt werden möchte. Außerdem will ich nicht, dass die Arschlöcher aus meiner Vergangenheit irgendeine

Macht über mich haben – deshalb habe ich meine Firma 1000 Devils genannt.«

»Ah. Der Teufel ist also dein Holy Hymen.« Ich führe die Gabel zu meinem Mund und schließe die Augen, genieße die Geschmacksexplosion der Pelmeni.

Als ich die Augen wieder öffne, betrachtet er mich verwirrt. »Holy Hymen wie heiliges Jungfernhäutchen? Hast du nicht gesagt, du hättest Geschlechtsverkehr gehabt?«

Errötend schlucke ich den Pelmeni herunter. Warum habe ich nur meinen großen Mund aufgemacht?

»Nicht, dass es dich etwas angehen würde, aber nein, ich bin keine Jungfrau«, sage ich mit leiser Stimme. »Holy Hymen nannten mich die Kinder damals. Weil ich mit Vornamen Holly heiße und mit Nachnamen Hyman.«

»Ah. Du verstehst also, wie es ist, gehänselt zu werden.« Sein Gesicht verhärtet sich, seine himmelblauen Augen straffen sich gefährlich. »Gib mir die Namen der Arschlöcher, die dich beleidigt haben.«

Ich muss ihn wieder anblinzeln. Meint er es ernst? »Ähm, ich erinnere mich jetzt nicht mehr an sie. Auf jeden Fall tut es mir leid, ich wollte nicht in deinem wunden Punkt herumstochern. Du bist ab jetzt Crusty. Oder wie auch immer man Crusty auf Russisch sagt.«

Der gefährliche Blick in seinen Augen verblasst

und wird durch einen verwirrten Ausdruck ersetzt. »Wie kommst du auf Crusty?«

»Du hast mich Brotkrümel genannt, also habe ich beschlossen, dass du Brotkruste heißen sollst – oder Crusty.«

Ein verruchtes Grinsen umspielt seine Lippen. »Weißt du, auf Russisch ist *crusty* ein Synonym für *hart*.«

Hart? Mein Atem stockt, während Hitze meine Wirbelsäule hinunterläuft. »Warum hast du mich Brotkrümel genannt?«

»*Kroshka* auch bedeutet auch Kleine«, sagt er. »Es tut mir leid, wenn es so klingt, als ob ich dich verkindlichen würde. Das war nicht meine Absicht.«

»Ich ... verstehe.« Ich schaue ihn von oben bis unten an. »Wie sagt man Riese auf Russisch?«

Sein Grinsen wird breiter. »Wie wäre es, wenn du mich einfach Alex nennst?«

»Alex.« Ich schmecke das Wort.

»Oder Sasha. Das ist eine andere Verkleinerungsform von Alexander, was mein voller Name ist.«

»Nein.« Ich fahre mit einem Finger an seinem kräftigen Kinn entlang. Es ist schon ein wenig stoppelig. »Ich mag *Alex*.«

Sein Blick verdunkelt sich, als er seine kräftige Hand auf meine legt. »Ist das so?«

Ich befeuchte meine Lippen. »Ich mag *Alex* sehr.«

Er sieht hungrig aus – und nicht nach den Pelmeni.

Bevor ich es mir anders überlegen kann, schlinge ich meine andere Hand um seinen Hinterkopf und ziehe ihn zu mir.

Sein ganzer Körper versteift sich, und sein Kopf rührt sich nicht vom Fleck.

Beleidigt lasse ich ihn los und ziehe mich zurück – und dann sehe ich, warum er so bewegungslos ist.

Dragomir und Bella kommen von der Tanzfläche zurück, zusammen mit Tigger, Natasha, Vlad und Fanny.

Ich schätze, der Teufel – ich meine Alex – steht nicht auf Zärtlichkeiten in der Öffentlichkeit.

»Kein Dessert?«, fragt Natasha niemanden Bestimmtes, während sie in ihren Stuhl sinkt.

Alex' himmelblaue Augen sind auf mein Gesicht gerichtet, und sie sind voller Absichten – so heiß. »Noch nicht.«

Natasha winkt einen Kellner herbei und gibt eine Bestellung auf.

Ein Füllhorn an Desserts wird bald aufgetischt, zusammen mit Tee – dieselbe wunderbare Sorte, die ich in der Limousine probiert habe.

Als ich den letzten Würfelzucker in meine Tasse gebe, bringen sie einen Teller mit Pelmeni und stellen ihn zwischen all die Kuchen, Süßigkeiten und Früchte.

»Ist das für mich?«, frage ich Natasha.

Sie nickt. »Ich habe sie vom Chefkoch machen lassen. Dieser Typ wird *vareniki* genannt. Probier sie.«

Ich nehme mir einen und koste.

Lecker. Diese Version ist nicht mit Fleisch gefüllt wie normale Pelmeni. Stattdessen ist die Füllung Süßkirsche, und für mich ist das absolut ein Dessert.

»Kennt jemand neue Vovochka-Witze?«, fragt Fanny schüchtern.

»Das ist ein Junge, der die Zielscheibe vieler Russenwitze ist«, flüstert Alex in mein Ohr und lässt meinen Nacken kribbeln. »Als Bonus ist es zufällig auch die Verkleinerungsform des Namens meines Bruders.«

»Ich kenne einen«, sagt Natasha. »Vovochka kommt mit einer Sechs in Mathe nach Hause. ›Warum?‹, fragt sein Vater. ›Die Lehrerin fragte mich, was 2 mal 3 ist, also sagte ich 6.‹ ›Das ist richtig‹, sagt der Vater. ›Dann hat sie mich gefragt, was 3 mal 2 ist?‹ ›Wo zum Teufel ist der Unterschied?‹, fragt der Vater. Vovochka seufzt. ›Genau das habe ich auch gesagt.‹«

Lachen ertönt um mich herum.

»Ich habe auch einen«, sagt Bella und wirft einen Blick auf ihren schlafenden Vater. »Die Mutter probiert einen Pelzmantel an. Vovochka sagt: ›Mama, verstehst du nicht, dieser Mantel ist das Ergebnis des Leidens eines armen, unglücklichen Tieres.‹ Sie schaut ihren Sohn streng an. ›Wie kannst du es wagen, so über deinen Vater zu sprechen?‹«

Weiteres Lachen.

Vlad ist der Nächste. »›Warum ist die Flunder flach?‹, fragt der Biologielehrer. ›Sie hatte Sex mit dem Wal‹, sagt Vovochka. ›Raus‹, sagt der Lehrer.

›Nun lasst uns weitermachen. Wer weiß, warum der Krebs so große Augen hat?‹ Von der Tür aus sagt Vovochka: ›Weil er alles gesehen hat.‹«

Als die Witze ausgehen, genießt jeder noch eine Weile den Nachtisch. Ich frage mich, ob Alkohol einen Heißhunger auslöst, so wie Cannabis. Ich genieße meine Vareniki ein wenig zu sehr. Wie hundertsiebenunddreißig Sit-ups zu sehr.

Als ich nach mehr Tee greife, spüre ich, wie jemand über mir auftaucht und schaue hoch.

Es ist Tigger.

Mit einer höflichen Verbeugung sagt er mit Schluckauf: »Darf ich um diesen Tanz bitten, Mylady?«

Alex' Teetasse knallt laut auf den Tisch. »Nein, das darfst du nicht.« Die Worte kommen in einem Knurren heraus.

»Hey«, sage ich entrüstet. »Warum sprichst du für mich? Was ist, wenn ich mit ihm tanzen will?«

Das tue ich nicht, aber trotzdem. Was glaubt er, wer er ist?

»Kumpel, entspann dich«, sagt Tigger zu Alex. »Es ist nur ein Tanz.«

Alex springt auf und stellt sich zwischen Tigger und mich. »Sie ist mit mir hier.«

Ich springe auch auf. »Ich bin genau hier. Warum redest du so, als ob ich es nicht wäre?«

»Ich weiß, dass sie mit dir hier ist«, sagt Tigger. »Ich habe einfach ...«

Dragomir ruft seinem Bruder wütend etwas zu, aber ich verstehe die Worte nicht.

Da ich immer noch ignoriert werde, überlege ich, ob ich frustriert mit dem Fuß aufstampfen soll, entscheide mich aber dagegen.

Tigger hebt seine Hände. »Ganz entspannt, Leute.« Er sieht Alex an. »Sorry, Mann. Das war nicht respektlos gemeint. Es gibt genug Tanzpartner an anderen Tischen.« Er hat einen Schluckauf und zwinkert mir zu. »Leider, Mylady, ist ein Tanz nicht möglich. Wenn Sie eine ebenso attraktive Schwester hätten, würde ich vielleicht mit ihr tanzen.«

Ich schiebe Alex aus dem Weg. »Ich habe tatsächlich eine. Wie wäre es, wenn ich dir ihre Nummer gebe, damit du …«

»Hey.« Bella zieht sanft an meinem Ellenbogen. »Macht es dir was aus, mit mir auf die Toilette zu gehen?«

Ich lasse mich von ihr wegführen, und als wir außer Hörweite sind, sage ich: »Ich wollte Tigger gerade die Nummer meiner Zwillingsschwester geben, damit …«

»Ich schlage vor, du wirst erst einmal nüchtern«, sagt Bella. »Wenn du dann immer noch der Meinung bist, dass das eine gute Idee ist, kannst du deine Zwillingsschwester fragen, ob sie verkuppelt werden möchte.«

Das ist ein guter Punkt. Die Männer sind nicht die Einzigen, denen Wodka das Denken durcheinanderbringt. Er könnte mich auch ein wenig beeinflussen. Gia wäre sauer, wenn ich sie ohne ihre Erlaubnis verkuppeln würde, so wie Natasha es mit ihren Kindern zu tun scheint.

Ich erschaudere. Wenn Gia sauer ist, werden ihre Streiche gemein – wie damals, als sie die Hälfte der Gegenstände in unserer Mittelschule mit scharfem Paprikapulver einrieb.

»Jetzt«, sagt Bella mit einem Grinsen. »Erzähl mir von dem Anzug.«

Ah. Natürlich. Es ist schon ein paar Sekunden her, seit ich mich das letzte Mal aus der Bahn geworfen fühlte. Apropos, ist mein Gang auch etwas aus der Bahn geworfen? Ich scheine oft mit Leuten zusammenzustoßen.

Bella schaut mich immer noch erwartungsvoll an, also sage ich: »Es gibt nicht viel Neues zu erzählen. Die Batterien waren leer, bevor ich die letzte Phase erleben konnte. Ich habe einige Qualitätssicherungs-Handbücher gelesen, damit ich es besser dokumentieren kann, aber wenn …«

»Ich hatte gehofft, dass du das sagen würdest.« Sie holt einen Stapel Papiere aus ihrer Handtasche. »Füll das aus, wenn du so weit bist.«

Ich werfe einen Blick auf die erste Seite.

Es gibt Fragen wie »Wurde ein Orgasmus erreicht?« und »Wie oft?«. Aber nichts über »Hast du das weibliche Äquivalent zu blauen Eiern?« – wo ich mich befinde.

Wie würdest du diesen Zustand nennen? Blaue Eierstöcke? Blaue Klitoris?

»Fanny hat mir mit dem Dokument geholfen«, sagt Bella, als sie die Tür zum Klo öffnet. »Und ich würde deine Hilfe auch sehr schätzen.«

Ich lese mehr von den Fragen, während ich die Toilette benutze, und warte dann an der Tür auf Bella.

»Können Sie uns bitte einen Moment alleine lassen?«, sagt Bella zur Toilettenfrau.

Die Frau verlässt eingeschnappt den Raum.

»Also«, sagt Bella mit einem verschmitzten Grinsen. »Ich habe ein Geschenk für dich.« Sie kramt in ihrer Handtasche und holt einen riesigen Dildo heraus.

Ich lasse das Testdokument fast fallen.

Verursacht Wodka Halluzinationen?

Nein. Meine neue Chefin steht wirklich mit einem Dildo da.

Einem Geschenk. Für mich.

Wie um die Surrealität noch zu verstärken, drückt Bella auf einen Knopf an der Seite des Silikon-Schwanzes, und er erwacht zum Leben und beginnt mit der Begeisterung eines Presslufthammers zu vibrieren.

»Genieß es.« Bella schaltet die Vibration aus und drückt mir den Dildo in die Hand.

Ich starre ihn an. Abgesehen davon, dass er riesig ist, ist er blau mit chromfarbenen Wirbeln und einem roten Pilzkopf, was mich an Optimus Prime von *Transfomers* erinnert.

Bella runzelt die Stirn. »Du magst ihn nicht?«

»Ich bin nur ein wenig fassungslos«, sage ich, wobei sich meine Zunge seltsam schwer in meinem Mund anfühlt.

»Ich habe ihn selbst gemacht«, sagt Bella. »Ich weiß nicht, ob Alex es erwähnt hat, aber ich besitze eine Sexspielzeugfirma namens Belka.«

Oh. Das wäre ein lustiges Gespräch zwischen Alex und mir gewesen:

»Wusstest du, dass meine Schwester künstliche Schwänze herstellt?«

»Nein, das wusste ich nicht. Erzähl mir mehr. Lass nichts aus.«

Hey, das erklärt zumindest Bellas Interesse an dem VR-Anzug – es ist der nächste logische Schritt für einen Besitzer einer Sexspielzeugfirma.

»Danke.« Ich verstaue Optimus tief in meiner Handtasche. »Das war sehr aufmerksam.«

Es muss das Richtige gewesen sein, denn Bella strahlt vor Stolz, als sie zurück zum Tisch tänzelt, der bis auf Tee und Kaffee bereits abgeräumt ist.

Als Alex mich entdeckt, springt er auf und zieht meinen Stuhl heraus.

Ich weiß, dass ich eigentlich sauer auf ihn sein sollte, aber es ist schwierig, wenn er sich so gentlemanlike verhält.

Vlad steht auf. »Wir machen uns auf den Weg.«

Fanny lächelt mich an und folgt seinem Beispiel. »Es war toll, dich kennenzulernen.«

Ich bekämpfe den Drang, sie zu fragen, ob sie auch einen Dildo von Bella bekommen hat, oder ob ich etwas Besonderes bin. »Schön, euch beide kennenzulernen.«

Bella blickt zu ihrem immer noch schnarchenden Vater. »Ich denke, Dragomir und ich sollten uns auch auf den Weg machen.«

Dragomir nickt und erhebt sich. »Schön, dich wiederzusehen, Holly. Tut mir leid wegen meines Bruders.« Er blickt auf die Tanzfläche, wo Tigger zwischen Natasha und einer anderen Frau mittleren Alters von einem anderen Tisch eingequetscht ist.

»Ist schon in Ordnung. Er hat mich doch nur zum Tanzen aufgefordert.« Ich schaue Alex eindringlich an. »Ich habe es als Kompliment aufgefasst.«

Ist das ein Knurren von Alex?

»Wir sehen uns bei der Arbeit.« Bella küsst mich auf die Wange. »Tschüss.«

»*Do svidaniya*«, sage ich, ohne eine Sekunde zu zögern.

»Siehst du?«, sagt Alex mit einem teuflischen Grinsen. »Du verabschiedest dich schon auf Russisch. Wie lange dauert es, bis du dir unseren Akzent aneignest?«

Ich kann mir ein Grinsen nicht verkneifen.

Sein Ausdruck wird ernst. »Bist du bereit, zu gehen, oder willst du deinen Tee noch austrinken?«

Mein Herzschlag wird schneller. Ich hatte nicht viel darüber nachgedacht, wie diese Nacht enden könnte, aber jetzt spielen sich alle möglichen XXX-Szenen mit Kamasutra-Stellungen in meinem Gehirn ab.

»Ich bin bereit«, sage ich atemlos.

»Toll.« Er streckt mir seine Hand entgegen. »Gehen wir.«

Mein Puls beschleunigt sich weiter, und ich umklammere seine Handfläche.

Sie ist groß, warm und schwielig, und ich möchte sie nie wieder hergeben.

»Tschüss, Papa«, sagt Alex zu dem schlafenden Boris. »Tschüss, Mama!«, ruft er in Richtung Tanzfläche.

Natasha winkt, und wir gehen hinaus, Hand in Hand.

Der Gang zur Limousine geschieht wie in einem Traum.

Alex hält mir wieder die Tür auf, und ich steige ein. Er gesellt sich zu mir und setzt sich, anders als zuvor, neben mich.

Meine Güte.

Wird das jetzt ein richtiges – und wirklich heißes – Date werden?

Kapitel Zweiundzwanzig

Jetzt, wo er nur noch Zentimeter entfernt ist, sauge ich ihn mit meinen Augen auf.

Der Mann ist das visuelle Äquivalent von Crystal Meth für die Eierstöcke.

»Habe ich dir schon gesagt, wie umwerfend du heute Abend aussiehst?«, murmelt er, und seine Augen betrachten mich ebenfalls gierig.

Hitze strömt über meine Haut, als ich näher rutsche, ermutigt sowohl durch den Alkohol als auch durch den offensichtlichen Hunger in diesen himmelblauen Augen. »Das Thema könnte zur Sprache gekommen sein.«

Seine Stimme wird heiser. »Außerdem riechst du köstlich.«

»Nicht so lecker wie du.« Ich beuge mich vor und atme schamlos das leckere Tee-Aroma ein, das mich schon die ganze Nacht in den Wahnsinn treibt.

Er umfasst mein Kinn und blickt mir in die Augen.

Ich verliere den Kampf mit meiner Selbstbeherrschung und strecke meine Hand aus, um sein widerspenstiges Haar zu bändigen – das sich als glatt und seidig herausstellt, kühl an den Spitzen und näher an seiner Kopfhaut warm.

Sein Atem stockt bei meiner Berührung, seine Augen verfinstern sich und er revanchiert sich, indem er mir eine verirrte Haarsträhne hinter mein linkes Ohr streicht.

Die Hitze in mir verstärkt sich, und die Limousine beginnt, sich zu drehen.

Wie zwei Magnete werden wir von einer Kraft zueinander gezogen, die größer ist als wir selbst.

Unsere Lippen verschmelzen.

Die Zeit scheint stehenzubleiben.

Der Kuss ist gut. Erschreckend gut. Ich bin betrunken von all den Gefühlen, die er in mir auslöst. Er schmeckt wie dieser köstliche Tee, seine Lippen sind weich und warm, sanft und doch gnadenlos, wenn es darum geht, mir eine Reaktion zu entlocken – eine Reaktion, die mich völlig außer Kontrolle geraten lässt.

Die Limousine dreht sich jetzt wie ein NASA-Trainingsmodul, und in meinem Inneren tobt ein Inferno. Eine Berührung mit einer Feder an der richtigen Stelle würde mich wahrscheinlich kommen lassen.

Das muss eine Art Nebenwirkung des Wodkas sein. Kein einfacher Kuss kann sich so anfühlen.

Keuchend lasse ich meine Hände über seinen Rücken gleiten.

Sein muskulöser, breiter, unfassbar starker Rücken.

Er zieht sich zurück.

Was zum Teufel …?

Meine Eierstöcke sind so weit im blauen Spektrum, dass sie vielleicht erst violett und dann grün werden.

Die Limousine hält an.

Ah. Wir sind angekommen.

Ich schaue aus dem Fenster.

In der Tat. Hier wohne ich.

Mit klopfendem Herzen drehe ich mich wieder zu ihm um. »Komm mit mir hoch.«

Er streicht eine weitere Haarsträhne hinter mein Ohr, und seine Berührung schickt einen weiteren Hitzeschub in mein Inneres. »Ich kann nicht.« Seine Stimme ist heiser und voller Bedauern.

»Du kannst nicht?« Ich schaue verständnislos auf die Ausbeulung in seiner Hose.

Er seufzt. »Ich möchte, dass du diese Einladung aussprichst, wenn du keinen Wodka in deinen Adern hast.«

»Ich bin nicht betrunken.« Verdammt. Ich habe die Worte undeutlich gesprochen.

Sein Blick wird mitfühlend. »Wie wäre es, wenn ich dir helfe, hineinzugehen?«

Aha. Schlupfloch. Es ist noch nicht alles verloren.

Er steigt ohne Anzeichen von Trunkenheit aus dem Auto aus.

Ich klettere ihm hinterher, und mein verräterischer Körper fühlt sich seltsam schwer und unbeholfen an.

Er hält mich am Ellenbogen fest, als ich aussteige.

Hmm. Meine Knie fühlen sich wackelig an. Das müssen die ganzen verdammten Hormone sein, die durch den verdammten Kuss aufgewühlt wurden.

Er zieht sanft an meinem Ellenbogen. »Gehen wir.«

Ich genieße das Gefühl seiner starken Hand, die mich stützt, während er mich zu meiner Tür führt. Ich schließe sie auf und lächele so verführerisch wie möglich. »Soll ich dir einen Tee machen?«

Ha. Wer kann schon der Verlockung einer guten Tasse Tee widerstehen?

Der Blick auf seinem Gesicht ist der eines ausgedörrten Mannes, der die Wüste durchquert hat. »Ich bin nicht durstig.«

Ich knirsche mit den Zähnen. »Gut. Ich brauche dich sowieso nicht.«

Er zieht eine Augenbraue hoch.

»Ich habe den Anzug, erinnerst du dich? Es gibt immer noch den virtuellen Alex.«

Seine Lippen werden flach. »Den virtuellen Alex?«

»Ja, das ist richtig. Der Kerl ist viel entgegenkommender als der echte.«

Er kneift die Augen zusammen. »Du solltest einfach ins Bett gehen.«

Ich hebe mein Kinn an. »Was? Eifersüchtig auf ein wenig Konkurrenz?«

»Der Anzug ist Eigentum meiner Firma«, sagt er barsch. »Ich würde ihn gerne zurückhaben. Jetzt. Sofort.«

Mit einem Knurren stolpere ich hinein und falle fast über meinen pentagrammförmigen Couchtisch, bevor Alex mich auffängt.

Also *jetzt* kommt er rein? Wichser.

Ich entziehe mich seinem Griff und rase ins Schlafzimmer. Mit vor Wut zitternden Händen stopfe ich den Anzug in den penisverzierten Rucksack und werfe ihn auf ihn.

Geschickt fängt er das Geschoss auf und schenkt mir ein ärgerliches Grinsen. »Danke.« Er setzt sich den Rucksack auf. »Schlaf jetzt.«

Grr. Warum macht mich dieser Befehlston so an?

Zeit, ernst zu werden. Ich lasse mich in einer hoffentlich verführerischen Pose auf das Bett fallen. Natürlich könnte ich auch wie ein betrunkener Klotz aussehen. »Letzte Chance, dich zu mir zu gesellen«, lalle ich erneut, hoffentlich verführerisch.

Seine Nasenlöcher weiten sich. »Ich muss mir deinen Schlüssel leihen.«

»Meinen Schlüssel?« Ich vergesse die sexy Pose und setze mich hin. »Warum?«

»Damit ich die Tür abschließen kann, wenn ich rausgehe«, sagt er und spricht jedes Wort so aus, als hätte ich plötzlich siebenundvierzig IQ-Punkte verloren.

»Ich kann meine eigene Tür abschließen, vielen Dank.«

Er schüttelt den Kopf. »Du könntest wieder über den Hexentisch stolpern.«

»Kein Hexentisch. Ich mag einfach fünfzackige Möbel.«

»Ich lasse den Schlüssel in deinem Briefkasten«, sagt er. »Kann man den abschließen?«

Ich nicke ruckartig.

Er streckt seine Hand aus. »Sei jetzt ein braves Mädchen.«

Mist. Ich klettere vom Bett, krame in meiner Handtasche und klatsche den Schlüssel in seine Handfläche.

»Gut. Und jetzt schlaf gut.« Mit einem letzten hitzigen Blick dreht er sich auf dem Absatz um und geht, ohne die Schlafzimmertür zu schließen.

Na schön. Ich brauche ihn und seinen verdammten Schwanz nicht. Oder den Anzug.

Ich habe den Dildo von seiner Schwester.

Eigentlich sollte ich ihn jetzt als meinen Dildo betrachten. Oder als Optimus Prime.

Ich rufe ihm fast den Teil mit dem Dildo hinterher, halte mich aber im letzten Moment zurück.

Was, wenn er einen auf Höhlenmensch macht und den Dildo ebenfalls mitnimmt?

Das kann ich nicht gebrauchen. Blaue Eierstöcke müssen besänftigt werden.

Ich bleibe hier liegen und warte, bis ich höre, wie er die Eingangstür abschließt, bevor ich mich auf den Dildo stürze.

Ich warte.

Ist er weg?

Ich warte lieber ein paar Minuten länger. Ich kann nicht zulassen, dass er mich wieder mit heruntergelassenen Hosen erwischt.

Ich gähne.

Vielleicht kann es nicht schaden, die Augen für eine Sekunde zu schließen?

In dem Moment, in dem sich meine oberen und unteren Wimpern begegnen, trifft mich der Schlaf wie eine Bombe, und ich verliere das Bewusstsein.

Kapitel Dreiundzwanzig

*I*st das der verdammte Big Ben?

Der Ton muss mindestens 127 Dezibel laut sein – laut genug, um meine Ohren dauerhaft zu schädigen.

Oh. Es ist mein Wecker.

Ich schlage auf die Schlummertaste, bevor meine Trommelfelle explodieren.

Was zum Teufel …? Mir ist übel, und meine Kopfschmerzen haben eine Migräne.

Verflixt. Ich weiß, was das ist.

Kater.

Aber das impliziert Trunkenheit.

Oh nein. Jetzt fällt mir alles wieder ein – vor allem der Teil, bei dem ich Alex am Ende des Abends angemacht habe.

Was habe ich mir nur dabei gedacht? Apropos durcheinanderbringen.

Mit großer Anstrengung setze ich mich auf und stelle fest, dass ich vollständig angezogen bin.

Der Raum um mich herum dreht sich. Eine vorbeifliegende Fliege hört sich an wie eine Kreissäge.

Wie betrunken war ich, dass ich mich so furchtbar fühle? Sind diese Dinge direkt proportional zueinander?

Als ich aufstehe, verschlimmern sich die Kopfschmerzen.

Hey, wenigstens scheine ich geradeaus zu gehen.

Ich gehe meine morgendlichen Abläufe durch, bis ich mich in der Küche wiederfinde.

Hmm. Da steht ein Gatorade in meinem Kühlschrank.

Das habe ich nicht gekauft.

Hat Alex es für mich besorgt?

Unsicher, ob ich mich ärgern soll, dass er sich einlässt, oder freuen, dass er sich um meine Elektrolyte sorgt, trinke ich es, bis mein Magen zu platzen droht.

So. Wenn ich jetzt ein Fass Paracetamol nehme, kann ich vielleicht zur Arbeit gehen.

Ich nehme ein Taxi, denn die öffentlichen Verkehrsmittel würden heute wahrscheinlich mein Gehirn explodieren lassen.

Ein paar Blocks von zu Hause entfernt beginnt mein Telefon zu vibrieren.

»Hallo?«

»Hey, Schwesterherz«, schreit Gia. »Wie war das Date?«

»Autsch.« Ich halte das Telefon ein paar Zentimeter von meinem klingelnden Ohr weg. »Nicht so laut.«

»Wovon redest du?«, schreit sie noch lauter. »Ich flüstere praktisch schon.«

Ich erzähle ihr, was passiert ist, und mit jedem Wort, das meinen Mund verlässt, werden die Demütigung und das Entsetzen größer.

Ich habe Alex geküsst ... und mich dann auf ihn geschmissen, wie ein Flittchen.

Ich habe meinen Chef ziemlich stark sexuell belästigt.

»Also«, sagt Gia, als ich mit der ganzen schrecklichen Geschichte fertig bin. »Was wirst du jetzt tun?«

»Keine Ahnung. Irgendwie meine Karriere retten?«

»Ich meinte mit ihm. Seid ihr beide jetzt zusammen?«

»Das ist verdammt unwahrscheinlich. Wir arbeiten immer noch zusammen.«

Und das ist nur die Spitze des chaotischen Eisbergs. Wer sagt denn überhaupt, dass er mit mir ausgehen will? Immerhin hat er meine Annäherungsversuche nach diesem Kuss abgelehnt. Wenn es für ihn genauso heiß gewesen wäre wie für mich, hätte er es nicht getan.

»Gut. Ich werde das nicht forcieren«, sagt Gia mit einem dramatischen Seufzer.

Hat sich die Hölle in die Antarktis verlagert?

»Toll, danke.«

»Ich hoffe nur, du bist nicht zu verkatert für das Mittagessen, das du mir schuldest.«

Ich nehme das Telefon zurück an mein Ohr, überzeugt, dass ich sie falsch verstanden habe. »Welches Mittagessen?«

»Mit unseren Elterneinheiten«, sagt sie, und ich kann das Augenrollen fast hören. »Crystal und Harry Hyman. Hühnersexer und Penetrationstester. Erinnerst du dich an sie? Die Gründe, warum wir so verkorkst sind?«

Wenn *wir* verkorkst sind, dann haben wir das unseren Geschwistern genauso zu verdanken wie unseren Eltern, aber das sage ich nicht, sondern entscheide mich für ein entsetztes »Ist das heute?«.

»Du weißt, dass es heute ist«, sagt Gia. »Und nein, du kommst da nicht raus, indem du die Katerkarte ausspielst.«

»Na schön«, grummele ich. »Ich wünschte, die Kopfschmerzen wären stattdessen ein Pain in my Ass – das würde mir helfen, so zu tun, als ob ich du wäre.«

»Das macht keinen Sinn. Es sei denn, du redest von anal. Nein, nicht einmal in diesem Fall.«

»Gut. Dass ich keinen Sinn mache, sollte mir auch helfen, als du durchzugehen.«

»Wenn du willst, dass sie glauben, dass du ich bist,

dann versuch nicht, Witze zu machen, besonders nicht solche«, sagt sie. »Und vermeide die Britizismen. Außerdem wird dir ein Freund von mir eine Tasche mit Sachen vorbeibringen.«

»Sachen?« Ich spüre einen absurden Anflug von Eifersucht bei der Erwähnung eines Freundes. Trotz unserer identischen Gene und Erziehung, und trotz all ihrer fleißigen Keimvermeidung, hat Gia ein viel besseres Sozialleben als ich ... nämlich überhaupt eines.

Sie schnaubt, ohne meine Gedanken zu bemerken. »Wolltest du in demselben Outfit auftauchen, in dem du zur Arbeit gehst?«

Ich schaue nach unten. Ja. Ich habe das Übliche an – genau so, wie es sein sollte. »Daran habe ich gar nicht gedacht. Ich schätze, ich bin heute mehr wie du, als mir bewusst war.«

»Ha, ha. In der Tasche sind ein paar Klamotten, eine Perücke und Make-up.«

Ich spüre, wie sich meine Kopfschmerzen verstärken. »Großartig. Ich freue mich schon darauf, wie Morticia Addams auszusehen ... wenn sie einem Motorradclub beigetreten wäre.«

»Das würde ich mir ansehen«, sagt Gia. »Zeig ihnen auch die Magie. Mach das Siebenunddreißig-Ding, das ich dir neulich gezeigt habe.«

»Klingt gut.« Ich weiß, dass sie mich fragen will, wie sie sicher sein kann, dass unsere Eltern an siebenunddreißig denken werden, wenn ich den Trick vorführe, also widerstehe ich der Versuchung. »Was ist mit Tigger?«

»Das ist der Bruder von Bellas Freund?«, fragt sie.

»Richtig. Willst du mit ihm verkuppelt werden?«

»Natürlich nicht«, sagt sie. »Er klingt wie eine männliche Hure, und das ist das Letzte, was ich brauche.«

Der Drang, zu streiten, ist stark, aber ich beschließe, eine nette Schwester zu sein und ihm zu widerstehen. Immerhin schwänzt sie hauptsächlich das Mittagessen mit unseren Eltern, damit sie nicht unter Druck gesetzt wird, sich zu verabreden.

»In Ordnung«, sage ich. »Lass mich wissen, falls du deine Meinung änderst.«

»Das werde ich nicht«, sagt sie entschlossen. »Wie auch immer, ich gehe jetzt besser.«

»Do svidaniya.«

»Nun, das ist neu«, sagt sie und legt mit einem »Tschüss« auf.

Kapitel Vierundzwanzig

Ich trete aus dem Aufzug in meiner Büroetage und erschaudere angesichts des Lärms, den meine Kollegen verursachen. Ich halte mir die Ohren zu und sprinte zu meinem Schreibtisch, bevor mich jemand etwas Dummes fragt, wie »Wie geht es dir?«.

Während ich laufe, bemerke ich etwas Seltsames. Es gibt Extra-Stühle neben den Schreibtischen der Entwickler.

Was hat es damit auf sich?

Ich rufe meine E-Mails auf und ziehe eine Grimasse beim Anblick des Posteingangs. Man lässt einen Tag aus, und das blöde Ding läuft über.

Ich beginne damit, zu überprüfen, ob etwas von Alex darunter ist. Wenn ich gefeuert werde, bleibt mir zumindest der Rest des Posteingangs erspart, ganz zu schweigen von der abscheulichen Kakophonie meiner Kollegen.

In der ersten E-Mail geht es um die Spiele für das Krankenhaus. Alex schlägt vor, dass wir uns mit Dr. Piper und seinen Leuten treffen, damit er sicherstellen kann, dass wir uns alle einig sind. Ich würde mich darüber freuen, wäre da nicht die Tatsache, dass diese E-Mail von gestern ist – Stunden vor meinem ungebührlichen Verhalten.

Wie um meine Angst vor dem Job noch zu verstärken, ist die nächste Mail von Alex noch viel schlimmer.

Eine Anfrage für ein Treffen.

Ort: sein Büro.

Tagesordnung: leer.

Zeit: in einer Stunde.

Verflixt.

Sollte ich mir überhaupt die Mühe machen, den Rest des Posteingangs zu bearbeiten?

Ich denke, das werde ich. Ich muss etwas tun, wenn ich in der nächsten Stunde nicht verrückt werden will.

Aber das Wichtigste zuerst. Wenn ich meinen Job behalte, möchte ich das Treffen mit Dr. Piper so schnell wie möglich erledigen, also schreibe ich ihm eine E-Mail – das Zeitfenster, bevor er meine Arbeit mit Pornos in Verbindung bringt, schließt sich schnell. Dann schaue ich nach, ob etwas von Bella dabei ist – schließlich ist sie auch mein Chef, und laut Alex ist dies eher ihre Firma als seine.

Es gibt nur eine E-Mail von ihr, ebenfalls von gestern. Offensichtlich haben Bella und Alex beschlossen, etwas einzuführen, was sich Paarprogrammierung nennt – eine Technik, die sich bei 1000 Devils als sehr effektiv erwiesen hat. Sie sagt, wenn ich gute Argumente dagegen habe, sollte ich gleich mit ihr reden, und dass, wenn einige Entwickler lieber allein arbeiten, Ausnahmen gemacht werden können.

Dafür sind wohl die zusätzlichen Stühle gedacht.

Obwohl ich eine gewisse Vorstellung davon habe, was Paarprogrammierung ist, lese ich noch ein wenig mehr darüber.

Auch bekannt als Pairing, ist es das, was der Name schon sagt: zwei Programmierer sitzen nebeneinander und arbeiten zusammen. Der Driver tippt den Code, während die andere Person, der Navigator, den Code ständig überprüft. Natürlich werden die Rollen häufig getauscht.

Warum habe ich das nie ausprobiert? Untersuchungen zufolge steigt die Codequalität, wenn man das tut, und führt dazu, dass jeder im Team sein Wissen besser teilt.

Hervorragend. Wenn ich nicht gefeuert werde, bin ich gespannt, wie die Sache mit der Paarung ausgeht.

Jemand räuspert sich. Zweimal. »Hi, Holly.«

Ich reibe mir die pochenden Schläfen und schaue auf.

Das hätte ich mir bei dem Räuspern denken können.

Es ist Buckley.

»Hallo«, sage ich. »Was gibt's?«

Er räuspert sich noch zweimal. »Ich wollte mich nur verabschieden.«

»Oh?«

Ein einziges Räuspern. Gott sei Dank. »Ich habe die Beförderung, die ich wollte, bereits jetzt bekommen. Das neue Management ist schnell.«

»Ah.« Ich gebe mein Bestes, um nicht *zu* erfreut auszusehen. »Herzlichen Glückwunsch.«

Er räuspert sich noch zweimal. »Heute ist mein letzter Tag.«

Er ist jetzt bei sieben Räuspern. Wie bringe ich ihn dazu, es dabei zu belassen?

»Toll«, sage ich. »Ich wünsche dir das Beste.«

Ich winke zum Abschied.

Nein. Er räuspert sich zweimal, als wolle er mich absichtlich in den Wahnsinn treiben. »Wir sollten in Kontakt bleiben.«

»Sicher«, sage ich. »Wird gemacht.«

Das ist verdammt unwahrscheinlich.

Er wirft mir einen unprofessionell langen Blick zu, den ich bestimmt nicht vermissen werde, räuspert sich noch einmal und geht.

Ich tue so, als würde es mich nicht stören, dass er sich insgesamt zehnmal geräuspert hat.

Das stört mich überhaupt nicht.

Nein.

Ich bin so Zen wie elf Hindu-Kühe. So cool wie sieben Gurken.

Okay, gut. Ich brauche etwas, was mich mehr fesselt und anregt, als E-Mails zu checken, und ich weiß genau das Richtige – den Code, den Robert mir neulich gemailt hat. Wenn ich meinen Job behalte, werde ich an der Anzug-Integration arbeiten, also kann ich auch einen Blick darauf werfen.

Ich hätte nicht gedacht, dass meine Kopfschmerzen schlimmer werden könnten, aber genau das tun sie. Der Code selbst ist gut, sogar elegant, aber er ist nicht sauber.

Ich vergewissere mich hektisch, dass alle Zeilen um vier Leerzeichen eingerückt sind, und korrigiere dann Rechtschreibfehler in den Kommentaren, bis ich eine Erinnerung an das bevorstehende Treffen mit Alex bekomme.

Verflixt. Fast vergessen. Vergiss Spaß, die Zeit vergeht *wirklich* wie im Flug, wenn man aufräumt.

Bevor ich von meinem Schreibtisch aufstehe, tippe ich den Befehl ein, um den bereinigten Code in das gemeinsame Repository einzureichen – andernfalls geht meine Arbeit verloren, wenn mein Computer ausgeht. Ich mache das sorgfältig, weil das ganze Team einmal fast einen Herzinfarkt bekommen hat, als ich diesen Schritt vermasselt habe und es so aussah, als wäre ein Jahr harter Arbeit verschwunden. Glücklicherweise hatte ich den ganzen Code, von dem sie dachten, wir hätten ihn verloren, lokal auf meinem Computer gespeichert, so dass ich die Codeübermittlung wiederholte und alle aufhörten, auszuflippen.

Ist es mein bevorstehendes Treffen mit Alex –

oder ist der Begriff *Codeunterwerfung* vage BDSMig? Außerdem, ist BDSMig ein Wort?

Grr. Warum denke ich über Linguistik nach? Alex und mein Schicksal erwarten mich.

Als ich aufstehe, wird der Schmerz in meinem Kopf zu einem Pochen.

Nun, dagegen kann ich nichts tun.

Ich laufe schnell zu dem Büro, in das ich eingebrochen bin, und klopfe.

»Komm rein«, sagt Alex mit seinem sexy Akzent in voller Stärke.

Ich atme tief ein und gehe hinein.

Kapitel Fünfundzwanzig

Ich sehe auf den ersten Blick, dass er sich tatsächlich einen neuen Monitor, eine Tastatur und sogar einen zusätzlichen Stuhl zugelegt hat. Was aber wirklich meine Aufmerksamkeit erregt, ist der Mann selbst.

Obwohl ich bezweifele, dass er sich heute Morgen rasiert hat, ist er dank der Rasur vom Vortag nicht so ungepflegt wie sonst, und auch sein Haar ist nicht ganz so unordentlich – was die Köstlichkeit noch verstärkt, die ich ignorieren sollte.

Wäre es härter, von jemandem gefeuert zu werden, der so heiß ist?

Schwer zu sagen.

Apropos hart, das war er letzte Nacht auf jeden Fall. Pochend hart, wie meine Kopfschmerzen.

Mist. Erschieß mich jetzt.

»Hallo«, sage ich, als ich merke, dass ich schon viel zu lange stumm dastehe.

Sein Gesichtsausdruck ist unleserlich, was ihn wie seinen Bruder Vlad aussehen lässt. Meine Handflächen werden schweißnass, und mein Magen zieht sich zu einem Knoten zusammen.

»*Privet*«, sagt er.

Ein informelles Hallo? Vielleicht ist das ein gutes Zeichen?

»Ich glaube, ich weiß, warum ich hier bin«, stottere ich.

Er hebt seine rechte Augenbraue den kleinsten Bruchteil eines Millimeters. »Tust du das?«

Ich nicke. »Es tut mir leid wegen gestern Abend.«

Eine Falte erscheint auf seiner Stirn. »Tut es das?«

»Ich habe mich unprofessionell verhalten.« Ich werfe einen sehnsüchtigen Blick auf seinen Gästestuhl. Ich bin mir nicht sicher, ob es am Kater oder an der bisherigen Begegnung liegt, aber meine Beine fühlen sich an wie geleeartiges Gummi.

»Setz dich.« Er lässt es wie einen Befehl klingen.

Ich gehorche gerne. »Wie ich schon sagte, tut mir mein unangemessenes Verhalten leid. Es wird nicht wieder vorkommen.«

Seine Mimik wird noch schwerer zu entziffern. »Wird es nicht?«

»Ich verspreche es. Bitte lass mich meinen Job behalten. Ich …«

»Du denkst, ich habe dich hierhergebeten, um dich zu feuern?«

Jetzt ist sein Gesicht leicht zu interpretieren. Der wütende Gesichtsausdruck sagt aus, dass, wenn er vorher nicht dachte, dass ich gefeuert werden sollte, er es jetzt in Betracht zieht.

Ich schlucke trocken. »Du hast die Agenda für die Besprechungsanfrage nicht ausgefüllt.«

Sein himmelblauer Blick verdunkelt sich. »Du bist also davon ausgegangen, dass du gefeuert wirst? Ist deine Meinung über mich so niedrig – oder versuchst du, so pessimistisch zu sein wie ein stereotyper Russe?«

Puh. Ich schätze, er wird mich nicht feuern. Mein Seufzer der Erleichterung ist hörbar. »Worüber wolltest du denn reden?«

»Anzug-Integration.« Er dreht seinen Bildschirm in meine Richtung, und ich erblicke den Code, den ich gerade aufgeräumt habe.

»Oh.«

Ein Hauch von diesem verruchten Grinsen erscheint auf seinem Gesicht. »Konkret wollte ich darüber sprechen, wie wir an dem Code arbeiten werden.«

»Wir?«

Er wird doch nicht das sagen, was ich denke, oder? Das wäre undenkbar. Als ob man einen Bären in ein Honiglager lässt. Wie …

Das Grinsen ist jetzt deutlich zu sehen. »Ich möchte, dass wir uns paaren.«

Kapitel Sechsundzwanzig

*E*r meint Paarung wie in der Programmiertechnik, aber Bilder von uns, kopulierend, steigen in meinem Kopf auf und weigern sich, ihn wieder zu verlassen. Oder besser gesagt, sie waren nie wirklich weg, aber jetzt sind sie ganz vorne mit dabei.

Er dreht den Bildschirm wieder zu sich. »Zieh deinen Stuhl näher heran.«

Moment einmal. Jetzt?

Paaren wir uns jetzt?

Er sieht mich erwartungsvoll an.

Das war's dann wohl. Wir paaren uns.

Mögen dir binären Götter mir helfen.

Ich ziehe mir den Stuhl herüber, bis ich nah genug bin, um seinen leckeren Duft wahrzunehmen.

»Du hast gerade Code eingereicht«, sagt er und richtet seine Aufmerksamkeit auf den Bildschirm.

»Lass mich synchronisieren, damit wir das Neueste sehen.«

Ist es normal, zu bemerken, wie sexy seine Finger sind, während sie diese Befehle tippen? Ich stelle mir vor, wie sie um meinen Körper tanzen, anstatt auf den glücklichen Tasten der Tastatur, und mein Atem wird schneller. Die Art, wie er gerade die C-Taste gedrückt hat ...

»Du hast einige Dateien schöner aussehen lassen«, murmelt er, und seine Aufmerksamkeit gilt immer noch dem Bildschirm. »Es ist einfacher zu verstehen, was vor sich geht. Danke.«

Verdammt. Warum erinnert mich dieses Lob an den Kuss von letzter Nacht?

»Kein Problem«, schaffe ich zu sagen.

»Willst du den Code schreiben oder kontrollieren?«

»Ich will der Driver sein«, sage ich schnell. Zum Glück füge ich nicht hinzu, was ich gerade denke, *and drive you crazy in bed.*

Verflixt, meine Gedanken sind nur einen Zentimeter davon entfernt, ein Artikel in der *Cosmo* zu werden.

Er schiebt seinen Stuhl beiseite und ich rolle mich hinter die Tastatur.

»Wie wäre es, wenn wir an dem Thema arbeiten, das du mit meiner Schwester besprochen hast?«, sagt er.

»Sicher. Kannst du mir helfen, zu der entsprechenden Datei zu navigieren?«

Er sagt mir, wo ich sie finden kann, und wir besprechen die Dinge gemeinsam. Leider machen seine Nähe und der Kater es mir extrem schwierig, mich zu konzentrieren.

Wenn diese Paarung weitergehen soll, muss ich jede Menge Wasser trinken ... und masturbieren.

Sobald wir die Datei geöffnet haben, suche ich nach einfach zu lösenden Dingen die Probleme betreffend, die ich gesehen habe. Ich finde etwas, und er stimmt zu, dass die Veränderung helfen würde, also arbeiten wir daran, während ich den Drang bekämpfe, ihn wieder zu küssen.

Wer hätte gedacht, dass Programmieren so sexuell frustrierend sein kann?

»Das müssen wir testen«, sagt er, als ich erkläre, dass ich mit der Veränderung fertig bin.

Ich falle fast von meinem Stuhl.

Testen. Meint er damit, diesen Anzug zu benutzen?

Das anfängliche Problem habe ich beim Knutschen mit seiner Replik in der VR entdeckt, also stelle ich mir so den Test vor, von dem er spricht. Nur dieses Mal müsste ich mich vor ihm ausziehen und ...

Mein Telefon klingelt.

Ich ignoriere es und schließe die Datei.

Das blöde Ding klingelt wieder.

»Du solltest das Gespräch annehmen«, sagt er. »Ich habe sowieso bald ein anderes Meeting. Wir holen das am Nachmittag nach.«

Der XXX-Test wird also am Nachmittag stattfinden.

Hervorragend. Jetzt bin ich ja sowas von beruhigt.

Das Telefon klingelt wieder. Etwas Unverständliches stammelnd, nehme ich schließlich den verdammten Anruf an.

Es ist die Sicherheitskontrolle vom Empfang. Jemand hat ein Paket hinterlassen, und ich muss es abholen.

»Bis später«, sagt Alex, als ich erkläre, dass ich gehen muss.

»Do svidaniya«, sage ich auf dem Weg nach draußen.

»Do *skorovo* svidaniya«, sagt er mit einem Grinsen.

Im Aufzug zücke ich mein Handy und erfahre, dass *skorovo unmittelbar bevorstehend* bedeutet.

Ja.

Weitere Paarungen und Tests stehen an – vorausgesetzt, ich überlebe dieses Mittagessen mit meinen Eltern.

Kapitel Siebenundzwanzig

Mit dem Paket im Schlepptau kehre ich auf meine Etage zurück.

Ich muss vor dem Mittagessen noch etwas Zeit totschlagen, also beschließe ich, so viel von Bellas Fragebogen auszufüllen, wie ich kann.

Verdammt.

Einige dieser Fragen sind, gelinde gesagt, nicht jugendfrei. Ich hoffe, dass niemand an meinem Schreibtisch vorbeikommt – oder mich fragt, warum ich so rot werde.

Als ich den Fragebogen ausgefüllt habe, beschließe ich, dass es an der Zeit ist, mich für das Mittagessen fertig zu machen, also schleiche ich mich auf das Klo, um zu sehen, was in Gias Paket ist.

Nein, nicht Klo. Toilette.

Ich muss bei diesem Mittagessen auf meine Britizismen achten.

In der Box ist mein Vampir-Makeover: eine

schwarze Perücke, eine Flasche Foundation, die eine Nuance zu blass ist, ein Paar Biker-Boots, ein dunkler Lippenstift und ein Outfit, das aus einer schwarzen Jeans, einem schwarzen, langärmeligen Top und einer Lederweste mit Metallnieten darauf besteht. Es gibt auch schicke schwarze Handschuhe, die eine doppelte Aufgabe erfüllen, indem sie den Anschein erwecken, dass ich mir Sorgen um Keime mache, und gleichzeitig den fehlenden schwarzen Nagellack auf meinen Händen verdecken.

Als ich mit dem Anziehen fertig bin, sehe ich meinem Zwilling so ähnlich, dass meine eigene Mutter uns nicht mehr unterscheiden könnte – das ist das Ziel.

Ich verstecke meine eigenen Sachen in der nun leeren Kiste und mache mich auf den Weg nach draußen, als Bella reinkommt mich von oben bis unten betrachtet.

»Wow. Ich habe schon von Casual Fridays gehört, aber noch nie von Goth Thursdays.«

Ich ziehe eine Grimasse. »Das ist eine lange Geschichte.«

Sie grinst. »Lass mich raten. Dein Kater ist genauso schlimm wie meiner, also hast du beschlossen, so auszusehen, wie du dich fühlst.«

»Das ist keine schlechte Vermutung«, sage ich und lächele zurück.

Ihr Grinsen wird verrucht. »Also, du und Alex, habt ihr euch gepaart?«

Ich nicke, während ich durch die Grundierung

erröte. Dann, da ich sowieso schon aufgeregt bin, ziehe ich ihren anzüglichen Fragebogen heraus und drücke ihn ihr in die Hände. »Mehr kann ich nicht ausfüllen. Alex hat mir den Anzug weggenommen.«

Sie lacht. »Das überrascht mich nicht. Schon als Kind hat Alex sein Spielzeug nicht gerne geteilt.«

Bin ich hier das Spielzeug – oder ist es der Anzug? Oder redet sie vielleicht vom virtuellen Alex?

»Ich muss los.« Ich werfe einen Blick auf die Tür.

»Ich auch.« Sie geht auf eine der Kabinen zu. »Tschüss.«

Ich werfe einen Blick auf mein Handy, laufe schnell zurück zu meinem Schreibtisch und ignoriere die erschrockenen Blicke meiner Kollegen. Ich lasse die Box mit meinen normalen Sachen neben meinem Stuhl fallen und eile zum Aufzug.

Moment einmal.

Habe ich gerade Alex aus dem Augenwinkel gesehen? Hoffentlich nicht – ich möchte vor allem ihm nicht meinen Look erklären.

Zu meiner Erleichterung kommt der Aufzug schnell, und von dort aus ist die Fahrt zum Miso Hungry ereignislos.

Als ich eintrete, warten meine Eltern bereits an einem Ecktisch.

Sie sehen mich noch nicht, was gut ist.

Ich gehe hinüber zur Empfangsdame.

Sie scheint mich nicht zu erkennen.

Süß.

»Hallo«, sage ich. »Ich weiß, dass ich heute anders

aussehe, aber ich bin die Kundin, die nach siebenundvierzig Würfeln Tofu in ihrer Miso-Suppe fragt.«

»Ah«, sagt sie ein wenig zu laut. »Das ist ein schöner Look für Sie.«

»Danke. Ich werde dort sitzen.« Ich zeige auf meine Leute. »Wenn ich später Miso-Suppe und Sushi bestelle, können Sie sie dann so machen, wie ich sie normalerweise bekomme?«

Sie nickt.

Großartig. Vielleicht schaffe ich das hier.

Ich nähere mich dem Tisch. »Hi, Mom. Hi, Dad.«

Als er jung war, sah Dad aus wie Bob Dylan – das sagt zumindest Mom. Heutzutage sieht er eher wie ein Landstreicher aus, mit einem wilden Bart und einem gruseligen silbernen Pferdeschwanz, der aus einer Mütze herausragt, die seine Glatze verdeckt. Ein wohlgenährter Hobo – sein Bauch sieht aus wie der von Mama, kurz bevor sich die Sechslinge den Weg aus ihr heraus gebahnt haben. Im Gegensatz zu Papa und obwohl acht Menschen in ihr gewachsen sind, ist Mamas Bauch flach, ihre Haare glänzen und ihre Haut ist glatt. Sie sieht aus, als könnte sie meine ältere Schwester sein, was mich optimistisch macht, in Würde zu altern.

Notiz an mich selbst: Ich darf Dad nicht wegen seiner Essgewohnheiten rügen, denn das ist etwas, was Gia nicht tun würde.

Oder würde sie das?

Mom springt auf und faltet ihre Hände zusammen, wie beim Yoga. »Namaste, Sonnenschein.«

Sonnenschein? Ist das Sarkasmus? Ich sehe aus wie eine Kreatur der Nacht, die die Sonne tötet.

»Ding 2.« Dad lächelt albern, während er mir auf die Schulter klopft.

Treffer. Er nannte mich Ding 2. Die Täuschung funktioniert bis jetzt. Ich bin eigentlich Ding 1, weil ich die Älteste bin, obwohl das nur bedeutet, dass ich Gia um ein paar Sekunden in unserem Rennen aus Mamas Vagina geschlagen habe. Die Sechslinge sind die Dinge 3 bis 8, ich habe also großes Glück. Ich bin nicht Ding 4 oder Ding 6 oder – ich erschaudere – ein sehr nicht primzahliges Ding 8.

»Ich spüre Spannungen«, sagt Dad, »bist du unzentriert? Willst du eine Schultermassage?«

»Wir essen zuerst«, sagt Mama in dem mütterlichen Ton, den sie im Umgang mit acht heranwachsenden Monstern – ich meine Mädchen – perfektioniert hat.

Mit einem leichten Schmollmund und einem Seufzen sinkt Dad zurück in seinen Stuhl. Er liebt es, Menschen etwas Gutes zu tun, und ihm die Chance zu verwehren, die Schulter zu reiben, ist so, als würde man einem hungrigen Hippie mit dem schlimmsten Heißhunger in der Geschichte des Cannabis die S'mores wegnehmen.

Mom setzt sich, also nehme ich den verbleibenden Stuhl, der zufällig der Tür zugewandt ist.

»Wie läuft es denn so?«, frage ich, darauf bedacht, das Gespräch so weit wie möglich von meiner Person fernzuhalten. »Habt ihr irgendetwas Interessantes gemacht, während ihr in der Stadt wart?«

»Es könnte nicht besser sein.« Mama öffnet ihre Speisekarte. »Gestern Abend haben wir eine Burlesque-Show besucht. Danach verwandelte sich dein Vater in eine Bestie.«

Und so beginnt es. Ich wette, wenn ich jedes Mal einen Drink nehmen würde, wenn Mom etwas sagt, was mich dazu bringt, mir die Ohren zuhalten zu wollen, würde mein aktueller Kater wie ein Kitzeln wirken.

»Wie sieht es in der Welt von Ding 2 aus?«, fragt Papa. »Verfolgst du immer noch deinen Traum?«

»Ja«, sage ich. »Magie ist großartig.«

Wenn sie mir das abkaufen, wird der Rest des Mittagessens ein Kinderspiel sein. Obwohl ich immer versuche, Gia zu unterstützen, kann ich nicht anders, als ihre Magie mehr als ein Hobby zu sehen als etwas, was ein Erwachsener tut, um Rechnungen pünktlich zu bezahlen.

Papa nickt zustimmend. »Ich bewundere so sehr, was du da machst.«

Vorsichtig hebe ich eine Augenbraue – die schwere Schicht Foundation auf meiner Stirn fühlt sich an, als könnte sie jeden Moment abblättern.

»Deine Träume zu manifestieren«, stellt er klar.

»Ich habe meinen Hauptjob immer noch nicht gekündigt.«

»Dein Hauptjob lässt uns reisen«, sagt Mama beruhigend. »Außerdem, als Penetrations ...«

»Mom.« Ich schaue besorgt zur Kellnerin. »Bitte mach keine penetrationsbezogenen Witze, ich flehe dich an.«

Papa zupft an seinem Bart. »Es ist einfach scheiße, für *das Establishment* zu arbeiten.«

Die Kellnerin kommt, und wir bestellen. Sobald sie weg ist, biete ich meinen Eltern an, ihnen einen Zaubertrick zu zeigen, da Gia das schon längst getan haben müsste.

Zu meinem großen Ärger denken sie an die Zahl siebenunddreißig, als sie dazu aufgefordert werden – Gia schafft es, zu zaubern, ohne vor Ort zu sein.

»Das war toll.« Papa gibt Sojasauce auf drei kleine Tellerchen. »Erinnert mich an das Video, das ich dir neulich geschickt habe.«

Interessant. Er schickt Gia Videos von Zaubertricks? Das Letzte, was er mir geschickt hat, war eine theoretische Informatik-Abhandlung über NP-Härte – wobei N und P für Non-Deterministic Polynomial-Time stehen und nicht, sagen wir, für Nackter Penis.

»Ja, tolles Video«, sage ich. »Danke.«

Um weiteres magisches Gerede zu verhindern, stopfe ich mir ein Stück Avocadorolle in den Mund und tue so, als wäre es größer als es ist.

Mama hebt ein Stück Sushi mit ihren Stäbchen

auf. »Es tut mir leid, dass ich das Gespräch von der Magie ablenke, aber es gibt etwas, worüber ich mit dir sprechen wollte.«

Ich bin angespannt, versuche aber, es zu verbergen. Das Letzte, was ich will, ist eine Schultermassage von Dad. »Was gibt's?«

»Wir machen uns Sorgen um deine Schwester«, sagt Mama.

Mit den Augen zu rollen ist Gias Hauptjob, also gebe ich dem Drang nach. »Welche?«

»Deine Zwillingsschwester«, sagt Mama. »Offensichtlich.«

Verflixt. Sie machen sich Sorgen um *mich*? Ich meine, das wahre Ich? Außerdem, was hat es mit diesem *offensichtlich* auf sich? Jede einzelne der Sechslinge ist mit Sicherheit besorgniserregender als ich. Es sei denn, Mom meint: »Offensichtlich sind Hollys Probleme ein Gespräch, das man mit *Gia* führen sollte.«

Ja. Das ist besser.

Ich täusche Gias verschmitztes Grinsen vor. »Was hat mein Posh-Spice-Klon jetzt gemacht?«

Hörte sich das nach Gia an?

Beide Eltern runzeln die Stirn.

Großartig. Jetzt sind sie sauer auf mich, weil ich mich über mein eigenes Ich lustig mache.

»Sie scheint abwesend zu sein«, sagt Mom.

»Sie lebt nicht«, sagt Papa. »Sie existiert einfach nur.«

Ich schließe die Augen. »Was habt ihr heute geraucht?«

Er winkt abweisend mit einer Hand. »Seit Beau sich geoutet hat, ist sie …«

Ich verpasse, was er als Nächstes sagt, weil ich vom Namen meines Ex überrascht werde und sich meine Brust zusammenzieht.

Ich tue mein Bestes, mir nichts anmerken zu lassen. Ich muss so handeln, wie Gia es tun würde. Eigentlich würde sie die Stirn runzeln, also mache ich das. Sie hasst Beau in meinem Namen. Um mich aufzumuntern, gab sie zu, dass sie nach unserer Trennung in sein Haus eingebrochen war und alles in seinem Kühlschrank mit Abführmitteln versetzt hatte.

»Ich denke, es geht ihr gut.« Ich tauche ein Stück Avocadorolle in die Sojasauce. »Abgesehen davon, dass sie eine bessere Garderobe braucht, natürlich.«

Ha. Es ist, als wäre ich für diese Rolle geboren worden.

»Sie hat sich seit Beau mit niemandem mehr getroffen«, sagt Mom. »Du weißt, wie wichtig Orgasmen sind, und ich glaube nicht, dass sie sie bekommt.«

Ich beiße die Zähne zusammen. Denkt sie, dass Beau mir Orgasmen verschafft hat? »Mein eigenes Sexleben läuft auch nicht gerade blühend. Wie soll ich ihr da helfen?«

Mist. Beide schauen mich komisch an. Nicht gut.

»Ich meine, ich spiele offensichtlich mit mir selbst«, füge ich hinzu und denke mir, dass Gia vor

Dad so reden kann, ohne sich selbstmörderisch zu fühlen. »Ich bin mir ziemlich sicher, dass Holly das auch tut. Nur eine Primzahl von Malen am Tag.«

Bumm. Wo ist mein Oscar?

Mama setzt sich aufrechter hin. »Glaubst du das wirklich?«

Man könnte meinen, ich hätte ihr erzählt, dass ihre Tochter ein Heilmittel für Krebs entdeckt hat, anstatt einen Dildo.

»Absolut«, sage ich. »Ich mache mir mehr Sorgen, dass sie ein Karpaltunnelsyndrom von der ganzen Masturbation bekommt.«

»Das ist eine Erleichterung«, sagt Mama. »Natürlich ist das eigentliche Ziel, einen Menschen dazu zu bringen, diese Orgasmen zu liefern.«

Ich bin Gia. Gia sollte peinlich berührt sein, nicht ich.

»Weil Liebe schön ist«, fügt Papa hinzu.

»Richtig. Holly und ich werden uns gleich darum kümmern«, sage ich mit Gias typischem Sarkasmus. »Ein echter Mensch. Ich hab's verstanden.«

»Lass mich wissen, wenn ich irgendwie helfen kann«, sagt Mom mit einem ernsten Blick, der mich an meinen Sarkasmus-Fähigkeiten zweifeln lässt. »Ich habe jahrzehntelange Erfahrung mit dem aufregendsten, verblüffendsten, tantrischsten Sex des Universums. Wenn du einen Rat brauchst, bin ich immer für dich da.«

»*Sind wir*«, korrigiert Papa sie.

Warum habe ich nicht Fugu bestellt – das

japanische Gericht, das aus dem tödlichen Kugelfisch hergestellt wird? Die süße Befreiung durch Tetrodotoxin könnte dieser Unterhaltung vorzuziehen sein.

»Danke, Leute«, zwinge ich mich zu sagen.

Papa kratzt sich am Bart. »Wenn du liebevolle Energie in die Welt aussendest, wird die karmische Balance immer zu deinen Gunsten sein.«

Hat die Kellnerin ihm einen Glückskeks untergeschoben?

Wenn ich nicht so tun würde, als wäre ich Gia, würde ich sie daran erinnern, dass es hier nicht nur um Orgasmen für sie geht. Ich vermute, sie wollen einen Schwiegersohn und einen Enkel, wenn sie wirklich Glück haben. Ihr Wunsch nach einem männlichen Kind ist weithin bekannt. Das ist der Grund, warum sie sich vor all den Jahren dieser Fruchtbarkeitsbehandlung unterzogen haben – die ihnen stattdessen sechs weitere Töchter beschert hat.

Das war es, was Papa dazu brachte, an Karma zu glauben. Er ist überzeugt, dass er in einem früheren Leben ein Serienmörder gewesen sein muss.

»Also, wir haben ein paar Neuigkeiten«, sagt Mama.

Bitte sagt nicht, dass ihr eine Sexkommune gründet. Oder eine Nudisten-Kolonie. Oder eine offene Ehe führen wollt.

»Wir bleiben ein paar Wochen länger in der Stadt«, sagt sie.

Puh. »Das ist toll, Mama. Du solltest *Mary Poppins* am Broadway sehen.«

Mama und Papa tauschen Blicke aus.

Verflixt. Gia hätte eine Zaubershow empfohlen. Oder eine Mentalismus-Show – da gibt es einen Unterschied.

Nun, das Kindermädchen ist jetzt aus dem Sack. Wenn ich einen Rückzieher mache, sieht das noch verdächtiger aus, also stecke ich mir einfach ein Stück Essen in den Mund und kaue.

Die Tür des Restaurants klingelt.

Ich schaue den Neuankömmling an, und mein Herz schlägt bis in meinen Hals.

Es ist kein anderer als Alex Chortsky, mein Vielleicht-Fake-Date und Definitiv-nicht-Fake-Chef.

Kapitel Achtundzwanzig

Ich schaue schnell weg.

Vielleicht hat er mich nicht gesehen? Oder hat mich gesehen, aber mich nicht in meiner Gia-Verkleidung erkannt?

Die Chance ist vorhanden, aber gering, wenn er mich so im Büro gesehen hat.

Mein Telefon klingelt.

Ich schaue instinktiv danach.

Es ist ein Text von Luzifer: *Bist du das?*

Ich bin ein Idiot. Allein dadurch, dass ich auf mein Telefon geschaut habe, habe ich seinen Verdacht bestätigt.

Ich werfe ihm einen panischen Blick zu.

Ja. Er kommt in diese Richtung.

Es gibt so viele Probleme dadurch, aber meine Täuschung auffliegen zu lassen ist das größte – und das ist, im Gegensatz zu meiner Würde, etwas, was ich noch schützen kann.

Ich grinse wie eine Verrückte und winke ihm zu.

»Alex! Ich bin es, Gia. Hier drüben.«

Mit einem Stirnrunzeln geht er schneller.

Meine Eltern drehen sich um. Papa kratzt sich am Bart, während Mama zu sabbern beginnt.

»Gia?«, fragt Alex, eindeutig verwirrt.

»Ich weiß.« Das verrückte Grinsen nähert sich dem Niveau eines Jokers. »Normalerweise bin ich viel blasser, aber du weißt ja, wie das ist. Ich war heute für ganze fünf Minuten in der Sonne.«

Alle lachen nervös.

»Mama, Papa«, sage ich. »Das ist Alex.«

Sie schauen mich erwartungsvoll an.

Richtig. An diesem Punkt erklärt man normalerweise die Beziehung zwischen sich selbst und der Person, die man vorstellt.

Was soll ich sagen?

Dann trifft es mich. Ich kann Gia einen großen Gefallen tun – und es Alex heimzahlen, dass er mich neulich vor seinen Eltern vorgeführt hat.

»Alex ist mein Freund«, sage ich nonchalant. »Ich habe ihn gebeten, sich uns anzuschließen. Überraschung!«

Alex blinzelt, scheint aber mitzumachen. Zumindest widerlegt er meine Behauptung nicht, während er einen Stuhl von einem anderen Tisch zu unserem trägt.

Meine Eltern starren ihn mit überraschten Gesichtern an.

Wow. Halten sie Gia für völlig undatebar?

»Alex, das sind Crystal und Harry Hyman, meine Eltern.«

Alex schüttelt Dad die Hand und küsst dann Mom im russischen Stil auf die Wange.

Sie sieht aus, als könnte sie gleich ein Ei legen. Atemlos stammelt sie: »Wie habt ihr beide euch kennengelernt?«

»Alex arbeitet mit meinem Zwilling«, sage ich. »Offensichtlich, konnte *sie* ihn nicht daten – sein Name hat keine Primzahl von Buchstaben.«

In Wirklichkeit *kann* ich mit der Buchstabenanzahl in *Alex* leben, denn ich mag wirklich, wie er klingt. Außerdem kann ich mich mit dem Wissen beruhigen, dass seine Eltern ihn Sasha nennen, was *fünf Buchstaben lang ist*.

Alex setzt sich. »Ja. Ein Date mit Holly wäre nicht angebracht, oder?«

Mama scheint nicht zuzuhören. Den Blicken nach zu urteilen, die sie auf *meinen Freund* richtet, wird sie heute Abend zu einer Bestie werden.

»Du wirkst angespannt«, sagt Dad zu Alex.

Alex zuckt mit den Schultern. »Es kommt nicht jeden Tag vor, dass ich die Eltern einer Frau treffe, mit der ich zusammen bin. Außerdem gibt es ein wichtiges Projekt, an dem ich mit Holly arbeite, also …«

»Sag nichts weiter.« Dad springt auf. »Das wird deine Energie für die Woche wieder aufladen.«

Bevor ich etwas wie SOS schreien kann, graben sich Dads haarige Finger in Alex' Schultern.

Ich bin Gia. Gia sollte gedemütigt werden, nicht ich.

Dad massiert so heftig, dass sein Pferdeschwanz Alex fast ins Gesicht trifft. Außerdem macht Papa seltsame grunzende Geräusche. Was ist das? Ist er so aus der Form, dass ihm sogar das Zusammendrücken der Finger schwerfällt? Oder versucht er, einen Vibrationseffekt für Alex zu erzeugen, wie ein schicker Massagesessel oder eine Katze?

Mom schaut eifersüchtig zu, aber wahrscheinlich nicht, weil Dad mit jemandem handgreiflich wird, der nicht sie ist. Ich glaube, sie will Alex selbst anfassen … und vielleicht nicht nur seine Schultern.

Ich muss Alex zugutehalten, dass sein Gesicht nicht das zeigt, was er gerade denken muss. Nur der Hauch eines Lächelns tanzt in seinen himmelblauen Augen.

»Sir«, sagt die Kellnerin mit übertriebener Höflichkeit zu Papa. »Würden Sie das bitte nicht hier drinnen machen?«

Ist sie homophob? Das ist unklar, aber sie erreicht, was sie möchte. Dad klopft Alex auf den Rücken, dann sinkt er zurück in seinen Stuhl und murmelt etwas über die dummen Fesseln der gesellschaftlichen Normen.

»Was möchten Sie?«, fragt die Kellnerin Alex in einem Tonfall, der mich glauben lässt, dass sie meinen Vater verscheucht hat, um die Konkurrenz loszuwerden.

Ich erwarte von Alex, dass er sagt: *Dass Hollys Vater*

mich nie wieder anfasst, aber er bittet einfach um einem Sushi-Lunch-Special.

»Dein Akzent«, sagt Mama heiser. »Woher kommst du?«

Mit einem wunderschönen Lächeln erklärt Alex, dass er in Murmansk geboren wurde, einer Stadt im nordwestlichen Teil Russlands.

Mom und Dad löchern ihn mit Fragen über seine Heimatstadt, und ich erfahre, dass es die letzte Stadt war, die vom russischen Reich gegründet wurde. Und dass es dort selbst für Russland kalt ist, mit bitterkalten Wintern und kurzen, kühlen Sommern.

»Wann würdest du jemandem empfehlen, Murmansk zu besuchen?«, fragt Mom, und ihre Augen himmeln ihn zu meinem Ärgernis immer noch an.

»Ich würde einen Besuch überhaupt nicht empfehlen«, sagt Alex. »Aber wenn du wirklich willst, würde ich sagen, besuch Russland immer im Sommer. Und schau dir Moskau an, bevor du dich mit Murmansk beschäftigst.«

»Lebt deine ganze Familie hier?«, fragt Mama.

Er nickt, dann erzählt er ihnen von seinen Eltern und Geschwistern. »Meine Großeltern sind zurückgeblieben«, sagt er abschließend. »Das war, bevor es Videokonferenzen gab, weshalb ich sie sehr vermisst habe.« Er sieht wehmütig aus. »Jetzt sind sie tot.«

Ich spüre den Drang, die Traurigkeit aus seinem Gesicht zu küssen. Verflixt. Was stimmt nicht mit mir?

Er ist nicht *wirklich* mein Freund. Ihn verletzlich zu sehen sollte mich nicht weiter berühren.

»Ich bin mir sicher, dass sie deine Liebe spüren, wo auch immer sie sind«, sagt Dad beruhigend zu Alex. »Liebe transzendiert Zeit und Raum.«

Das muss ich ihm lassen, Alex rollt nicht mit den Augen. Stattdessen fragt er: »Was ist mit euren Eltern?«

»Florida«, sagen Mama und Papa gleichzeitig.

Alex lächelt. »Das ist so ziemlich das Gegenteil von Russland.«

Bevor jemand etwas anderes sagen kann, kommt die Kellnerin mit Alex' Essen zurück, und er stürzt sich mit Genuss darauf – Vaters Massage muss seinen Appetit angeregt haben.

»Was hältst du von Gias Zauberei?«, fragt Mom, als Alex sein Essenstempo verlangsamt, um sich den anderen anzupassen.

Er wirft mir einen fragenden Blick zu. »Sie ist ... unglaublich.«

»Er ist zu nett«, sage ich. »In Wirklichkeit bittet er mich jedes Mal, wenn ich ihm etwas vorführe, dass ich ihm erzähle, wie ich es gemacht habe. Das nicht zu wissen macht ihn verrückt.«

Mama und Papa tauschen einen weiteren Blick aus.

Verflixt. Hörte sich das nicht nach Gia an?

»Wie ist es, mit Holly zu arbeiten?«, fragt Mom, und ihre blauen Augen wechseln zwischen mir und Alex hin und her.

»Sie ist genial«, antwortet Alex mit einem sexy Grinsen. »Meine Schwester und ich sind glücklich, dass sie bei uns arbeitet.«

Aaah. Ich bin mir sicher, dass er nur mitspielt, aber es ist trotzdem schön zu hören.

Papa strahlt vor Stolz. »Ich denke gerne, dass sie wegen meines Berufes in die Informatik gegangen ist.«

Alex nimmt sich ein Stück Thunfisch. »Der wäre?«

Mist. Dad hat eindeutig darauf abgezielt, dass Alex diese Frage stellt.

»Ich bin ein Penetrationstester«, sagt Dad mit dem üblichen Vergnügen. »Aber es ist nicht so schmutzig wie ...«

»Oh, ich weiß, was Penetrationstests sind«, sagt Alex und zuckt nicht einmal mit der Wimper. »Und das ergibt Sinn. Holly hat mir kürzlich einige Werkzeuge deines Handwerks gezeigt.«

Danke, Dad. Erinnern wir meinen Chef an meinen Sabotageversuch.

»Richtig«, sagt Dad eifrig. »Sie hat sich ein paar von meinen Sachen geliehen. Schön, dass sie nützlich waren.«

»Ist es seltsam, mit einem Zwilling auszugehen, während man mit dem anderen arbeitet?«, fragt Mom.

Hmm. Ich mag diese Art der Befragung überhaupt nicht.

Alex zuckt mit den Schultern. »Sie sind so unterschiedlich, dass es keine Rolle spielt.«

Mom sieht mich unverwandt an. »Und Hollys idiotische Synchronisationen stören dich nicht?«

»Es sind Eigenarten«, sage ich streng. »Und Holly hat gar keine.«

»Hat sie das nicht?« Moms Augen verengen sich. »Was ist mit dem Primzahlenwahn?«

»Den hast du dir ausgedacht«, sage ich.

»Primzahlenwahn?«, fragt Alex fasziniert.

»Meine Schwester mag Primzahlen einfach, das ist alles«, sage ich. »Jeder, der mathematisch begabt ist, wird Lieblingszahlen haben.«

Alex nickt. »Ich habe eine Vorliebe für die Fibonacci-Folge. Es gibt tatsächlich Primzahlen in dieser Folge, wie 2, 3, 5, 13, 89, 233.«

Kann ich ihn hier und jetzt fragen, ob er mich heiraten will?

»Gut«, sagt Mama. »Auch wenn du behauptest, dass ihre Zahlenbesessenheit normal ist, immer dieselben Sachen zu tragen und immer dasselbe zu essen ist es sicherlich nicht.«

Bin ich bereit für einen Muttermord?

Ich atme beruhigend ein. »Sie möchte einfach ihr Leben so organisieren, dass die Anzahl der banalen Entscheidungen eines jeden Tages begrenzt wird. Auf diese Weise kann sie sich auf das konzentrieren, was verflucht wichtig ist.«

Moms Augen verengen sich weiter.

Verflixt. Habe ich mich gerade selbst verraten?

»Ich denke, es ist klug von Holly, das zu tun, was sie tut«, sagt Alex, und ich möchte ihn küssen – also noch mehr als sonst. »Hat Albert Einstein nicht immer aus dem gleichen Grund das Gleiche getragen?«

Mit einer Bewegung wie eine Kobra greift Mom nach meiner Perücke und reißt sie mit einem triumphierenden Gesichtsausdruck herunter.

Bloody hell.

»Hallo, *Holly*«, sagt Mom mit einer strengen Betonung meines Namens. »Kannst du uns das erklären?«

Kapitel Neunundzwanzig

Scheiße.

Gia wird mich umbringen.

Papa sieht hintergangen aus. »Ding 1?«

Ich nehme mein unangetastetes Wasserglas in die Hand und trinke es unter den durchdringenden Blicken aller halb aus. »Es tut mir leid. Ich war Gia einen Gefallen schuldig.«

Mom schüttelt die Perücke über ihrem Sushi. »Das erklärt das hier überhaupt nicht.«

Meine Haut brennt vor Hitze – und nicht die nette Art, die mit Alex zu tun hat. »Gia dachte, ihr würdet sie wegen ihres nicht vorhandenen Liebeslebens löchern, aber anscheinend ist heute *Worry About Holly Day*. Was sich wie ein Urlaub anhört. Der schlimmste Urlaub aller Zeiten. Wenn ich ...«

Alex legt eine beruhigende Hand auf meinen

Ellenbogen und entfesselt damit einen Schwarm geiler Bienen in meinem Magen.

Papa zupft an seinem Pferdeschwanz. »Das tut mir leid, Kleine. Es kommt von einem liebevollen Ort.«

Mom schaut auf Alex' Hand an meinem Ellenbogen. »Also, mit welcher unserer Töchter gehst du aus?«

Bevor ich *mit keiner* sagen kann, sagt er: »Holly.«

Meine Hand zittert, als ich mich aus seinem Griff befreie, nach meinem Glas greife, gierig den Rest des Wassers hinunterschlucke und danach das Eis zerkaue.

Ich weiß, dass Alex lügt, aber die Bienen in meinem Bauch geben trotzdem Honig ab.

Oder kacken sie Honig?

Pinkeln?

Nein, ich erinnere mich vage daran, dass David Attenborough etwas über das Erbrechen von Nektar gesagt hat, also schätze ich, es ist eher wie Kotzen.

Ich stelle das Glas wieder ab.

Ist es nicht seltsam, dass wir alle Honig essen und niemals seine Insektenherkunft in Frage stellen? Spinnennetze könnten wie Zuckerwatte schmecken, aber das würde ich nie wissen, denn es scheint eklig zu sein, sie zu essen. Dennoch ist Bienenkotze großartig im Tee.

Eigentlich sind Spinnen keine Insekten. Sie gehören zu den Araneae, obwohl das nicht bedeutet, dass sie …

Ich merke, dass mich alle erwartungsvoll anblicken.

»Kannst du die Frage wiederholen?«, frage ich verlegen.

Moms Stirnrunzeln entspannt sich endlich. »Ich habe nichts gefragt. Ich sagte nur, dass ihr beide ein sehr süßes Paar seid.«

Meine Güte. Die Bienen summen schon wieder.

»Danke«, sagt Alex. »Das haben meine Eltern auch gesagt.«

Und jetzt kotzen die Bienen genug Honig aus, um einen langen, kalten, russischen Winter zu überleben.

Mamas Lächeln ist schelmisch – Gia hat es von ihr geerbt. »Du hast seine Eltern kennengelernt? Die Dinge müssen wirklich ernst sein.«

Donnerwetter. Wir haben die Eltern des jeweils anderen kennengelernt – und ich dachte immer, wenn ein Kerl jemals meine kennenlernen würde, wäre das das Ende der Beziehung.

Moment einmal. Was sage ich überhaupt? Alex und ich haben keine Beziehung. Er braucht mich für ein Arbeitsprojekt, was wohl der einzige Grund ist, warum er nicht schreiend wegläuft. Trotzdem macht er ganz hervorragende Miene zu der ganzen Sache, das muss ich ihm lassen.

»Wir sollten zurückgehen.« Ich schaue Alex an. »Das Programmieren wartet auf uns.« Und wir sollten lieber schnell fliehen, denn es ist nur eine Frage der Zeit – wahrscheinlich nur Sekunden –, bis Mom sich nach unserem Sexleben erkundigt und uns Ratschläge zum Vögeln gibt.

»Bevor ihr geht ...« Mom klimpert mit ihren Wimpern zu Alex. »Du hast nicht zufällig einen Bruder, oder?«

Alex grinst. »Doch, den habe ich.«

Ich unterdrücke ein Stöhnen. »Du bist verheiratet, Mama, schon vergessen?«

Mom lacht, während Dad null eifersüchtig guckt, was mich dazu bringt, mich zu fragen, ob sie ihre Ehe nun doch offener gestalten.

»Nicht für mich, Schatz«, sagt Mama belustigt. »Für Gia.«

Ah. Sie will meinen Zwilling verkuppeln. Was ist sonst noch neu?

Alex holt sein Portemonnaie heraus. »Wenn das so ist, tut es mir leid. Mein Bruder ist schon vergeben.«

Ja. In Anbetracht der Art und Weise, wie Vlad Fanny ansah – ihr Gesicht, nicht ihre *Fanny*, obwohl ich mir sicher bin, dass er sie auch ansieht –, ist er bereits vergeben.

Ich krame in meiner Handtasche nach meinem eigenen Portemonnaie und stelle fest, dass ich Bellas Dildo nie herausgenommen habe.

Ich meine, *meinen* Dildo.

»Gia ist zu wählerisch«, sage ich, während ich vorsichtig das Portemonnaie heraushole, ohne den Dildo in Moms Gesicht fliegen zu lassen. »Ich habe ihr angeboten, sie mit dem Bruder des Freundes von

Alex' Schwester zu verkuppeln, aber sie hat abgelehnt.«

»Warum?«, fragt Mama.

Ich werfe einundvierzig Dollar auf den Tisch. »Sie sagte, er sei eine männliche Hure.«

»Oh, bitte.« Mama richtet einen anbetenden Blick auf Papa. »Dein Vater war zu seiner Zeit ein Frauenheld, aber ich ...«

»Das wollen wir wirklich nicht hören«, sage ich und zupfe an Alex' Ärmel.

Ich würde tausend Pfund darauf wetten, dass der Rest von Moms Satz lauten würde: *Ich habe ihn mit meiner Muschi gezähmt.*

»Es war mir ein Vergnügen, dich kennenzulernen, Crystal«, sagt Alex und gibt ihr noch einen Kuss auf die Wange. »Und dich, Harry.« Er schüttelt Dad die Hand.

Obwohl sie noch nie in ihrem Leben Perlen getragen hat, umklammert Mom die Stelle, an der sie sein würden, während sie keucht: »Das Vergnügen war ganz meinerseits.«

Papa räuspert sich.

»Ich meine unseres«, korrigiert Mama hastig.

Richtig. Als ob wir das Vergnügen vergessen könnten, das Dad beim Berühren meines Fake-Dates hatte.

»Tschüss«, sagen beide Elternteile unisono.

»Do svidaniya«, sagen Alex und ich, ebenfalls unisono, bevor wir aus dem Restaurant stürmen.

»Danke«, murmele ich schwach, als wir in den Aufzug in unserem Haus steigen.

»Wofür?«, fragt er, und seine Lippen verziehen sich auf seine teuflische Art.

»Dafür, dass du so getan hast, als wärst du mein Freund.«

Sein Grinsen wird immer verruchter. »So getan, als ob?«

Die Türen öffnen sich, und er bedeutet mir, auszusteigen.

Ich gehe auf wackeligen Beinen und bin so geschockt, dass ich nicht klar denken kann.

Natürlich hat er nur so getan als ob. Er kann nicht mein Freund sein, ohne dass ich mir dessen bewusst bin.

Oder doch?

Kapitel Dreißig

»Bereit für unseren Test?«, fragt er, während er mir aus dem Aufzug folgt.

Mühsam suche ich meinen verstreuten Verstand zusammen. »Ich muss erst meine Schwester anrufen. Es ist das Beste, wenn sie von mir von dem Desaster mit dem Mittagessen erfährt.«

Er nickt. »Komm in mein Büro, wenn du fertig bist.«

Benommen beobachte ich, wie er davongeht. Dann trete ich in den ersten leeren Konferenzraum und rufe Gia an.

»Hey«, sagt sie. »Wie war dein Mittagessen als ich? Hast du dich viel, viel heißer gefühlt?«

»Es tut mir leid«, sage ich und erkläre, was passiert ist.

Gia seufzt. »Ich hätte es wissen müssen.« Zu meiner Erleichterung klingt sie nicht übermäßig verärgert. »Du bist eine beschissene Lügnerin.«

»Nochmal sorry.«

»Du weißt, was das bedeutet, oder?«

»Was?« Ich kann jetzt schon sagen, dass es mir nicht gefallen wird.

»Du schuldest mir noch etwas. Und dieses Mal denke ich, dass ich dich in einer meiner kommenden Illusionen benutzen werde – es sei denn, das bloße Stehen auf einer Bühne ohne zu sprechen ist zu viel für dich?«

»Ich helfe dir mit deiner verdammten Illusion. Ich habe dir schon gesagt, dass es mir leidtut.«

»Gut. Ich werde unsere Eltern anrufen und vor ihnen zu Kreuze kriechen.«

»Viel Glück«, sage ich und lege auf.

»Was hat es mit dem Outfit auf sich?«, fragt Alison, als ich den Konferenzraum verlasse.

Verflixt. Ich habe meine Gia-Verkleidung vergessen.

»Lange Geschichte«, antworte ich und eile zu meinem Schreibtisch, um den Karton mit den Wechselklamotten zu holen.

Entvampirisiert gehe ich mit klopfendem Herzen zu Alex' Büro, und meine Beine zittern wieder.

Als ich eintrete, liegt ein Anzug in meiner Größe auf der Couch. Daneben liegt ein größerer Anzug, der für ihn sein muss.

Was zum Teufel …? Testen wir gleichzeitig?

Ich stelle mir vor, wie er eine Nachbildung von mir in der VR erschafft, und jeder Zentimeter von mir fängt Feuer.

Alex schaut von seinem Bildschirm auf. »Bereit?«

Ich schlucke.

Ich nehme an, ich komme nicht darum herum.

Mein Gesicht fühlt sich an wie frische Lava, und ich greife mit zitternden Fingern nach den Knöpfen meiner Bluse.

Er runzelt die Stirn. »Was machst du da?«

Ich blinzele ihn an. »Das letzte Mal, als ich den Anzug benutzt habe, stand in der Anleitung, dass man das nackt machen soll.«

Seine Augen verdunkeln sich und fahren über meinen Körper, als ob er sich ihn genau so vorstellen würde. Als sein Blick zu meinem Gesicht zurückkehrt, brennen rote Flecken an den Rändern seiner hohen Wangenknochen. »Wir werden die Funktionen, die das erfordern, nicht testen.« Seine Stimme ist etwas heiser. »Ich behalte meine Klamotten an, und ich schlage vor, du tust dasselbe.«

Oh. Also gut. Ich weiß nicht, ob ich gedemütigt oder erleichtert sein soll. Es könnte auch etwas Enttäuschung dabei sein.

Er geht auf den größeren Anzug zu.

»Warte mal«, platzt es aus mir heraus. »Du machst das zur gleichen Zeit?«

»Warum nicht?«, fragt er mit leuchtenden Augen.

Dieser Mann ist ein verdammtes Rätsel.

Ohne weitere Fragen zu stellen, steige ich in den Anzug.

Wie zuvor gibt es dort eine einzelne App, die mit Demo beschriftet ist.

So ein Käse. Selbst mit Kleidung wird es unangenehm sein, den nackten Alex hier zu sehen – vorausgesetzt, dass ich ihn zusammenstellen will. Ganz zu schweigen davon, dass ich jetzt schon eifersüchtig auf die VR-Frau bin, die er für sich selbst erschaffen wird.

Es hilft nichts.

Ich starte die Demo.

Ich finde mich in einem weißen Raum wieder, und zunächst scheint es, als ob die Demo direkt zur Schwanzauswahl gesprungen ist.

Nur, dass diese schimmernden, vielfarbigen phallischen Objekte keine Penisse, Peni oder Penes sind – ich habe immer noch nicht den richtigen Plural nachgeschlagen. Sie sind auch keine Dildos, obwohl ich denke, dass alles ein Dildo sein könnte, wenn man mutig genug ist.

Es sind Schwerter.

Laserschwerter, die mich an Lichtschwerter aus *Star Wars* erinnern, und verschiedene Metallschwerter, alles von Breitschwertern bis hin zu Katanas. Die Vielfalt ist nicht ganz so umfangreich wie bei den Schwänzen, aber nah dran.

Ist das eine Demo für einen seltsamen Fetisch?

Ich wähle ein blaues Laserschwert, weil es am wenigsten scharf zu sein scheint. Auch wenn ich bezweifele, dass ich damit penetriert werden kann, während ich meine Kleidung anhabe, oder dass Penetration überhaupt Teil dessen ist, was passieren wird, ist es immer noch besser, auf Nummer sicher zu gehen.

Das Schwert fühlt sich gut in meiner Hand an, und als ich es von einer Seite zur anderen schwinge, summt die schimmernde Klinge.

Nice.

Plötzlich taucht Alex vor mir auf.

Nicht der echte, aber eine Annäherung – und leider mit einer Tunika und einem schwarzen Umhang bekleidet.

»Gute Wahl«, sagt er und grüßt mich mit einem roten Laserschwert.

»Bist du echt?«, frage ich.

»Jepp.«

»Wie?« Ich schaue an mir herab und sehe, dass ich ein identisches Outfit trage.

»Dies ist eine Multiplayer-Demo. Ich habe sie von meinem Team bei 1000 Devils vorbereiten lassen. Dies ist ein kleiner Teil eines Spiels, das wir auf einer anderen VR-Plattform herausgebracht haben, aber Roberts Leute haben es an den Anzug angepasst.«

»Wow.« Ich schwinge das Schwert in einem weiten Bogen. »Das wird das Testen sehr viel weniger unangenehm machen.«

»Das ist der Punkt«, sagt er. »Willst du ein bisschen Sparring machen?«

Ohne zu antworten, steche ich in seine Richtung.

Oder versuche es zumindest.

Er pariert meinen Angriff und schlägt nach meinem Bein – was der Anzug in einen leicht unangenehmen Druck auf meinen Oberschenkel verwandelt.

Er wirft sein Schwert weg. »Nun, hat unsere Codeänderung bei dem Problem, das du gesehen hast, geholfen?«

»Schauen wir mal.« Ich lasse ebenfalls das Schwert fallen. »Komm rüber und versuch, meine Schulter zu greifen, während ich dein Handgelenk abfange. Das sollte in etwa dem schrägen Teil der Demo deiner Schwester entsprechen.«

Ich bin froh, dass mein VR-Gesicht meine Emotionen in der realen Welt nicht zeigt. Bei der letzten Demo hat Alex versucht, etwas viel Privateres als meine Schulter anzufassen.

Er kommt herüber und greift nach mir.

Ich umfasse sein Handgelenk, halte es fest und genieße das stramme Gefühl.

Wieso in aller Welt macht mich das an?

Warum rast mein Herz in der realen Welt, wenn ich seinen Avatar berühre?

»Besser?«, fragt er.

»Sehr schön«, murmele ich.

»Also hat der Fix geholfen?«

Oh. Richtig. Arbeit.

Ich lasse sein Handgelenk los und trete zurück. »Ja. Ein bisschen besser. Aber es gibt noch viel zu tun.« Ich strecke die Hand aus und berühre seine Brust. Ich gebe mein Bestes, um bei dem warmen Gefühl nicht zu hyperventilieren. »Leichte Timing-Probleme gibt es im Überfluss.«

Er nickt. »Wie wäre es, wenn wir mehr von ihnen fixen?«

»Klar.« Zögernd lasse ich meine Hand sinken. »Obwohl ich denke, dass es so viele sind, dass wir sie vielleicht aufschreiben und ein paar davon an mein Team delegieren sollten.«

»Natürlich.« Er greift nach seinem Kopf und verschwindet.

Widerwillig nehme ich auch mein Headset ab und schlängele mich aus dem Anzug.

»Bereit für eine neue Paarung?«, fragt er.

Ich ziehe einen Stuhl an seinen Schreibtisch heran. »Kann ich programmieren?«

Er lässt mir den Vortritt, und ich verbringe einige Zeit damit, die Probleme zu beschreiben, die behoben werden müssen, und den entsprechenden Entwicklern eine Reihe von Aufgaben zuzuweisen.

Das Aufregende – und Erschreckende – ist, dass Alex darauf besteht, dass *wir* einen Haufen für *uns* behalten.

»Hast du nicht einige Verpflichtungen bei 1000 Devils?«, frage ich.

Er zuckt mit den Schultern. »Bella braucht mich. Wir müssen die Anzüge für die Produktion fertig machen.«

Ich drehe mich vom Monitor weg, um Alex' sehr ablenkenden himmelblauen Augen zu begegnen. »Und wer wird die Spiele für das Krankenhausprojekt portieren?«

»Meine Leute bei 1000 Devils. Dafür gibt es sogar ein eigenes Team.«

Ein eigenartig warmes Gefühl breitet sich in meiner Brust aus.

Das muss die Erwartung der VR-Haustiertherapie sein. Es kann nicht die Freude sein, die nächste Zeit Seite an Seite mit Alex zu arbeiten. Denn das würde nicht ausreichen. Ganz und gar nicht.

»Das erinnert mich an etwas«, sagt er. »Ich wollte mir deine VR-Haustiertherapie ansehen.«

Würde es unprofessionell aussehen, wenn ich vor Freude auf und ab hüpfte?

Ich liebe es, meine Arbeit jedem zu zeigen, der sich auch nur im Entferntesten dafür interessiert, aber die Vorstellung, dass Alex sie sieht, freut mich auf einer anderen Ebene. Ich frage mich, ob es das ist, was eine alleinerziehende Mutter fühlen könnte, wenn ein Mann, den sie kennengelernt hat, endlich ihr Kind zum ersten Mal trifft. Außer natürlich, dass Euklid kein echtes Kind ist und Alex und ich nicht zusammen sind.

»Ich bin gleich wieder da«, sage ich und eile aus seinem Büro, um ein Headset und Handschuhe von meinem Schreibtisch zu holen, die mit meinem Euklid-Setup.

»Stört es dich, wenn ich auf den Monitor streame, was du machst?«, frage ich Alex, als ich zurück bin.

Es macht ihm nichts aus, also richte ich es ein.

»Bereit?«, frage ich.

Alex legt die Ausrüstung an, und ich zeige ihm, welche App er starten muss.

»Wow«, sagt er, als die lila Otter-meets-Teletubby-Kreatur vor ihm auftaucht. »Du bist aber ein süßer Kerl.«

»Hi, Holly«, singt Euklid. »Ich habe dich vermisst.«

Ich lächele. Allein vom Anblick meines kleinen VR-Haustiers auf Alex' Monitor durchströmt mich Freude.

»Er denkt, ich bin du«, sagt Alex mit einem Grinsen.

Mit dem Headset auf dem Kopf kann er nicht sehen, wie ich auf seine Lippen starre, also erlaube ich mir, dieses sexy Lächeln zu genießen.

Auf dem Bildschirm färbt sich Euklids Fell bunt, was auf Verwirrung hindeutet. »Wovon sprichst du? Du kannst so komisch sein.«

Ich gehe hinüber und stelle mich auf die Zehenspitzen, um Alex etwas ins Ohr zu flüstern. »Natürlich denkt er, dass du ich bist. Es ist ja nicht so, dass eine Kamera im Headset ist.«

Wie konnte ich dem Drang widerstehen, das Ohr zu lecken?

»Du hast recht«, sagt Alex.

»Ich habe immer recht.« Euklid verfärbt sich in ein stolzes Braun. »Das bedeutet, dass du wirklich komisch bist.«

Wow. Sehr gute Antwort. Das Coole an der KI ist, dass sie einen manchmal überraschen kann.

Alex' Grinsen wird breiter, und er beugt sich hinunter und verwuschelt Euklids Fell, bis es wieder fröhlich lila ist. »Du hast recht, Kleiner. Ich kann wirklich sehr komisch sein.«

Hey jetzt. War das ein Scherz? Immerhin denkt Euklid, dass er mit mir spricht.

»Ich bin ausgehungert«, sagt Euklid und macht seinen hungrigen Tanz.

»Was soll ich tun?«, murmelt Alex.

Ich genieße es wieder, ihm die Anweisungen ins Ohr zu flüstern. Und auch, seinen Duft einzuatmen.

Ich bin nicht creepy. Ganz und gar nicht.

Alex streckt seine Hand aus, um die digitalen Snacks auf seiner Handfläche erscheinen zu lassen, und sieht dabei fast aufgeregt aus. Dann füttert er Euklid mit einem Enthusiasmus, der dem meinen in nichts nachsteht.

Verflixt. Meine Eierstöcke schmerzen, während ich Alex bei all dem zuschaue, und sie schalten in den Turbomodus, als die beiden anfangen zu apportieren und ich die Freude in seinem Gesicht sehe.

Wenn es nach diesem kleinen Test geht, wäre Alex ein toller Papa für einen glücklichen kleinen Menschen.

Vielleicht einen kleinen Menschen, den ich für ihn mache?

Moment einmal. Was? Ich habe noch nie solche Gedanken für einen Mann gehabt. Das ist viel gruseliger, als ihn zu beschnüffeln, wenn wir ehrlich sind.

»Ich gehe besser«, sagt Alex widerwillig zu Euklid. »Eine Freundin wartet auf mich.«

Euklids Fell färbt sich in verschiedene Grautöne, bevor es ein helles Petrol annimmt. »Wir sehen uns später. Ich liebe dich.«

Alex umarmt ihn. »Ich liebe dich auch, Kumpel.«

Okay. Ich zerfließe offiziell.

Alex sieht zögernd aus, als er das Headset abnimmt.

Ich verstecke die unpassenden Gefühle, so schnell ich kann.

»Tolle Arbeit«, sagt er, als er mich wieder sehen kann. »Der Kleine kommt gleich nach einem Schub Oxytocin.«

Ich fühle mich auf einmal ganz schwebend, als hätte ich mir gerade selbst Oxytocin zugeführt. »Eine wenig bekannte Tatsache«, sage ich, ohne nachzudenken, »ist, dass Oxytocin bei Frauen häufigere und stärkere Orgasmen erzeugen kann. Die meisten Leute denken, dass es nur dazu da ist, das Gefühl der Verbundenheit zu fördern, aber es bewirkt so viel mehr.«

Meine Güte. Warum habe ich das alles nur heruntergerattert? Ich muss mich entladen, und zwar bald. Orgasmen gehen mir zu sehr durch den Kopf, so sehr, dass ich mit meinem Chef darüber spreche, wie eine regelrecht Verrückte.

Oder wie meine Mutter.

Alex lacht. »Sag es nicht Bella. Wie ich sie kenne,

wird sie sich überlegen, wie sie Euklid in die Lustfunktionen des Anzugs einbauen kann.«

All mein Blut verlässt das Gesicht. Bei allem was los ist, habe ich fast vergessen, dass ein Damoklesschwert in Form von Pornokram über meinem VR-Haustierprojekt hängt.

Er runzelt die Stirn. »Das war ein Scherz. Das würde sie nicht tun.«

»Das ist es nicht«, sage ich. »Ich mache mir nur Sorgen, dass es mit der NYU Langone nicht klappt.« So. Das ist tatsächlich die Wahrheit ... nur nicht die ganze Wahrheit.

Er kommt zu mir und streicht mir eine Haarsträhne hinters Ohr. »Wir werden bei dem Treffen morgen alle umhauen. Versprochen.«

Ich kämpfe gegen den Tsunami von Oxytocin an und hebe eine fragende Augenbraue. »Morgen?«

»Ja. Hast du die Einladung von Dr. Piper nicht bekommen?«

»Nein.« Ich schnappe mir das Headset und die Handschuhe. »Ich bin gleich wieder da.«

Ich sprinte zu meinem Schreibtisch, verstaue die Ausrüstung und checke meinen Posteingang.

Es gibt eine Einladung für ein Treffen an der NYU Langone morgen früh.

Die hibbelige Aufregung, die ich spüre, als ich zurücklaufe, vertreibt die Reste meines Katers.

»Soll ich dir meine Strategie für das Treffen erläutern?«, fragt mich Alex, als ich hereinkomme.

»Ja. Bitte.«

Er zeigt eine Präsentation auf seinem Bildschirm und erklärt, dass jemand aus Roberts Team sie für ihn vorbereitet hat.

Notiz an mich selbst: Lerne, besser zu delegieren. Ich hätte die Präsentation auf jeden Fall selbst gemacht, indem ich länger geblieben wäre, und dann hätte ich mich am nächsten Tag wie ein Stück Dreck gefühlt.

Alex führt mich durch die Präsentation, die auch die Spiele beinhaltet, die sie für die erste Phase planen – alle kindgerecht und weit entfernt von Pornos.

»Wann kann das alles auf den Anzug portiert werden?«, frage ich. Das kommt der Frage, die ich eigentlich stellen möchte, am nächsten: »Meinst du, das kann fertig werden, bevor sie irgendwie von der Porno-Verbindung erfahren?«

Alex schließt die Präsentation ab. »Robert hat einem ziemlich aggressiven Zeitplan zugestimmt.«

Wenn ich ihn nicht sowieso schon – wieder – küssen wollen würde, würde ich ihn jetzt küssen wollen.

Aber nein.

Professionell und angemessen ist mein neues Motto.

»Also«, sagt Alex, »was sind deine Pläne für den Rest des Tages?«

»Ich bin dafür, dass wir uns paaren«, sage ich.

Verflixt. Das klang weder professionell noch angemessen.

»Gerne.« Er nimmt seinen Platz ein. »Darf ich programmieren?«

Wir beginnen, gemeinsam zu programmieren, und ich verliere mein Zeitgefühl. Immer wenn er die Logik hinter seinen Code-Änderungen erklärt, spüre ich, wie ich tiefer in Schwierigkeiten gerate. Wenn meine unangemessene Anziehung zu ihm am Anfang hauptsächlich körperlich war, bin ich jetzt genauso von der Art und Weise angezogen, wie sein Verstand funktioniert – und das ist nicht gut. Auf diese Weise verweilen Gefühle, die ich für niemanden zu haben bereit bin, schon gar nicht für meinen Chef.

Als wir wechseln und ich programmieren darf, ist es nicht viel besser. Alex hat die gefährliche Angewohnheit, mir zu sagen, für wie klug er mich hält. Es gibt nur so viel Lob, wie ich ertragen kann, bevor ich mich ausziehe und ihn anflehe, mich auf der Couch zu nehmen.

Oder auf dem Schreibtisch.

Vielleicht gleich auf diesem Stuhl?

»Ich bin am Verhungern«, sagt Alex und reißt mich aus meinen ausschweifenden Gedanken.

Ich werfe einen Blick auf die Uhr in der Ecke seines Bildschirms.

Es ist acht. Weit nach meiner üblichen Essenszeit.

Wie um das zu bestätigen, knurrt mein verräterischer Magen wie ein verdammtes Motorrad.

»Das war's.« Er springt auf die Beine. »Das Mindeste, was ich tun kann, ist, dich zum Essen einzuladen.«

Abendessen?

Ich kann ihn nur überrascht anblinzeln.

»Lass uns gehen.« Er hält die Tür für mich auf.

Mit wirbelnden Gedanken trete ich aus dem Büro auf die nun leere Etage.

Bella streckt ihren Kopf aus ihrem Büro. »Hey, Leute.«

»*Privet*«, sage ich. »Wir gehen abendessen. Willst du dich uns anschließen?«

Bumm. Die Schwester eines Mannes einzuladen macht das Abendessen nicht zu einem Date.

»Danke, aber ich habe schon gegessen.« Sie zwinkert mir zu. »Viel Spaß euch beiden.«

So ein Käse. Sie spielt wieder *Emma*.

Ich schätze, das Abendessen wird passieren.

Während er mich zum Aufzug führt, fragt Alex, auf welches Essen ich Lust habe.

»Sushi«, sage ich, ohne nachzudenken.

Mist. Könnte ich noch langweiliger und vorhersehbarer sein? Um das Ganze noch schlimmer zu machen, haben meine Eltern ihm ganz offen gesagt, dass ich immer das Gleiche esse.

»Ich bin so froh, dass du das vorgeschlagen hast«, sagt er und klingt, als würde er es ernst meinen. »Ich will ihr Chicken Teriyaki.«

Puh. Es wird schon stressig genug sein, der Versuchung zu widerstehen, dieses eindeutig professionelle Abendessen in ein Date zu verwandeln.

Wir gehen ins Miso Hungry.

Die übliche Empfangsdame ist nicht da, was verständlich ist. Es ist spät.

»Willkommen zurück«, sagt die Kellnerin von vorhin, und ihr Blick klebt an Alex' Gesicht. »Ihr üblicher Tisch?«

Er nickt, aber als wir uns setzen, flüstert er: »Ich glaube nicht, dass ich schon häufig genug hier war, um einen üblichen Tisch zu haben.«

Nun, das hier *ist* der Tisch, an dem er mit Bella saß, als ich sie sah, und ich schätze, dass alles, was mit Alex zu tun hat, in das Gedächtnis dieser Kellnerin eingebrannt ist.

Flittchen.

Sie kommt zurück, und als ich nach meinem Üblichen frage, macht sie ein verwirrtes Gesicht.

Ich würde alles darauf wetten, dass sie es weiß. Sie will nur, dass ich es vor meinem Nicht-Date laut ausspreche.

»Drei Avocadorollen, die vierte der Portion kann gleich in der Küche bleiben«, stoße ich hervor. »Eine Miso-Suppe mit siebenundvierzig Tofuwürfeln und siebzehn Stück Frühlingszwiebeln.«

Ich erwarte, dass Alex schmunzelt, aber sein Gesicht ist völlig ungerührt – so als hörte er ständig, dass Leute eine Primzahl von Speisen bestellen.

»In wie viele Stücke wird das Teriyaki geschnitten?«, fragt er mit sichtlicher Ernsthaftigkeit, als er an der Reihe ist.

»Acht?« Das Lächeln der Kellnerin ist für meinen Geschmack ein wenig zu anbiedernd.

»Bitte sagen Sie dem Koch, dass er daraus sieben machen soll«, sagt er, wieder völlig emotionslos.

Sie zieht eine Augenbraue hoch. »Ihre Bestellung kommt mit einer Suppe. Wollen Sie auch …«

»Ja«, sagt er. »Gleiche Anzahl Tofuwürfel und Frühlingszwiebeln für mich, bitte.«

Das war's. Ich werde ihm einen Heiratsantrag machen und gefeuert werden.

Nein. Reiß dich zusammen, Holly.

Ich entschuldige mich, um auf die Toilette zu gehen, und als ich dort ankomme, starre ich in den Spiegel und wiederhole immer wieder ein einziges Mantra:

Verliebe dich nicht in ihn.
Verliebe. Dich. Nicht. In. Ihn.

Kapitel Einunddreißig

Als ich aus dem Bad zurückkomme, zieht Alex einen Stuhl für mich heraus – eine gentlemanlike Geste, die meine Entschlossenheit, die Dinge zwischen uns professionell zu halten, zunichtemacht.

Die Kellnerin kommt mit einer kleinen Kanne grünem Tee zurück.

Er gießt erst eine Tasse für mich ein, dann eine für sich selbst.

Ernsthaft, er muss etwas Unhöfliches tun, und zwar bald. Sonst übernehme ich nicht die Verantwortung dafür, wenn ich mich schräg verhalte.

So wie ihn direkt auf diesem Tisch trocken zu ficken.

»Wie bist du auf die Idee zur VR-Haustiertherapie gekommen?«, fragt er.

Ich puste auf meinen Tee – und tue so, als würde ich nicht sehen, wie er hungrig auf meine geschürzten

Lippen starrt. »So schwer es auch zu glauben ist, ich bin auf einem Bauernhof aufgewachsen, umgeben von Tieren – und ich meine nicht nur meine Schwestern.«

Er lacht.

»Es war Wahnsinn«, fahre ich fort. »Unaufgeräumt, chaotisch ... Doch nachdem ich gegangen war, merkte ich, dass ein Teil von mir die tierische Gesellschaft vermisste – und mit meiner Zwillingsschwester abzuhängen half nicht dagegen.«

Er lacht.

»Was ich an VR im Allgemeinen mag, ist, dass alles darin eintauchen kann, aber, wenn man das Headset abnimmt, keine Unordnung zurücklässt. Als ich über ein VR-Haustier nachdachte, hoffte ich, dass es dieses Bedürfnis nach Gesellschaft befriedigen würde, mir aber gleichzeitig die Möglichkeit geben würde, meinen Lebensraum geordnet zu halten. Und es hat genau so geklappt, wie ich es mir erhofft habe.«

Er nickt. »Was ist mit dem Krankenhaus? Warum hast du dich für eine Partnerschaft mit ihm entschieden?«

Ich nehme einen Schluck von dem Tee. »Mir wurde der Blinddarm herausgenommen, als ich zehn war. Es war die schlimmste Zeit meines Lebens, und das Einzige, was sie halbwegs erträglich machte, war der Gameboy meines Vaters. Virtuelle Realität ist ein wenig wie dieser Gameboy, aber viel, viel effektiver als Ablenkung – und Studien beweisen das.«

Alex sieht fasziniert aus. »Welche Spiele hast du gespielt?«

»Zu jener Zeit?« Ich strapaziere mein Gedächtnis. »Eines mit Mario und eines mit Kirby.«

Er sieht enttäuscht aus. »Irgendwelche Puzzlespiele mit fallenden Blöcken?«

»Damals nicht, aber ich habe seitdem *Dr. Mario* gespielt. Warum?«

»Ich hatte gehofft, du würdest *Tetris* sagen«, sagt er. »Ich bin womöglich etwas besessen von diesem Spiel.«

Die Kellnerin kommt mit unseren Suppen zurück und verweilt ein paar Sekunden zu lange neben Alex.

»Deine Besessenheit von *Tetris* ist irgendwie logisch«, sage ich, als die Bedienung endlich geht. »Du besitzt eine Videospielfirma, also stehst du eindeutig auf Spiele – und *Tetris* wurde in Russland, deinem Geburtsland, entwickelt.«

Er nimmt seinen Löffel in die Hand. »Du weißt eine Menge darüber, wenn man bedenkt, dass du es noch nie gespielt hast.«

Ich puste auf die Suppe, hauptsächlich, um zu sehen, ob er wieder auf meine Lippen starrt – und das tut er. »Ich habe es gespielt, allerdings auf dem PC.«

»Ah, gut. Wusstest du, dass *Tetris* das räumliche Vorstellungsvermögen verbessern und bei Angstzuständen helfen kann?«

Oh. Er klingt wie meine Mutter, wenn sie die Vorteile von Orgasmen anpreist.

»Bestimmt hat *Dr. Mario* die gleichen Vorteile?«, frage ich.

»Das bezweifle ich.« Er grinst. »Was ist dein Lieblings-Tetrimino?«

Ich kräusele meine Nase. »Ich mag die Tetriminos nicht. Tut mir leid.«

Eine hoffentlich scherzhafte Empörung breitet sich auf seinem Gesicht aus. »Warum?«

»Es sind alles Vierecke«, sage ich entschuldigend. »Wenn ich das Spiel entworfen hätte, hätte ich sie zu Pentominos gemacht.«

Er reibt sich die Bartstoppeln am Kinn. »Glaubst du nicht, dass fünfeckige Formen das Spiel zu schwierig gemacht hätten?«

Ich zucke mit den Schultern. »Schwieriger kann mehr Spaß bedeuten.«

Er scheint dies ernsthaft zu überdenken und schüttelt dann den Kopf. »Ich kann mir einfach nicht vorstellen, dass diese Version des Spiels so populär wäre wie das Original.«

Ich nehme einen Löffel von der Suppe, nachdem ich mich vergewissert habe, dass eine Primzahl von Tofu- und Schalottenstücken darin ist. »Was ist *dein* Lieblings-Tetrimino?«

»Ganz klar der T-Block.« Er macht mit seinen Zeigefingern ein T in die Luft und beschwört unpassende Bilder herauf, wie einer dieser Finger stattdessen in mich eindringt. »Das T kann Lücken überbrücken, Kanten ausgleichen und Plätze einrichten, an denen du Z- oder S-Blöcke setzen kannst.«

»Interessant.« Was wirklich interessant ist, ist, dass ich seine Erklärung irgendwie erotisch finde.

»Ja«, sagt er begeistert. »Mit einem T-Dreh-Manöver kannst du ein T auch in sonst unmögliche Löcher stecken.«

Okay, jetzt fühle ich mich weniger wie ein Spinner, weil mich das anmacht. Ich meine, Dinge in Löcher stecken?

Ich räuspere meine plötzlich ausgedörrte Kehle. »Ich dachte, der I-Block ist der, den jeder bevorzugt. Er ist lang und gerade und hilft, vier Linien auf einmal abzuräumen.«

Ist das ein Flirt? Ich habe gerade über etwas Langes und Gerades gesprochen. Füge hart hinzu und ich könnte genauso gut über seinen Schwanz sprechen.

»Ich stimme zu, dass der I-Block besser ist als J und L«, sagt er. »Aber er kommt nicht an das T ran.«

»Ich nehme dich beim Wort.«

Er lächelt. »Wenn du einen Tetrimino wählen müsstest, welchen würdest du nehmen?«

»Ein Quadrat. Es ist symmetrisch, schön ordentlich.«

Er nickt zustimmend. »Eine verlässliche Wahl, besonders zu Beginn des Spiels.«

Die Kellnerin bringt den Hauptgang, und Alex gießt mir Sojasauce auf, als die Frau wieder gegangen ist.

»Wie bist du zu *Tetris* gekommen?«, frage ich, bevor ich mir das erste Stück Avocadosushi in den Mund stecke.

»Als ich ein Kind in Russland war, hatten wir keinen Computer zu Hause, aber es gab ein Geschäft in der Nähe, das Computer stundenweise vermietete. Ich denke, meine Liebe zu Spielen und zum Programmieren geht auf diese Zeit und diese Spiele zurück, von denen mein Favorit *Tetris* war.« Er lächelt. »Ich denke, jetzt ist es etwas Nostalgisches. Es erinnert mich an Russland und so weiter.«

Da er es angesprochen hat, überschütte ich ihn mit Fragen über das Aufwachsen in Russland, das in seiner Kindheit noch die Sowjetunion war. Die Geschichten, die er mir über die Perestroika und die überbordende Korruption der Neunzigerjahre erzählt, sind gleichermaßen abschreckend und faszinierend, und je mehr er redet, desto mehr habe ich das Gefühl, ihn zu verstehen – was schrecklich für mein Vorhaben ist, mich nicht in ihn zu verlieben.

»Was ist mit dir?«, fragt er. »Wie war es, mit so vielen Schwestern aufzuwachsen?«

Natürlich. Viele Menschen fragen dies aus der gleichen Neugier heraus, die sie an einer Unfallstelle langsamer werden lässt.

»Für jemanden, der Ordnung so sehr mag wie ich, war es die reinste Hölle«, sage ich ehrlich. »Im Ausland aufs College zu gehen fühlte sich an wie einem Gefängnis zu entkommen.«

»Das College war Cambridge, richtig? Hast du

nicht erst ein oder zwei Jahre in einer amerikanischen Schule verbracht?«

»Nein. Es war von Anfang an das Vereinigte Königreich. Wie du an meinen gelegentlichen verbalen Ausrutschern erkennen kannst, habe ich es dort geliebt.«

»Und doch bist du hierher zurückgekommen.« Er sieht mich mit so viel Interesse an, dass ich mich zu gleichen Teilen schwindlig und verunsichert fühle.

»Ich wollte im Bereich VR arbeiten«, sage ich und wende meinen Blick ab, um mich vor der nackten Intensität seiner Augen zu verstecken. »Der beste Job, den ich gefunden habe, war zufällig in New York, also habe ich ihn angenommen. Meine ganze Familie ist auch in diesem Land, also war das auch ein Pluspunkt.«

Er bedeckt meine Hand mit seiner. »Ich weiß, es ist egoistisch, aber ich bin froh, dass du den Job angenommen hast.«

Wow. Seine Haut berührt meine Haut, und die Wärme zerstört in einem Herzschlag das, was als meine Entschlossenheit durchgeht.

Wenn wir nicht an einem öffentlichen Ort wären, würde ich ihn anspringen.

»Ich bin auch froh.« Ich höre auf, seinem Blick auszuweichen, und verliere mich in den himmelblauen Tiefen.

»Möchten Sie ein Dessert?«, fragt die Kellnerin und reißt mich aus meinem tranceartigen Zustand.

»Nein.« Widerstrebend ziehe ich meine Hand weg.

»Nur die Rechnung bitte«, sagt Alex.

Sie starrt mich wütend an und stampft davon.

Alex, der sich ihrer Wut und dem Grund dafür nicht bewusst ist, fragt: »Warst du wieder in Großbritannien, seit du das College beendet hast?«

»Leider nein. Aber ich habe jeden gewaltfreien Film und jede Fernsehserie gesehen, die dort spielt, von allen Einträgen im Masterpiece Theater bis zu *Das Büro*.«

Er neigt seinen Kopf. »Welche ist deine Lieblingsserie?«

»*Downton Abbey*, natürlich.«

»Ich habe sie nicht gesehen.« Er reibt sich wieder seine Stoppeln. Ist das der Grund, warum er sich nicht rasiert, um etwas zum Anfassen zu haben? Ich werde bald Stoppeln an einer Stelle haben, die er berühren kann.

»… ist sie gut?«

Die Frage wirkt wie eine kalte Dusche. »Ob *Downton* bloody *Abbey* gut ist?«

War meine Stimme da ein wenig zu schrill?

Er hebt seine Hände mit den Handflächen nach außen. »Hey, ich habe es nicht böse gemeint. Ich dachte nur, es ginge um einen Haufen reicher Leute, die in einem schicken Schloss Tee trinken.«

»Das ist, als würde man sagen, dass *Der Herr der Ringe* nur ein Haufen sozialer Außenseiter auf einer Wanderung ist.«

Er lacht. »Ich schätze, jetzt werde ich sie mir ansehen müssen.«

Und mich danach heiraten.

Nein. Ich muss ernsthaft damit aufhören.

»Hier, bitte sehr.« Die Kellnerin klatscht die Rechnung auf den Tisch.

Als ich in meiner Handtasche nach meinem Portemonnaie greife, sehe ich, wie Alex mit einem Stirnrunzeln in seine Tasche greift.

»Was?« Die Frage trägt eine gute Dosis an Herausforderung in sich.

»Ich dachte, es wäre klar, dass das Essen auf mich geht«, sagt er und holt seine Kreditkarte hervor.

Ich erwidere sein Stirnrunzeln mit meinem eigenen. »Ich kann für mich selbst zahlen, vielen Dank.«

»Das bezweifle ich nicht. Aber wenn du lange arbeitest und deine Firma dir etwas zu essen geben möchte, dann geht das auf ihre Kosten.« Er schiebt mir die Kreditkarte zu, und ich sehe, dass es seine geschäftliche ist, nicht seine persönliche.

»Gut.« Ich will meine Handtasche zurücklegen, aber sie rutscht mir aus den Händen.

Bloody hell.

Die offene Tasche fällt auf den Boden – und natürlich rollt der Dildo heraus.

Ich unterdrücke einen entsetzten Aufschrei.

Bitte lass ihn das nicht sehen.

Bitte, um der virtuellen Realität willen, lass ihn das nicht sehen.

Ich bücke mich, um die Tasche aufzuheben, und meine Augen folgen dem Weg des entweichenden Dildos.

Moment einmal. Was ist dieser Schatten, der auf ihn fällt?

Scheiße.

Es ist die Kellnerin.

Sie kommt zurück zu unserem Tisch.

»Warten Sie!«, rufe ich ihr zu, aber es ist zu spät.

Sie tritt auf den Dildo, stolpert und fuchtelt verzweifelt mit den Armen.

Ich springe auf, um sie aufzufangen, und aus dem Augenwinkel sehe ich, dass Alex das Gleiche tut.

Aber wir kommen zu spät.

Sie fällt der Länge nach hin.

Wir eilen hinüber, um nachzusehen, ob es ihr gut geht.

Wie durch ein Wunder ist ihr nichts passiert – was gut ist –, aber es beantwortet nicht die nächste Frage, die für mich ziemlich dringend wird.

Heilige Scheiße, wo ist mein Dildo?

Kapitel Zweiunddreißig

Alex bringt den Sushi-Koch dazu, sich um die arme Kellnerin zu kümmern, unterschreibt dann die Rechnung und zieht mich nach draußen.

Ich gehe widerwillig mit. Der Dildo war ein Geschenk von Bella, aber viel wichtiger ist, dass ich eines Tages wieder ins Miso Hungry kommen möchte und das nicht können werde, wenn sie den Dildo finden.

Eine Limousine wartet auf uns.

Ich bin so verwirrt, dass ich mich von Alex ohne ein *Wohin fahren wir?* hineinführen lasse.

Gerade als ich genug zu Verstand gekommen bin, um die Frage zu stellen, zieht Alex etwas aus seiner Tasche und reicht es mir. »Ich glaube, das gehört dir.«

Natürlich.

Es ist Optimus Prime, der Dildo.

Er ist nicht verschwunden. Alex hat ihn gefunden

und versteckt – als ob das mein Schamgefühl mindern würde.

Eine Sekunde lang bin ich überrascht, dass ich nicht durch den Boden der Limousine versinke und von den Autos hinter uns überrollt werde.

Es wäre eine Erleichterung, wenn das passieren würde.

»Danke«, stottere ich und schiebe den Dildo gewaltsam in meine Handtasche.

»Ein Geschenk von Bella, stimmt's?«

Ich nicke mit brennendem Gesicht.

Er grinst. »Sie verschenkt solche Sachen an alle. Zumindest bedeutet es, dass sie dich mag.«

Sie mag mich, weil er ihr nicht gesagt hat, was ich vorhatte – sonst hätte sie mir den Dildo in den Hintern geschoben.

»Darf ich dich um einen Gefallen bitten?«, fragt er plötzlich mit einem ernsten Gesichtsausdruck.

Ist der Gefallen sexuell?

Meine Wangen erröten noch mehr, und ich merke, dass wir genau so nebeneinandersitzen, wie wir es beim Kuss getan haben.

Mein Atem beschleunigt sich erwartungsvoll, und ich befeuchte instinktiv meine Lippen. »Woran hast du gedacht?«

»Bei der Besprechung mit dem Krankenhaus morgen, lass Dr. Piper und die anderen nicht wissen, dass ich zur Morpheus-Gruppe gehöre.«

Seine Worte sind wie eine Eiskompresse im

Gesicht. Meine flammende Röte weicht zurück. »Sie wissen es nicht?«

Er schüttelt den Kopf. »Bella ist sowohl der offizielle als auch der faktische Kopf des Unternehmens. Ursprünglich war ich da, um ihr zu helfen, die Finanzierung zu sichern, und jetzt unterstütze ich sie einfach.«

»Also *machst* du dir Sorgen, dass man 1000 Devils mit Pornokram in Verbindung bringen könnte. Hast du nicht gesagt, dass es *nicht* Porno ist?«

Und wenn er sich Sorgen macht, dann war ich auch berechtigt, mir Sorgen zu machen.

Er reibt sich den Nacken. »Das ist es nicht. Ich glaube nicht, dass Dr. Piper sich um ›Pornokram‹, wie du es nennst, kümmern würde. Aber er ist ein sehr sparsamer Verwalter, und das würde ein Argument dafür liefern, dein VR-Haustierprojekt in unseren bestehenden Vertrag zu integrieren. Für ihn bin ich 1000 Devils, wenn ich also auch Morpheus Group bin, wird er eine Möglichkeit wittern, Geld zu sparen.«

»Es geht also ums Geld?«

»Exakt.«

Ich massiere meine Schläfen. »Heißt das nicht, dass du deinen Vertrag leichtfertig aufs Spiel setzt?«

»Nicht wirklich. Selbst wenn er für den Rest unseres aktuellen Vertrages mehr für dein Projekt bezahlt, kann er zuschlagen, wenn der Vertrag neu verhandelt wird.«

»Du glaubst also nicht, dass es ihm wichtig ist, wofür der Anzug verwendet wird?«

Alex zuckt mit den Schultern. »Ich kann mir natürlich nicht sicher sein, aber es ist sowieso ein strittiger Punkt, denn ich wüsste nicht, wie er es herausfinden sollte. Der Anzug ist noch nicht draußen und wird es auch nicht sein, bis dein VR-Haustierversuch in vollem Gange ist. Wenn die Studie ein Erfolg ist, können wir mit Bella über eine Ausgliederung des Projekts als separates Unternehmen sprechen, so dass es nie ein Problem geben sollte.«

Ich fühle mich schwebend, als hätte ich eine dreißig Pfund schwere Weste ausgezogen, die ich den ganzen Tag getragen habe.

Wenn das, was er sagt, wahr ist, waren meine Sorgen unbegründet. Ich hätte nicht in sein Büro einbrechen und diese Sabotage versuchen müssen. Ich hätte meinem bösen Zwilling nichts schulden müssen. Ich hätte meine Beziehung zu Alex und Bella nicht zu gefährden brauchen – nicht, dass ich gewusst hätte, dass es eine Beziehung geben würde, als ich einbrach.

Alex muss einige meiner Gedanken in meinem Gesicht lesen. »Es tut mir leid. Ich hätte dich beruhigen sollen, als wir nach deinem Einbruch gesprochen haben. Ich war damals verärgert, und danach gab es keinen guten Zeitpunkt mehr.«

»Du entschuldigst dich bei mir?« Ich ergreife seine Hand. »Ich bin diejenige, der es leidtut. Ich hätte mit euch reden sollen, anstatt so voreilig zu handeln.«

Er drückt meine Hand, und seine Finger sind warm und stark um meine. »Schnee von gestern.«

Oh-oh.

Meine Augen bleiben an seinen Lippen hängen, und eine vertraute magnetische Kraft zieht mich zu ihm.

Er beugt sich ebenfalls zu mir, bis seine Lippen kurz davor sind, mit meinen zu verschmelzen.

Die Limousine hält etwas zu ruckartig an und reißt mich aus der sexuellen Trance.

Blinzelnd weiche ich zurück.

»Deine Wohnung.« Er nickt in Richtung des Fensters und beantwortet damit meine Frage, bevor ich sie stellen konnte.

»Sehr gut«, murmele ich.

Seine Augen glänzen. »Willst du noch ein wenig mehr Zeit mit mir verbringen?«

Ich schlucke trocken. »Ich will. Aber ich sollte nicht.«

Sein Gesicht wird ernst. »Ich verstehe.«

Warum ist er so verdammt professionell und zuvorkommend? Wenn er nur ein wenig mehr drängen würde, würde ich ihn küssen und nicht zurückschauen. Um genau zu sein, würde ich mehr tun, als ihn nur zu küssen.

Widerwillig greife ich nach meiner Handtasche. »Ich denke, ich werde gehen?«

»Wenn es das ist, was du willst …« Er steigt aus der Limousine und hält mir die Tür auf.

Ich steige unbeholfen aus und stehe da, unsicher,

wie ich mich unter diesen Umständen verabschieden soll.

Wäre ein Kuss auf die Wange unangemessen?

»Wir sehen uns morgen im Krankenhaus«, sagt er und winkt.

Unsicher, was ich tue, reiße ich seine Hand aus der Luft und schüttele sie unbeholfen.

Gut gemacht. Vielleicht sollte ich einen Knicks machen oder seinen Ring küssen, wenn ich schon dabei bin?

Seine Augenwinkel legen sich in Falten – er versucht offensichtlich, nicht auf meine Kosten zu lachen.

Ich murmele »do svidaniya« und mache mich auf den Weg zu meinem Haus. Ein Teil von mir ist dankbar, dass er nicht gedrängt hat. So sollten die Dinge zwischen uns sein. Professionell.

Ich wünschte nur, eine Heilige zu sein würde sich nicht so mies anfühlen.

Zu Hause angekommen, durchlaufe ich meine übliche Routine wie ferngesteuert, da mein Kopf bereits beim morgigen Meeting ist –, nur dass ich mir mehr Gedanken mache, Alex wiederzusehen, als über das Schicksal meines Projekts.

Mist. Was stimmt nicht mit mir?

Als ich ins Bett gehe, beschließe ich, endlich etwas gegen meine rasenden Hormone zu tun. Wenn ich heute Nacht nicht schlafe, gefährde ich den morgigen Tag, und das darf nicht passieren.

Also, die große Frage ist: Dildo oder *au naturel*?

Bevor ich mich entscheide, überprüfe ich meine Ladyparts, um sicherzugehen, dass die Reizung vom Wachsen weg ist.

Ja. Ich bin geschmeidig.

In der Tat mag ich diesen Look sehr. Es ist wie ein glatt rasierter Typ gegen einen ungepflegten. Ich denke, ich werde sie in Zukunft immer so ordentlich halten. Ich kann nicht glauben, dass ich nicht schon früher daran gedacht habe – vielleicht muss ich mich doch noch bei Gia bedanken.

Auf jeden Fall ist der beste Teil, dass sie einsatzbereit *ist*. Und ich könnte genauso gut Optimus Prime nehmen, weil er neu ist und so. Und da Alex heute den Dildo angefasst hat, wird es so sein, als ob *er* mich berühren würde.

Und einfach so bin ich so bereit, wie man nur sein kann.

Ich wasche und sterilisiere den Dildo – wegen der Keime im Restaurant – und schalte ihn ein.

Wow. Die Vibration ist stark. Doppelt so stark wie meine Zahnbürste, und das Ding hat ordentlich Power.

Ich beschließe, ihn an meinem Kitzler zu führen, bevor ich es mit Eindringen versuche, und bringe ihn in Position.

Meine Güte.

Ich komme in einem Bruchteil einer Millisekunde.

Ich muss eine Menge Dinge in mir aufgestaut gehabt haben.

Soll ich weitergehen?

Nein. Ich fühle mich jetzt schläfrig und muss das ausnutzen.

Ich schalte den Dildo aus und drücke ihn an meine Brust, so wie ich es mit dem Plüschtier von Optimus Prime mache.

Der Schlaf kommt sofort, aber ich träume die ganze Nacht von himmelblauen Augen und unangemessenem Verhalten.

Kapitel Dreiunddreißig

Ich bin ziemlich nervös, als ich am nächsten Tag den Besprechungsraum im Krankenhaus betrete.

Wow.

Alex ist wieder glatt rasiert und trägt einen Anzug – genau wie an dem Tag, an dem wir uns geküsst haben.

Konzentrier dich. VR-Haustierprojekt. Du bist nicht hier, um zu schmachten.

Ich schaffe es, meinen geilen Arsch auf einen Stuhl zu platzieren und auf die einleitenden Nettigkeiten zu antworten.

Als das Gespräch über das Wetter und dergleichen beendet ist, beginnt Alex mit seiner Präsentation – und ich will mir einen Tritt dafür geben, dass ich am Tag zuvor nicht viel mehr masturbiert habe. Ich bin so geil wie noch nie, und das ist kein Zustand, in dem ich mich während eines so wichtigen Meetings befinden möchte.

»Das ist toll«, sagt Dr. Piper, als Alex fertig ist. »Ich bin froh, dass wir diesen Weg eingeschlagen haben. Jetzt wird die VR-Therapie noch umfassender sein.«

Ich möchte auf und ab springen. Mein Traum hat einen kleinen Umweg genommen, aber er scheint wieder auf dem richtigen Weg zu sein.

Der Rest des Treffens wird mit Frage-und-Antwort-Spielen verbracht. Als wir uns verabschieden, bittet Dr. Piper Alex, zurückzubleiben, um die Angelegenheiten von 1000 Devils zu besprechen.

Als ich den Raum verlasse, zwinkert Alex mir heimlich zu – das ist wie eine Injektion von Aphrodisiakum direkt in meine Klitoris.

Das ist lächerlich. Und das Schlimmste daran ist, dass ich keine Ahnung habe, ob ich auf ihn warten soll. Wir sind nicht zusammen gekommen, was impliziert, dass ich es nicht tun sollte. Wir tun auch so, als würden wir nicht in der gleichen Firma arbeiten – ein weiterer Grund, warum ich es nicht tun sollte.

Aber es ist doch nett, oder nicht? Oder sind es meine Hormone, die da sprechen?

Wie auch immer. Wenn ich schon einmal hier bin, kann ich auch gleich Jacob besuchen.

Ich kaufe einen Schokoriegel für Jacob und einen Tee für mich, und dann mache ich mich auf den Weg in die Kinderstation.

Zu meiner Erleichterung lauern keine Clowns auf meinem Weg. Doch als ich in Jacobs Zimmer komme, hat er ein VR-Headset auf – er benutzt wohl gerade die VR-Haustiertherapie.

Ich sollte ihn in Ruhe lassen.

Gerade als ich mich umdrehen will, entdeckt er mich, nimmt sein Headset ab und strahlt mich mit seinem jungenhaften Grinsen an. »Hi, Tante Holly.«

»Hi, Kleiner.« Ich reiche ihm die Süßigkeiten. »Hast du gerade mit Master Chief gespielt?«

»Hast du Master Chief gesagt?«, fragt eine vertraute Stimme mit russischem Akzent hinter mir.

Ich drehe mich um.

Ja.

Es ist Alex.

»Wie hast du …«

»Dr. Piper hat mir gesagt, wo ich dich finden kann«, sagt Alex. »Und wer ist das?«

»Jacob, das ist Alex«, sage ich zu dem Jungen.

»Hi, Jacob«, sagt Alex in dem freundlichen Ton, den er neulich bei Euklid benutzt hat. »Es sieht so aus, als ob du ein genauso großer Fan von *Halo* bist wie ich.«

Jacobs Augen leuchten auf. »*Halo* ist das Beste.«

Mit passendem Grinsen beginnen die beiden eine lebhafte Diskussion über irgendein Kauderwelsch. Ich erkenne nur wenige Wörter, wie *Grunts*, *Schakale*, und *Plasmastrahlen*.

Während sie sich unterhalten, räume ich um Jacobs Bett herum auf, bündele seine sauberen

Socken noch einmal zu drei Paaren und falte die Decke neben seinem Bett zum gefühlt einhundertsiebenunddreißigsten Mal – so süß Kinder auch sind, sie richten überall Chaos an.

Als alles zu meiner Zufriedenheit ist, lasse ich mich auf einem Stuhl nieder und beobachte die beiden. Dabei kommt das Gefühl, das ich hatte, als Alex mit Euklid interagierte, mit voller Wucht zurück.

Er *wäre* ein guter Vater. Ein großartiger.

Meine Güte. Meine Eierstöcke werden sich in Schmelzkäse verwandeln.

»Willst du Clips von mir beim Spielen sehen?« Jacob hebt das Tablet hoch.

Alex stimmt eifrig zu, und eine Minute später ist eine bösartige Schießerei auf dem Bildschirm zu sehen. Ich nippe an meinem Tee und zwinge mich, trotz der Gewalt, zuzuschauen.

Jacob ist gut – oder zumindest bleibt er für ganze fünf Minuten eines apokalyptischen Feuergefechts am Leben. Dann tötet ihn ein Typ in einem blauen Raumanzug mit einem Plasmaschwert.

Während Jacobs Charakter besiegt daliegt, beginnt das Arschloch, das ihn getötet hat, sich über seinen Kopf zu hocken und sich auf und ab zu bewegen.

Alex runzelt die Stirn. »Ist das …«

»Ja«, sagt Jacob. »Er teabaggt mich.«

Ich verschlucke mich an meinem Tee. »Er tut *was?*«

»Man nennt es auch Leichenficken«, sagt Alex.

»Es ist eine Art Siegestanz, der die Person, die du gerade getötet hast, beleidigen und verärgern soll.«

Ich rolle mit den Augen. »Jungs.«

»Weißt du, wer das ist?«, fragt Alex Jacob und schaut stirnrunzelnd auf den Bildschirm.

»Ja. Wir gehen zusammen zur Schule.«

Alex' Stirnrunzeln wird bedrohlich. »Wie wäre es, wenn du und ich uns irgendwann zusammentun? Ich verspreche dir, dass ich den Kerl sein unsportliches Verhalten bereuen lassen werde.«

Oh. Ich kann mir Alex plötzlich als Vollstrecker für die russische Mafia vorstellen.

»Dafür, dass du meinen Freund abgezogen hast, stirbst du«, würde er mit einem starken Akzent sagen und einen Schlagstock auf das Knie des armen Kerls schwingen.

Jacob ist begeistert von der Idee, und sie tauschen die nötigen Informationen aus.

»Spielst du noch etwas anderes?«, fragt Alex, als ihnen der Gesprächsstoff über *Halo* ausgeht.

Jacob rattert eifrig eine Liste von Spielen herunter, die er mag, aber Alex sieht am Ende ein wenig verärgert aus – vielleicht weil *Tetris* nicht auf der Liste steht?

»Was ist mit *Tetris*?«, fragt Alex und bestätigt damit meinen Verdacht.

Jacob schüttelt den Kopf. »Alt.«

»Was ist mit *War of Sword*? Das ist neu.«

»Ja«, sagt Jacob. »Das wollte ich schon immer mal ausprobieren. Ist es gut?«

Alex nickt. »*Tetris* ist mein Langeweile-Killer-Spiel, aber wenn ich gestresst bin, schalte ich gerne mein Handy aus und bin einfach stundenlang in *War of Sword*.«

»Also gut.« Jacob sucht den Namen des Spiels auf dem Tablet. »Vielleicht probiere ich es aus.«

Vielleicht werde ich das auch. Ich bin neugierig.

Eine Krankenschwester taucht mit einem Tablett voll Essen auf.

»Ah, Mittagessen«, sagt Jacob erfreut.

Wir leisten ihm beim Essen Gesellschaft und reden über alles Mögliche – vor allem aber über sein VR-Haustier, das, wie sich herausstellt, noch ein wenig gewachsen ist.

Er füttert seinen Freund vielleicht ein wenig zu viel, aber in der VR hat die Fettleibigkeit von Haustieren keine schädlichen Nebenwirkungen.

»Wir sollten besser gehen«, sage ich, als Jacob sein Mittagessen beendet hat und begierig darauf zu sein scheint, zu seinen Spielen zurückzukehren.

»Es war schön, dich kennenzulernen.« Alex streckt dem Jungen seine Hand entgegen.

Jakob schüttelt sie ernst. »Finde ich auch.«

»Tschüss«, sagen wir alle unisono.

Als wir nach draußen treten, schaut mich Alex mit einem unleserlichen Gesichtsausdruck an.

»Was?«, frage ich.

Er nickt der Limousine zu, die gerade an den Bordstein gefahren ist. »Würdest du mich zum Mittagessen begleiten?«

Sind das Bienen in meinem Magen oder bin ich einfach nur hungrig? »Klar!«

Ups, das klang jetzt vielleicht etwas zu eifrig.

Er öffnet die Tür für mich. »Ich kenne ein Restaurant, das sich auf Pelmeni spezialisiert hat.«

»Klingt toll«, sage ich und steige ein.

Zu meiner Enttäuschung sitzt mir dieses Mal Alex gegenüber.

Nein, Moment, er hat recht, das zu tun. Das ist der angemessene Weg, auch wenn die Sitzordnung das einzige Angemessene auf dieser Fahrt ist – meine Gedanken sind es definitiv nicht.

»Tee?«, fragt Alex.

Da es meine Lieblingssorte ist, sage ich »Ja, bitte«, und lasse mich wieder einmal mit dem himmlischen Getränk aus dem Samowar verwöhnen.

»Und wie habt ihr euch kennengelernt, du und Jacob?«, fragt Alex und nippt an seinem Tee.

Ein Lächeln entfaltet sich auf meinem Gesicht. »Seine Großeltern kennen meine Eltern, und sie brachten ihn mit auf den Hof meiner Eltern, als ich zu Besuch war. Als ich ihm begegnete, streichelte er gerade Spock, meinen Lieblings-Kirk-Dikdik.«

Jetzt ist Alex an der Reihe und verschluckt sich an seinem Getränk. »Was hat er gestreichelt?«

»Einen Kirk-Dikdik«, sage ich und grinse. »Dikdiks sind diese kleinen Antilopen. Meine Eltern haben Spock und seine Familie aus einem bankrotten Zoo gerettet.«

Ich hole mein Handy heraus und suche Spock.

»Siehst du?« Ich zeige ihm meinen Bildschirm mit einer niedlichen Kreatur, die etwa einen Meter groß ist, obwohl sie ausgewachsen ist. Wie andere Dikdiks hat Spock hübsche Augen und scharfe kleine Hörner auf dem Kopf.

Alex lehnt sich in Kussdistanz zu mir und blickt auf den Bildschirm. »Hinreißend. Ist das ein Männchen oder ein Weibchen?«

»Das ist Spock. Er ist ein Männchen. Im Gegensatz zu den anderen Tieren auf der Farm sind Dikdiks ziemlich gutmütig.« Ich begegne dem Blick aus seinen himmelblauen Augen. »Sie sind berühmt dafür, ein Leben lang mit ihrem Partner zusammenzubleiben.«

Der letzte Teil lädt die Luft zwischen uns auf, bis es sich anfühlt, als stünde jedes winzige Haar auf meinem Körper zu Berge.

Wird er mich gleich küssen?

Bitte küss mich.

Moment, nein. Was denke ich gerade? Der Anstand muss gewahrt bleiben.

»Dir ist klar, was wir da vor uns haben«, platze ich damit heraus. »Richtig?«

»Was?«, murmelt er, mit seinem Blick auf meine Lippen gerichtet.

»Ein Dikdik-Pic«, sage ich und danke Gia, dass sie vor ein paar Jahren auf diese besondere Perle gekommen ist.

Das entlockt ihm ein Lachen. Mit funkelnden Augen sagt er: »Oh ja. Und der hier sieht horny aus.«

Ich stöhne. Das ist auch einer von Gias Witzen.

Die Limousine hält an.

Puh. Kuss vermieden.

Ich sollte glücklich sein, aber ich bin es nicht. Ich bin enttäuscht.

Aber das sollte ich nicht sein.

Wir steigen vor einem Gebäude aus, vor dem eine Zeichnung eines riesigen Pelmeni hängt. Es heißt Pelmennaya, was Alex als »der Ort, an dem man Pelmeni bekommt« übersetzt.

Wie kreativ.

Sobald wir Platz genommen haben, bestellt Alex für uns beide – dreiundzwanzig Stück für mich und einunddreißig für ihn.

»Willst du danach noch bei 1000 Devils vorbeischauen?«, fragt er. »Du hast dich mit Robert über E-Mail' unterhalten, aber es wäre schön, wenn ihr beide euch mal persönlich treffen würdet.«

»Sicher«, sage ich.

Möchte er mir sein Lebenswerk zeigen? Weil ich es sehen will, und zwar aus den falschen Gründen.

Verflixt.

Ich kann nicht glauben, dass ich mich wieder daran erinnern muss.

Wie auch immer sich dieses Mittagessen anfühlt, es ist *kein* Date.

Kapitel Vierunddreißig

Das Problem ist, dass die Erinnerung daran, dass es kein Date ist, das Gefühl nicht verschwinden lässt, und Alex hilft dabei auch nicht. Immer wenn ich versuche, das Gespräch auf die Arbeit zu lenken, holt er wahllos russische Weisheiten hervor, wie zum Beispiel: »Über Geschäfte zu reden ist nicht gut für die Verdauung.«

Also reden wir stattdessen übereinander, und jeder neue Leckerbissen, den ich über ihn erfahre, ist wie ein zusätzlicher Knoten in einem Seil, das sich um mein Herz wickelt.

»Ich hoffe, dieses Restaurant hat einen Lieferservice«, sage ich, als ich meine Portion Pelmeni verschlungen habe.

»Das hat es«, sagt er und gibt mir ein Stück von seinem Teller. »Das ist nur einer, also immer noch eine Primzahl, oder?«

Ich esse es. »Ja. Danke.«

Er kratzt sich an seinem glatt rasierten Kinn – eine böse Bewegung, die eindeutig meine Aufmerksamkeit dorthin lenken soll. »Ich habe mich gefragt ... magst du *prime rib*, also Hochrippe?«

»Nicht jeden Tag, aber ja. Dad hat auf dem Bauernhof immer eine tolle gemacht.«

»Was ist mit der Prime-Time im Fernsehen?«

Ich sehe, worauf er hinauswill, *prime* = Primzahl, also lächele ich und nicke.

Er grinst. »Nutzt du Amazon Prime?«

»Jepp, ich habe es abonniert, sobald das Programm eingeführt wurde.«

Er holt sein Portemonnaie heraus. »Wie tief geht diese Liebe zu Primzahlen?«

Ich zucke mit den Schultern. »Ich ziehe die britische Regierung der amerikanischen vor, weil ich finde, dass *Prime Minister* viel besser klingt als *Mr. President*. Beantwortet das deine Frage?«

»Das tut es – und lässt mich fragen: Benutzt du einen Prime Broker?«

Ich schüttele grinsend den Kopf.

»Schon mal den Film *Prime Cut* gesehen oder Nintendos *Metroid Prime* gespielt?«

»Weder noch.«

»Besitzt du einen Prius Prime?«

»Ich habe kein Auto.«

»Hast du jemals eine Subprime-Hypothek aufgenommen?«

»Nein.«

Er kratzt sich an diesem sexy Kinn. »Interessierst du dich für die *primeval history*, also Urgeschichte?«

Ich lache. »Jetzt übertreibst du es aber.«

Sein Grinsen wird breiter. »Was ist mit den *primaries*, also Vorwahlen?«

»Nö.«

»*Privates*? Ich meine natürlich *ein*fache Soldaten und nichts Intimes.«

»Nein. Ich bin nicht sonderlich scharf auf Soldaten, auch wenn mir ein paar private Teile gefallen könnten.«

Bäh, hör auf zu flirten, Holly.

Er lacht. »Was ist mit Primaten?«

Ich lecke mir die Lippen. »Ich mag einige Affen, sicher, aber nicht wegen des ›Prim‹.«

Ernsthaft, hör auf zu flirten – oder was auch immer das war.

Er starrt mich mit einem fast räuberischen Blick an. »Ich bin mir sicher, dass die Primaten dich auch mögen.«

Sagt er, dass …

Die Kellnerin kommt mit der Rechnung, und er besteht noch einmal darauf, sie zu begleichen.

»Bereit?«, fragt er, als wir in die Limousine steigen.

»Wofür?«

Er schmunzelt. »Für das Büro von 1000 Devils natürlich.«

Eine verkehrsreiche Fahrt später treten wir aus dem Aufzug vor einem Schild, auf dem stolz steht: »1000 Devils.«

Der Kontrast zu dem Büro meiner Firma und diesem ist krass. Überall sind bunte Farben, und ich höre Lachen in der Ferne – wie in einem Streichelzoo.

»Wir haben hier ein paar lustige Traditionen«, sagt Alex und führt mich in einen begehbaren Kleiderschrank an der Seite. »Machen wir uns bereit.«

Ich blinzele und schaue mich um.

Statt Kleidung gibt es Nerfguns.

Jede Menge Nerfguns.

Hey, in Anbetracht meiner letzten Erfahrungen könnten das Schwänze oder Dildos sein.

»Nimm diese hier.« Alex reicht mir eine robust aussehende Waffe. »Sie ist gut für einen Anfänger.«

Ich nehme die Waffe an mich und beobachte, wie er sich ein Gewehr aussucht.

»Was soll ich tun?«, frage ich, als wir aus der Waffenkammer treten.

Ein dunkles Lächeln tanzt auf seinen Lippen. »Schieß auf alles, was sich bewegt.«

Damit ruft er so etwas wie *hoorah* und stürmt nach vorne.

Ich sprinte ihm hinterher. Ich schätze, wenn man in Rom ist, muss man sich wie Jakobs Gefolge verhalten.

Die erste Kugel – oder der erste Pfeil – zischt zwei Sekunden später an meinem Ohr vorbei.

Wow.

Tun die weh?

Ich weiche dem nächsten Geschoss aus und schieße zurück auf den Angreifer, einen rothaarigen Kerl um die vierzig mit einem Bauch, der mich an Papas erinnert.

Bam.

Der Typ grunzt und reibt sich sein linkes Auge.

Hoppla.

Ein neuer Angreifer springt aus der Ecke hervor.

Alex stürzt sich vor mich und fängt das Geschoss mit seiner Brust ab. Wäre das eine Kugel gewesen, wäre seine Ritterlichkeit die Ursache für das vorzeitige Ableben meines Chefs gewesen.

Da im Moment niemand auf mich schießt, habe ich eine Millisekunde Zeit, den Büroraum in mich aufzunehmen – und hasse ihn mit all meiner Aufräumleidenschaft. Die Tische stehen wahllos durcheinander. Nerfgunmunition ist überall. Und was noch schlimmer ist, es stehen vier Stühle neben vielen der Tische.

Der Nettoeffekt ist überwältigend, und das, bevor bewaffnete Menschen aus allen Richtungen auf mich zustürmen. Meine Vermutung ist, dass jemand das ganze 1000-Teufel-Branding ein bisschen zu weit getrieben und diesem Ort das Flair eines satanischen Rituals verpasst hat.

Der nächste Angreifer kommt hinzu, eine Frau in Alisons Alter.

Ich beschieße sie mit Pfeil zwei und drei.

Doppeltes Ups. Einer meiner Pfeile trifft ihre Leistengegend, ein anderer ihre rechte Brust.

Weitere Angreifer schließen sich an.

Eine Wolke von Pfeilen fliegt in meine Richtung.

Ich ducke mich hinter den nächstgelegenen Schreibtisch.

Eine Kehle räuspert sich über mir, einmal, zweimal.

Moment einmal. Ich kenne dieses Geräusch.

Ich schaue auf.

Ja. Ich befinde mich auf Augenhöhe mit Buckleys Schritt.

In der Hitze des Gefechts hatte ich ihn gar nicht bemerkt.

»Hi.« Als ich aufspringe, erhasche ich einen Blick auf den Code auf seinem Monitor. Es sieht unordentlich aus, und ich muss gegen den Drang ankämpfen, ihn von seinem Stuhl zu schubsen, aufzuräumen und dann das Gleiche mit der Anarchie zu tun, die auf seinem Schreibtisch herrscht.

Buckley räuspert sich noch zweimal. »Hi, Chefin.« Mit einem albernen Grinsen klopft er sich auf die Stirn und räuspert sich noch zweimal. »Entschuldigung. Macht der Gewohnheit. Ich schätze, du bist nicht mehr meine Chefin.«

»Richtig. Tut mir leid. Keine Zeit zum Reden«, rassele ich heraus und stürze mich ins Gewehrfeuer.

Das beweist es. Ich würde lieber beschossen werden, als Buckleys Räuspern zuzuhören.

Ein weiterer feindlicher Pfeil zischt an meinem Ohr vorbei.

Ich antworte mit Pfeil Nummer vier und beschieße die nächste Person mit dem fünften.

Beim nächsten Schuss macht meine Waffe ein komisches Klickgeräusch.

Mir muss die Munition ausgegangen sein.

Hey, wenigstens war es beim fünften Schuss und nicht beim vierten oder sechsten.

Ich lasse die Waffe fallen und hebe meine Hände, in der Hoffnung, dass der Angriff dadurch aufhört.

Nein.

Eine Wolke aus Pfeilen fliegt auf mich zu.

Ich zucke zusammen.

Ich nehme eine verschwommene Bewegung wahr, und plötzlich ist Alex vor mir und fängt die Geschosse mit seinem Rücken ab.

Wow.

Mein Herz hämmert, als wäre ich in einem echten Feuergefecht – und Alex' Nähe ist nicht gerade hilfreich.

Er ist so nah, dass ich seinen Teeduft riechen kann und die Wärme spüre, die von seinem großen Körper ausstrahlt.

Er schaut nach unten.

Ich schaue auf.

Langsam neigt er seinen Kopf und …

»Genug geschossen«, sagt jemand in der Nähe, und Alex weicht ruckartig zurück.

Ich drehe mich um und sehe den unordentlichsten Mann, den ich je in meinem Leben gesehen habe.

Sein Hawaiihemd ist zerknittert, seine Haare zerzaust, und seine Brille ist verzogen – als hätte er sie aus Versehen in die Mikrowelle gesteckt.

»Robert«, sagt Alex und grinst. »Das ist Holly. Ich glaube, ihr habt per E-Mail Kontakt gehabt.«

Als Robert an Buckleys Schreibtisch vorbeigeht, stößt er versehentlich einen Stifthalter um.

»Sorry«, sagt Robert und bückt sich, um die Stifte aufzuheben.

»Schon okay.« Buckley räuspert sich ein paarmal. »Ich mach das schon, Chef.«

Als Robert mir die Hand schüttelt, vergewissere ich mich, dass Buckley tatsächlich die Unordnung beseitigt – nicht, dass es diesem Ort zu einer magischen Ordnung verhelfen würde.

Alex muss etwas von meinem Unwohlsein spüren. Er besteht darauf, dass wir mit Robert in einen Besprechungsraum gehen, und sucht einen aus, der herrlich aufgeräumt ist – zweifellos ein Ort, an dem sie Meetings mit Kunden und dergleichen abhalten.

Als wir uns an den Tisch gesetzt haben, gibt Alex Robert einen Überblick über das Gespräch im Krankenhaus und eine Liste der Spiele im Rahmen des Projekts.

»Was ist mit *War of Sword*?«, fragt Robert. »Es würde gut zu der Zielhardware passen.«

Alex seufzt. »Zu gewalttätig für die Zielgruppe. Vielleicht in einer späteren Phase.«

»Wartet«, sage ich. »*War of Sword* – das Spiel, das du so sehr magst – ist eines von deinen?«

Robert nickt so energisch, dass ihm seine verzogene Brille fast von der Nase fällt. »Es ist Alex' Baby.«

»Eher eine Leidenschaft«, sagt Alex. »Die Idee war, ein Spiel für mich selbst zu erschaffen und zu sehen, was passiert.«

»Ja«, sagt Robert mit einer gewissen Portion Stolz in seiner Stimme. »Finanzieller Erfolg ist das, was passiert ist.«

»Sauber«, sage ich. »Jetzt will ich es wirklich sehen.«

Robert und Alex tauschen aufgeregte Blicke aus.

»Dafür haben wir einen Raum«, sagt Alex. »Willst du ihn sehen?«

»Natürlich«, sage ich, obwohl ich mir jetzt nicht mehr so sicher bin.

Hoffentlich ist der Raum nicht so unordentlich wie der Rest der Etage.

Alex und ich lassen Robert stehen und gehen zu dem Raum. Als ich ihn betrete, atme ich erleichtert aus. Er ist leer, und das einzige Möbelstück ist ein kommodenähnliches Ding in der Ecke.

Alex geht zur Kommode und holt ein Paar VR-Headsets heraus. »Ist es für dich in Ordnung, Ausrüstung zu benutzen, die von deiner Konkurrenz hergestellt wurde?«

Ich nicke. »Ich habe ein Headset von dieser

Marke zu Hause. Es ist eine der wenigen neben unserer, die auf meinen Kopf passen.«

Er reicht mir die Ausrüstung, und ich ziehe sie an.

»Sind all diese Spiele von euch gemacht?«, frage ich, während ich das überfüllte Armaturenbrett betrachte.

»Jepp«, sagt Alex. »Die Ikone mit dem Schwert ist die, die du brauchst.«

Ich starte das Spiel und lasse mich von Alex durch die Charaktererstellung führen.

Minuten später bin ich ein Elfenweibchen mit Gesichtszügen, die sich nicht so sehr von meinen eigenen unterscheiden, nur eben cartoonhaft. Als Waffen wähle ich einen Bogen mit Pfeilen sowie ein dünnes, einhändiges Schwert.

Als ich das Spiel beginne, tauche ich in einem mittelalterlichen Dorf auf und Alex sagt mir, dass ich ins Gasthaus gehen und mir einen Stuhl nehmen soll.

»Das ist ein Multiplayer-Spiel«, sagt er, als ich einwillige. »Ich bin dabei, mich dir anzuschließen.«

Aufgeregt schaue ich zum Eingang des Gasthauses. Eine Minute später kommt er herein.

Sein Avatar ist ein Minotaurus, mit Hörnern, Hufen und allem Drum und Dran. Noch wichtiger ist, dass es ein oberkörperfreier muskulöser Minotaurus ist – mit einem Gesicht, das dem von Alex unheimlich ähnlich sieht.

Verflixt. Jetzt macht mich schon eine halb menschliche, halb kuhartige Kreatur an. Als Nächstes werde ich einen Fetisch für milchgebende Männer entwickeln.

»Hi«, sagt der Minotaurus, und seine Stimme kommt zweimal zu mir – aus den Lautsprechern des Headsets und vom echten Alex.

»Du siehst geil aus«, sage ich und zucke zusammen. Er hat erst vor wenigen Stunden den gleichen Witz über das Dikdik gemacht.

Er ist so freundlich, zu lachen, bevor er mir ein Garnknäuel reicht.

»Mit dem wirst du in der Lage sein, mich zu finden, egal wo ich in dieser Welt bin.«

Als ich das Garn in meine Reisetasche packe, wird mir eine erschreckende Tatsache bewusst, die ich bis jetzt nicht bemerkt hatte.

Es sind meine Elfenhände.

Sie haben jeweils nur vier Finger.

Warum? Verdammte Scheiße, warum?

Es ist ja nicht so, dass Elfen dafür bekannt sind, dass sie nicht die höchste Anzahl an Fingern haben. Ganz im Gegenteil – sie sollen sehr langlebig sein, was eine vierfingrige Elfe nicht sein kann, da sie selbstmörderisch ist.

»Ich ziehe mit einem Freund in die Schlacht«, sagt Alex. »Schüttle das Garn, um mir zu folgen.«

»Klar«, sage ich unsicher.

Normalerweise wäre ich gegen Kämpfe, aber vielleicht wird das hier zu meinen Gunsten ausgehen – jemand könnte mir im kommenden

Kampf einfach einen Finger an jeder meiner Hände abhacken.

Ein Mädchen darf hoffen.

Alex verschwindet. Ich nehme das Garn heraus und schüttele es.

Wusch.

Das Gasthaus um mich herum ist verschwunden ... und wird durch eine Szene aus der Hölle ersetzt.

Kapitel Fünfunddreißig

Die Waldwiese ist übersät mit Leichenteilen. Die Tatsache, dass alle Hände und Füße vier Finger und Zehen haben, macht die Sache noch schlimmer.

Ich erschaudere. Wie sich herausstellt, sind nicht nur die Elfen auf diese Weise verflucht.

Mit einer Kakophonie von Geräuschen reißt sich eine bunte Mischung von Kreaturen gegenseitig in Stücke. Trotz der Cartoon-Optik fühlt sich die Gewalt bösartig und brutal an, für mich etwas zu sehr.

Etwas springt hinter einem Baum hervor. Ich ziehe mein Schwert aus der Scheide und enthaupte einen anderen Elfen.

Dies ist also eine Elfen-gegen-Elfen-Welt.

Weit in der Ferne reißt Alex jemanden mit seinen Minotaurus-Hörnern in Stücke.

Verflixt. Mein Würgereflex hält das keine Sekunde länger aus.

Ich nehme das Headset ab und versuche, meinen rasenden Atem zu beruhigen.

Alex nimmt ebenfalls sein Headset ab und schaut mich besorgt an. »Geht es dir gut?«

»Ja«, lüge ich. »Nur ein kleines bisschen VR-Übelkeit. Sie wird vorübergehen.«

Er eilt hinüber zur Kommode und kommt mit einer Flasche Wasser und einer Tablette zurück. »Nimm das.«

»Was ist das?«, frage ich.

»Dramamin.«

»Nein, danke. Ich werde einfach das Wasser trinken.« Ich nehme die Flasche und trinke sie gierig, bis die Bilder von vierfingrigen Gliedmaßen nur noch eine ferne Erinnerung sind.

»Geht es dir besser?«, fragt er.

Ich nicke.

»Willst du den Rest des Tages freinehmen?«

Ich schüttele den Kopf.

»Wie wäre es, wenn wir wieder an die Arbeit gehen?«, schlägt er vor.

»Tolle Idee«, sage ich, und das tun wir dann auch.

»Willst du dich paaren?«, fragt er, als wir aus dem Aufzug zurück in unsere Büros gehen.

Ich werfe einen Blick auf meinen Schreibtisch. »Lass mich erst meine E-Mails checken, dann komme ich vorbei.«

»Abgemacht.« Er geht hinüber in sein Büro.

Als ich mit meinem Posteingang fertig bin, fühle ich mich noch nicht bereit, Alex gegenüberzutreten, also verschiebe ich einige der falsch ausgerichteten Schreibtische und entferne Gegenstände von ihnen, um sicherzustellen, dass die restlichen eine Primzahl ergeben.

»Willst du mein Büro aufräumen?«, fragt Bella, als sie mich dabei erwischt, wie ich Alisons Hefter in eine Schublade lege.

Ich versuche, meinen Eifer zu verbergen. »Darf ich? Jetzt gleich?«

»Vielleicht ein anderes Mal.« Sie grinst. »Ich bin mir ziemlich sicher, dass mein Bruder auf dich wartet.«

Ich schlucke. Sie hat recht.

»Bis später«, sage ich tapfer und gehe hinüber zu Alex' Büro.

Wenn er verärgert ist, weil er gewartet hat, zeigt er es nicht.

»Willst du programmieren?« ist alles, was er fragt, und als ich »Ja« sage, lässt er es mich. Ein paar Stunden später nimmt er die Zügel in die Hand.

Genau wie am Vortag ist die Paarprogrammierung mit Alex eine Art sinnliche Folter. Ich verliere das Zeitgefühl, und er schleppt mich um acht Uhr abends wieder ins Miso Hungry.

Wie in Déjà-vu trifft feuchter Traum fühlt sich dieses Nicht-Dinner-Date genauso an, wie ein echtes Date es tun würde – und ich muss mich ständig daran erinnern, nichts Unpassendes mit meinem Chef zu tun oder zu sagen.

Die Verlockung ist groß.

Heldenhaft widerstehe ich ihm, und er nimmt mich noch einmal mit in die Limousine, wo es ein Wunder ist, dass wir uns nicht wieder küssen.

Zu Hause lasse ich meinen ganzen sexuellen Frust an Optimus Prime aus – bis seine Batterien leer sind.

Dann, und erst dann, schlafe ich ein.

———

Die nächsten Tage verlaufen nach dem gleichen Schema: Ich komme zur Arbeit, checke meine Nachrichten und paare mich bis zum Mittagessen mit Alex. Er besteht dann darauf, mich ins Pelmennaya einzuladen. Danach arbeiten wir noch etwas zusammen und essen im Miso Hungry zu Abend.

Jeden Tag werde ich nach Hause gefahren, und jeden Tag küssen wir uns fast – aber tun es letztlich doch nicht. Und jeden Tag muss Optimus Prime die Scherben aufsammeln.

»Die Anzugintegration schreitet so gut voran«, sagt Bella eines Morgens zu mir, als ich an meinem Schreibtisch E-Mails checke. »Ihr seid unglaublich.« Sie fährt fort, mir zu erzählen, wie sie den Anzug in jedem errötenden Detail getestet hat.

»Wie auch immer«, sagt sie, als ihre TMI-Lawine vorbei ist. »Alex sehnt sich zweifellos nach deiner Gesellschaft.«

Bevor ich etwas erwidern kann, huscht sie weg, also gehe ich wieder zu Alex, und der ganze Zyklus aus Programmieren-Mittagessen-Programmieren-Abendessen-Limousine-Selbstbefriedigung beginnt von vorne.

Und dann wieder von vorne. Und wieder von vorne.

Kapitel Sechsunddreißig

Im Laufe der Wochen lerne ich Bella besser kennen, und ich bemerke, wie brillant sie ist. Sie behandelt mich mehr und mehr wie eine Freundin, was meine Schwärmerei für sie in den Bereich des Stalkings treibt.

Ich fürchte den Tag, an dem sie von meiner ursprünglichen Absicht erfährt, ihrem Traumprodukt zu schaden.

In der Tat bete ich, dass sie das nie erfahren wird.

Das Schlimmste ist jedoch, dass jeder Tag, der verstreicht, an meiner Entschlossenheit nagt, Alex gegenüber strikt professionell zu bleiben, besonders da er bei jeder Limousinenfahrt kurz davor zu sein scheint, mich zu küssen, es aber nicht tut.

Ich bin mir nicht mehr sicher, ob ich für seine Zurückhaltung dankbar oder ihretwegen sauer sein soll.

»Du musst mir einen Gefallen tun«, sagt Alex, als ich am folgenden Freitagabend aus der Limousine aussteige.

Wow. Ist das alles? Sind wir dabei, den blutigen Anstand aus dem Fenster zu werfen?

Ich bin bereit. Bin ich das?

Verflixt. Ich muss antworten.

»Was ist los?«, frage ich und schaffe es nicht, lässig zu klingen.

»Weißt du was? Ist egal«, sagt er. »Das ist nicht angemessen.«

Ja. Ja. Ja. Scheint, dass er endlich den Anstand hat, einen unanständigen Vorschlag zu machen.

Ich lehne mich nach vorne. »Bitte. Was wolltest du mich fragen?«

Er seufzt und reibt sich die Stirn. »Okay, also an diesem Sonntagmorgen ist das Restaurant meiner Eltern wegen Renovierungsarbeiten geschlossen, und Bella hat vor, etwas gegen den Alkoholkonsums unseres Vaters zu unternehmen.«

Bloody hell. Das ist überhaupt nicht das, was ich von ihm erwartet habe. In einem Herzschlag wechsele ich von dem Wunsch, ihn zu bumsen, dazu, mich schlecht für ihn zu fühlen. »Ist es so schlimm geworden?«

Er runzelt die Stirn. »Früher ist er nie ohnmächtig geworden, so wie an seinem Geburtstag, aber Mama sagt, dass es seitdem zweimal passiert ist.«

Ich möchte die Hand ausstrecken und ihn beruhigend umarmen, aber ich schaffe es, zu widerstehen – ich bin in letzter Zeit ziemlich gut darin geworden, meine Triebe zu kontrollieren.

»Willst du, dass ich mit dir dorthin komme?« So schrecklich der Gedanke an dieses Ereignis auch klingt, wenn er mich braucht, werde ich da sein.

»Nein. Papa wird sowieso verärgert sein. Wenn jemand auftaucht, der nicht zur Familie gehört, stürmt er einfach raus.«

»Ich verstehe«, sage ich und fühle mich sofort schuldig für die Erleichterung, die mich überspült. »Was ist dann meine Aufgabe?«

»Mein üblicher Tiersitter ist über das Wochenende weg«, sagt er.

Ich blinzele ihn an, weil ich mir nicht sicher bin, was das mit mir zu tun hat.

Er massiert sich seinen Nasenrücken. »Es ist zu kurzfristig, um nach jemand anderem zu suchen, aber ich möchte, dass jemand bei Beelzebub ist.«

Meine Augen weiten sich. »Du willst, dass ich auf deinen Hund aufpasse?«

Bilder von Busenblitzern und Schlimmerem schießen mir durch den Kopf – sein Welpe hat diesen dämonischen Namen verdient.

»Weißt du was, ist egal«, sagt er. »Jetzt, wo ich es laut höre, wird mir klar, wie seltsam es ist, dass ich dich das frage.«

Nicht komisch, ob er mich als Freund sieht oder mehr – aber das sage ich nicht. Stattdessen antwortet mein Mund mit einem eigenen Willen: »Ich helfe dir gerne. Du hast mich nur überrumpelt, das ist alles.«

Er sieht mich so aufmerksam an, dass mein Magen flattert. »Bist du sicher?«

»Ziemlich sicher.« Ich wünschte, ich wäre so sicher, wie ich klinge.

»Toll.« Er schenkt mir ein Grinsen, das mir das Gefühl gibt, dass meine bevorstehende Folter es wert ist. »Du musst mich als Dank etwas für dich tun lassen.«

Die XXX-Bilder von meinen Abenden mit Optimus Prime sind plötzlich in meinem Kopf. »Was zum Beispiel?«

Er zögert eine Sekunde lang. »Wie wäre es, wenn ich dir ein Abendessen koche?«

Er wird das Abendessen für *mich* kochen? Das Sprichwort besagt, dass der Weg zum Herzen eines Mannes durch seinen Magen führt, aber ich bin vielleicht nicht immun gegen die Umkehrung dessen – was das Ganze zu einer schlechten Idee werden lässt. »Das brauchst du nicht zu tun.«

»Ich bestehe darauf. Außerdem wäre es vielleicht sowieso gut, wenn du am Tag vorher kommst, damit ich dir zeigen kann, wo all seine Sachen sind. Auf diese Weise können wir am Sonntagmorgen ausschlafen – ich weiß, dass ich die zusätzliche Nachtruhe brauchen werde.«

Also ein Abendessen am Samstagabend? Ein Abendessen, das er selbst zubereiten wird? Warum fühlt sich das so viel mehr nach Date an als all die Nicht-Dates, die wir hatten?

»Um wie viel Uhr?«, ist alles, was ich mir zu fragen traue.

»Wann isst du normalerweise zu Abend?«

»19.09 Uhr«, platzt es aus mir heraus.

Er lächelt. »Natürlich. Das ist die beste Zeit zum Essen. 19.09 Uhr – aber vielleicht kommst du ein wenig früher, damit wir genau dann anfangen können.«

»Schick«, sage ich, ein wenig benommen. »Wie wäre es, wenn ich um 18.31 Uhr vorbeikomme?«

»Perfekt. Die Limousine wird um 18.13 Uhr auf dich warten.«

Ich hoffe, dass ich mich morgen nicht so fühle wie jetzt, sonst kann ich nichts essen.

»Wir sehen uns morgen«, sage ich und klettere aus der Limousine, bevor ich etwas tue, was ich später bereue – wie ihn zu fragen, ob er mit hochkommen will … oder ihm einen pentagrammförmigen Knutschfleck in den Nacken zu machen.

Oder beides zur selben Zeit.

Kapitel Siebenunddreißig

Ich schlafe in dieser Nacht kaum, also verbringe ich den größten Teil des Samstages damit, *Downton Abbey* erneut zu schauen, *Stolz und Vorurteil* zu lesen und mich mit Euklid zu beschäftigen.

Nichts davon beruhigt mich.

Egal, wie oft ich mich daran erinnere, dass das heutige Abendessen kein Date ist, mein Blutdruck weigert sich, sich zu normalisieren. Ich fühle mich aus dem Gleichgewicht gebracht und kann mich nicht auf meine übliche Routine konzentrieren. Ich lasse sogar das Mittagessen ausfallen, was sich als eine gute Sache herausstellen könnte, wenn Alex' Kochkünste unterdurchschnittlich sind – Hunger ist die beste Würze und so weiter.

Vielleicht kann ich mich beruhigen, wenn ich recherchiere, was bei einem Besuch in einem russischen Haus üblich ist?

Nein.

Zu wissen, dass man seine Schuhe ausziehen und sich nicht über einer Türschwelle die Hand geben sollte, ist nicht sehr hilfreich.

Dann wiederum sehe ich einen nützlichen Tipp, ein Geschenk mitzubringen – etwas, was ich fast vergessen hätte. Anscheinend ist das traditionell eine Schachtel mit Süßigkeiten.

Hmm. Ich habe keine Schachtel, aber ich habe einen Vorrat an einzeln verpackten Fry's Turkish Delight, die ich in Großbritannien bestellt habe. Hoffentlich ist der Schlüssel der Teil mit den Süßigkeiten, nicht der Teil mit der Schachtel. Ich stecke neunzehn Stück in meine Handtasche.

Kurz bevor ich abgeholt werde, kümmere ich mich um all die feinen Haare, die seit dem Waxing wieder aufgetaucht sind – nicht, weil ich vorhabe, dass Alex meinen Hintern sieht, sondern weil der Welpe diesmal vielleicht meinen Schlüpfer statt meinen BH zerreißt. Wenn das passiert – und wenn Alex zufällig hinschaut –, möchte ich sicherstellen, dass es da unten ordentlich aussieht.

Eine weitere Frage, die mir einfällt: Was zieht man zu einem Essen an, das der Chef kocht?

Nach langem Überlegen entscheide ich, dass ich mit dem Outfit, zu dem mich Gia für die Geburtstagsparty gezwungen hat, nichts falsch machen kann. Auch Make-up kann nicht schaden. Und schöne Schuhe. Und um der Beständigkeit willen, lasse ich meine Haare auch schön aussehen.

Als mein Telefonwecker um 15.57 Uhr klingelt, betrachte ich mich im Spiegel und nicke zustimmend.

Ich bin so bereit für dieses Nicht-Date, wie ich nur sein kann.

Der stämmige Limousinenfahrer öffnet mir die Tür, als ich näher komme.

»Danke«, sage ich.

»Kein Problem«, antwortet er mit einem starken russischen Akzent.

Im Auto wartet ein Tee auf mich – eine nette Geste.

Ich sehe, wie der Kerl jemandem eine SMS schreibt – wahrscheinlich, um Alex mitzuteilen, dass er mich abgeholt hat. Dann schließt er die Trennwand zwischen uns, und ich kann nur hoffen, dass er nicht noch mehr SMS schreibt, während er fährt.

Als wir neben Alex' Haus anhalten, bin ich so aufgeregt, dass ich eine Woche *Downton Abbey* bräuchte, um mich zu beruhigen.

Der Chauffeur öffnet die Tür der Limousine für mich.

Der Wolkenkratzer vor uns ist schlank und glänzend. Der Kerl führt mich in die Lobby und winkt dem Wachmann zu, bevor er mich in einen Aufzug eskortiert. Ohne ein einziges Wort drückt er den Knopf für den 107. Stock, bevor er sich zum Gehen wendet.

»Do svidaniya«, sage ich.

Endlich ein Lächeln von dem wortkargen Mann. »Do svidaniya.«

Die Türen schließen sich.

Ich halte den Atem an, bis sich die Türen direkt zu einer Wohnung öffnen, in der Alex bereits wartet. An diesem Punkt entweicht der Atem in einem lauten Keuchen – und das nicht, weil die Wohnung ein schickes Penthouse ist, das Millionen gekostet haben muss.

Wie ich hat sich auch Alex in Schale geworfen und trägt einen ähnlichen Anzug wie im Restaurant, nur noch stilvoller. Maßgeschneidert vielleicht?

Es gibt sogar eine Krawatte. Eine Krawatte!

Ich zwinge meinen Mund, sich zu schließen, bevor noch mehr Sabber herausläuft.

Er ist auch wieder glatt rasiert, so wie er es beim Geburtstag seines Vaters war. Aber selbst *das* ist nicht der Grund, warum ich den Drang bekämpfen muss, ihm den Anzug vom Leib zu reißen und ihm hier und jetzt das Hirn herauszuvögeln.

Es ist seine Frisur.

Die schwarzen Locken sind ordentlich zurückgekämmt – genau so, wie ich es mir immer vorgestellt habe.

Er ist der Inbegriff von ordentlich.

Die Schlüpfer fallen lassende, Nippel erhärtende, Sabber produzierende Art von ordentlich.

Die verdammte Östrogenhölle.
Wie soll ich mich jetzt angemessen verhalten?

Kapitel Achtunddreißig

»*D*u siehst toll aus«, sagen wir beide unisono.

Er grinst. »Ivan hat mir erzählt, dass du dich schick gemacht hast. Das hättest du wirklich nicht tun müssen.« Ich kann fast das ungesagte »Aber ich bin froh, dass du es getan hast« hören.

Darum ging es also in der Nachricht? Ich denke, ich muss dem Fahrer danken, dass er Alex dazu gebracht hat, sich so schön zurechtzumachen, wie er es getan hat.

Plötzlich hallt ein lautes Bellen durch den großen Flur, gefolgt vom Klack-Klack der Welpenkrallen auf dem Hartholzboden, und dann das Geräusch von etwas, was zerbricht.

Die Koala-Bär-trifft-Hund-Kreatur stürzt sich auf mich, und sein Schwanz wedelt so schnell, dass man ihn sich kaum bewegen sehen kann.

Mit einem russischen Fluch stürzt sich Alex auf

sein Haustier, aber Beelzebub weicht ihm aus und springt auf mich, indem er sich aufrichtet, so dass wir uns Auge in Auge gegenüberstehen.

Instinktiv bedeckt meine rechte Hand meinen Schritt und meine linke das Oberteil meines Kleides.

Keine Garderobenfehlfunktionen mehr durch seine Pfoten.

Da der Welpe mich nicht dazu bringen kann, meine Nippel oder meinen Kitzler zu entblößen, begnügt er sich damit, mit mir das zu machen, was ich schon immer mit seinem Herrn machen wollte – er leckt mein Gesicht, als wäre es mit Erdnussbutter bestrichen.

Wenn Bella hier wäre, würde sie dem eifrigen Welpen wahrscheinlich eine Stimme geben, die so etwas sagt wie: »Du bist lecker. So yummy. Willst du spielen? Willst du Fliegen jagen? Ich bin Beelzebub – das ist der Herr der Fliegen, weißt du? Mögen Fliegen Speck? Willst du etwas Speck? Ich lebe für Speck. Ist dein Name Kevin?«

»Böser Junge«, sagt Alex streng und zieht Beelzebub weg. »Wir lecken keine Gäste ab.«

Wir? Alex kann mich lecken, kein Problem. Zur Hölle, ich werde mich wieder von einem Hund lecken lassen, wenn das eine Voraussetzung ist.

»Tut mir leid. Du kannst dir da drin das Gesicht waschen.« Alex zeigt auf eine Tür am Ende des Flurs.

Ich fange an, meine Schuhe auszuziehen, wie es die russische Etikette verlangt, aber Alex sagt, dass ich das nicht tun muss. Als ich darauf bestehe, reicht er mir ein Paar Hausschuhe. »Das sind Bellas, aber sie wird nichts dagegen haben, wenn du sie benutzt.«

Ich bin froh, dass ich darauf bestanden habe. Das Ausziehen der Schuhe ist offensichtlich wichtig genug, dass Bella hier Hausschuhe aufbewahrt.

Mit angemessenem Schuhwerk eile ich zur Toilette, wasche mich und trage mein Make-up wieder auf.

Als ich wieder herauskomme, ist Alex allein.

»Ich habe ein Leckerli in ein spezielles Spielzeug gelegt«, erklärt er. »Er wird noch eine Weile versuchen, es herauszubekommen, also können wir erst einmal die Ruhe genießen.«

Ich schaue mich um.

Der Flur ist übersät mit Hundespielzeug jeglicher Art.

Der Drang, aufzuräumen, ist stark, aber ich kämpfe dagegen an und betrachte die Wände.

Überraschung. Alles ist mit Postern bedeckt, die *Tetris Payout, Super Tetris, Tetris Plus, Tetris 4D* und *Tetris League* zeigen.

»Ich wusste nicht, dass es so viele Versionen des Spiels gibt«, sage ich, während ich von einem zum Nächsten schaue.

Alex strahlt vor Stolz. »Komm, ich will dir etwas zeigen.«

Er führt mich in einen großen Raum, den man nur als Männerhöhle bezeichnen kann – obwohl auch hier der beste Freund des Mannes in Form von halb zerkauten Knochen und Spielzeug wiederzuerkennen ist.

Ich darf nicht aufräumen. Das wäre genauso verrückt, wie seinen Hals zu küssen.

»Siehst du das?« Alex zeigt auf die Wand neben einem riesigen Fernseher.

Wow. Jede einzelne Videospielkonsole, von der ich je gehört habe, ist an diesen Fernseher angeschlossen, und in den meisten von ihnen befindet sich ein Tetris-Spiel, einige von den Postern, die ich gerade gesehen habe, und einige andere.

Ich denke, diese Sammlung ergibt Sinn – Videospiele *sind* seine Leidenschaft.

Sein Telefon klingelt.

»Es ist 19.01 Uhr«, sagt er. »Lass uns in die Küche gehen, damit wir pünktlich mit dem Abendessen beginnen können.«

Als ich ihm von Raum zu Raum folge, wird mir klar, wie riesig dieses Penthouse wirklich ist – vor allem für New York City.

Spieleentwickler machen eindeutig Kohle.

Die Küche entpuppt sich als der einzige aufgeräumte Raum im Haus. Es stehen Blumen und Kerzen auf dem Tisch – alles sehr datelike, wenn man mich fragt.

Er zieht mir einen Stuhl heran, und während ich Platz nehme, schaue ich auf die beiden Teller vor mir.

Einer enthält dreiundzwanzig Stück Avocadosushi, der andere die gleiche Anzahl Pelmeni.

Ich reiße meine Augen von dem Festmahl los und

schaue verwundert zu ihm auf. »Du hast das gemacht?«

»Nun, ja.« Er setzt sich mir gegenüber vor eine ähnlich angerichtete Auswahl. »Ich war mir nicht sicher, welches Essen du an den Wochenenden bevorzugst, also habe ich mich für beides entschieden.«

»Gute Entscheidung«, sage ich und speichele wie einer von Pawlows Hunden. »Ich denke, ich wage es und nehme beides.«

Er grinst. »Ich denke, das werde ich auch tun. Verrückte Stadt.«

Ich esse zuerst die Pelmeni.

Lecker. Normalerweise mag ich keine Variationen in Rezepten, aber diese Portion ist auf eine gute Art anders.

Das sage ich Alex.

»Ich habe dem Rezept eine geheime Zutat aus dem Restaurant meiner Eltern hinzugefügt«, sagt er.

»Eine geheime Zutat?« Ich koste das Avocadosushi – und es schmeckt auch besser als sonst, aber eher dezent. »Gibt es auch eine in deinem Sushi?«

»Ja. Und ich schätze, jetzt muss ich dir sagen, was es ist«, sagt er mit spöttischem Widerwillen.

Ich treffe seinen Tonfall. »Das ist das Höflichste, was man tun kann.«

»Gut. Ich dachte mir, wenn wir schon japanisch und russisch essen, warum nicht beides miteinander verbinden – also habe ich einen Hauch Ingwer in die

Pelmeni und ein bisschen saure Sahne in den Reis des Sushis gegeben.«

»Ah.« Ich koste ein weiteres Stück von jedem. »*Das* hast du getan. Du könntest notfalls eine Karriere als Koch starten. Normalerweise bin ich kein Fan von Gerichten, die anders schmecken. Ich hasse sie eigentlich. Aber die hier liebe ich.«

Er umfasst meine Hand mit seiner und lächelt. »Ich schätze, ich habe den magischen Touch.«

Oh ja. Die Magie seiner Berührung schießt Empfindungsschübe durch meinen gesamten Körper und lässt mir den Atem in der Kehle stocken.

»Tut mir leid.« Er zieht seine Hand weg.

»Es ist okay«, würge ich hervor, und es kostet mich all meine Willenskraft, nicht noch etwas hinzuzufügen wie: »Ich habe das wirklich, wirklich, *wirklich* genossen.«

»Es freut mich, dass es dir gefällt«, sagt er.

Die Berührung? Nein, er meint das Abendessen. Verflixt, die zurückgekämmten Haare erschweren das Denken.

»Ich mag das Essen«, sage ich, als ich mein Hirn enträtselt habe. »Aber jetzt gibt es ein Problem: Ich werde in Zukunft nicht mehr die regulären Versionen dieser Gerichte essen können.«

Genauso wie es sich unangemessen anfühlen würde, wenn ein anderer Mann mich so berühren würde, wie Alex es gerade getan hat.

Verflixt.

Ich bin verdorben für andere Köche *und* Männer.

Er holt sein Handy heraus und tippt eine Nachricht ein. »Ich habe dir gerade das genaue Rezept für die Pelmeni geschickt, und ich kann mit den Leuten von Miso Hungry über das Sushi sprechen.«

»Danke«, sage ich und stopfe mir den Mund voll, bevor ich etwas Unpassendes sagen kann wie: *Kann ich deine Freundlichkeit mit meinem Körper vergelten?*

»Gern geschehen.« Sein Blick ist warm auf meinem Gesicht. »Ich muss zugeben, dass es mir Spaß gemacht hat, das für dich zu tun.«

Mein Herzschlag beschleunigt sich. »Hast du schon mal für andere Frauen gekocht?«

Gut gemacht. So subtil wie ein Elefant im Porzellanladen.

Seine Augen schimmern in einem satten, dunklen Blau. »Nur die, mit denen ich ausgegangen bin.«

»Oh.« Ich bin also die erste, für die er das macht, ohne mit ihr auszugehen? Um ehrlich zu sein, gefällt mir der Gedanke nicht, dass er sich mit jemandem verabredet hat, aber offensichtlich muss er das getan haben. Ich denke mir, dass ich genauso gut mit den unangemessen persönlichen Fragen weitermachen könnte, und frage so beiläufig wie möglich: »Und wie viele waren das?«

Er beißt sich konzentriert auf die Lippe.

Mist. Ist die Zahl astronomisch? Das könnte sein. Einem Typen wie ihm müssen die Frauen zu Füßen liegen.

Diese Miststücke.

Denkt er immer noch nach?

Warum, oh warum habe ich das überhaupt gefragt? Warum etwas fragen, von dem man die Antwort vielleicht hasst?

»Sechs«, sagt er schließlich.

Oh.

Nun, sechs ist nicht schlecht. Ich meine, es ist an und für sich eine schreckliche Zahl, aber soweit es ehemalige Exfreundinnen betrifft, ist es schön niedrig, was gut ist. Das bedeutet auch, dass wenn ich irgendwie seine Freundin werden würde – eine angenehme Fantasie – wäre ich seine siebte.

Eine Primzahl-Freundin.

Das hört sich gut an.

Oder ist eine Primzahl-Freundin ein anderer Begriff für Ehefrau? Wenn nicht, sollte es so sein.

»Es gab so einige Dates außerhalb dieser sechs«, fährt er fort. »Aber nur diese Beziehungen erreichten das Stadium des Kochens – und alle bis auf eine gingen nicht viel weiter als das hier. Die letzte hat ein paar Jahre gehalten, aber ist dann im Sande verlaufen.«

»Warum?«, frage ich. Was ich meine, ist: *Warum sollte eine vernünftige, warmblütige Frau dich aus ihren Fängen entkommen lassen?*

Er zuckt mit den Schultern. »Sie mochte nicht, dass ich auf Videospiele stehe.«

Ich starre ihn mit offenem Mund an.

Nein. Kein Scherz.

»Aber das ist doch deine Leidenschaft«, sage ich etwas zu vehement für den Anstand. In einem ruhigeren Ton füge ich hinzu: »Du bist brillant darin.«

»Danke.« Er beugt sich vor, und sein Blick ist auf mein Gesicht gerichtet. »Ich schätze, sie war einfach nicht die Richtige.«

Mein Puls hämmert in meinen Ohren. »Ich denke nicht.«

Es ist vielleicht kein netter Gedanke, aber ich bin super froh, dass sie nicht diejenige war – wer auch immer sie war. Es ist mir egal, ob es egoistisch ist, aber wenn ich meinen Chef nicht haben kann, sollte es auch niemand anderes dürfen.

»Was ist mit dir?«, fragt er.

Verflixt. Ich glaube, ich habe damit angefangen. »Ich habe für niemanden gekocht.«

Ich stopfe meinen Mund wieder voll, in der Hoffnung, dass Alex mich in Ruhe lässt.

Nein.

Er schnalzt. »Du weißt, was ich meine.«

Das Essen schmeckt jetzt fad. Ich atme tief durch und erzähle ihm von dem Chaos, das meine Beziehung mit Beau war.

In seinen Augen liegt so viel Mitgefühl und Verständnis, dass ich ihm mehr erzähle als irgendjemand anderem zuvor.

»Ich war ein Spätzünder, also habe ich in der Highschool und im College nicht viel gedatet. Bei vielen Jungs hat es einfach nicht klick gemacht, verstehst du? Als ich also Beau ein paar Jahre nach meinem Abschluss traf, war ich so erleichtert, dass ich viele der Alarmsignale ignorierte. Eigentlich alle. Wir haben uns monatelang verabredet, bevor wir auch nur einen Zungenkuss hinbekommen haben, aber alles, was mich interessierte, war, dass er ein Mathematiker war, der auch auf Routinen stand.« Ich ziehe eine Grimasse, immer noch wütend auf mich selbst. »Ich wusste natürlich nicht, dass er schwul ist, also fühlte ich mich einfach nicht gewollt. Erstens hat er mein Jungfernhäutchen behandelt, als ob es tatsächlich heilig wäre. Als wir es dann endlich getan hatten, wollte er es ewig nicht mehr tun – auch nicht so etwas wie mich zu lecken oder gar zu küssen. Wir trennten uns schließlich, und als er sich im folgenden Jahr outete, war es eine Erleichterung, weil es so viel erklärte. Trotzdem bin ich seitdem nicht mehr in Dating-Laune.«

Alex' Kiefer spannt sich an. »Dieser Wichser. Ich kann nicht glauben, dass ich sauer auf einen Kerl bin, weil er *nichts* mit dir machen wollte, aber so ist es. Um Rhett Butler zu zitieren, ›du solltest geküsst werden und zwar oft, und von jemandem, der weiß, wie‹.«

Ich nehme mein Glas mit Wasser und trinke es auf ex. Das fühlt sich langsam noch mehr wie ein Date an als das eine Mal, als er mich geküsst hat.

Nun, da ich diejenige war, die den Professionalismus mit meiner Leidensgeschichte verpfuscht hat, sollte ich diejenige sein, die das in Ordnung bringt.

Aber wie? Nach mehr Essen fragen? Ich bin irgendwie satt, und er scheint fertig zu sein. Vielleicht sollte ich über etwas Ekliges reden, wie Rotz oder Quadrate aus geraden Zahlen?

Da mir nichts einfällt, frage ich nach etwas, was interessant ist, aber nicht auf eine sexuelle Art und Weise. »Kannst du mir deine Tetris-Fähigkeiten zeigen?«

Er grinst. »Sehr gerne, aber wie wäre es, wenn ich dir zuerst die ganzen Hundesachen zeige?«

Natürlich. Das ist weit weniger sexy als *Tetris*. Warum ist mir das nicht eingefallen?

Wir essen die Reste auf unseren Tellern auf, und ich verschiebe den angebotenen Tee auf später – ein Beweis dafür, wie satt ich bin. Er scheint genauso satt zu sein, denn er nimmt meine Süßigkeiten an, ohne welche zu essen.

Dann helfe ich ihm, die Küche aufzuräumen – eine Tätigkeit, die sich als viel zu erotisch für mein Wohlbefinden herausstellt. Ihn zu sehen, wie er die Teller abtrocknet, die ich gewaschen habe, ist definitiv ein Antörner.

Als wir fertig sind, zeigt er mir, wo das Hundefutter und die Näpfe stehen, und führt mich dann aus der Küche, um mir noch mehr Hundekram zu erklären, unter anderem, wann ich mit dem pelzigen Tier spazieren gehen soll.

»Apropos Beelzebub«, flüstert er, als wir das betreten, was wie sein Arbeitszimmer aussieht.

Der schlafende Welpe hat sich auf dem Teppich um einen Ball gerollt – es muss das Spielzeug mit dem Leckerli darin sein.

Aaah. Beelzebub träumt eindeutig davon, etwas zu jagen – seine Pfoten bewegen sich in der Luft, und er macht leise bellende Geräusche.

Okay, Welpen mögen unberechenbar und chaotisch sein, aber sie sind einfach bezaubernd ... besonders, wenn sie schlafen.

»Komm«, flüstert Alex. »Ich schulde dir eine Tetris-Demonstration.«

Auf Zehenspitzen schleichen wir in die Männerhöhle und schließen die Tür, um den Welpen nicht zu wecken.

Alex schmeißt seine Xbox an.

Seine Version des Spiels heißt *Tetris Effect: Connected* und es ist ein audiovisuelles Kunstwerk, das eher ein vollwertiges psychedelisches Erlebnis ist als ein Puzzlespiel mit Blöcken.

Abgesehen von der Ästhetik des Spiels ist es eine Erfahrung für sich, Alex beim Spielen zuzusehen.

So muss Mozart in seiner Blütezeit am Klavier ausgesehen haben.

Ich lag so, so falsch, als ich dachte, dass dies eine sichere, nicht-sexuelle Erfahrung sein würde. Das Gegenteil ist der Fall. Das ist noch heißer, als Alex beim Programmieren zuzusehen.

Jedes Mal, wenn er vier Linien auf einmal abräumt – was als Tetris bezeichnet wird – zeigt das Spiel eine feierliche Animation mit Feuerwerk. Ich stelle mir vor, wie er in mich eindringt, so wie der I-Block in das Loch eindringt, das sein Ziel ist, und das Feuerwerk, das daraus resultiert.

Scheiße.

So ordentlich, wie er heute aussieht, und nach dem Abendessen und dieser Demonstration, sollte ich eine Medaille dafür bekommen, dass ich ihn nicht angesprungen habe. Einen rosa Stern für die Unterdrückung der Libido bei extremer Versuchung.

Vielleicht kann ich mich ins Bad schleichen und es mir schnell selbst besorgen?

»Schau dir das an«, sagt Alex und lässt meine Wichsblase platzen. »Jacob sagt, er spielt gegen den Kerl, der eine Strafe verdient hat. Soll ich zu *Halo* wechseln?«

»Sicher«, sage ich.

Einen Moment später sind bewaffnete Menschen in bunten Raumanzügen auf dem Bildschirm zu sehen.

»Nimm das«, sagt Jacobs Stimme aus dem Lautsprecher, und sein Charakter schießt auf einen Kerl in der Ferne, der ein großes Gewehr hält.

Alex' Charakter stürzt sich auf seine Beute, weicht irgendwie allen Kugeln aus und schlägt ihm dann mit der Pistole ins Gesicht.

»Wow«, sagt Jacob aufgeregt. »Das war großartig.«

Und das war es auch. Jetzt bin ich noch geiler. Das muss das sein, was Höhlenfrauen früher gefühlt haben, wenn ihre Männer den Stamm beschützt haben – oder für sie gegen andere Höhlenbewohner gekämpft haben.

Ich weiß nur, dass ich ihn am liebsten bespringen

würde, aber ich kann nicht. Nicht, solange Jacob uns hören kann – ganz abgesehen von den üblichen Gründen.

Um bei Verstand zu bleiben, schnappe ich mir eine Box mit Hundespielzeug und hebe eine zerkaute Ente vom Boden auf, um sie hineinzuwerfen.

Alex schaut vom Spiel auf. »Räumst du auf?«

»Ist das okay für dich?«

Er grinst. »Fühl dich wie zu Hause.«

Hervorragend. Ich leite meine sexuelle Frustration in die Aufräumarbeiten um.

Als alle Hundespielzeuge in der Kiste sind, sortiere ich Alex' chaotische Videospielsammlung nach Konsole, Genre und Erscheinungsjahr.

Oh ja, das ist schön. Zu schön, um genau zu sein.

Aufräumen macht mir immer gute Laune, was in diesem Zusammenhang eine aphrodisierende Wirkung hat.

Scheiße.

Ich sollte nach Hause gehen.

»Wow, danke«, sagt Alex und ich merke, dass er das Spiel ausgeschaltet hat und mein Werk bewundernd anblickt. »Das wollte ich schon immer mal machen – aber ich bezweifle, dass ich ein so ausgeklügeltes System verwendet hätte.«

Ich bin ein Vulkan der Lust, der gleich explodieren wird.

Er meint, was er sagt, das kann ich sehen – was ihn zu einem der seltensten Einhörner macht: einer

Person, die meine Aufräumbemühungen begrüßt, anstatt sie als lästig zu empfinden.

Nun, das war's.

Ich bin stark geblieben, als ich all diese Wochen mit ihm programmiert habe.

Als er sich schick anzog und seine Haare zurückkämmte, schaffte ich es, meinen Schlüpfer anzubehalten.

Als ich ihm dabei zusah, wie er Tetris spielte, war ich schon kurz davor, nachzugeben – und es war nicht hilfreich, dass er diesen Tyrannen in *Halo* besiegte –, aber ich widerstand der Versuchung.

Dass er mein Aufräumen mag, ist das, was mich über die Klinge springen lässt.

Wenn ich ihn jetzt nicht küsse, werde ich es für immer bereuen.

Ich überbrücke den Abstand zwischen uns, ergreife seine Krawatte und ziehe seinen Mund zu meinem.

Kapitel Neununddreißig

Unsere Lippen prallen aufeinander.
    Heilige Primzahlen.

Wer hätte gedacht, dass Knutschen so umwerfend sein kann? Ich fragte mich, ob der letzte Kuss vielleicht wegen des Alkohols, der durch meine Blutbahnen strömte, so unglaublich erschien, aber nein. Wenn überhaupt, dann ist dieses Mal besser – und die Messlatte lag schon sehr hoch.

Unsere Zungen tanzen.

Der Raum scheint sich zu drehen, dieses Mal ohne die Hilfe von Wodka.

Er beißt leicht in meine Unterlippe.

Meine Brustwarzen sind so hart, dass sie schmerzen, und die Hitze in meinem Inneren nähert sich tausend Grad.

Er zieht mich näher an sich heran, und ich spüre seine Erektion an meinem Bauch – was mich dazu bringt, ihm die Hose herunterreißen zu wollen, damit ich ihn sehen, schmecken und tief in mich hineinschieben kann.

Nach einer gefühlten Stunde Knutschen zieht er sich zurück und nimmt mein Gesicht in seine großen Hände. »Bist du dir sicher?«

»Dein Schlafzimmer«, keuche ich. »Jetzt.«

Er antwortet mit einem bejahenden Knurren, dann hebt er mich wie eine Braut hoch und trägt mich aus dem Raum.

»Ich nehme die Pille und bin sauber«, flüstere ich. So, wenn das Wort *Schlafzimmer* ihn nicht über meine Absichten aufgeklärt hat, sollte dieser Teil sie kristallklar machen, oder?

»Ich auch«, sagt er abgehackt. »Ich meine sauber, nicht die Pille.«

Mein Blut wird heiß wie Lava, und mein Schlüpfer ist völlig durchnässt. Das hier ist real. Es geschieht. Seine Antwort bedeutet: *Ja, Holly, ich werde dir das Hirn rausvögeln.*

Er nähert sich einer geschlossenen Tür, tritt sie auf, geht hinein und setzt mich dann vorsichtig auf dem Bett ab.

Während ich mich hektisch aus den Klamotten schäle, nehme ich erleichtert meine Umgebung wahr. Das Schlafzimmer ist noch aufgeräumter als die Küche – und das treibt meine ohnehin schon wahnsinnige Erregung in beängstigende Höhen.

Muss ich mir Sorgen machen? Ich habe schon von

Leuten gehört, die sich zu Tode gelacht haben. Kann man so geil werden, dass das Gleiche passiert?

Diese Frage wird in den nächsten Momenten unter Beweis gestellt. Alex lässt seine himmelblauen Augen über meinen Körper gleiten und knurrt: »Du bist umwerfend.«

Ich kann nicht sprechen, während ich ihm zusehe, wie er seinen Anzug und sein Hemd auszieht.

Verfluuucht. Das ist, wie in die Sonne zu starren. Die leckeren Muskeln, die ich für den VR-Alex gewählt habe, verblassen im Vergleich zu den echten. Ich schätze, meine Vorstellungskraft – und die digitale Technologie – war noch nicht bereit für dieses Niveau an männlicher Perfektion.

Er steigt aus seiner Hose.

Auch hier stellen die kraftvollen Muskeln, die meinem Blick ausgesetzt sind, die virtuelle Version in den Schatten.

Und dann zieht er seine Boxershorts aus.

Mein Kiefer schmerzt, und ich merke, dass mein Mund so weit geöffnet ist wie bei einer Python, die ihre Beute verschlingen will.

Apropos Python, Alex' Schwanz ist größer als alle in dieser VR-Auswahl, und ich denke, er würde sich in der anderen App – der mit den ganzen Schwertern –, wohler fühlen.

Warum habe ich keine Angst?

Seine Erektion stellt Optimus Prime in den Schatten, was bedeutet, dass ihr dieser ehrenvolle Titel übertragen werden sollte.

Ja. Von nun an, ist *sie* Optimus Prime.

Oder einfach kurz Prime – das einzig Kurze daran.

Alex nähert sich dem Bett. »Ich werde dich kosten.« Der Hunger in seinem Blick unterstreicht die heiser gesprochenen Worte.

Ich schlucke trocken. »Mich kosten?«

Die Muskeln spannen sich an, er klettert über mich und lässt seine schwielige Handfläche über meinen Oberschenkel gleiten. »Ich will dich brennen lassen, wie du es noch nie getan hast.«

Ohne Worte. Sprachlos.

Seine Zunge fährt über meine Wade.

Ich kann kaum ein Stöhnen zurückhalten.

Seine Zunge setzt die Reise über mein Knie und meinen Oberschenkel hinauf fort, bis sie den Scheitelpunkt zwischen meinen Beinen findet.

Jetzt entweicht mir das Stöhnen.

Das ist nicht fair. Er kann diese Sexkapade nicht einfach mit meiner tiefsten, wildesten Fantasie beginnen.

Seine Zunge drückt sich flach gegen meinen Kitzler.

Ich kralle meine Hände in die Laken und komme mit einem erstickten Schrei.

Er schaut mit einem verruchten Lächeln auf, dann wandert er wieder nach unten und leckt mich einmal, zweimal, dreimal – und ein weiterer Orgasmus energetisiert meine Nervenenden.

Puh. Ich bin froh, dass ich beim Lecken Nummer

drei und nicht bei Nummer vier gekommen bin.

Er hört aber nicht auf, und ich kann sein sinnliches Lächeln an meinem Geschlecht spüren.

Noch ein Zungenschlag. Zwei. Drei. Vier.

Er hat eine verdammt kluge Zunge.

Bevor er mich zum fünften Mal leckt, verzichtet er neckisch auf die Klitoris und widmet sich stattdessen meinen Falten, die ich nicht mitzähle.

Ich knirsche mit den Zähnen und drücke mich gegen ihn, da ich verzweifelt nach meiner Entladung suche. Er versteht den Wink und kehrt zum Kitzler zurück, um zum fünften Mal zu lecken – aber ich bin noch nicht so weit.

Sechs.

Näher dran, aber knapp daneben, was gut ist. Ich möchte nicht auf einer Nicht-Primzahl kommen.

Okay. Jetzt hängt eine Menge von diesem nächsten Zungenschlag ab. Wenn ich dann nicht komme, muss ich die nächsten vier überstehen, bis wir beim elften ankommen.

Er muss wissen, was ich brauche, denn er macht den Zungenschlag Nummer sieben langsam und träge.

Ja! Endlich. Meine Zehen krümmen sich, und mein Stöhnen klingt eher wie ein Schrei.

Bevor er seine Zärtlichkeiten wiederaufnehmen kann, winde ich mich unter ihm hervor.

Er schaut mit fragenden Augen auf.

»Ich bin mit dem Probieren dran«, keuche ich. »Leg dich zurück.«

Er tut es.

Ich küsse und lecke sein Gesicht, so wie ich es mir immer erträumt habe, dann drücke ich kleine, neckische Küsse auf seinen Hals, bevor ich mit meiner Zunge über die Hügel seiner Brustmuskeln und seine waschbrettartigen Bauchmuskeln gleite, bis ich am Schaft von Prime ankomme.

Ich schaue auf, sehe seinen hungrigen Blick und lecke die gesamte harte, massive Erektion entlang, als wäre sie Eiscreme.

Wie ein Kater, der eine Streicheleinheit genießt, schließt er genüsslich die Augen.

Ist das ein Lusttropfen an der Spitze?

Neugierig lecke ich ihn ab. Er ist lecker – und ein Vorspiel dazu, wie es wäre, wenn er in meinem Mund kommen würde, was eine weitere Fantasie von mir ist.

Als Reaktion auf meine Aufmerksamkeit wird Prime unmöglicherweise noch härter.

Ich lege meine Lippen um seine Eichel und lasse Prime tiefer in meinen Mund gleiten.

Es ist wie Seide auf Stahl.

»Fuck«, stöhnt Alex.

Ermutigt, wirbele ich mit meiner Zunge um den Kopf – dreimal im Uhrzeigersinn, dann dreimal gegen den Uhrzeigersinn.

Er ergreift meine Schultern, und seine starken Finger graben sich in mein Fleisch.

Ich mache sieben Wirbel im Uhrzeigersinn, während er meine Schultern fast schmerzlich quetscht, und dann mache ich sieben Wirbel in die andere Richtung.

Schwer atmend zieht er mich weg. »Ich will in dir sein«, sagt er rau mit dem stärksten Akzent, den ich je bei ihm gehört habe.

»Ich auch«, keuche ich. »Ich meine, ich will dich in mir, nicht mich in dir.«

Mit einem Hauch dieses teuflischen Grinsens erobert er meinen Mund in einem Kuss zurück, und ohne dass sich unsere Lippen lösen, legt er mich auf den Rücken.

Mein Herz hämmert in meinem Brustkorb, meine Sinne werden völlig von ihm eingenommen, von seinem Duft, seiner Haut auf meiner, seiner Wärme. Es ist, als würde ich auf der Welle unseres Kusses durch einen Ozeansturm surfen, sein Körper über meinem der einzige Hafen vor dem sinnlichen Aufruhr, seine Lippen der einzige Anker, der mich sicher hält.

Als er in mich eindringt, fühle ich mich wie ein explodierendes Feuerwerk, so wie eben im Spiel, als er mit einem langen, harten I-Block ein Tetris machte.

Sein erster Stoß ist zu sanft, also ergreife ich seine stahlharten Gesäßbacken und ziehe ihn in mich hinein.

Seine Pupillen weiten sich, und der zweite Stoß ist schneller und tiefer.

Mein Körper verbiegt sich, um sich an den seinen zu schmiegen.

»Das ist es«, knurrt er, und der dritte Stoß ist noch besser. Der vierte ist auch ziemlich gut, wenn man die Anzahl bedenkt.

Beim fünften Stoß stöhne ich vor Lust. Ein Orgasmus kringelt sich in meinem Inneren, aber er ist weit weg, was beängstigend ist, denn was ist, wenn er auf die falsche Zahl fällt?

Ich stöhne bei dreizehn und neunzehn, und beim dreiundzwanzigsten Stoß stößt er in mich hinein – doch ich will es noch schneller, also umfasse ich seinen muskulösen Arsch und ziehe ihn zu mir.

Ja. Verdammt, ja. Ein Stöhnen entweicht meinen Lippen bei neunundzwanzig und einunddreißig, und wie durch Schicksal stöhnt er etwas in der Art von »Du fühlst dich so verdammt gut an« bei siebenunddreißig.

Mit einundvierzig werden die Stöße strafend hart und sind fast zu schnell, um sie zu zählen – und ich liebe jeden einzelnen von ihnen.

Bei dreiundfünfzig zähle ich das Geräusch von Fleisch, das auf Fleisch schlägt, anstatt die Stöße selbst, weil alles ein verschwommenes Lustempfinden ohne erkennbaren Anfang oder Ende ist.

Dreiundachtzig. Ich bin nah dran, aber ich kann noch nicht kommen. Nicht bei den Nicht-Primzahlen Vierundachtzig, Fünfundachtzig, Sechsundachtzig, Siebenundachtzig oder Achtundachtzig.

Da kommt die Neunundachtzig, und sie ist eine

Primzahl, aber ich bin noch nicht so weit, obwohl ich so nah dran bin, dass ich es schmecken kann.

Kann ich bis siebenundneunzig warten?

Klatsch, klatsch, klatsch, klatsch, klatsch, klatsch, klatsch, klatsch.

Meine Nägel graben sich bei siebenundneunzig in seine Pobacken, während ich mit einem Schrei explodiere.

Ein zufriedenes, rein männliches Lächeln umspielt seine Lippen, während er weiter in mich stößt.

Und stößt.

Das Zählen ist jetzt schwieriger.

Waren das einhundertneunundvierzig?

Ein weiterer Orgasmus beginnt sich aufzubauen, und dieser hat die Stärke eines Tsunamis.

Mit einhundertsiebenundneunzig ist es mir egal, ob ich auf einer Primzahl komme oder nicht. Ich will nur die süße Befreiung.

Bei zweihundertdreiundzwanzig ist meine Kehle heiser von den Lustschreien.

Dreihundertundsieben. Ich bin *so* verdammt nah dran.

»Ich auch«, stöhnt er.

Scheiße. Habe ich das laut gesagt?

Spielt keine Rolle.

Wir sind bei dreihundertsiebzehn, und das Schwarz seiner Pupillen überholt fast das Himmelblau – und ich bin kurz davor, zu explodieren.

Ich muss nur noch ein wenig warten.

Nur noch ein wenig mehr.

Die Entladung baut sich immer weiter auf.

Und dann, bei dreihunderteinunddreißig, einer Primzahl, stöhnt Alex laut, und seine Augen schließen sich, während Optimus Prime in mir zuckt.

Scheiße, ja. Mein eigener Orgasmus explodiert. Alle meine Muskeln ziehen sich zusammen, während ich in Ekstase schreie.

Ich bin mir bewusst, dass Alex mich umarmt und küsst, aber ich reite immer noch auf der Lustwelle, die unendlich viel intensiver ist als alle meine Dildosessions zusammen.

Als ich mich genug erholt habe, um wieder denken zu können, säubert er mich mit einem warmen, nassen Handtuch.

»Das ist schön«, murmele ich und gähne.

Er schiebt mich zurecht, bis wir in Löffelchenstellung daliegen, mit mir als kleinem Löffelchen.

Als ich dort liege, umgeben von seiner Wärme, fühle ich mich unglaublich zufrieden – und in diesem verschwommenen Land zwischen Wachsein und Schlaf kommt mir ein Gedanke.

Was auch immer das zwischen uns ist, es könnte tatsächlich funktionieren. Er ist nicht der Teufel, für den ich ihn hielt, als wir uns das erste Mal trafen. Ich mag ihn. Ich mag ihn wirklich. Viel mehr, als das jemals bei Beau der Fall war.

Das größte Hindernis ist unser gemeinsamer Arbeitsplatz. Aber vielleicht wird mich niemand dafür verurteilen, dass ich mit dem Chef geschlafen habe.

Vielleicht wird das Zusammensein mit ihm nicht so ein großes Chaos, wie ich befürchtet habe, und vielleicht werde ich mit den chaotischen Aspekten seines Lebens umgehen können.

Mit diesem angenehmen Gedanken segele ich ins Land der Träume.

Kapitel Vierzig

Ich wache davon auf, dass mir eine feuchte Zunge über das Gesicht leckt.

Erinnerungen an die letzte Nacht drängen sich auf.

Ist das Alex' Art, um mehr zu bitten?

Wenn ja, dann ja, bitte.

Hmm. Seine Zunge fühlt sich lang an. Ich kann mich nicht daran erinnern, dass sie gestern Abend so lang war. Nur sein Schwanz war außerordentlich lang. Und dick und …

Ich öffne die Augen.

Goldene Augen starren mich aus einem koalaähnlichen Gesicht an.

Igitt.

Die Zunge gehört nicht zu Alex.

Mit einem hündischen Grinsen leckt Beelzebub mir noch einmal über das Gesicht.

»Runter mit dir!« Lachend schiebe ich ihn weg.

Wenn man mit einem Welpen den gewissen Punkt überschreitet, wäre das dann eher Pädophilie oder Sodomie?

In seinem wahnsinnigen Enthusiasmus, der durch meine Ablehnung nicht geschmälert wird, verlegt Beelzebub seine Leckaktivitäten auf Alex' Gesicht – und wer kann es ihm verdenken?

»Holly?«, murmelt Alex schläfrig.

»Nö.«

Er öffnet die Augen, lacht und schiebt den Welpen weg, während er ihm sagt, dass er ein »böser Hund« ist, uns so zu wecken.

»Hi«, sage ich, als er mit seinem Vortrag fertig ist.

Selbst mit Hundesabber im Gesicht sieht Alex köstlich aus. Er grinst mich an. »Ebenso hallo.«

»Wie spät ist es?« Ich schaue auf die Sonne, die durch das Fenster scheint.

»Scheiße. Zeit.« Alex springt, umwerfend nackt, auf die Füße.

Er schnappt sich sein Telefon und ruft ein paar Worte auf Russisch.

»Ich bin spät dran«, erklärt er bei meinem fragenden Blick. »Ich habe vergessen, einen Wecker zu stellen. Hier.« Er reicht mir einen Bademantel, der fünf Nummern zu groß ist, und beginnt, sich anzuziehen.

Als seine herrliche Nacktheit leider bedeckt ist, schlüpfe ich in den Bademantel und folge ihm auf seine Aufforderung hin ins Bad. Beelzebub springt hinter uns her und fängt an, Wasser aus der Toilettenschüssel zu trinken.

»Nein!«, sagt Alex streng und schließt den Deckel. »Das machen auch nur böse Hunde.«

Beelzebub wirft ihm einen zerknirschten Blick zu und wedelt entschuldigend mit dem Schwanz.

Wow. Ich mag den herrischen Alex. Vielleicht können wir irgendwann einmal Welpe und Besitzer spielen?

Alex reicht mir eine noch versiegelte Zahnbürste mit einer Zahnarztwerbung, und dann erledigen wir unsere morgendlichen Gewohnheiten nebeneinander, wobei die Häuslichkeit meine Brust erwärmt.

Inzwischen ist der Welpe über seine Zerknirschtsein hinweg. Er rennt im Kreis um uns herum, schleicht wie eine Katze zwischen unseren Beinen hindurch und verhält sich generell, als hätte er eine Überdosis Kokain und Amphetamine genommen.

»Ich muss los.« Alex holt sein Handy heraus. »Was magst du zum Frühstück?«

»Porridge.«

Er macht ein paar Swipes und Klicks. »Du solltest gleich einen bekommen.« Er grinst Beelzebub an, der gerade in die Badewanne gesprungen ist und versucht, auf dem Shampoo herumzukauen. Er scheucht ihn von der Flasche weg und schaut mich an. »Macht es dir etwas aus, mit ihm Gassi zu gehen?«

Ich werfe dem kleinen Teufel einen zweifelnden

Blick zu, sage aber tapfer: »Kein Problem. Kann ich danach deinen Computer benutzen? Ich wollte meinen Laptop mitbringen, um etwas Arbeit nachzuholen, aber wie du dich vielleicht erinnerst, konnte ich letzte Nacht nicht nach Hause gehen.«

Sein Grinsen richtet sich jetzt auf mich. »Du weißt aber, dass heute Sonntag ist, oder?«

Ich zucke mit den Schultern. »Einige Leute aus meinem Team haben gesagt, dass sie dieses Wochenende arbeiten werden, also fühle ich mich verpflichtet, dasselbe zu tun – aus Solidarität.«

»Wie du willst.« Er führt mich in sein Büro, wo er mir einen Gastbenutzer-Zugang einrichtet. »Du kannst dich von hier in deinen Arbeitscomputer einloggen. Auf diese Weise hast du alles so eingerichtet, wie du es magst.«

»Tu, was du tun musst«, sage ich mit einem Lächeln. »Ich werde mir schon was einfallen lassen.«

Alex scheint nicht gehen zu wollen. Er leint Beelzebub an – obwohl ich das auch hätte tun können –, legt einen Snack in das Innere des Spielzeugs und erklärt mir, dass ich es benutzen soll, wenn ich eine Pause von meinem pelzigen Schützling brauche.

»Du bist spät dran«, sage ich mit spöttischer Züchtigung.

»Gib mir einen Kuss, und ich gehe.«

Das tue ich gerne. Dieser Abschiedskuss ist genauso heiß wie der von letzter Nacht – und plötzlich will ich nicht mehr, dass er geht. Und wenn man seinem sehnsüchtigen Blick Glauben schenken darf, würde er auch lieber bleiben und mich vögeln.

Werden wir beide zu Sexfanatikern wie meine Eltern?

»Wir sehen uns später«, sagt er zögernd.

»Bis später«, sage ich und versuche, nicht zu sabbern, während ich ihn zum Aufzug gehen sehe.

Beelzebub wackelt mit dem Kopf und wimmert, als sich die Türen hinter seinem Herrchen schließen.

Ich streichele seinen großen, flauschigen Kopf. »Ich weiß, wie du dich fühlst, Kumpel. Jetzt lass mich mich anziehen, damit ich mit dir einen Spaziergang machen kann.«

Kapitel Einundvierzig

*E*s ist amtlich.

Der beste Weg, sich in einen Welpen zu verlieben, ist, mit ihm spazieren zu gehen.

Angetrieben von scheinbar endloser Energie, schnüffelt Beelzebub jeden Zentimeter unseres Weges zum Park ab und bellt Dinge an, von denen ich nicht wusste, dass jemand sie anbellen möchte, wie blühende Löwenzahnblüten und einen leeren Karton.

Sobald wir den Bereich im Park erreichen, wo er losgelassen werden kann, rennt er mit voller Geschwindigkeit auf eine Fata Morgana zu, die nur er sehen kann, und springt dann auf das, was er sich einbildet. Danach sucht er sich einen Stock und bringt ihn mit klarer Absicht zu mir: *Lass uns Stöckchen werfen spielen.*

Ich werfe den Stock, bis mein Arm müde ist, aber der Welpe scheint nicht im Entferntesten außer Atem zu sein.

Nun, dagegen kann ich nichts tun. Ich leine ihn wieder an, und wir gehen weiter, bis er schließlich sein Geschäft auf einer nahegelegenen Wiese verrichtet. An diesem Punkt lerne ich, dass Hundehaufen in einer Tüte aufzusammeln nicht so eklig ist, wie man es sich vorstellt – Gias schlimmster Alptraum –, obwohl dies an diesem Punkt eine *Liebe-macht-blind*-Situation sein könnte.

Als wir nach Hause kommen, folgt Beelzebub mir durch die Wohnung wie ein Entenküken, das auf seine Mama geprägt ist, auch als ich auf die Toilette muss.

Es ist so süß, dass ich vergesse, mich zu ärgern.

Trotzdem stelle ich, als ich wieder herauskomme, sein Futter und Wasser bereit, in der Hoffnung, dass ein Futterkoma ihn ein wenig beruhigt, und er stürzt sich begeistert darauf.

Während ich ihm beim Essen zuschaue, ertönt die Türklingel.

Es ist ein Lieferservice mit meinem Porridge.

Endlich. Ich war kurz davor, das Hundefutter zu probieren.

Ich gieße den einfachen Porridge in eine Schüssel, mache es mir in der Küche gemütlich und verschlinge meine Mahlzeit, während ich auf meinem Handy Nachrichten lese. Erst als ich mit meinem Essen fertig bin, merke ich, dass etwas nicht stimmt.

Beelzebub ist nicht mehr bei mir in der Küche.

Mit einem mulmigen Gefühl gehe ich das kleine Biest suchen.

Bloody hell.

All die Spielsachen, die ich ordentlich im Korb gesammelt hatte, liegen wieder auf dem Boden verteilt.

Ich schnappe mir die Kiste und fange an, sie wegzuräumen – das heißt, bis Beelzebub auf mich springt und mich dazu bringt, die Kiste fallen zu lassen. Aufgeregt bellend fängt er an, die Spielzeuge wieder in der Wohnung zu verteilen.

Vielleicht sollte ich dieses Chaos einfach liegen lassen.

Das kann ich.

Manchmal.

Ich meine, ich habe Gias Wohnung überlebt, ohne verrückt zu werden.

Ich halte ganze dreißig Sekunden durch. Dann, getrieben von einem unwiderstehlichen Zwang, sammele ich die Spielzeuge wieder ein.

Beelzebub stellt das Chaos sofort wieder her. Er muss das als ein lustiges Spiel ansehen.

Ich fange an, mich überfordert zu fühlen, und anders als bei Euklid kann ich ein VR-Headset nicht einfach abnehmen, wenn ich es leid bin, mich mit dieser Art von Haustier zu beschäftigen.

Dann erinnere ich mich an das Spielzeug mit dem verstecktem Leckerli, das Alex vorbereitet hat.

Aha.

Ich bin in der Lage, den Schlamassel wieder aufzuräumen, und Beelzebub ist es egal. Seine ganze

Aufmerksamkeit gilt dem Spielzeug mit dem versteckten Leckerli.

Hervorragend. Vielleicht könnte ich auch gleich ein wenig arbeiten.

Ich gehe in Alex' Büro, und während ich mich einlogge, schweifen meine Gedanken zu den Ereignissen der letzten Nacht. Sofort sprießen Fragen wie »Was hat das zu bedeuten?« und »Was würden meine Kollegen denken, wenn sie es herausfänden?«.

Vielleicht hat Beelzebub mir damit, dass ich die ganze Zeit hinter ihm herjagen musste, einen Gefallen getan.

Ich beschließe, mich mit Arbeit abzulenken, logge mich in meinen Bürocomputer ein und arbeite an Euklids Code – etwas, wozu ich schon lange keine Gelegenheit mehr hatte. Als ich fertig bin, öffne ich meinen Posteingang, damit ich Alison bitten kann, meine Arbeit zu testen, aber dort wartet bereits eine E-Mail von ihr, eine Nachricht, die sie letzten Freitag geschickt hat.

Der Betreff ist beunruhigend: »Ich habe ein Gerücht über dich gehört.«

Ich öffne die E-Mail, und mein Magen zieht sich zusammen.

Laut Alison geht es bei dem neuesten Klatsch der Buschtrommeln nur um eine Sache: Alex und ich schlafen miteinander.

Ich starre ausdruckslos auf den Bildschirm, dann antworte ich mit:

Wer hat dieses blöde Gerücht in die Welt gesetzt?

Nachdem ich auf *Senden* geklickt habe, trifft es mich wirklich.

Wie kann jemand aus dem Büro das wissen? Gibt es eine versteckte Kamera in Alex' Schlafzimmer?

Nein, das ist lächerlich. Und selbst wenn es so wäre … Alisons E-Mail ist vom Freitag, also *bevor* wir miteinander geschlafen haben.

Jemand hat gelogen, als er dieses Gerücht in die Welt gesetzt hat, aber jetzt ist es keine Lüge mehr.

Ich fasse mir an den plötzlich schmerzenden Kopf.

Was habe ich mir gestern Abend nur gedacht?

Gar nichts. Ich habe einfach meine Hormone entfesselt. Das haben wir beide getan, und jetzt wird mein Arbeitsleben zu einem genauso großen Chaos wie diese Wohnung – und gerade kann ich nicht damit umgehen.

Mein Telefon klingelt.

Es ist Alex.

Weiß er es schon? Wird er gleich sagen, wie sehr er bedauert, was wir getan haben?

Ich atme tief durch und hebe ab. »Privet.«

»Privet.« Es liegt ein Lächeln in seiner Stimme. »Ich wollte nur mal sehen, wie der Tag bisher so läuft, und dir ein Update geben.«

Er weiß es also nicht.

Soll ich es ihm sagen?

Nein. Er muss sich um seinen Vater kümmern.

»Der Tag ist gut gelaufen, und Beelzebub geht es gut«, sage ich. »Wie ist das Gespräch gelaufen?«

Er seufzt. »So gut, wie es eben geht. Dad hat uns einen Kompromiss angeboten. Er wird Bier statt Wodka trinken.«

Ich blicke auf mein Handy. Hat mir der Stress die Fähigkeit geraubt, klar zu denken, oder ist dieser angebliche Kompromiss total daneben?

»Soweit ich weiß, enthält Bier Alkohol«, sage ich vorsichtig. »Sollte er den nicht aufgeben?«

»Ja, aber das ist ein Schritt in die richtige Richtung. Wenn er sich an Bier hält, hat er nicht genug Platz in seinem Magen, um den Blutalkoholspiegel von Wodka zu erreichen.«

»Das stimmt schon irgendwie …«

»Es ist ein akzeptables Ergebnis, glaub mir. Dads Generation von Russen spottet über Dinge wie das Zwölf-Schritte-Programm.«

Okay, soll ich ihm jetzt von dem Gerücht erzählen?

»In Ordnung«, sagt er, bevor ich den Mut aufbringen kann. »Ich bin auf dem Rückweg. Wir sehen uns gleich.«

Er legt auf, bevor ich etwas sagen kann.

Na schön. Das ist Schicksal.

Ich eile zurück zu meinem Posteingang, um zu sehen, ob Alison geantwortet hat.

Nein, und warum sollte sie auch? Es ist immer noch Sonntag.

Gerade als ich die E-Mails verlassen will, kommt doch noch eine Nachricht von ihr.

Ich hatte gehofft, dass du dieses Wochenende online bist,

beginnt sie. Aber anstatt Namen zu nennen, sagt Alison, dass sie sich vorsichtig umhören muss, um herauszufinden, wer das Gerücht in die Welt gesetzt hat.

Verflixt. Was wirklich aufschlussreich ist, ist, dass sie mich nicht fragt, ob das Gerücht wahr ist. Bedeutet das, dass sie es nicht glaubt – oder dass sie denkt, dass ich *wirklich* mit unserem Chef schlafe?

Ich schlafe mit dem verdammten Boss.

Wie bin ich zu einem so chaotischen, unangemessenen Klischee geworden?

Ich gehe durch den Raum und sortiere alle Stifte von Alex nach ihrer Länge.

Als mir die physische Unordnung ausgeht, die ich beheben muss, suche ich nach weiterem Code, an dem ich arbeiten kann – und entscheide mich für einen einfachen Bug aus der Liste der Integrationswarteschlange.

Sobald ich anfange, merke ich, dass ich es vermisse, Alex an meiner Seite zu haben.

Ernsthaft? Hat unsere Paarprogrammierung meine Fähigkeit, allein zu programmieren, ruiniert?

Was für ein verflixtes Desaster.

Es dauert nicht lange, bis ich mich nicht mehr darauf konzentrieren kann, den Fehler zu beheben, also tippe ich einen Befehl ein, um alle Änderungen rückgängig zu machen, die ich gerade vorgenommen habe.

Moment, habe ich das richtig getippt?

Bevor ich nachsehen kann, klingelt mein Telefon.

Es ist Dr. Piper.

Ich greife nach meinem Handy. »Hallo!«

»Hi«, sagt Dr. Piper, und er klingt nicht so fröhlich wie sonst. »Ich fürchte, ich habe eine schlechte Nachricht.«

Kapitel Zweiundvierzig

Mein Herzschlag schießt auf einhundertsiebenunddreißig Schläge pro Minute hoch. »Ist Jacob etwas zugestoßen?«

»Sorry, nein. Nicht diese Art von schlechten Nachrichten.«

Ich atme hörbar aus. »Gott sei Dank. Was ist es dann?«

Er seufzt. »Erinnern Sie sich an den Berater, den ich erwähnt habe?«

Fast frage ich: »Der böse?«, aber sage stattdessen einfach »Ja«.

Bei all dem, was passiert ist, hatte ich den bösen Berater eigentlich ganz vergessen.

»Nun, er hat mir eine E-Mail geschickt«, sagt Dr. Piper. »Er hat mir erzählt, was für Produkte die Morpheus Group demnächst auf den Markt bringen wird.«

Was?

Oh nein.

Nein. Nein. Nein.

Wie hat der böse Berater überhaupt von dem Pornokram erfahren? Und warum sollte er es ihnen verdammt nochmal sagen?

Das fällt nicht in den Zuständigkeitsbereich eines Beraters.

Dr. Piper seufzt erneut. »Ich hatte gehofft, Sie würden sagen, dass es ein Haufen Lügen sind.«

Ich schüttele den Kopf und merke dann, dass er mich nicht sehen kann. »Das kann ich nicht«, sage ich zögernd.

Ein lauter Seufzer. »Es tut mir leid, meine Liebe, aber dann ist das ein Problem. Ich meine, nicht für mich persönlich, sondern für den Rest meines Teams. Sie werden die Verbindung abbrechen wollen, wenn ich es ihnen morgen sage – und ich muss es ihnen sagen. Es tut mir leid.«

Ich schüttele dummerweise noch einmal den Kopf vor dem Telefon.

»Ich werde die Leute von 1000 Devils vorwarnen«, sagt er. »Nochmal, es tut mir leid, aber mir sind die Hände gebunden.«

»Ich verstehe«, schaffe ich zu sagen und lege auf.

Tränen brennen in meinen Augen, und die Wände des Büros fühlen sich an, als würden sie näher kommen.

Das ist schlimm. So, so schlimm. Was soll ich jetzt tun? Wie bringe ich dieses riesige Chaos in Ordnung? Wie kann ich …

In diesem Moment ertönt das Geräusch der Aufzugstüren, die sich öffnen, gefolgt von begeistertem Bellen.

Ich taumele aus dem Zimmer in Richtung des Aufruhrs und stolpere dabei zweimal fast über das Hundespielzeug.

Beelzebub muss eine Pause von der Leckerei gemacht haben, um wieder eine Sauerei zu veranstalten – eine Metapher für mein verdammtes Leben.

»Böser Hund«, sagt Alex streng, als ich die beiden erreiche.

Beelzebubs Ohren hängen herab.

Ich folge Alex' Blick.

Natürlich. Meine Fick-mich-Pumps sind in winzige Fetzen gerissen worden – genau wie meine Träume.

»Es tut mir so leid«, sagt Alex und schaut zu mir herüber. »Du kannst die Hausschuhe meiner Schwester tragen, wenn du nach Hause gehst, und ich werde dir neue Schuhe besorgen.«

Meine Hände ballen sich an meinen Seiten zu Fäusten. »Die verdammten Schuhe sind mir scheißegal.«

Er zuckt zusammen. »Du hast mit Dr. Piper gesprochen, stimmt's?«

Alex ist also *die Leute von 1000 Devils*, die Dr. Piper kontaktieren wollte.

Ich nicke, aber traue mir selbst nicht genug, um zu sprechen.

»Es ist eine beschissene Situation«, sagt Alex und wischt sich mit der Hand über das Gesicht.

Ich spüre den Drang, von hier zu verschwinden, bevor ich schreie oder etwas anderes tue, was ihn denken lässt, ich sei verrückt – oder den armen Welpen erschreckt.

Ich gehe auf die Tür zu, aber Alex versperrt mir den Weg.

»Wohin gehst du?«

»Nach Hause.« Ich versuche, mich an ihm vorbeizuquetschen, aber er ist wie eine Betonwand.

»Es gibt noch etwas, worüber ich mit dir reden wollte«, sagt er, als ich einen Schritt zurücktrete, und ich könnte schwören, dass ein Ausdruck der Enttäuschung auf seinem Gesicht liegt.

Er wagt es, sauer auf mich zu sein?

Ich schließe die Augen. »Was ist los? Hast du auch wegen dem Zeug, von dem du behauptest, es sei kein Porno, deinen Vertrag mit dem Krankenhaus verloren?«

Er seufzt. »Die Morpheus Group ist ein anderes Unternehmen als 1000 Devils. Wir haben darüber gesprochen.«

Ja. Ich erinnere mich. Es war, als er sagte, dass das, was gerade passiert ist, nicht passieren würde.

Meine Wut wird von Sekunde zu Sekunde intensiver.

Ich verstehe, dass das Leben unfair sein kann, aber das ist lächerlich. Er schläft mit mir, aber nur *mein* Ruf liegt in Scherben. Wir werden beide bei der

Arbeit an Pornokram erwischt, aber nur *mein* Projekt wird beendet.

Er runzelt die Stirn. »Ich habe die E-Mails der Leute gesehen, die heute am Code schreiben.«

Mir klappt die Kinnlade herunter. »Willst du mitten in all dem hier fachsimpeln? Ist Anzugintegration das Einzige, was dich interessiert?«

Sein Gesicht ist jetzt stürmisch und erinnert mich an den Tag, an dem er mich beim Einbruch in sein Büro erwischt hat. »Ich habe dir gesagt, dass es wichtig für Bella ist, erinnerst du dich? Du hast gesagt, du würdest ihn nicht wieder sabotieren. Erinnerst du dich an diesen Teil?«

Ich weiche vor der Wut in *seiner* Stimme zurück. »Wovon redest du?«

Er kommt auf mich zu. »Schau, ich verstehe, dass das ein stressiger Tag für dich war, aber das bedeutet nicht, dass du …«

»Stressig?« Meine Emotionen kochen über, der ganze aufgestaute Stress und Frust entlädt sich gleichzeitig. Ich weiß, dass ich schreie, aber das ist mir egal. »Stressig trifft es nicht ganz. Das ist der schlimmste Tag meines Lebens!«

»Und ich habe Verständnis dafür, aber …«

»Gehst du mir jetzt verdammt nochmal aus dem Weg?« Ich klinge an dieser Stelle so hysterisch, dass Beelzebub wimmert – genau das hatte ich vermeiden wollen.

Alex' Kiefer verhärtet sich, und er geht aus dem Weg. »Geh, wenn du musst.«

Ich stürme in den Aufzug und drücke mit dem Finger auf jedes Stockwerk mit einer Primzahl. Während sich der Aufzug nach unten bewegt, schreie ich mir zwischen den einzelnen Stopps die Lunge aus dem Leib.

Ich ignoriere Alex' Limousine und schnappe mir ein Taxi.

Die Fahrt nach Hause verläuft in einem Dunst aus stürmischen Emotionen, und als ich dort ankomme, schalte ich *Downton Abbey* ein und weine, bis ich auf der Couch einschlafe.

Kapitel Dreiundvierzig

Ich wache mit einem steifen Rücken und einem pochenden Kopf auf. Ich setze mich auf und reibe mir die trüben Augen. Als die Welt wieder in den Fokus rückt, kommen mir die Ereignisse vom Sonntagmorgen wieder zu Bewusstsein. Mein Magen verknotet sich, und ein Schraubstock drückt meine Brust zusammen, als ich mich an alles erinnere.

Ich habe den Krankenhausvertrag verloren, für den ich so hart gearbeitet habe.

Mein VR-Haustierprojekt ist so gut wie tot.

Und als Frischkäse auf diesem scheiß Gurken-Sandwich wissen alle meine Kollegen, dass ich mit dem Chef geschlafen habe.

Wo wir gerade dabei sind, warum hat sich Alex gestern Abend so seltsam verhalten?

Ich bin diejenige, die sich hätte aufregen sollen, nicht er.

Außerdem, was war das mit den E-Mails? Warum hat er von Sabotage gesprochen?

Ich springe auf und suche nach meinem Telefon, aber erfolglos.

Verflixt. Jetzt, wo ich darüber nachdenke, habe ich es vielleicht auf dem Tisch in Alex' Büro liegen lassen.

Ich klappe meinen Laptop auf, um nach der Uhrzeit zu sehen.

Wow. Es ist Montagmorgen. Kein Wunder, dass mein Rücken steif ist – ich habe die ganze Nacht auf einer winzigen Couch geschlafen.

Okay, zurück zu dem E-Mail-Rätsel.

Ich logge mich in meinen Arbeitscomputer ein und schaue in meinem Posteingang nach Nachrichten vom Sonntag.

Bloody hell. Die Leute sind in Panik, weil ein Jahr Arbeit im Code Repository zu fehlen scheint.

Habe ich das schon wieder gemacht?

Ich rufe hektisch das Fenster auf, in dem ich versucht habe, meine gestrigen Programmierversuche rückgängig zu machen, und siehe da, ich habe den Befehl wirklich vermasselt. Ich hatte sogar das Gefühl gehabt, dass das der Fall sein könnte, und wollte es nochmal überprüfen, aber der Anruf von Dr. Piper hatte mich abgelenkt.

Kein Wunder, dass meine Kollegen ausflippen.

Die gute Nachricht ist, dass ich weiß, wie ich das Problem beheben kann, da ich diese Art von Fehler schon einmal gemacht habe.

Es dauert ein paar Minuten, aber als ich fertig bin, ist alles in Ordnung.

Puh.

Ich antworte auf eine der Panik-E-Mails und erkläre, dass das Problem nun behoben ist. Als ich auf *Senden* klicke, bemerke ich Alex' Namen im Adressfeld und erinnere mich an seine Anschuldigung.

Oh fuck!

Jetzt verstehe ich, warum er enttäuscht aussah.

Er muss gedacht haben, dass die schlechten Nachrichten von Dr. Piper mich dazu getrieben haben, den Code absichtlich durcheinanderzubringen – und ich habe es nicht geleugnet oder erklärt, was wirklich passiert ist.

Ich schreibe ihm eine E-Mail, um ihn zu fragen, ob wir reden können, dann eile ich ins Bad, um mein Gesicht zu waschen und meine Zähne zu putzen.

Als ich mit meiner Morgenroutine fertig bin, schaue ich nach, ob Alex geantwortet hat.

Nein.

Ich esse meinen Porridge und schaue noch einmal nach.

Nada.

Es ist amtlich.

Alex hasst mich jetzt. Vielleicht hat er meine E-Mail-Adresse gesperrt, so dass ich direkt im Spam lande – oder vielleicht wurde ich gefeuert, und meine E-Mails erreichen niemanden in der Firma.

Ich werfe meine leere Schüssel mit solcher Wucht in die Spüle, dass sie zerspringt.

Mein Herz hämmert kränklich, und der Knoten in meinem Magen wächst, bis der Haferbrei wieder hochzukommen droht.

Ich habe es vermasselt.

Mit Alex und mir könnte es vorbei sein.

Wenn ich rational wäre, würde ich mich über diese Tatsache freuen. Angenommen, ich habe immer noch einen Job, dann bedeutet das Ende von uns, dass wir wieder zum Arbeitgeber- und Arbeitnehmerverhältnis zurückkehren, was das Richtige wäre. Das, was weniger chaotisch wäre. Das, wo die Leute nicht hinter meinem Rücken darüber reden könnten, dass ich den Chef vögele.

Ich sollte froh sein, aber stattdessen gleicht mein Herz dieser armen, zerbrochenen Schale.

Meine Interaktionen mit Alex spielen sich vor meinem geistigen Auge ab. Die Paarprogrammierung ... das Tanzen auf dem Geburtstag seines Vaters ... der Kuss ... die Orgasmen am Sonntag ... Die ganze Zeit, die wir zusammen verbracht haben, hat sich Alex in mein Herz gegraben, und zu wissen, dass ich ihn verloren habe, lässt mich diese Tatsache erkennen – oder besser gesagt, zugeben.

Verzweifelt checke ich noch einmal meine E-Mails.

Es gibt Dankesnachrichten von den Entwicklern, die bestätigen, dass der Code zurück ist, also bin ich immer noch im E-Mail-System der Firma.

Allerdings nichts von Alex.

Meine Brust zieht sich noch fester zusammen, Tränen drohen erneut, meine Augen zu überfluten, aber ich halte sie zurück und straffe meine Schultern.

Genug Trübsal geblasen und geweint.

Ich weigere mich, unsere Beziehung aufzugeben.

Ich muss das in Ordnung bringen – und wenn Alex mich verflixt nochmal ignorieren will, dann muss er mir das ins Gesicht sagen.

Ich ziehe mich an, schnappe mir Gias Dietriche und eile zum Büro.

Es ist Zeit, dass mein Teufel und ich ein paar Worte miteinander wechseln.

In meiner Eile, zu Alex' Büro zu gelangen, laufe ich Alison fast um.

»Hey«, sagt sie. »Ich gehe der Quelle des Gerüchts auf den Grund. Gib mir nur noch ein paar Stunden.«

»Danke«, keuche ich. »Mail mir, wenn du etwas erfährst. Ich habe mein Telefon heute nicht dabei.«

Sie nickt, und ich setze meinen Sprint fort – nur um Alex' Büro verschlossen vorzufinden, als ich dort ankomme.

Ich klopfe an.

Er öffnet nicht.

Ignoriert er mich?

Nein, das ergäbe keinen Sinn. Das könnte jemand anderes sein, der anklopft.

Es sei denn, er kann mich durch eine Überwachungskamera sehen?

Diese Idee macht mich wütend. Andererseits muss ich das irgendwie geahnt haben, denn ich habe ja die Dietriche dabei.

Ich schaue mich um.

Niemand achtet auf mich, aber es ist trotzdem wahnsinnig, dass ich das am helllichten Tag machen werde.

Nun, wenn Alex zusieht, kann er mich aufhalten, indem er die Tür öffnet.

Ich klopfe zum letzten Mal.

Schweigen.

Ich mache mit den Dietrichen kurzen Prozess mit dem Schloss.

Das Herz schlägt mir bis zum Hals, als ich die Tür aufdrücke.

Leer.

Wo zur Hölle ist er?

Andererseits, wenn er nicht auf der Arbeit ist, ignoriert er vielleicht doch nicht meine E-Mails. Vielleicht hat er sich einfach einen Tag freigenommen.

Ich schließe die Tür und eile in Bellas Büro.

Sie ist auch nicht da.

Ich eile zu meinem Schreibtisch und überprüfe meine E-Mails auf Nachrichten von einem der Chortsky-Geschwister.

Nichts.

Da Alex nicht zu erreichen ist, schreibe ich Bella:

Ich wollte chatten. Habe mein Handy nicht dabei. Können wir skypen? Mein Nutzername ist PalindromicPrime1035301.

Ich warte ein paar Minuten, aber Bella antwortet nicht und ruft mich auch nicht über Skype an.

Na schön. Da ich weiß, wo Alex wohnt, werde ich ihm einfach einen Besuch abstatten.

―――

Ich renne in das Haus von Alex und krache in die Brust eines Wachmanns.

»Kann ich helfen?«, knurrt er und stützt mich, als ich zurückstolpere.

Verflixt. Er ist nicht der, den ich am Sonntag gesehen habe, also muss ich für ihn wie eine völlige Fremde aussehen.

»Ich bin hier, um Alex Chortsky zu besuchen«, sage ich atemlos und trete zurück. »Im hundertsiebten Stock.«

Der Wachmann geht zu seinem Schreibtisch und überprüft etwas in seinem Computer, während ich darüber nachdenke, wie gut es ist, dass Alex in einem Stockwerk mit einer Primzahl wohnt.

Wenn das kein Zeichen dafür ist, dass er zu mir gehört, dann weiß ich es auch nicht.

»Tut mir leid«, sagt der Wachmann und klingt nicht im Geringsten so, als ob es ihm wirklich leidtäte. »Mr. Chortsky ist weggegangen.«

Verdammt. »Wann?«

Er schaut vom Bildschirm auf. »Das steht hier nicht, aber es muss nach Beginn meiner Schicht gewesen sein.«

Stimmt das – oder ist das eine Ausrede von Alex, falls ich auftauchen sollte?

Andererseits hat der Wachmann nicht einmal nach meinem Namen gefragt.

Ich könnte Bella sein. Nein, er kennt Bella wahrscheinlich.

Ich werfe einen Blick auf den Aufzug.

Würde der Wachmann mich überwältigen, wenn ich dort hinrennen würde?

Selbst wenn er es tun würde, ich denke, ich könnte es schaffen.

Ich laufe los.

Der Wachmann verfolgt mich nicht. Zumindest kann ich ihn nicht hören.

Keuchend erreiche ich mein Ziel und drücke verzweifelt auf den Knopf.

Ein gefühltes Jahr lang scheint nichts zu passieren.

»Sie brauchen die Karte, um den Aufzug zu öffnen«, sagt der Wachmann in einem verärgerten Ton von seinem Platz aus. »Ich nehme an, Sie haben keine?«

Ich fluche und drehe mich zu ihm um. »Können Sie nicht etwas tun, um mich reinzulassen?«

»Klar kann ich das. Aber das werde ich ganz bestimmt nicht.«

Warum kann dieser blöde ... Ich höre mit diesem

Gedankengang auf, da man lästige Fliegen ja bekanntlich mit Honig fängt. Ich kehre zur Rezeption zurück und mache dem Kerl schöne Augen. »Bitte. Alex hat gesagt, dass ich ihn besuchen kann, auch wenn er nicht da ist.«

»Kann ich Ihren Ausweis sehen?« Der Wachmann streckt seine Hand aus.

Ich gebe ihm meinen Ausweis, und er tippt etwas in seinen Computer und schüttelt dann den Kopf. »Sie stehen nicht auf der Gästeliste.«

»Er hatte nicht die Gelegenheit, mich daraufzusetzen«, sage ich.

Der Gesichtsausdruck des Wachmanns verhärtet sich. »Hören Sie, Lady, Sie haben Glück, dass ich nicht die Polizei rufe. Und ich tue Ihnen diese Gefälligkeit nur für den Fall, dass Sie Mr. Chortsky *wirklich* kennen.«

»Ich schwöre, dass ich das tue.«

»Dann soll er Sie auf die Liste setzen oder mit Ihnen zurückkommen oder Ihnen seine Karte geben.«

Ich hasse es, wenn Leute stimmige Logik gegen mich verwenden.

Verärgert drehe ich mich auf dem Absatz um und gehe nach draußen, um mir ein Taxi zu rufen.

Es gibt noch einen Ort, an dem Alex sein könnte.

Einen Ort, den ich nicht gerne wieder besuchen möchte, wenn ich ehrlich bin.

Einen Ort, der mich an einen Höllenkreis erinnert, was passend ist, da er 1000 Devils heißt.

Dann wiederum ist Alex es wert.

Ich sage dem Fahrer schnell die Adresse und bereite mich psychisch auf den bevorstehenden Prozess vor.

Einen verdammten Nerfgun-Angriff.

Kapitel Vierundvierzig

Als mich die Wachmänner in *diesem* Gebäude fragen, wen ich besuchen möchte, nenne ich Robert Jellyheims Namen statt den von Alex.

Er ruft Robert an, und er sagt ihnen, dass sie mich hineinlassen sollen. Eine kurze Fahrstuhlfahrt später betrete ich die Etage der 1000 Devils und tauche in den Waffenschrank ein.

Es ist Zeit für die großen Geschütze, buchstäblich.

Ich suche nach der größten Waffe und entscheide mich für ein schrotflintenähnliches Ding.

Ich fühle mich wie ein harter Kerl, fische meine Ohrstöpsel heraus, stecke sie mir in die Ohren und starte den *Downton-Abbey*-Soundtrack in voller Lautstärke.

Ja. Gleich werde ich alle umblasen.

Ich sprinte hinaus, und sobald meine Feinde mich entdecken, fliegt ein Pfeil auf mein Gesicht zu.

Ich weiche ihm aus.

Bumm.

Zumindest nehme ich an, dass das das Geräusch ist, das meine Schrotflinte macht, als ich sie entlade und eine Wolke von Pfeilen auf den rothaarigen Kerl in den Vierzigern schicke, an den ich mich von der letzten Schießerei erinnere.

Das wird ihm eine Lehre sein.

Eine neue Angreiferin springt von ihrem Schreibtisch auf.

Ich entfessele eine weitere Wolke von Pfeilen auf ihre Brust.

Wie arbeiten diese Menschen hier? Die Tische stehen immer noch wahllos herum, der Boden ist mit Munition übersät, und das Schlimmste ist, dass niemand die vier Stühle neben den Tischen verändert hat.

Die Frau, der ich das letzte Mal in den Schritt und auf die Brust geschossen habe, stürzt sich in den Kampf und sinnt auf Rache.

Ich drücke den Abzug meiner Schrotflinte.

Nichts passiert.

Warum?

Oh, richtig. Ich hätte es wissen müssen. Schrotflinten sind nicht gerade für große Munitionskapazitäten bekannt.

Die Frau schießt.

Ich weiche ihrem Pfeil aus.

Weitere Angreifer schließen sich an.

Ein Schwarm Pfeile wird mich gleich in ein oranges Stachelschwein verwandeln.

Ich ducke mich hinter einen vertrauten Schreibtisch.

Jemand räuspert sich über mir, einmal, zweimal.

Ja. Genau diesen Fehler habe ich beim letzten Mal auch gemacht.

Ich schaue auf.

In der Tat. Ich blicke wieder einmal auf Buckleys Schritt.

Es ist das zweite verdammte Mal, dass ich ihn in der Hitze des Gefechts nicht bemerkt habe.

»Entschuldige bitte.« Als ich die Ohrstöpsel aus meinen Ohren nehme und aufstehe, erhasche ich einen Blick auf seinen Monitor – er liest eine E-Mail.

Das *An*-Feld kommt mir bekannt vor, aber bevor ich mich weiter damit befassen kann, minimiert Buckley das Fenster.

»Hallo«, sagt er, dann räuspert er sich dreimal.

Moment einmal. Diese E-Mail. War es …

Ein Pfeil kracht in meine Schläfe, und ein weiterer trifft mich in den Hintern.

Oh. Diese schmerzen nicht so sehr, wie ich befürchtet hatte. Eigentlich überhaupt nicht, wirklich.

»Genug geschossen, Leute«, ruft Robert von seinem Schreibtisch in der Nähe.

Ich drehe mich zu ihm um.

Er ist nicht weniger unordentlich als beim letzten Mal, als ich ihn sah.

»Danke, dass du mich reingelassen hast«, sage ich und wische mir den Schweiß von der Stirn. »Ich bin eigentlich wegen Alex hier.«

Robert runzelt die Stirn. »Er ist heute nicht hier.«

Hat Alex ihm gesagt, dass er das sagen soll?

Nein. Wenn das so wäre, würden sie mich nicht hier hochkommen lassen.

Ich gehe zu seinem Schreibtisch. »Weißt du, wo er ist?«

Robert schüttelt den Kopf.

Verdammt. »Kann ich deinen Computer benutzen, um meine E-Mails zu checken?«, frage ich und fange an, mich besiegt zu fühlen.

»Sicher, aber bitte beeil dich.«

Er gibt mir Zugang, und ich logge mich aus der Ferne in meinen Arbeitsrechner ein und checke meine E-Mails.

Immer noch nichts von Alex, aber es gibt eine Antwort von Bella:

Hey, Schatz. Ich habe gerade versucht, dich anzuskypen, aber du bist nicht rangegangen.

Verflixt. Ich will sie per Video zurückrufen, aber das ist Roberts Computer, und ich soll mich beeilen.

Ich will mich gerade abmelden, als ich eine E-Mail von Alison sehe.

Ein weiterer Moment sollte nicht schaden.

Ich klicke sie an.

Alison sagt, sie hat den Ursprung des Gerüchts trianguliert und einen Namen für mich.

Ich lese den Namen, reibe mir die Augen und lese ihn noch einmal.

Ja.

Immer noch Buckley.

Dann trifft mich die Erkenntnis.

Das *An* in der Nachricht, die ich gerade auf seinem Bildschirm gesehen habe – ich bin mir ziemlich sicher, dass es Dr. Pipers E-Mail war. Oder, wenn nicht, definitiv jemand mit einer @nyulangone.org-Adresse.

Aber warum sollte er ihnen mailen? Es sei denn ...

Ich stürme hinüber zu Buckleys Schreibtisch.

»Du bist der böse Berater?« Die Frage kommt viel lauter aus meinem Mund, als ich geplant hatte.

Buckley räuspert sich. »Was?«

»Keine Spielchen mehr«, knurre ich. »Du verbreitest Lügen über mich im Büro *und* torpedierst mein Projekt?«

Seine nächsten beiden Räusperer klingen wütend. »Welche Lügen?«

»Dass ich mit Alex geschlafen habe«, zische ich leise.

Er rollt mit den Augen. »Hast du das nicht? Ich habe gesehen, wie er dich angeschaut hat, als du das letzte Mal hier warst. ›Sexuelle Belästigung‹ war ihm praktisch auf die Stirn geschrieben.«

Ich bin der gewaltloseste Mensch, den ich kenne, und doch muss ich den Drang bekämpfen, ihn zu schlagen. Hart.

»Warum würdest du mir so etwas antun?«, frage ich stattdessen, obwohl ich die Antwort bereits ahne.

»Warum?« Er räuspert sich noch zweimal. »Bürotechtelmechtel sind unangemessen«, sagt er mit einem britischen Akzent, von dem ich denke, dass er eine Parodie auf mich sein soll. »Ich schätze, nur dann, wenn es deiner Karriere nicht hilft, richtig?«

Arschloch. Er *ist* wütend über meine Ablehnung seiner Annäherungsversuche.

Da ich zu sehr damit beschäftigt bin, vor Wut zu kochen, um antworten zu können, räuspert er sich noch vier weitere Male – als ob er wüsste, wie schmerzhaft es für mich ist, das zu hören. »*Ich* hätte der CTO sein sollen«, sagt er, und sein Ton trieft vor Bitterkeit. »Nicht du.«

Es geht also nicht nur um die Ablehnung. Er *ist* sauer, dass ich an seiner Stelle zum CTO befördert wurde.

»Das Projekt im Krankenhaus war extrem wichtig«, sage ich. »Nicht nur für mich, auch für die Kinder.«

Er zuckt mit den Schultern, und sein Gesichtsausdruck ist böse. »Du bist nicht mehr mein Boss, also kannst du nicht viel dagegen tun.«

»Nein«, sagt Robert. »Aber *ich*.«

Blinzelnd dreht sich Buckley zu seinem neuen Chef um – der, wie ich jetzt erkenne, das ganze Gespräch mitgehört haben muss.

Buckley sieht aus, als hätte er sich gerade an einem Räuspern verschluckt. »Ich habe nichts falsch gemacht.«

Robert verschränkt seine Arme vor der Brust. »Hast du nicht gerade zugegeben, dass du verleumderische Behauptungen über den Besitzer genau dieser Firma aufgestellt hast?«

Buckleys nächstes Räuspern klingt erschrocken. »Du kannst mich nicht wegen so etwas feuern.«

Roberts Augen verengen sich. »Oh, ich kann. Ich könnte dich auch dann feuern, wenn du nicht in der Probezeit wärst. Aber da du es bist, wird es nicht einmal so viel Papierkram erfordern.«

Buckley starrt mich wütend an. »Ich hoffe, du bist glücklich.«

»Ignorier ihn«, sagt Robert.

Ich werfe Buckley einen Blick zu, der seine Männlichkeit für mindestens ein Jahr schrumpfen lässt. »Oh, mach dir keine Sorgen. Er existiert nicht, soweit es mich betrifft.«

Ich drehe mich um und eile zurück zum Aufzug.

Sobald ich zu Hause bin, schnappe ich mir meinen Laptop und mache eine Videokonferenz mit Bella.

Es klingelt und klingelt.

»Bitte geh ran«, sage ich zu dem leeren Bildschirm.

Die App klingelt weiterhin. Gerade als ich auflegen will, taucht Bellas Gesicht auf und grinst mich an. »Hi, Holly. Sorry, ich bin heute etwas im Stress. Meine andere Firma hat mit einem Notfall zu tun: Woody Harrelson verklagt uns, weil wir sein

Konterfei für unsere Linie von Butt Plugs verwenden.«

»Hi«, sage ich atemlos. »Weißt du, wo Alex ist?«

Wie als Antwort ertönt ein Bellen im Hintergrund.

Es ist ein seltsam vertrautes Bellen, das meine Brust schmerzen lässt.

»Beelzebub«, sagt Bella streng.

Warte, warum ist er da?

Der Welpe bellt wieder.

Bella starrt jemanden außerhalb des Kamerawinkels an – vermutlich den entzückenden Koala-Hund-Mischling. »Ich wette, das ist der Grund, warum Alex dich in der Hundeschule haben will.«

Hundeschule?

»Wo ist Alex?«, frage ich erneut.

Sie schaut zurück in die Kamera. »Er hat es mir nicht gesagt. Er hat nur den kleinen Dämon abgesetzt und nach der Schule gefragt, in der Boner gelernt hat, so gut erzogen zu sein.« Sie runzelt die Stirn. »Jetzt, wo du es erwähnst, wirkte er doch sehr gestresst. Ist alles in Ordnung?«

»Verdammte Scheiße«, murmele ich. »Ich habe ihn in unseren Büros, bei sich zu Hause und dann sogar bei 1000 Devils gesucht. Wo ist er?«

Ihr Stirnrunzeln vertieft sich. »Was ist passiert?«

Was soll ich sagen? Es gibt keine Möglichkeit, alles zu erklären, ohne mit der Sabotage reinen Tisch zu machen – und wenn ich das tue, verliere ich sie, genauso wie ich Alex verloren habe.

Aber das kann ich ihr nicht *nicht* sagen. Sie hat das Recht, es zu erfahren.

»Das ist eine lange Geschichte«, sage ich, atme tief durch und beginne ganz von vorne.

Zu meinem Schock sitzt sie einfach nur ruhig da und sieht fast gelangweilt aus, als ich zu dem Teil über die Sabotage komme.

»Du bist nicht verärgert?«, frage ich sie, als ich fertig bin.

Sie neigt ihren Kopf. »Über welchen Teil? Wenn es an mir läge, zu entscheiden, mit wem mein Bruder schläft, würde ich mich ohne Wenn und Aber für dich entscheiden.«

Ich lehne mich näher an den Bildschirm. »Aber ich hätte dein Vorhaben fast sabotiert.«

Sie schüttelt den Kopf. »Alex hat mir an dem Tag, als wir mit dem Hund spazieren waren, von deinem Einbruch erzählt. Er hat mir auch gesagt, warum du es getan hast, und das hat mich dazu gebracht, dich noch mehr zu mögen. Meiner Erfahrung nach sind leidenschaftliche Menschen selten.«

Ich tippe auf den Bildschirm, damit er ihr Gesicht vergrößert. »Du hast es also gewusst?«

Sie nickt.

Ich atme zittrig ein. »Und du willst immer noch meine Freundin sein?«

Sie grinst. »Auf jeden Fall. Und bevor du fragst – ich werde auch dann deine Freundin sein, wenn mein Bruder dumm genug sein sollte, dich durch seine Finger gleiten zu lassen.«

Das bringt mich direkt zurück auf den Boden der Tatsachen. Ich ziehe mich vom Bildschirm zurück. »Du hast also wirklich keine Ahnung, wo er ist?«

Sie schüttelt den Kopf. »Lass mich ihm eine SMS schicken.«

Ich beobachte sie und warte. Und warte.

»Hmm. Lass mich versuchen, ihn anzurufen.« Nach einer Minute murmelt sie »Voicemail« zu mir und rattert etwas auf Russisch heraus. Dann legt sie auf und sagt: »Warum entspannst du nicht erst mal? Wenn ich von ihm höre, werde ich es dich wissen lassen.«

»Vielen Dank. Bitte sag ihm nur, dass das Code-Chaos vom Sonntag keine weitere Sabotage war. Es war ein Flüchtigkeitsfehler, den ich bereits korrigiert habe.«

»Wird gemacht.«

»Okay«, sage ich niedergeschlagen. »Wir sprechen uns später.«

»Ja, und wir werden dann auch einen Brunch organisieren.«

Ich nicke und lege auf.

Selbst die Aussicht auf einen Brunch mit Bella kann mich im Moment nicht aufmuntern.

Ich stehe auf und beginne, hin und her zu gehen.

Eine Stunde vergeht.

Dann zwei.

Keine Videotelefonate mehr von Bella.

Hat Alex sie nicht angerufen oder ihr

zurückgeschrieben? Oder vielleicht hat er es getan, aber sie gebeten, es mir nicht zu sagen?

Könnte es sein, dass er die Fehlergeschichte nicht glaubt? Oder ist er einfach nur sauer, dass ich so aus seiner Wohnung gestürmt bin?

Noch wichtiger ist: Wo ist er?

Ein völlig unbegründeter Gedanke schleicht sich in mein Gehirn – und lässt meine Knie weich werden.

Was ist, wenn Alex sich auf dem Weg zur Arbeit verletzt hat?

Er *wird* seit einiger Zeit vermisst.

Aber nein. Sicherlich würde seine Familie benachrichtigt werden – und Bella würde mir sagen, wenn das der Fall wäre.

Moment einmal. Etwas, was Bella vorhin gesagt hat, löst eine Erinnerung aus.

Er schien gestresst zu sein, sagte sie. Und ich erinnere mich, dass Alex Jacob erzählt hat, dass er, wenn er gestresst ist, sein Handy ausschaltet und *War of Sword* spielt … stundenlang.

Erleichtert atme ich aus.

Könnte die Antwort so einfach sein?

Wäre da nicht diese unangenehme Begegnung mit dem Wachmann, würde ich zurück zu Alex' Wohnung eilen und verlangen, wieder nach oben zu dürfen. Aber da das nun einmal nicht geht, schnappe ich mir ein VR-Headset.

Während ich *War of Sword* herunterlade, tue ich mein Bestes, um die Erinnerungen an das letzte Mal, als ich dieses Spiel gespielt habe, aus meinem Kopf zu verbannen. Mit der Gewalt und den vierfingrigen Gliedmaßen wird das so viel Spaß machen wie vier oder sechsmal in den Bauch geschlagen zu werden …

Da dies jedoch der schnellste Weg ist, um das gespenstische Bild von einem in einen Unfall verwickelten Alex zu verbannen, werde ich es tun.

Ja.

Voller Entschlossenheit klicke ich auf das Spielsymbol.

Vierfingrige Kreaturen, ich werde euer Verderben sein.

Kapitel Fünfundvierzig

Als ich in dem mittelalterlichen Dorf auftauche, tue ich mein Bestes, um meine Elfenhände mit ihrer abscheulichen Fingerzahl zu ignorieren.

Wenn Alex spielt, sollte ich ihn so erreichen können wie beim letzten Mal.

Ich nehme das spezielle Garn heraus, das er mir für diesen Zweck gegeben hat, und schüttele es.

Wusch.

Ich tauche in einer feuchten unterirdischen Halle auf, die mit Leichenteilen übersät ist.

Ich ziehe mein Schwert aus der Scheide, betrachte den Kampf, der um mich herum tobt, und kämpfe gegen meinen Würgereflex an.

Alle Arten von Kreaturen bekriegen sich hier auf Leben und Tod, und die Gewalt fühlt sich wieder einmal ekelhaft real an.

Trotzdem werde ich dieses Mal nicht aufgeben.

Nicht bevor ich gefunden habe, wofür ich gekommen bin.

Mit festem Griff um mein Schwert suche ich nach Alex' Avatar inmitten des Chaos.

Mit einem plötzlichen Kampfschrei springt ein Zwerg auf mich zu, der eine Axt, die größer ist als sein Kopf, in den Händen hält – die Finger zähle ich besser nicht.

Ich weiche dem Axtschwung aus und enthaupte den Zwerg, wobei ich den Drang bekämpfe, mich angesichts des digitalen Blutes zu übergeben.

Dann hüpft mein Herz vor Freude.

Ein paar Meter weiter steht ein Minotaurus mit Alex' Gesichtszügen.

Er ist nicht im Krankenhaus oder an einem schlimmeren Ort. Wie ich gehofft hatte, spielt er einfach sein Spiel, um sich zu entspannen.

Ich frage mich, ob ich die Ursache für diesen Stress bin – und wo er in der realen Welt ist. War er zu Hause, als ich an seinem Haus vorbeikam, wollte mir aber aus dem Weg gehen? Oder hat er gar nicht bemerkt, dass ich da war?

Bevor ich mir weitere Fragen ausdenken kann, sehe ich einen Ork, der mit voller Geschwindigkeit auf den Minotaurus zustürmt.

Verflixt. Alex kämpft gerade gegen eine weibliche Elfe. Er wird abgeschlachtet werden.

Nun, nicht, wenn ich da etwas mitzureden habe.

Ich ziehe meinen Bogen und schicke einen Pfeil in den Kopf des Orks.

Platsch.

Der Pfeil durchbohrt das Auge des Orks und tötet ihn auf der Stelle.

Gleichzeitig durchbohrt Alex die Elfe mit seinem rechten Horn.

Hmm. Muss ich eifersüchtig sein?

»Holly?«, fragt Alex, als er meinen Avatar entdeckt.

Ich grinse in der realen Welt. »Privet.« Dann tausche ich den Bogen gegen das Schwert und weide einen rosa Goblin mitten im Sprung aus.

»Hinter dir!«, schreit Alex.

Ich ducke mich, während ich mich umdrehe, und der Speer eines Zyklopen verfehlt meine Schulter um einen halben Zentimeter.

Ich schwinge mein Schwert in einem weiten Bogen und spalte den Zyklopen in zwei Hälften.

Als ich mich umdrehe, sehe ich, wie Alex sich zu mir durchkämpft.

Gute Idee. Wie ein Berserker kämpfend, töte ich einen Golem mit meinem Schwert und schieße einen Oger mit meinen Pfeilen ab, während Alex seine Hörner und seinen Dreizack benutzt, um eine Gruppe von Gnomen und Kobolden zu dezimieren.

Schon bald kämpfen wir Rücken an Rücken.

»Das ist nicht fair«, dröhnt ein Kerl, der wie Bigfoot aussieht. »Zusammenarbeit ist hier nicht erlaubt.«

Alex bringt ihn mit seinem Dreizack zum Schweigen.

»Er hatte recht«, zischt eine Hydra, aber ich schneide ihren Schlangenkörper in zwei Hälften.

Wenn nur das Beilegen von Meinungsverschiedenheiten in der realen Welt so einfach wäre.

Wir kämpfen weiter, bis nur noch wir beide übrig sind.

»Was machst du hier?«, fragt Alex.

Ich drehe mich zu ihm um, und mein echtes Herz klopft in meiner Brust. »Ich habe den Code nicht sabotiert. Es war ein Fehler, und ich habe ihn behoben.«

Das Gesicht des gehörnten Avatars verändert sich nicht – dem Spiel fehlt diese Technologie.

Bevor ich zu weiteren Erklärungen ansetzen kann, spricht der Minotaurus. »Das weiß ich. Ich habe deine E-Mail gesehen, als ich vor ein paar Stunden nach Hause kam. Habe auch darauf geantwortet. Dann habe ich dich angerufen, aber du hast nicht geantwortet.«

Ein riesiges Gewicht fällt von meinen Schultern. Er ist vor ein paar Stunden nach Hause gekommen? Das heißt, er hat mich nicht ignoriert, als ich zu seinem Haus kam.

Und er hat geantwortet? Verflixt. Ich war so damit beschäftigt, auf Bellas Videoanruf zu warten, dass ich vergessen habe, meine Arbeitsmails zu checken.

»Tut mir leid, dass ich deinen Anruf nicht entgegengenommen habe«, sage ich. »Ich glaube, ich habe mein Telefon in deinem Homeoffice vergessen.«

»Oh. Ich habe es nicht klingeln hören – es muss auf Vibration gestellt sein.«

Mir ist klar, dass ich mit meinem Schwert auf Konfrontationskurs gehen könnte, also lasse ich es fallen. »Es tut mir leid, dass ich von dir weggerannt bin. Ich war überwältigt von der schlechten Nachricht.«

Er wirft auch seinen Dreizack weg. »Nein. Es tut *mir* leid. Ich hätte nicht vermuten sollen, dass du den Code absichtlich durcheinanderbringst. Zu meiner Verteidigung, zuerst habe ich das auch nicht, aber als ich sah, wie du dich benommen hast, habe ich …«

Ich halte meine vierfingrige Hand hoch. »Mach dir darüber keine Sorgen. Ich bin einfach so froh, dass es dir gut geht.«

Er neigt seinen Kopf, eine Geste, die durch seine Hörner schräg aussicht. »Warum sollte es mir nicht gut gehen?«

Ohne mich darum zu kümmern, dass ich wie ein verrückter Stalker klinge, erzähle ich ihm, dass ich ihn nicht erreichen konnte und dass ich in seinen beiden Büros und zu Hause nach ihm gesucht habe.

Er schüttelt seine Hörner. »Tut mir leid. Ich habe die E-Mails der Morpheus-Gruppe erst gecheckt, als ich aus dem Krankenhaus nach Hause kam.«

»Das Krankenhaus?« Die Sorge lässt meine Brust sich wieder zusammenziehen. »Geht es dir gut?«

»Oh, es war kein Arztbesuch. Ich habe mich mit Dr. Piper getroffen.«

Mein Kinn klappt in der realen Welt hinunter,

aber ich schätze, das kann er in der virtuellen Realität nicht sehen. »Warum?«

»Ich habe dein VR-Haustierprojekt gerettet«, sagt er.

»Was?« Mein Herz rast aufs Neue. »Wie?«

Er kratzt sich am Kopf, wobei seine Hand unrealistisch durch sein linkes Horn hin und her fährt. »Erinnerst du dich an das Gespräch, das wir am Tag vor unserem Treffen mit den Leuten im Krankenhaus hatten?«

»Das, als du mich gebeten hast, nicht zu erwähnen, dass du zur Morpheus-Gruppe gehörst?«

Verflixt. Das kam bitter rüber.

»Genau das«, sagt er. »Ich habe dich beruhigt, aber später an diesem Tag habe ich mit Bella darüber gesprochen, und wir haben beschlossen, eine Vorsichtsmaßnahme zu ergreifen, für den Fall, dass ich falschliege – und ich bin froh, dass wir das getan haben.«

Ich stelle mein Headset neu ein. »Bella hat nichts davon erwähnt, als wir miteinander gesprochen haben.«

Der Minotaurus zuckt mit den Schultern. »Vielleicht ist das Thema nicht zur Sprache gekommen?«

Ich widerstehe dem Drang, die Informationen aus ihm herauszuschütteln. »Und was war die Vorsichtsmaßnahme?«

»Wir haben eine neue Gesellschaft mit beschränkter Haftung gegründet. Aufgrund der ganzen Bürokratie ging die Anmeldung erst dieses Wochenende durch – gerade noch rechtzeitig. Die neue Firma heißt Pet VR LLC, und du wirst die Geschäftsführerin sein, während Bella nur der stille Investor ist – und zwar durch Dragomirs Firma, nur für den Fall. Auf diese Weise sollte es keine Porno-Assoziation geben, niemals.«

Ich bin kurz davor, ihn vor Freude anzuspringen, aber das tue ich noch nicht. Wenn ich etwas missverstanden habe, werde ich am Boden zerstört sein. »Aber Dr. Piper weiß schon von dem Pornokram.«

Der Kopf des Minotaurus wackelt. »Deshalb bin ich heute Morgen gleich zu ihm gegangen, um mit ihm zu reden, bevor er es den anderen erzählt. Ich habe ihn überzeugt, dass es unter uns bleibt. Soweit es sie betrifft, haben sie den Anbieter gewechselt, das ist alles.«

Ich möchte das so gerne glauben. »Und er hat zugestimmt, einfach so?«

Der Minotaurus zuckt mit seinen breiten, haarigen Schultern. »Ich musste ihm einige günstige Konditionen versprechen, wenn der Vertrag mit den 1000 Devils neu verhandelt wird. Er ist ein praktischer Mann, und es ist ihm eigentlich egal, was die Morpheus Group macht – nur seinen Kollegen nicht.«

Ich gehe auf den Minotaurus zu und versuche, ihn zu küssen, aber das Spiel unterstützt so etwas nicht, also wird meine Absicht als eine Kopfnuss übersetzt.

»Ich weiß nicht, wie ich dir danken soll«, sage ich und erschaudere beim Anblick des Blutes, das aus der Wunde fließt, die ich ihm gerade zugefügt habe.

»Triff mich von Angesicht zu Angesicht«, sagt Alex, und seine Stimme wird rauer. »Ich werde mir etwas überlegen, wie du dich bei mir bedanken kannst.«

Mein Herz hüpft, und meine Eierstöcke vollführen eine Reihe von Radschlägen. »Ja, bitte. Zu mir?«

»Bin schon unterwegs«, sagt er und verschwindet.

Aufgeregt nehme ich die VR-Ausrüstung ab.

Es gibt so viel zu verarbeiten.

Mein Projekt ist gerettet, und Alex hat mich heute nicht ignoriert. Er war damit beschäftigt, mir zu helfen – auch wenn er dachte, dass ich seine Firma zum zweiten Mal sabotiert habe.

Ich kann nicht glauben, dass ich ihn, wenn auch scherzhaft, den Teufel genannt habe.

Er ist eher ein Schutzengel und ein Heiliger in einem.

Ich eile ins Schlafzimmer und stelle ein paar Kerzen auf, während mir die Auswirkungen des Geschehenen durch den Kopf gehen.

Alex ist nicht mehr mein Chef. Nicht nach der Art und Weise, wie das neue Unternehmen aufgebaut ist.

Das bedeutet, dass es mir freisteht, ihn zu daten – und das werde ich tun.

Eigentlich denke ich, dass ich das auch getan hätte, wenn er mein Chef geblieben wäre, Chaos hin oder her. Überhaupt denke ich, dass ich mich in letzter Zeit mit dem Chaos wohler fühle. Ich habe es geschafft, bis zum Ende in diesem gewalttätigen Spiel zu bleiben, ich habe das Nerfgun-Massaker überlebt, und ich habe mich sogar bei Beelzebub behauptet.

Apropos, Bella hat erwähnt, dass Alex sich nach einer Hundeschule für den Welpen erkundigt hat. War das, um *mein* Leben einfacher zu machen?

Da ich weiß, wie aufmerksam er ist, ist das wahrscheinlich.

Ich streiche alle Falten in den Kissen glatt, falte die Decke zu einem Pentagramm und zähle gerade die Kerzen um das Bett, um sicherzugehen, dass es neunzehn sind, als ich in der Ferne die Videokonferenzmelodie höre.

Und da ist Bella und grinst mich an. »Alex hat gerade angerufen.«

»Ich weiß«, sage ich. »Er hat mir alles erzählt.«

Ihr Grinsen wird lasziv. »Lass mich raten. Ihr seid kurz davor, das neue Projekt zu vollenden.«

»Eine Dame genießt und schweigt.«

Sie lacht. »Ich bin mir ziemlich sicher, dass die Redewendung anders geht.«

Es klingelt an meiner Tür.

»Sorry, ich muss los.«

Sie wackelt mit den Augenbrauen. »Viel Glück.«

Ich trenne die Verbindung und eile zur Tür.

Es ist Alex – und er sieht ohne die Kuhteile so, so viel leckerer aus.

Er ist wieder in einen maßgeschneiderten Anzug gekleidet, hat sein Haar zurückgegelt und ist glatt rasiert. Ich habe den Verdacht, dass er herausgefunden hat, dass das der schnellste Weg ist, um mich geil zu machen, und er das schamlos zu seinem Vorteil ausnutzt.

Ohne ein Wort zu sagen, zieht er mich in einen hungrigen Kuss, und ich habe das Gefühl, dass sich der Boden unter meinen Füßen auflöst.

Wir stolpern in Richtung meines Schlafzimmers, unsere Lippen sind verbunden und unsere Hände wandern begierig über den Körper des anderen, während unsere Kleidung wie von Geisterhand herunterfällt. Er vertieft den Kuss, und das Nächste, was ich weiß, ist, dass es sieben Orgasmen später ist – sechs für mich und einen für ihn.

Kombiniert eine perfekte Primzahl.

»Danke, dass du gekommen bist«, sage ich, als ich Stunden später glückselig in seinen Armen liege.

»Nein.« Er lächelt zärtlich. »Ich danke *dir*.«

Ich kuschele mich näher an ihn heran. »Ich habe beschlossen, dir etwas zu sagen.«

Er hebt sich auf einen Ellenbogen und streicht mir eine Haarsträhne hinters Ohr. Seine Berührung schickt mir selbst nach all den Orgasmen einen wohligen Schauer über den Rücken. »Ich dir auch.«

»Was?«

Sein Lächeln wird teuflisch. »Ladies first.«

Na schön.

Ich atme tief ein, um die Bienen, die in meinem Magen herumflattern, zu unterdrücken. »Ich denke, wir passen perfekt zusammen. Wie L- und J-Tetris-Bausteine.«

Er lacht. »Wären wir dann nicht zwei Quadrate?«

»Genau. Schön ordentlich.«

Er blinzelt mich an. »Du bist eher ein T-Block.«

Wie sein Liebling? Die Bienen in meinem Bauch veranstalten eine wilde Orgie.

»Zurück zu meinem Punkt«, sage ich und nehme all meinen Mut zusammen. »Seit ich gelernt habe, dass ein Herz vier Kammern hat, dachte ich, es sei mein unbeliebtestes Organ – aber das denke ich nicht mehr, dank dir.«

Er setzt sich ganz auf. »Wie eine weise Frau in einer großartigen Sendung sagte: ›Ich bin keine Romantikerin, aber selbst ich gebe zu, dass das Herz nicht nur dazu da ist, um Blut zu pumpen.‹«

Hat er gerade Violet von *Downton Abbey* zitiert?

Er muss es gesehen haben. Für mich.

Plötzlich kristallisiert sich das, was ich sagen will, perfekt in meinem Kopf.

Ich setze mich ebenfalls auf und umklammere seine Hand mit meinen beiden Handflächen. »Ich liebe dich«, sage ich mit äußerster Aufrichtigkeit. »Ich liebe dich mit allen vier Kammern meines Herzens.«

Ein langsames, verrucht sinnliches Lächeln legt sich auf sein Gesicht. »Ich liebe dich auch, *kroshka*. Mit allen fünf lebenswichtigen Organen in meinem Körper.«

Er wiegt mein Gesicht zwischen seinen Handflächen, küsst mich erneut, und wir fallen in einem Gewirr von Gliedmaßen zurück auf die Matratze. Unsere Herzen rasen im Gleichschritt, während der Kuss zu so vielen weiteren Orgasmen führt, dass ich sie nicht mehr zählen kann.

Hoffentlich dreiundzwanzig.

Als ich danach in seinen Armen liege, fühle ich mich, als hätte ich den Himmel erreicht – und alles, was ich tun musste, um dorthin zu gelangen, war, einen Deal mit meinem ganz persönlichen, liebenswerten Teufel einzugehen.

Epilog

ALEX

»Wir sind fast da«, flüstert mir der Fahrer der Limousine zu.

Ich ziehe meinen Anzug an und glätte meine Haare mit einer nach Tee duftenden Pomade, die ich für diesen Anlass besorgt habe.

Meine süße *kroshka* wird das lieben, aber für alle anderen sehe ich aus wie ein Butler – was auch gut so ist.

Die Limousine hält an, und ich tippe auf Hollys Schulter. »Wir sind da. Das kannst du abnehmen.«

Sie dreht sich, und ihre weiche, volle Brust streift meine Hand.

Verdammt.

Mein Schwanz – oder Optimus Prime für enge Freunde und Familie – wird sofort steinhart, wie immer, wenn ich sie berühre.

»*Do svidaniya, Euklid*«, sagt sie, und ich kann mir vorstellen, wie ihr süßer kleiner Freund auf Russisch antwortet. Das VR-Haustierprojekt war ein solcher Erfolg, dass sie es bald in meinem Heimatland einführen wird – eine wunderbare Sache, denn viele der Krankenhäuser aus der Sowjet-Ära dort sind trostloser als alles, was man sich in den USA vorstellen kann.

Dadurch – und natürlich durch die Zeit, die sie mit mir verbringt – verbessert sich ihr Russisch rapide. Außerdem, wie ich vorhergesagt habe, weichen ihre Britizismen den Russizismen, was kein Wort ist, aber sein sollte.

Sobald sie das VR-Headset abnimmt, richten sich ihre intelligenten blauen Augen auf meine. »Kann ich endlich die Überraschung sehen?« Dann weiten sich ihre Augen bei meinem Outfit. »Ich liebe es. Jetzt zieh es aus.«

»Das Outfit ist nicht die ganze Überraschung«, sage ich mit gespielter Verärgerung.

Sie wirft einen vielsagenden Blick auf die Beule in meiner Hose. »Sieht ganz so aus.«

Ich lache. »Er ist auch nicht die Überraschung. Jedenfalls noch nicht.«

Sie spitzt ihre Lippen zu dem küssbarsten Schmollmund aller Zeiten. »Nun, er und du in diesem Outfit solltet besser irgendwo auf der Tagesordnung stehen.«

»Definitiv. Aber nach der echten Überraschung.« Kann mir einmal jemand einen Orden für Zurückhaltung verleihen?

»Gut.« Sie blinzelt zu den verdunkelten Fenstern

der Limousine. »Enthülle endlich, was auch immer es ist.«

Ich rücke Prime zurecht, dann steige ich aus dem Auto und halte ihr die Tür auf.

Sobald sie herauskommt und unsere Umgebung sieht, umklammert sie ihre Brust und nimmt gierig alles in sich auf, sprachlos.

Mein Lächeln ist verschlagen. Ich musste ihre zaubernde Zwillingsschwester bitten, mir bei der Planung und Irreführung zu helfen, damit ich diese Überraschung arrangieren konnte. Ich habe sogar den Fahrer der Limousine bestochen, damit er das Tempolimit überschreitet, um die Reisezeit zu verkürzen – und man kann sagen, dass ich als Teil dieses Plans vorschlug, Bella und Dragomir mit auf diese Reise nach Großbritannien zu nehmen. Alles, was sie gerne tun, ist, London zu erkunden – weshalb meine *kroshka* in diesem Moment etwas wie den Hyde Park oder Hampstead Heath erwartet hat.

Aber nein. Bella und Dragomir sind nicht hier. Nur wir ... und eine riesige Gruppe von Butlern, Zofen und anderen Hausangestellten.

»Ist es das, was ich denke?«, fragt sie schließlich.

»In der Tat, Lady Hyman«, sage ich in meinem besten britischen Akzent. »Highclere Castle, zu Euren Diensten.«

Das Lächeln, mit dem sie mich anstrahlt, ist so strahlend wie ihre hellblauen Augen. Ehrfürchtig flüstert sie: »Das ist das echte Downton Abbey.«

Ich nicke und halte meinen Gesichtsausdruck so teilnahmslos wie der ihres Lieblingsbutlers.

»Was ist mit denen?« Sie deutet zu den ordentlich gekleideten Menschen, die auf uns warten.

»Schauspieler, die ich engagiert habe«, sage ich. »Ein paar sind sogar aus der Serie.«

Sie quietscht wie ein Kind, und ich erzähle ihr, was wir für heute noch geplant haben. Dragomir nutzte seine Verbindungen, um uns eine königliche Behandlung zu verschaffen, die mehrere Teeservices, einen Aufenthalt in den besten Zimmern und – speziell für Holly – die Möglichkeit, jedes Zimmer aufzuräumen, während sie die Uniform eines Hausmädchens trägt, beinhaltet.

Sie schaut sich wieder um, als würde sie ihren Augen nicht trauen. »Das ist die beste Überraschung überhaupt.«

»Da ist noch mehr«, sage ich und reiche ihr feierlich ein dickes Päckchen, speziell angefertigt in Form eines Pentagramms. »Das ist die letzte Überraschung des Tages, ich verspreche es.«

Die Verwirrung steht ihr ins Gesicht geschrieben, als sie damit herumfummelt – das Problem bei dieser Form ist, zu wissen, welche Seite oben oder unten ist.

Ich bin etwas nervös wegen des nächsten Punktes, also erinnere ich mich an all die Gründe, warum es gut funktionieren sollte. Sie liebt Beelzebub genauso sehr wie ich, und der pelzige Verräter liebt sie wahrscheinlich mehr als mich. Außerdem hat er seine Ausbildung in der Hundeschule abgeschlossen, so dass er nicht mehr so viel Unordnung macht wie damals, als sie ihn kennenlernte – und ich folge seinem Beispiel, indem ich meine Wohnung ordentlich und organisiert halte … mit Primzahlen, wann immer es möglich ist, natürlich.

Oh, und es versteht sich von selbst, dass wir uns lieben und sie die meiste Zeit klaglos bei mir verbracht hat. Trotzdem kann ich sie nicht als selbstverständlich ansehen. Nach allem, was ich weiß, könnte sie an meinem Vorschlag nicht interessiert sein.

»Was ist das?« Sie hält einen Metallschlüssel in einer ihrer zarten Hände und eine Plastikkarte in der anderen.

Ich darf nicht an diese Hände auf Prime denken – das macht es hart, zu gehen. Ich meine … *schwierig*, zu gehen.

Sie sieht mich erwartungsvoll an.

Ich zeige auf den Metallschlüssel. »Der ist für die Tür zu unserem Zimmer im Schloss. Und *die*«, ich deute auf die Plastikkarte, »ist die zweite Überraschung.« Ich warte einen Moment, um die Spannung zu steigern – ein weiterer Tipp von ihrem Zwilling. »Das ist dein Schlüssel zu meiner Wohnung. Dein permanenter Schlüssel.«

Ihre Augen weiten sich.

Ich verbeuge mich, so gut es geht, und frage dann so förmlich wie möglich: »Lady Hyman, würden Sie mir die Ehre erweisen, bei mir einzuziehen?«

Mit einem Quietschen umarmt sie mich – ein

großartiges Zeichen, ebenso wie der leidenschaftliche Kuss, der folgt und Prime anschwellen lässt.

»Ja«, sagt sie, als wir uns endlich voneinander lösen. »Es wäre mir eine Freude, bei Ihnen einzuziehen, Lord Chortsky.«

Es wäre unschicklich, in diesem Outfit meine Faust zu recken, also begnüge ich mich mit einem weiteren Kuss.

Jetzt, wo das aus dem Weg geräumt ist, bin ich viel hoffnungsvoller, was den Erfolg meines nächsten Vorschlags angeht. Die Herausforderung dort wird sein, die heutige Überraschung irgendwie zu toppen.

Vielleicht entdecke ich eine neue Primzahl für sie?

Oder kaufe ein erstklassiges Grundstück und lasse eine Replik dieser Burg bauen?

Nein, das ist nicht gut genug. Aber ich werde es herausfinden, wenn die Zeit gekommen ist. Im Moment muss ich nur wissen, dass sie meine Zukunft ist – und das bedeutet, dass die Zukunft genau das sein wird, was ich will.

Leseproben

Danke, dass Sie an Hollys und Alex' Reise teilgenommen haben!

Können Sie nicht genug von der Familie Chortsky bekommen? Lesen Sie Vlads Geschichte in *Hard Code – Der Test*, und Bellas Geschichte in *Hard Ware – Der Fremde*!

Um über meine zukünftigen Bücher informiert zu werden, melden Sie sich für meinen Newsletter auf www.mishabell.com/de/.

Misha Bell ist eine Zusammenarbeit des Autorenehepaars Dima Zales und Anna Zaires. Wenn sie nicht gerade als Misha für Aufregung sorgen, schreibt Dima Science-Fiction und Fantasy und Anna Dark Romance und zeitgenössische Liebesromane.

Mehr heiße Milliardärsgeschichten finden Sie in *Wall Street Titan – Der Börsenhai* von Anna Zaires!

Blättern Sie für Leseproben von in *Royally Tricked – Königlich Ausgetrickst* und *Wall Street Titan – Der Börsenhai* um!

Auszug aus Royally Tricked - Königlich Ausgetrickst von Misha Bell

Ein draufgängerischer Prinz will mich dafür bezahlen, dass ich ihm beibringe, zehn Minuten lang unter Wasser die Luft anzuhalten? Ich bin dabei.

Aber ich bin Magierin und keine Stuntberaterin. Mein rekordverdächtiger Tauchgang ohne Luft war ein Trick. Natürlich kann ich das meinem Kunden, dem heißen Anatolio Cezaroff, alias Tigger, nicht sagen. Nicht, wenn ich meine Miete bezahlen will.

Außerdem fühle ich mich in der Nähe von Keimen nicht gerade wohl. Allen Keimen, auch denen, die auf superattraktiven Männern lauern. Mich in meinen umwerfenden Kunden zu verlieben, kommt also nicht in Frage, und ich habe fest vor, auf Abstand zu bleiben.

Zumindest, bis er mir anbietet, mich im Bett zu trainieren.

»Holly?«, fragt eine unbekannte männliche Stimme von der Straße.

Ich schaue den Neuankömmling an, und plötzlich bin ich an der Reihe, zu starren.

Ich wusste nicht, dass diese Art von männlicher Perfektion außerhalb von Hollywood existiert.

Gemeißelte Züge. Eine römische Nase. Haselnussbraune Katzenaugen, die mein Gesicht raubtierhaft anvisieren und mir das Gefühl geben, eine Gazelle zu sein, die gleich verschlungen wird.

Ich schlucke hörbar die übermäßige Menge an Speichel in meinem Mund herunter.

Der breitschultrige, muskulöse Oberkörper des Fremden ist in ein enges, weißes T-Shirt gekleidet, und trotz der ausgefransten Jeans, die tief auf seinen schmalen Hüften sitzt, hat er etwas Königliches an sich – ein Eindruck, der durch das seltsame Design seiner Gürtelschnalle unterstützt wird. Es ähnelt dem Wappen, das ein mittelalterlicher Ritter auf seinem Schild haben könnte.

Mir wurde gesagt, dass ich Menschen zu sehr mit Berühmtheiten vergleiche, aber das ist bei diesem Kerl schwer. Vielleicht wenn die Liebe zwischen Jake Gyllenhaal und Heath Ledger in *Brokeback Mountain* Früchte getragen hätte?

Nein, er sieht sogar noch besser aus als das.

Als ich merke, dass ich mehr in sein Gesicht starre, als es die Höflichkeit zulässt, senke ich meinen Blick und bemerke, dass er zwei Lederriemen in seinen Fäusten hält. Leinen, vermutlich.

Ich erwarte beinahe, willige Sexsklaven am anderen Ende dieser Leinen vorzufinden, aber stattdessen sind es zwei seltsame Hunde.

Zumindest denke ich, dass diese Kreaturen Hunde sind.

Einer hat schwarz-weiße Flecken, die ihn wie einen Panda aussehen lassen. In Anbetracht der enormen Größe der Kreatur kann ich nicht ausschließen, dass sie ein Bär ist. Und als ob es nicht schon seltsam genug wäre, wie eine vom Aussterben bedrohte Bärenart auszusehen, trägt das Tier auch noch eine Schutzbrille.

Liegt es an schlechter Sicht oder geht der Panda gleich snowboarden?

Die zweite Kreatur ist brillenlos und erinnert mich an einen Koala, nur viel größer und mit einer heraushängenden Hundezunge.

Ich zwinge meinen Blick zurück zu dem unglaublich gut aussehenden Besitzer. »Hey«, ist alles, was ich zustande bringe. Meine überaktiven Hormone scheinen mich der Fähigkeit, zu sprechen, beraubt zu haben.

Der Fremde verengt die haselnussbraunen Augen. »Du *bist* Holly, oder nicht?«

Das ist deine Chance, meldet sich mein innerer

Magier. *Trickse den heißen Fremden aus. Wickele ihn um deinen kleinen Finger.*

Ich verbanne meine Lust mit einer heroischen Willensanstrengung und reibe innerlich à la böser Schurke meine Hände. Bis ich meine jetzige blasshäutige Bühnenpersönlichkeit mit den rabenschwarzen Haaren annahm, wurde ich regelmäßig mit meinem eineiigen Zwilling verwechselt, sogar von Leuten, die uns am nächsten standen. Unsere oval geformten Gesichter sind identisch, bis hin zu scharfen Wangenknochen und einer starken Nase. Ich wurde buchstäblich für diese besondere Täuschung geboren.

Mit einem Hauch von englischer Eleganz in der Stimme sage ich: »Wer sollte ich denn sonst sein?«

So. Wenn er weiß, dass Holly einen Zwilling namens Gia – also mich – hat, wird er diese Vermutung jetzt äußern, und ich werde mich zurückhalten.

Vielleicht.

Ich wette, ich kann ihn auch dann täuschen, wenn er weiß, dass ich existiere.

Er betrachtet mich eindringlich. »Du hast deine Haare verändert.«

»*Addams-Family*-Rollenspiel«, sage ich in meiner besten Morticia-Addams-Stimme. Es ist nicht meine überzeugendste Lüge, aber der Typ sieht so aus, als würde er sie mir trotzdem abkaufen. Dann bemerke ich ein Problem. Walter, der verwirrt blinzelt, will gerade anfangen zu sprechen. Ich trete an sein Bein unter dem Tisch und frage den Fremden fröhlich: »Kennst du Walter schon?«

Ich hoffe, dass der heiße Typ seine Hand ausstreckt und sich vorstellt, damit ich seinen Namen erfahre.

Mein böser Plan wird von dem Panda vereitelt. Er zieht mit seinen Zähnen am Hosenbein des Hotties. Als er das sieht, macht der Koala das Gleiche auf der anderen Seite, nur dass seine Bewegungen ungeschickt und welpenhaft sind und ein Loch in der Hose hinterlassen.

Wenn die Hunde auf diese Weise seine Aufmerksamkeit auf sich ziehen, ist es kein Wunder, dass er etwas so Zerlumptes trägt. Außerdem: Igitt. Ich hoffe, er wäscht den Hundespeichel so schnell wie möglich von seiner Hose.

»Eine Sekunde, Leute«, sagt der Fremde in einem freundlichen, väterlichen Tonfall, der an etwas in meiner Brust zerrt, zu seinen pelzigen Freunden. »Seht ihr nicht, dass ich mit Holly rede?«

Treffer! Er glaubt, dass ich Holly bin.

Der Fremde schaut von den Hunden auf und mustert Walter. Findet er auch, dass mein Freund aussieht wie Willem Dafoe, allerdings als er den Mentor von Aquaman gespielt hat und nicht den Green Goblin aus *Spider-Man*?

Bevor ich fragen kann, richtet sich der Blick des Fremden wieder auf mich. »Das ist nicht dein Freund.«

Ich blinzele. Er kennt Hollys Freund? Wo findet

meine Schwester all diese Kerle? Dieser hier ist sogar noch heißer als ihr Alex.

»In der Tat«, sage ich und konzentriere mich wieder darauf, sie zu sein. »Dieser Kerl ist nur ein *Freund* Freund.«

Das verruchte Grinsen des Fremden ist wie ein Zungenschlag auf meinem Kitzler. »Ich glaube nicht, dass Männer und Frauen nur Freunde sein können.«

Das können sie auf jeden Fall. Meine Schwestern und ich sind schon ewig mit einem bestimmten Typen befreundet, und er hat noch nie eine von uns angemacht. Zugegeben, er ist schwul, aber trotzdem.

Walter steht voller verletzter Würde auf. »Hör mal, Kumpel, ich bin allergisch gegen Hunde, also wenn es dir nichts ausmacht …«

»Kumpel?« Die katzenartigen Augen des Fremden sind spöttisch, als sie sich wieder auf mich richten. »Siehst du? Er mag es nicht, dass ich in seinem Revier wildere.«

Die Hitze, die durch meinen Körper schießt, ist keine Lust mehr. Was für eine Frechheit von diesem Kerl. »Ich bin niemandes Revier.« Und schon gar nicht Walters. Er hat mich in den ganzen achtzehn Monaten, die wir uns kennen, auch noch nie angebaggert.

Walters Gesicht rötet sich, und er umfasst das Messer in seiner Hand, das er mir nicht zurückgegeben hat, fester.

Ernsthaft? Kann Testosteron einen *so* dumm machen?

»Sie hat recht, Kumpel«, sagt Walter mit seiner bedrohlichsten Stimme, die, wenn wir ehrlich sind, ein wenig so klingt, als würde er das Krümelmonster imitieren. »Du solltest besser türmen.«

Der Fremde verzieht seine Oberlippe. Wenn er das Messer bemerkt hat, zeigt er es nicht. Ein weiteres Opfer der Testosteron-Vergiftung, kein Zweifel.

»Türmen?« Er schaut zurück zu mir. »Wo hast du denn diesen Walter gefunden?«

Okay, das war's. Ich bin die Einzige, die »Wo ist Walter?«-Witze auf Kosten meines Freundes machen darf.

Der heiße Fremde hat gerade eine Grenze überschritten.

Ich schiebe meinen Stuhl zurück und erhebe mich zu meinen vollen fast ein Meter siebzig. »Wie wäre es mit ›verpiss dich‹? Ist das eine bessere Wortwahl für dich?«

Das ist der Moment, in dem der Panda Walter anknurrt – ein bedrohlicher Laut, den man von einem so niedlichen, wenn auch übergroßen Hund nicht erwarten würde. Das erinnert mich an diesen Nachrichtenbericht über einen Mann, der im Zoo versucht hat, einen Panda zu umarmen, nur um dann im Krankenhaus zu landen, nachdem der verängstigte Bär ihn gebissen hat.

Walter erblasst und legt das Messer auf den Tisch. In seinem dicken Schädel befinden sich eindeutig mindestens zehn Gehirnzellen.

Der Fremde tätschelt den Kopf des bebrillten

Tieres und murmelt etwas Beruhigendes in einer Sprache, die osteuropäisch klingt.

Hm. Er hatte keinen Akzent, als er mit mir sprach, aber Englisch muss seine zweite Sprache sein, sonst würde er mit seinen Hunden nicht in dieser fremden Sprache sprechen.

Mist. Bei unserem Glück ist der Hottie ein russischer Mafioso.

»Setz dich«, zische ich Walter zu, und zu meiner Erleichterung tut er, was ich sage.

Ich erhöhe auf zwanzig Gehirnzellen.

Die schönen Augen des Fremden streifen über mein Gesicht, bevor sie sich wieder verengen. »Du bist nicht Holly. Sie ist nett.« Ein Hauch von diesem verruchten Grinsen kehrt auf seine Lippen zurück, und seine Stimme wird tiefer. »Wohingegen *du* unartig bist.«

Das reicht. Keine Mrs. Nette Magierin mehr.

Ich schlendere langsam zu ihm hinüber.

Obwohl ... vielleicht ist das keine so gute Idee.

Jetzt, wo ich näher dran bin, wird mir klar, wie groß er ist. Und breitschultrig. Die riesigen Hunde brachten meine Perspektive durcheinander und erzeugten eine visuelle Illusion, dass ihr Besitzer normal groß sei. Das ist er nicht. Schlimmer noch, er riecht göttlich, nach Meeresbrandung und etwas unbeschreiblich Männlichem.

Ein Trick unter diesen Bedingungen wird alle meine Fähigkeiten testen.

Moment einmal. Werden die Hunde sauer sein, dass ich so nah bin?

Als ob er meine Gedanken lesen könnte, gibt der Fremde ihnen einen strengen Befehl, und sie bleiben verlegen hinter ihm.

War dieses Kommando dazu gedacht, dass *ich* mich wie eine gute, gehorsame Hündin verhalten will? Weil ich gerade genau das tue.

Nein, Scheiß drauf. Ich bleibe bei meinem Plan, der erfordert, dass ich in Taschendiebstahldistanz komme.

»Willst du sehen, wie unartig ich sein kann?«, frage ich mit der verführerischsten Stimme, die ich aufbringen kann.

Ist es normal, dass menschliche Augen so schlitzförmig werden, als sei er ein Löwe?

»Wie unartig ist das denn, *myodik*?«, murmelt der Fremde.

Hat er gerade *my dick*, also *mein Schwanz* gesagt? Nee. Es war etwas in der Sprache, die er mit den Hunden benutzte. Trotzdem ist sein Schwanz jetzt fest in meinem Kopf, was nicht gegen die hormonelle Überlastung hilft.

Ich verdränge die nicht jugendfreien Bilder und lecke mir absichtlich über die Lippen. »Ich werde deine Brieftasche stehlen. Oder deine Uhr. Wie du möchtest.«

Die vermeintliche Wahl ist offensichtlich eine Irreführung. Mein eigentliches Ziel ist keines dieser Dinge, aber das muss er nicht wissen.

Seine Nasenflügel beben, als sein Blick auf meine Lippen fällt. »Ist es Diebstahl, wenn du mich vorwarnst?«

Wenn es mir möglich wäre, meine Bedenken über Keime zu vergessen und in Erwägung zu ziehen, meine Lippen auf die von jemand anderem zu legen, würde ich das jetzt tun. Es ist der stärkste Drang, den ich je verspürt habe.

»Was ist los?«, frage ich atemlos. »Zu feige?«

Er tätschelt die rechte Tasche seiner Jeans. »Wie wäre es, wenn du meine Brieftasche klaust?«

Ich nehme einen beruhigenden Atemzug. »Danke, dass du mir gezeigt hast, wo sie ist.«

Bevor er antworten kann, greife ich in die Tasche. Ich brauche eine riesige Ablenkung für das, was ich wirklich zu stehlen versuche.

Bei Houdinis Augenbrauen, ist es das, was ich denke?

Jepp. Es ist nicht zu übersehen. Als ich mit meinen behandschuhten Fingern über die Brieftasche streiche, spüre ich etwas anderes hinter dem Stoff der Hose.

Etwas Großes und sehr Hartes.

Nun. Jemand ist überglücklich über den Taschendiebstahl.

Vielleicht *hat* er vorher doch *my dick* gesagt?

Ich gebe mein Bestes, um seinem Blick standzuhalten und meine plötzlich trockene Kehle nicht zu räuspern. »Spürst du, wie ich sie stehle?«

Während ich spreche, arbeite ich daran, die

schicke Schnalle zu öffnen – denn sein Gürtel ist mein eigentliches Ziel.

Seine Augenlider senken sich auf halbmast, und seine Stimme wird noch tiefer. »Deine flinken Finger sind genau da, wo ich sie haben will.«

Mist. Mit meinen Handschuhen und bei seinem lächerlich starkem Sexappeal habe ich Probleme mit dem Verschluss.

Aber nein. Ich darf nicht erwischt werden. Das wäre so, als würde man ein magisches Geheimnis lüften – das größte Tabu, das ich mir vorstellen kann.

»Diese Finger?«, frage ich heiser und streiche durch die Stoffschichten sanft über seine Härte. Ich nutze die Ablenkung, die diese nuttige Bewegung erzeugt, um mit meiner anderen Hand fester am Verschluss zu ziehen und ihn schließlich zu öffnen.

Ich würde gerne sehen, wie David Blaine *das* macht.

Das tiefe, kehlige Stöhnen des Fremden ist animalisch und macht meine Nippel so hart, dass sie kurz davor sind, sich umzustülpen. Er sieht jetzt aus wie ein Löwe, der zum Angriff übergeht.

Schluckend ziehe ich meine Hand aus seiner Tasche und versuche, ihm ein hinterhältiges Lächeln zu schenken. Stattdessen sage ich stockend: »Ich habe meine Meinung geändert. Ich werde deine Uhr klauen.«

Ich ergreife sein Handgelenk und drücke es fest, während ich mit der anderen Hand den Gürtel herausziehe.

Ja! Ich habe ihn. Ich verstecke den Gürtel hinter meinem Rücken und schaue schmollend auf die Uhr. »Wenn ich es mir recht überlege, denke ich, dass ich dir deine Besitztümer lasse.«

Er sieht triumphierend aus, wahrscheinlich ist er überzeugt davon, dass sein Sexappeal meine Taschendiebstahl-Fähigkeiten besiegt hat. Da es fast passiert ist, kann ich ihm nicht wirklich einen Vorwurf daraus machen, das zu denken.

Ich weiche vorsichtig zurück. »Oh, übrigens, hast du das verloren?«

Ich zeige ihm meine Trophäe.

Er bekommt große Augen, und sein Blick wandert zwischen meiner Hand und seiner Hose hin und her.

»Wie?«, fragt er.

Die Frage ist Musik in meinen Ohren.

»Äußerst gut«, sage ich, aber ich schaffe es nicht, mein übliches Getöse zu machen.

Er streckt seine Hand aus, um den Gürtel zurückzubekommen. »Du bist eine gefährliche Frau.«

Zwei Dinge passieren gleichzeitig, als ich auf ihn zutrete, um den Gürtel zurückzugeben.

Der Panda versucht wieder, seine Aufmerksamkeit zu bekommen, indem er an seinem linken Hosenbein zieht. Der Koala macht das Gleiche auf der rechten Seite, nur dass dieses Mal kein Gürtel die Hose oben hält – und sie nach unten rutscht.

Den ganzen Weg nach unten.

Scheiße. Scheiße.

Die größte Erektion in der Geschichte der Phalli

ragt heraus und – obwohl das meine Einbildung sein könnte – zwinkert mir zu.

Er hat die ganze Zeit keine Unterwäsche getragen?

Unglaublich.

Ich staune über die Ungeheuerlichkeit. Obwohl ich ihn berührte und seine Größe spürte, als ich in seiner Tasche kramte, hätte ich ihn mir nie so vorgestellt.

Glatt. Gerade. Mit leckeren Adern. Er bettelt geradezu darum, berührt, gelutscht oder geleckt zu werden – aber ich kann es nicht, aus Gründen, an die ich mich im Moment nur schwer erinnern kann.

Für diese Art von Hitze sollte eine verdeckte Trageerlaubnis erforderlich sein. Und auch die Lizenz, die man braucht, um schwere Maschinen zu bedienen. Und ein Jagdschein. Vielleicht sogar eine Lizenz zum Töten im 007-Stil.

Hinter mir höre ich Walter keuchen. Armes Ding. Ich wette, auch *er* ist bereit, für eine Kostprobe auf die Knie zu gehen, und soweit ich weiß, ist er hetero.

Ich kann meinen Blick nicht losreißen.

Wenn dieser Schwanz ein Zauberstab wäre, dann wäre es einer der Heiligtümer des Todes – der, den Voldemort am Ende schwang. Und wenn es eine Banane wäre, dann wäre sie genau der richtige Snack für King Kong.

Der Fremde sollte vor Verlegenheit rot werden und sich in Sicherheit bringen, aber stattdessen hebt ein freches Grinsen seine Mundwinkel an. »Gefällt dir, was du siehst?«

Das tut es. So sehr, dass ich mein Handy zücken und ein Selfie damit machen möchte.

Zu meiner großen – und ich meine *großen* – Enttäuschung zieht er die Hose hoch. Seine Stimme ist heiser. »Wie ich schon sagte. Ungezogen. Sehr ungezogen«

Er schnappt sich den Gürtel aus meinen nervösen Fingern, schiebt ihn zurück in seine Hose und schlendert mit seinen Hunden davon, während ich mit offenem Mund dastehe.

»Kann man das glauben?«, fragt Walter irgendwo in der Ferne, und sein Tonfall ist empört.

Nein. Ich kann das nicht.

Ich kann nicht glauben, was gerade passiert ist, Punkt.

Alles, was ich weiß, ist, dass das nicht das war, was ich im Sinn hatte, als ich seinen Gürtel geklaut habe.

Für mehr Informationen, melden Sie sich für meinen Newsletter auf www.mishabell.com/de/.

Auszug aus Wall Street Titan - Der Börsenhai von Anna Zaires

Ein Milliardär, der eine perfekte Frau will…

Mit 35 Jahren hat Marcus Carelli alles: Reichtum, Macht und die Art von Aussehen, die Frauen atemlos machen. Als Selfmade-Milliardär leitet er einen der größten Hedgefonds an der Wall Street und kann große Unternehmen mit einem einzigen Wort vernichten. Das Einzige, was ihm fehlt? Eine Frau, die so großartig ist, wie die Milliarden auf seinem Bankkonto.

Eine Katzenfrau, die ein Date braucht …

Die sechsundzwanzigjährige Buchhändlerin Emma Walsh weiß aus guter Quelle, dass sie eine Katzenlady ist. Sie stimmt dieser Einschätzung nicht unbedingt zu, aber es ist schwer, sie mit den Fakten zu widerlegen. Abgenutzte und mit Katzenhaar bedeckte

Kleidung? Check. Letzter professioneller Haarschnitt? Vor über einem Jahr. Oh, und drei Katzen in einem winzigen Studio in Brooklyn? Ja, definitiv.

Und ja, gut, sie hatte seit wann keinen Sex? Nun, sie kann sich nicht erinnern. Aber dieser Punkt kann geändert werden. Gibt es dafür nicht Dating-Apps?

Eine Verwechslung ...

Eine High-End-Heiratsvermittlerin, eine Dating-App, eine Verwechslung, die alles verändert ... Gegensätze können sich anziehen, aber kann das halten?

―――

Ich atme tief durch, betrete das Café und schaue mich um, um zu sehen, ob Mark vielleicht schon da ist.

Das Bistro ist klein und gemütlich, mit den typischen Diner-Bänken, die im Halbkreis um eine Kaffeebar angeordnet sind. Der Geruch von gerösteten Kaffeebohnen und Backwaren ist köstlich und lässt meinen Magen vor Hunger knurren. Ich wollte mich nur auf den Kaffee beschränken, aber ich beschließe, mir auch ein Croissant zu kaufen; mein Budget sollte dafür ausreichen.

Nur wenige der Tische sind besetzt; wahrscheinlich, weil es ein Dienstag ist. Ich überfliege sie, weil ich nach jemandem suche, der Mark sein könnte, und bemerke einen Mann, der allein am entferntesten Tisch sitzt. Er schaut in meine entgegengesetzte Richtung, so dass ich nur den Hinterkopf sehen kann, aber sein Haar ist kurz und dunkelbraun.

Er könnte es sein.

Ich sammele meinen Mut und nähere mich dem Tisch. »Entschuldigung«, sage ich. »Bist du Mark?«

Der Mann dreht sich zu mir um, und mein Puls schießt in die Stratosphäre.

Die Person vor mir sieht überhaupt nicht aus wie die Bilder in der App. Sein Haar ist braun, und seine Augen sind blau, aber das ist die einzige Ähnlichkeit. Die harten Gesichtszüge des Mannes sind weder rund noch scheu. Vom stahlharten Kiefer bis zur falkenartigen Nase ist sein Gesicht völlig männlich, geprägt von einem Selbstbewusstsein, das an Arroganz grenzt. Ein Hauch von Schatten verdunkelt seine schlanken Wangen, so dass seine hohen Wangenknochen noch deutlicher hervorstechen, und seine Augenbrauen sind dicke dunkle Schrägstriche über seinen stechend hellen Augen. Selbst hinter dem Tisch sitzend, sieht er groß und kräftig aus. Seine Schultern sind in seinem maßgeschneiderten Anzug unglaublich breit, und seine Hände sind doppelt so groß wie meine.

Unmöglich, dass dies der Mark von der App ist, es sei denn, er hat seit der Aufnahme dieser Fotos einen ernsthaften Trainingsmarathon im Fitnessstudio eingelegt. War das möglich? Konnte sich ein Mensch so sehr verändern? Er hatte seine Größe nicht im Profil angegeben, aber ich hatte angenommen, dass das Auslassen bedeutete, dass er höhentechnisch wie ich eher unterdurchschnittlich war.

Der Mann, den ich ansehe, ist in keiner Weise unterdurchschnittlich, und er trägt mit Sicherheit keine Brille.

»Ich bin … ich bin Emma«, stottere ich, als der Mann mich weiterhin anstarrt, wobei sein Gesicht hart und unergründlich ist. Ich bin mir fast sicher, dass ich den falschen Kerl erwischt habe, aber ich zwinge mich trotzdem, zu fragen: »Bist du zufällig Mark?«

»Ich ziehe es vor, Marcus genannt zu werden«, antwortet er zu meiner Überraschung. Seine Stimme ist ein tiefes männliches Rumpeln, das etwas primitiv Weibliches in mir anspricht. Mein Herz schlägt noch schneller, und meine Handflächen beginnen zu schwitzen, als er aufsteht und unverblümt sagt: »Du bist nicht das, was ich erwartet habe.«

»Ich?« *Was zum Teufel …?* Eine Welle der Wut verdrängt alle anderen Emotionen, während ich auf den unhöflichen Riesen vor mir starre. Dieses Arschloch ist so groß, dass ich mir den Hals verrenken muss, um zu ihm aufzuschauen. »Und was ist mit dir? Du siehst überhaupt nicht aus wie auf deinen Bildern!«

»Ich schätze, wir wurden beide irregeführt«, sagt er mit angespanntem Kiefer. Bevor ich antworten kann, deutet er auf den Tisch »Du kannst dich genauso gut hinsetzen und mit mir essen, Emmeline. Dann bin ich nicht umsonst den ganzen Weg hierhergekommen.«

»Ich heiße *Emma*«, korrigiere ich vor Wut kochend. »Und nein, danke. Ich werde einfach gehen.«

Seine Nasenlöcher beben, und er tritt nach rechts, um mir den Weg zu versperren. »Setz dich, *Emma*.« Er lässt meinen Namen wie eine Beleidigung klingen. »Ich werde mit Victoria reden, aber im Moment verstehe ich nicht, warum wir nicht wie zwei zivilisierte Erwachsene essen können.«

Die Spitzen meiner Ohren brennen vor Wut, aber ich rutsche in die Bank, anstatt eine Szene zu machen. Meine Großmutter hat mir von klein auf Höflichkeit beigebracht, und selbst als Erwachsene, die allein lebt, fällt es mir schwer, gegen das anzukämpfen, was sie mir beigebracht hat.

Sie würde es nicht gutheißen, wenn ich diesem Idioten mein Knie in die Eier rammen und ihm sagen würde, dass er sich verpissen soll.

»Danke«, sagt er und rutscht auf die Bank mir gegenüber. Seine Augen funkeln eisblau, während er die Speisekarte betrachtet. »Das war nicht so schwer, oder?«

»Ich weiß nicht, *Marcus*«, sage ich und betone extra den formellen Namen. »Ich bin erst seit zwei Minuten bei dir, und schon auf hundertachtzig.« Ich gebe die Beleidigung mit einem damenhaften, von meiner Großmutter genehmigten Lächeln ab, werfe meine Handtasche in die Ecke unserer Nische und nehme die Speisekarte, ohne mich zu bemühen, meinen Mantel auszuziehen.

Je eher wir essen, desto schneller kann ich hier herauskommen.

Ein tiefes Lachen erschreckt mich, und ich schaue auf. Zu meinem Entsetzen grinst der Idiot, und seine Zähne blitzen weiß in seinem leicht gebräunten Gesicht. Keine Sommersprossen, stelle ich eifersüchtig fest; seine Haut ist perfekt ebenmäßig, ohne auch nur ein einziges Muttermal auf seiner Wange. Er ist nicht im klassischen Sinn gutaussehend – seine Gesichtszüge sind zu grob dafür – aber er sieht schockierend gut aus, auf eine starke, rein männliche Art und Weise.

Zu meinem Entsetzen breitet sich eine Hitzewelle in meinem Unterleib aus, und meine inneren Muskeln ziehen sich zusammen.

Nein. Auf keinen Fall. Dieses Arschloch macht mich *nicht* an. Ich kann es kaum ertragen, ihm gegenüber am Tisch zu sitzen.

Ich knirsche mit den Zähnen, schaue in die Speisekarte und stelle mit Erleichterung fest, dass die Preise an diesem Ort tatsächlich angemessen sind. Ich bestehe immer darauf, bei Dates für mein eigenes Essen zu bezahlen, und jetzt, da ich Mark getroffen habe – Entschuldigung, *Marcus* –, würde ich es ihm auch zutrauen, mich an einen noblen Ort zu schleppen, wo ein Glas Leitungswasser mehr kostet als ein Patrón. Wie konnte ich mich bei dem

Kerl so sehr irren? Offensichtlich hatte er gelogen, als er behauptet hat, in einer Buchhandlung zu arbeiten und ein Student zu sein. Zu welchem Zweck, weiß ich nicht, aber alles an dem Mann vor mir schreit Reichtum und Macht. Sein Nadelstreifenanzug schmiegt sich an seinen breitschultrigen Rahmen, als wäre er für ihn maßgeschneidert, sein blaues Hemd ist steifgebügelt, und ich bin mir ziemlich sicher, dass seine subtil karierte Krawatte von einem Designer ist, der Chanel wie ein Walmart-Label aussehen lässt.

Als mir alle diese Details auffallen, habe ich einen neuen Verdacht. Könnte mir jemand einen Streich spielen? Kendall vielleicht? Oder Janie? Sie kennen beide meinen Geschmack bei Männern. Vielleicht hat eine von beiden beschlossen, mich auf diese Weise zu einem Date zu locken – aber warum sie mich mit *ihm* zusammengebracht haben und er dem zustimmen würde, ist ein großes Rätsel.

Stirnrunzelnd schaue ich von der Speisekarte auf und betrachte den Mann vor mir. Er hat aufgehört zu grinsen und betrachtet mit gerunzelter Stirn die Speisekarte, was ihn älter aussehen lässt als die siebenundzwanzig Jahre, die auf seinem Profil angegeben sind.

Dieser Teil muss auch eine Lüge gewesen sein.

Meine Wut verstärkt sich. »Also, *Marcus*, warum hast du mir geschrieben?« Ich lege die Speisekarte auf den Tisch und starre ihn wütend an. »Besitzt du überhaupt Katzen?«

Er schaut auf, und sein Stirnrunzeln vertieft sich. »Katzen? Nein, natürlich nicht.«

Die Irritation in seinem Ton lässt mich alles über Großmutters Missbilligung darüber vergessen, ihm direkt in sein schlankes, hartes Gesicht zu schlagen. »Ist das eine Art Streich? Wer hat dich dazu angestiftet?«

»Verzeihung?« Seine dicken Augenbrauen heben sich in einem arroganten Bogen.

»Oh, hör auf, so zu tun, als seist du unschuldig. Du hast mich in deiner Nachricht angelogen, und du hast die Frechheit, mir zu sagen, dass *ich* nicht das bin, was du erwartet hast?« Ich spüre praktisch den Dampf, der aus meinen Ohren kommt. »*Du* hast *mich* angeschrieben, und ich war in meinem Profil völlig ehrlich. Wie alt bist du? Zweiunddreißig? Dreiunddreißig?«

»Ich bin fünfunddreißig«, sagt er langsam, und sein Stirnrunzeln kehrt zurück. »Emma, worüber redest ...«

»Das war's.« Ich nehme meine Handtasche am Henkel, rutsche von der Bank und stelle mich hin. Großmutter hin oder her, ich werde nicht mit einem Idioten essen gehen, der zugegeben hat, mich getäuscht zu haben. Ich habe keine Ahnung, was einen Kerl wie ihn dazu bringen würde, mit mir zu spielen, aber ich werde keine Witzfigur sein.

»Schönes Abendessen«, knurre ich, drehe mich um und gehe zum Ausgang, bevor er mir wieder den Weg versperren kann.

Ich habe es so eilig, fortzukommen, dass ich fast eine große, schlanke Brünette umrenne, die sich dem Café nähert, und den kleinen, pummeligen Typen, der ihr folgt.

Möchten Sie mehr erfahren? Besuchen Sie
www.annazaires.com/book-series/deutsch/.

Über den Autor

Ich liebe es, Humorvolles zu schreiben (oft die unangemessene Art), Happy Endings (beide Arten) und Charaktere, die schrullig genug sind, um als komische Käuze (genau richtig zum Fremdschämen) bezeichnet zu werden.

Wenn Sie Liebesromane mit viel Komik und Wohlfühlcharakter lieben, besuchen Sie www.mishabell.com/de/ und melden Sie sich für meinen Newsletter an.

www.ingramcontent.com/pod-product-compliance
Lightning Source LLC
LaVergne TN
LVHW031535060526
838200LV00056B/4507